# CATHERINE FISHER

Traducción de Ana Mata Buil

MOLINO

Título original: *Sapphique*
Autora: Catherine Fisher

Publicado originalmente por Hodder Children's Books,
una división de Hachette Children's Books


© del texto, Catherine Fisher, 2008
© de la traducción, Ana Mata Buil, 2011
Adaptación portada: Aura Digit
Fotocomposición: Víctor Igual, S.L.

© de esta edición, RBA Libros, S.A., 2011
Avda. Diagonal, 189 08018 Barcelona
www.rbalibros.com / rba-libros@rba.es

Primera edición: febrero de 2011

Ref: MONL027
ISBN: 978-84-2720-071-5
Depósito legal: B-4593-2011
Impreso por LIBERDÚPLEX (Barcelona)

*L'amor che muove il sole e l'altre stelle.*

DANTE

# El Arte de la Magia

# 1

*Según dicen, Sáfico no volvió a ser el mismo después de la Caída.*
*Su mente quedó magullada. Se sumergió en la desesperación, en las*
*profundidades de la Cárcel. Reptó por los Túneles de la Locura. Se*
*refugió en lugares oscuros, con hombres peligrosos.*

Leyenda de Sáfico

El callejón era tan estrecho que Attia podía apoyarse contra una pared y dar una patada a la pared opuesta.

Esperó en la penumbra, muy atenta, mientras su aliento se condensaba en los ladrillos que refulgían. El resplandor de unas llamas en la esquina provocaba destellos rojizos en los muros.

Los gritos subieron de volumen, el bramido inconfundible de una muchedumbre exaltada. Oyó aullidos de emoción, carcajadas repentinas. Silbidos y pataleos. Aplausos.

Lamió una gota de condensación que le había resbalado por los labios y probó su salitre, sabedora de que tendría que enfrentarse a ellos. Había llegado demasiado lejos, había buscado durante demasiado tiempo, para rendirse ahora. Era inútil sentirse nimia y asustada. Por lo menos, si deseaba Escapar en algún momento. Se irguió, se acercó al final del callejón y asomó la cabeza.

Cientos de personas se habían arracimado en la plazuela iluminada con antorchas. Se apiñaban de espaldas a ella, y el fuerte hedor a sudor y otros olores corporales era sobrecogedor. Algo retiradas de la multitud, unas cuantas ancianas alargaban el cuello para intentar ver. Los tullidos se agazapaban en las sombras. Los niños se subían a los hombros de sus compañeros, o trepaban por los tejados de las enclenques casas. Unos chabacanos puestos ambulantes de lona ofrecían comida caliente, y el aroma intenso de las cebollas y la grasa dorándose en el asador hicieron que Attia salivara de hambre.

La Cárcel también mostraba interés. Justo por encima de ella, bajo los aleros de paja mugrienta, uno de sus diminutos Ojos rojos espiaba la escena con curiosidad.

Un grito de emoción de la muchedumbre alentó a Attia a erguir los hombros; dio un paso adelante y salió de la calleja con decisión. Unos perros se peleaban por los despojos; los rodeó y pasó por delante de un portal umbrío. Alguien se deslizó por detrás de ella; Attia se dio la vuelta, blandiendo el cuchillo en la mano.

—Ni se te ocurra.

El rufián retrocedió, con los dedos extendidos y una sonrisa. Estaba flaco y sucio, y le quedaban pocos dientes.

—Tranquila, guapa. Me he equivocado.

Observó cómo el pícaro se deslizaba entre la multitud.

—Ya lo creo —murmuró Attia.

Después enfundó el arma y se abrió paso detrás de él.

Hacerse un hueco no era tarea fácil. Los asistentes estaban muy apretados y expectantes, pues no querían perderse nada de lo que ocurría ante sus ojos; gruñían, reían y suspiraban al unísono. Varios niños harapientos correteaban entre los pies de la gente, y recibían patadas y pisotones. Attia empujó y maldijo, se coló por los huecos, agachó la cabeza para pasar por debajo de algunos codos. Ser pequeña tenía sus ventajas. Y necesitaba llegar a la primera fila. Necesitaba verlo.

Sin resuello y amoratada, se escabulló entre dos hombretones y por fin pudo respirar un poco de aire fresco.

Estaba cargado de humo. Las teas crepitaban por todas partes; ante ella habían acordonado una zona embarrada.

Sentado en el escenario, solo, había un oso.

Attia lo miró con atención.

La piel negra del oso parecía roñosa, tenía los ojos pequeños y de aspecto salvaje. Una cadena tintineaba alrededor de su cuello y, bien escondido entre las sombras, el amaestrador sujetaba el otro extremo: un hombre calvo con el bigote largo y la piel resplandeciente por el sudor. A su lado tenía un tambor, que golpeaba rítmicamente a la vez que daba tirones secos a la cadena.

Poco a poco, el oso se levantó sobre los cuartos traseros y empezó a bailar.

Más alto que un hombre, con pasos extraños y pesados, se puso a dar vueltas, mientras de la boca amordazada le goteaba saliva y las cadenas dejaban marcas ensangrentadas en su pelaje.

Attia frunció el entrecejo. Sabía perfectamente cómo se sentía el animal.

Se llevó la mano al cuello, donde los verdugones y los hematomas de la cadena que había soportado en otro tiempo habían palidecido hasta dejar tenues marcas.

Igual que el oso, ella también había estado encadenada. De no haber sido por Finn, todavía lo estaría. O, lo que era más probable, a estas alturas ya estaría muerta.

«Finn.»

Pronunciar su nombre era como recibir un puñetazo. Le dolía pensar en su traición.

El tambor sonó más fuerte. El oso dio un salto, y el público rugió cuando el animal arrastró con torpeza la cadena. Attia observaba el espectáculo con cara seria. Entonces, detrás del oso, vio el cartel. Estaba pegado a la pared húmeda, el mismo cartel con el que habían empapelado toda la aldea, esas frases que la perseguían allá donde mirara.

Estropeado y húmedo, medio pelado por las esquinas, el anuncio invitaba alegremente:

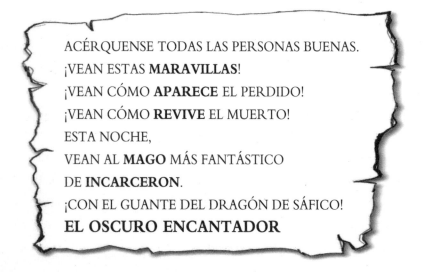

ACÉRQUENSE TODAS LAS PERSONAS BUENAS.
¡VEAN ESTAS **MARAVILLAS**!
¡VEAN CÓMO **APARECE** EL PERDIDO!
¡VEAN CÓMO **REVIVE** EL MUERTO!
ESTA NOCHE,
VEAN AL **MAGO** MÁS FANTÁSTICO
DE **INCARCERON**.
¡CON EL GUANTE DEL DRAGÓN DE SÁFICO!
**EL OSCURO ENCANTADOR**

Attia negó con la cabeza, incrédula. Después de llevar dos meses buscando por pasadizos y alas vacías, por pueblos y ciudades, por llanuras pantanosas y entramados de celdas blancas, después de buscar sin descanso un Sapient, un Nacido en la Celda, alguien que supiera de Sáfico, lo único que había encontrado era un espectáculo mediocre en un callejón olvidado.

La muchedumbre aplaudía y pataleaba. La apartaron a empujones. Cuando volvió a abrirse paso a codazos y recuperó la posición, vio que el oso había vuelto la cabeza hacia su amaestrador, quien intentaba tirar de él, muy concentrado, para introducirlo en la oscuridad con la ayuda de un palo largo. Los hombres que rodeaban a Attia se burlaron del cuidador.

—¡La próxima vez anímate a bailar con él! —bromeó uno de ellos.

Una mujer soltó una risita.

Los del fondo elevaron la voz y pidieron más, algo nuevo, algo diferente; sonaban impacientes y feroces. Los aplausos se volvieron cada vez más lentos. Entonces se agotaron, convertidos en silencio.

En el espacio vacío que quedaba entre las antorchas se erguía una silueta.

Había aparecido de la nada, se había materializado entre las sombras y la luz de las llamas hasta volverse sólido. Era un hombre alto que vestía una túnica negra, la cual resplandecía de un modo extraño gracias a cientos de lentejuelas diminutas; cuando levantó los brazos, sus mangas anchas cayeron a ambos lados. El cuello de la túnica era alto y ceñido a la garganta; en la penumbra, parecía joven, y tenía el pelo oscuro y largo.

Todos enmudecieron. Attia notó que la multitud se quedaba boquiabierta por la sorpresa.

*Era la viva imagen de Sáfico.*

Todo el mundo sabía qué aspecto tenía Sáfico; existían miles de retratos, grabados, descripciones de él. Era el Alado, el Hombre de los Nueve Dedos, el Único que había escapado de la Cárcel. Igual que Finn, había prometido regresar. Attia tragó saliva, nerviosa. Le temblaban las manos. Las apretó con fuerza.

—Amigos —el mago hablaba en voz baja; la gente aguzó el oído—. Bienvenidos a mi repertorio de maravillas. Creéis que vais a ver ilusiones ópticas. Creéis que voy a engañaros con espejos y cartas falsas, con artilugios ocultos. Pero yo no soy como los demás magos. Yo soy el Oscuro Encantador, y os mostraré la auténtica magia. La magia de las estrellas.

Al unísono, la multitud suspiró.

Porque había levantado la mano derecha y en ella lucía un guante, de tela oscura, en el que se destacaban unos destellos de luz blanca que crepitaban sin cesar. Las teas ancladas en los muros que lo rodeaban se encendieron como bengalas y luego se sumieron en la oscuridad. Una de las mujeres que había detrás de Attia murmuró aterrada.

Attia cruzó los brazos. Observaba con escepticismo, empeñada en no dejarse impresionar. ¿Cómo lo había hecho? ¿De verdad llevaba el Guante de Sáfico? ¿Cómo podía seguir entero? Y ¿albergaría todavía algún extraño poder? Sin embargo, mientras lo contemplaba, las dudas empezaron a escapársele de los dedos.

El espectáculo era fantástico.

El Encantador tenía al público embobado. Cogía objetos, los hacía desaparecer para recuperarlos luego; hacía surgir palomas y Escarabajos del aire; hechizó a una mujer para que se durmiera y la hizo elevarse poco a poco, sin apoyo alguno, hasta quedar suspendida en la humeante oscuridad acre. Sacó mariposas de la boca de un niño muerto de miedo; hizo aparecer monedas de oro por arte de magia y las arrojó a las manos desesperadas de los asistentes, que las atraparon al vuelo; abrió una puerta trazada en el aire y entró por ella, cosa que llevó a la muchedumbre a vitorear y gritarle que volviera, y cuando lo hizo, apareció por la parte posterior del público y se paseó tranquilamente entre el alboroto general. Todos estaban tan absortos y maravillados que temían tocarlo.

Cuando pasó junto a Attia, la chica notó el roce de su túnica contra el brazo; le entró un cosquilleo en la piel y todo el vello de su cuerpo se levantó como presa de la energía estática. El hombre la miró de reojo con sus ojos brillantes, que se toparon con los de Attia.

Desde algún lugar indeterminado, una mujer gritó:

—¡Curad a mi hijo, Sabio! Curadlo.

Levantó a un bebé en volandas, y todos fueron pasándolo de mano en mano para acercarlo al mago.

El Encantador se dio la vuelta y elevó una mano.

—Más tarde. Ahora no. —Su voz rebosaba autoridad—. Ahora me dispongo a agrupar todos mis poderes. Voy a leer la mente. Estoy a punto de entrar en la muerte y volver a la vida.

Cerró los ojos.

Las antorchas volvieron a bajar de intensidad.

Solo en la oscuridad, el Encantador susurró:

—Percibo demasiado dolor. Percibo demasiado miedo.

Cuando levantó la vista hacia ellos, parecía abrumado por la cantidad de personas que lo observaban, casi temeroso de la gesta que se disponía a emprender. Lentamente, dijo:

—Quiero que tres personas se acerquen a mí. Pero deben ser únicamente quienes deseen que se desvelen sus temores más profundos. Sólo quienes deseen desnudar su alma ante mi mirada.

Unas cuantas manos surgieron entre las cabezas. Varias mujeres gritaron. Al cabo de un momento de duda, Attia también levantó la mano.

El Encantador se aproximó a la multitud.

—Aquella mujer —ordenó, y una de las mujeres fue empujada hacia él, abrumada y tambaleándose—. Y él.

Se refería a un hombre alto que ni siquiera se había prestado voluntario, pero que fue arrastrado por quienes lo rodeaban para que saliera al escenario. El hombre soltó una maldición y se quedó de pie en el escenario con expresión extraña, como si lo sobrecogiera el terror.

El Encantador se dio la vuelta. Su mirada se movía inexorablemente entre los rostros de la muchedumbre. Attia contuvo la respiración. Notaba la mirada inquietante del mago en su cara, como un soplo de calor. Se desplazó, volvió a mirarla. Los ojos de ambos se encontraron por un turbio segundo. Poco a poco, el mago levantó la mano y apuntó con un dedo largo en dirección a Attia, y la multitud gritó histérica al ver que, igual que a Sáfico, le faltaba el dedo índice de la mano derecha.

—Tú —susurró el Encantador.

Attia respiró hondo para recuperar la calma. El corazón le daba martillazos de terror. La muchacha tuvo que obligarse a avanzar hacia el espacio reservado como escenario, umbrío y lleno de humo. Pero era primordial mantener la tranquilidad, no manifestar el miedo. No demostrar que era diferente de los demás.

Los tres elegidos se pusieron en fila y Attia se percató de que la mujer que tenía al lado temblaba de la emoción. El Encantador se paseó entre ellos, escudriñando con los ojos las tres caras. Attia le aguantó la mirada con el mayor desafío que pudo expresar. Nunca conseguiría leerle la mente; estaba segura. Ella había visto y oído cosas que ese hombre no podía ni imaginar. Había visto el Exterior.

El mago tomó a la mujer de la mano. Al cabo de un momento, con mucha delicadeza, le dijo:

—Lo echas de menos.

La mujer se lo quedó mirando muy asombrada. Un mechón de pelo le cayó sobre la frente surcada de arrugas.

—¡Ay! Ya lo creo, Maestro. Ya lo creo.

El Encantador sonrió.

—No tengas miedo. Está a salvo en la paz de Incarceron. La Cárcel lo guarda en su memoria. Su cuerpo permanece intacto en una de las celdas blancas.

La mujer se estremeció y sollozó de alegría, le besó las manos.

—Gracias, Maestro. Gracias por revelármelo.

La multitud bramó su aprobación. Attia se permitió esbozar una sonrisa irónica. ¡Qué tontos eran! ¿Es que no se daban cuenta de que ese hombre que se hacía llamar mago no le había revelado nada nuevo a la mujer? Había probado suerte y había dicho unas cuantas palabras vacías, y se lo habían tragado de principio a fin.

El Encantador había elegido a sus víctimas a conciencia. El hombre alto tenía tanto miedo que habría dicho cualquier cosa; cuando el Encantador le preguntó cómo estaba su madre enferma, tartamudeó:

—Va mejorando, señor.

La multitud aplaudió.

—Claro que sí.

El Encantador sacudió la mano tullida para pedir silencio.

—Y ésta es mi profecía. Antes de Lucencendida, su fiebre habrá disminuido. Se sentará y te llamará, amigo mío. Vivirá otros diez años. Veo a tus nietos sentados en sus rodillas.

El hombre se quedó sin palabras. Attia sintió desprecio al ver lágrimas en sus ojos.

La multitud murmuró. Quizá su respuesta denotara cierto escepticismo esta vez, porque cuando se acercaba a Attia, el Encantador se dio la vuelta de forma repentina y se enfrentó a los ojos expectantes.

—¡Qué fácil es hablar sobre el futuro!, pensaréis algunos. —Levantó su rostro joven y se encaró con ellos—. ¿Cómo vamos a saber, estaréis pensando, si este hombre tiene razón o no? Y tenéis motivos para dudar. Sin embargo, el pasado, amigos míos, el pasado es otra cosa. Así que ahora os hablaré del pasado de esta chica.

Attia se puso tensa.

Tal vez él percibiera su miedo, porque una leve sonrisa curvó sus labios. Se la quedó mirando y sus ojos se vidriaron poco a poco, se volvieron distantes, oscuros como la noche. Luego, levantó la mano enguantada y le tocó la frente.

—Veo un viaje largo —susurró el mago—. Muchos kilómetros, muchos días de fatigante caminar. Te veo acurrucada como una bestia. Veo una cadena alrededor de tu cuello.

Attia tragó saliva. Le entraron ganas de apartarse bruscamente. En lugar de hacerlo, asintió, y la multitud permaneció en silencio.

El Encantador la tomó de la mano, la atrapó entre las suyas y Attia notó que los dedos enfundados en el guante eran largos y huesudos. La voz del hombre sonaba perpleja:

—Veo cosas extrañas dentro de tu mente, muchacha. Te veo trepando por una escalera muy alta, huyendo de una gran Bestia, volando en un barco de plata sobre ciudades y torres. Veo a un chico. Se llama Finn. Te ha traicionado. Te ha abandonado y, a pesar de que prometió volver a buscarte, temes que no lo haga nunca. Lo amas, y a la vez lo odias. ¿Acaso no es cierto?

A Attia le ardía la cara. Le temblaba la mano.

—Sí —contestó en un suspiro.

La multitud estaba anonadada.

El Encantador la observaba como si su alma fuese transparente; sabía que ella no era capaz de apartar la mirada. Attia notó que al mago le ocurría algo: una extrañeza se había apoderado de su rostro, por detrás de los ojos. Las lentejuelas de su túnica resplandecieron. El guante era como un témpano de hielo alrededor de los dedos de Attia.

—Estrellas —dijo él sin aliento—. Veo las estrellas. Y debajo, un palacio dorado, con las ventanas iluminadas por la luz de las velas. Lo veo a través del ojo de la cerradura de una puerta oscura. Está lejos, muy lejos. En el Exterior.

Asombrada, Attia lo miró fijamente. El mago la agarraba tan fuerte que le dolía la mano pero, aun así, era incapaz de moverse. La voz del hombre se convirtió en un susurro.

—Hay una forma de Escapar. ¡Sáfico la encontró! El ojo de la cerradura es diminuto, más pequeño incluso que un átomo. Y el águila y el cisne extienden sus alas para protegerlo.

Attia tenía que moverse, romper ese hechizo. Desvió la mirada. La multitud se apretujaba contra las vallas del escenario improvisado. El amaestrador del oso, siete malabaristas, los bailarines de la troupe, todos estaban igual de inmóviles que el público.

—Maestro —susurró Attia.

Los ojos del Encantador centellearon. Y dijo:

—Buscas a un Sapient que te muestre el camino hacia el Exterior. Yo soy ese hombre.

Su voz ganó vigor; se dirigió a la multitud:

—El camino que tomó Sáfico atraviesa la Puerta de la Muerte. ¡Yo conduciré allí a la muchacha y la devolveré a este lugar!

Los asistentes rugieron de emoción. El hechicero cogió a Attia de la mano y la condujo hasta el centro del espacio lleno de humo. Sólo una de las antorchas seguía ardiendo entre parpadeos. Había un diván. Le indicó con gestos que se tumbara en él.

Aterrada, Attia levantó las piernas.

Uno de los asistentes chilló, pero fue acallado al instante.

La gente estiraba el cuello para ver mejor; la rodeó un fuerte olor a sudor caliente.

El Encantador elevó la mano enfundada en el guante negro.

—La Muerte —dijo—. Le tenemos miedo. Haríamos cualquier cosa por evitarla. Y sin embargo, la Muerte es una puerta que se abre en ambos sentidos. Ahora veréis con vuestros propios ojos cómo reviven los muertos.

El diván era duro. Attia se agarró a los laterales. Para eso precisamente estaba allí.

—Observad —dijo el Encantador.

Se dio la vuelta y la multitud murmuró, porque en la mano llevaba una espada. La había hecho aparecer de la nada; poco a poco la desenfundó en la oscuridad y la hoja resplandeció con una fría luz azul. La levantó y, por increíble que parezca, kilómetros por encima de ellos, en el remoto techo de la Cárcel, centelleó un relámpago.

El Encantador levantó la mirada; Attia entrecerró los ojos.

El trueno retumbó como una carcajada.

Por un instante, todos prestaron atención al trueno, tensos por el miedo a que la Cárcel interviniese, temerosos de que las calles se desvanecieran, de que el cielo se derrumbase, de que el gas y las luces los acribillaran.

Pero Incarceron no intervino.

—Mi Padre, la Cárcel —dijo el Encantador sin tardanza—, nos observa y da su aprobación.

Se dio la vuelta.

Unos grilletes metálicos colgaban del diván; el mago los ajustó alrededor de las muñecas de Attia. Después le pasó una correa por el cuello y otra por la cintura.

—No te muevas ni un centímetro —le dijo. Sus brillantes ojos exploraron la cara de Attia—. O el peligro que correrás será extremo.

Se volvió hacia la multitud.

—Observad —les alentó—. La liberaré. ¡Y la haré regresar!

Levantó la espada, con ambas manos en la empuñadura y la punta del filo suspendida sobre el pecho de Attia. Ella quería gritar, suspirar, chillar «¡no!», pero su cuerpo permaneció inmóvil y mudo, toda su atención fija en la punta de la espada, resplandeciente y afilada como una cuchilla.

Antes de que pudiese tomar aliento, se la clavó en el corazón.

*Eso era la muerte.*

*Era cálida y pegajosa, y llegaba a ella en oleadas, que la barrían como ráfagas de dolor. No había aire que respirar, ni palabras que pronunciar. Era algo que se le atragantaba en la garganta.*

*Y luego todo se volvió puro y azul, tan vacío como el cielo que había visto en el Exterior, y Finn estaba allí, junto con Claudia. Los vio sentados en tronos dorados y ambos se volvieron para mirarla.*

*Y Finn dijo:*

*—No me he olvidado de ti, Attia. Volveré a buscarte.*

*Ella sólo fue capaz de emitir una palabra y, cuando la pronunció, descubrió la sorpresa en los ojos de él.*

*—Mentiroso.*

Abrió los ojos.

Notó como si se le destaparan los oídos, como si los sonidos regresasen desde un lugar muy lejano; la muchedumbre bramaba y vitoreaba con entusiasmo, y entonces fue liberada de las correas y los grilletes. El Encantador la ayudó a incorporarse. Bajó la mirada y vio que la sangre que manchaba su ropa se iba secando, desvaneciéndose, y que la espada que él aún sostenía en la mano estaba limpia; comprobó que era capaz de ponerse en pie. Respiró hondo y enfocó la vista; vio que había personas subidas a los edificios y los tejados, colgadas de los toldos, asomadas a las ventanas, notó que la tormenta de aplausos seguía y seguía, una avalancha de adoración y vítores.

Entonces, el Oscuro Encantador la agarró fuerte de la mano para obligarla a hacer una reverencia con él, y sus dedos enguantados sujetaron la espada por encima de todas las cabezas, y los malabaristas y bailarines se deslizaron con discreción para recoger la lluvia de monedas que empezó a caer como infinitas estrellas fugaces.

Cuando todo hubo terminado, cuando la multitud empezó a disgregarse, Attia se encontró de pie en un rincón de la plaza, arropándose el cuerpo con los brazos. Un dolor amortiguado le quemaba dentro del pecho. Unas cuantas mujeres se agruparon junto a la puerta por la que había entrado el Encantador, con sus niños enfermos en brazos.

Attia exhaló el aire lentamente. Se sentía agarrotada y tonta. Se sentía como si una gran explosión la hubiese ensordecido, dejándola aturdida.

Rápido, antes de que nadie se diese cuenta, giró sobre sus talones y se escabulló entre los toldos de los puestos ambulantes, pasó junto al lecho del oso, atravesó el maltrecho campamento de los feriantes. Uno de ellos la vio, pero continuó sentado junto a la hoguera que habían encendido, cocinando unos delgados filetes de carne.

Attia abrió una portezuela bajo un tejado con voladizo y se coló dentro.

La habitación estaba a oscuras.

Había un hombre sentado delante de un espejo con manchas iluminado por una única vela parpadeante. Levantó la cabeza para verla reflejada en él.

Mientras Attia lo observaba, el hombre se quitó la peluca negra, desdobló el dedo que supuestamente le faltaba, se limpió el maquillaje que disimulaba su rostro arrugado y arrojó la túnica harapienta al suelo.

Entonces el mago apoyó los codos en la mesa y le dedicó una sonrisa en la que faltaban algunos dientes.

—Una actuación excelente —dijo el hechicero.

Attia asintió:

—Ya te dije que podía hacerlo.

—Bueno, pues me has convencido, bonita. El trabajo es tuyo, si todavía lo quieres.

Se metió una bola de *ket* en la mejilla y empezó a masticar.

Attia miró alrededor. No vio ni rastro del Guante.

—Claro —contestó—. Por supuesto que lo quiero.

# 2

*¿Cómo pudiste traicionarme, Incarceron?*
*¿Cómo pudiste dejarme caer?*
*Creía ser tu hijo, ya lo sabes,*
*y resulté ser tu títere, hay que ver.*

CANTOS DE SÁFICO

Finn arrojó los documentos contra la pared. Luego agarró el tintero y lo lanzó en la misma dirección. Explotó dibujando una estrella negra y chorreante.

—Señor —jadeó el chambelán—. ¡Por favor!

Finn hizo oídos sordos. Volcó la mesa, que cayó con gran estrépito. Papeles y pergaminos se precipitaron como una cascada por todas partes, acompañados del tintineo de sus sellos y lazos. Airado, Finn fue dando zancadas hasta la puerta.

—Señor. Todavía quedan otros dieciséis...

—Destrúyelos.

—¿Señor?

—Ya me has oído. Quémalos. Cómetelos. O dáselos a los perros.

—Hay invitaciones que requieren vuestra firma. Y las actas del Acuerdo Estigio, la solicitud de las túnicas para la Coronación.

Con una furia salvaje, Finn se volvió hacia la delgada figura que rebuscaba entre los papeles.

—¿Cuántas veces tengo que repetirlo? ¡No habrá Coronación!

Dejó al hombre boquiabierto, volvió sobre sus talones y abrió las puertas de par en par. Los guardias apostados al otro lado se irguieron para cubrirle las espaldas, pero en cuanto se colocaron detrás de él, Finn les soltó un juramento. Entonces echó a correr por el pasillo forrado de madera, atravesó las cortinas y cruzó el Gran Salón, donde volcó los sofás tapizados, arremetió contra las primorosas sillas y dejó atrás a los guardias, jadeantes. Con agilidad saltó sobre la mesa, se deslizó por su superficie pulida, tiró los candelabros de plata, dio otro brinco hasta el amplio alféizar de la ventana, se coló entre las dos hojas abiertas y desapareció.

En la puerta de la sala, sin aliento, quedó el chambelán. Se introdujo discretamente en una habitación lateral, cerró la puerta y, con aire fatigado, se colocó la pila de papeles arrugados debajo del brazo. Miró con cautela alrededor, sacó el mini comunicador que ella le había dado y apretó el botón, con incomodidad, porque aborrecía romper el Protocolo de semejante forma. Pero no se atrevía a desobedecer sus órdenes, porque podía ser casi tan temible como el príncipe.

El artilugio crepitó.

—¿Qué pasa ahora? —espetó la voz de una chica.

El chambelán tragó saliva.

—Lo siento, lady Claudia, pero me pedisteis que os avisara si volvía a ocurrir. Bueno, pues realmente creo que acaba de hacerlo.

Finn aterrizó a cuatro patas en el suelo de grava del jardín, al que saltó desde la ventana, y se recompuso. Avanzó a toda prisa por el césped. Los grupos de cortesanos se disgregaban a su paso, las mujeres protegidas por sus endebles parasoles se apresuraban a hacerle reverencias, los hombres se inclinaban con afectación y se quitaban el sombrero ante él. Con los ojos fijos al frente, Finn pasó de largo. Pisoteó los caminos cuyas superficies habían sido allanadas con delicadeza, acortando en línea recta por encima de los parterres de flores, aplastando los lechos blancos con los pies. Un jardinero indignado salió entonces de detrás de un seto, pero en cuanto vio que se trataba de Finn, flexionó una rodilla. Finn se permitió esbozar una sonrisa fría. Ser el príncipe de ese hermoso Paraíso tenía ciertas ventajas.

El día era perfecto. Unas diminutas nubes de algodón avanzaban en la parte alta del cielo, ese cielo asombrosamente azul al que no lograba acostumbrarse. Una bandada de grajillas revoloteaban sobre los olmos, cerca del lago.

Era el lago lo que buscaba.

Esa suave extensión de agua azul lo atraía como un imán. Se aflojó el cuello rígido que le obligaban a llevar, lo abrió a tirones, y maldijo todo aquello una y otra vez: las ropas que lo constreñían, las aparatosas normas de etiqueta, el interminable Protocolo. De repente, se echó a correr a toda velocidad, pasó por delante de estatuas y urnas clásicas en las que había adornos florales, lo que provocó que un grupo de gansos que descansaban en la hierba graznaran y aletearan antes de huir despavoridos.

Empezaba a respirar con mayor libertad. Los centelleos y el dolor punzante detrás de los ojos iban apagándose. Había notado cómo se aproximaba otro ataque al sentirse encerrado en aquella habitación recargada e insoportable, detrás de aquel escritorio abarrotado. Había ido creciendo dentro de él como la ira. O tal vez «fuese» la ira. Quizá debiese haber permitido que ocurriera, haber caído agradecido en sus brazos, haber dejado que lo dominara ese ataque que siempre lo aguardaba en alguna parte, como un hoyo negro en medio del camino. Pues, independientemente de las visiones, independientemente del dolor que le provocasen, cuando remitía el ataque podía dormir, en un sueño profundo y abstraído, sin soñar con la Cárcel. Sin soñar con Keiro, el hermano de sangre que había abandonado allí.

El agua del lago ondeaba con la suave brisa. Sacudió la cabeza, furioso por reconocer lo perfecta que había sido la selección de la temperatura, lo sereno que parecía todo. Furioso por las barcas de remo ancladas en el embarcadero, que se bamboleaban y entrechocaban en el extremo de sus cuerdas, rodeadas de las hojas verdes y planas de los nenúfares, sobre los que danzaban unos diminutos mosquitos.

Ignoraba qué parte de todo aquello era real.

Por lo menos, en la Cárcel sí lo sabía.

Finn se sentó en la hierba. Se sentía abatido, y el enfado empezaba a volverse en su contra. El chambelán sólo intentaba cumplir con su obligación. Lo de arrojar el tintero había sido una tontería.

Se tumbó bocarriba y enterró la frente bajo los brazos, para dejar que el cálido sol lo consolara. Era tan ardiente, y brillaba tanto... Ahora ya era capaz de soportarlo, pero durante sus primeros días en el Exterior, se había quedado cegado, había tenido que ponerse unas gafas oscuras porque sus ojos no dejaban de llorar y humedecerse con la luz. Y luego todas esas semanas eternas hasta que su piel había perdido su palidez extrema, esos días de lavarse y despiojarse, y la interminable medicación que Jared le había obligado a tomar. Semanas de pacientes clases impartidas por Claudia acerca de cómo vestirse, cómo hablar, cómo comer con cuchillo y tenedor; los títulos, las reverencias, aprender a no gritar, a no escupir, a no maldecir, a no pelear.

Dos meses antes, Finn era un Preso sin esperanza, un ladrón hambriento y desarrapado, un mentiroso. Ahora era el príncipe del Paraíso.

Y a pesar de todo, jamás había sido tan infeliz.

Una sombra oscureció la luz roja que brillaba tras sus párpados cerrados.

Los mantuvo bien cerrados, pero el aroma del perfume que usaba ella le llegó de forma inconfundible; el roce de su vestido se oyó con nitidez cuando la chica se sentó cerca de él, en el parapeto de piedra.

Al cabo de un momento, Finn dijo:

—La Maestra me maldijo, ¿lo sabías?

Claudia respondió con frialdad:

—No.

—Pues lo hizo. La Maestra, la mujer que murió por mi culpa... Le arrebaté la Llave de cristal. Sus últimas palabras antes de morir fueron: «Espero que te destruya». Creo que su maldición se está cumpliendo, Claudia.

El silencio se prolongó tanto que Finn levantó la cabeza y la miró. Claudia había subido las rodillas y las había escondido debajo del vestido de seda de color melocotón; tenía los brazos entrelazados alrededor de las piernas. Lo observaba con esa mirada preocupada e irritada a la vez, que tan bien conocía Finn.

—Finn...

Él se incorporó.

—¡No! No me digas que debería olvidar el pasado. No vuelvas a decirme que la vida aquí es un juego, que cada palabra y cada sonrisa, cada graciosa reverencia, es un movimiento dentro de un juego. ¡Yo no puedo vivir así! Y no lo haré.

Claudia frunció el entrecejo. Vio la tensión en los ojos de Finn. Cuando tenía un ataque, siempre se le quedaba esa mirada. Le entraron ganas de abofetearlo, pero en lugar de eso, se obligó a decir con voz pausada:

—¿Te encuentras bien?

Finn se encogió de hombros.

—Ha llegado sin más. Pero ya ha pasado. Pensaba... Pensaba que cuando Escapase dejaría de tener ataques. Todos esos absurdos documentos...

Claudia negó con la cabeza.

—No es por eso. Vuelve a ser por Keiro, ¿verdad?

Finn miró al frente. Al cabo de un rato, preguntó:

—¿Siempre eres tan lista?

Ella se echó a reír.

—Soy la alumna de Jared Sapiens. Entrenada en la observación y el análisis. Y —añadió con amargura— soy la hija del Guardián de Incarceron. El mejor jugador de este juego.

A Finn le sorprendió que mencionara el nombre de su padre. Tiró de una brizna de hierba y empezó a separarla en hilillos.

—Bueno, tienes razón. No puedo dejar de pensar en Keiro. Es mi hermano de sangre, Claudia. Nos juramos lealtad el uno al otro, lealtad hasta la muerte y más allá. Es imposible que te quepa en la cabeza lo que eso significa. En la Cárcel nadie puede sobrevivir solo; él cuidó de mí cuando yo ni siquiera sabía quién era. Me cubrió las espaldas en cientos de peleas. Y aquella vez en la cueva de la Bestia, volvió para socorrerme, a pesar de que tenía la Llave, a pesar de que podía haberse marchado a cualquier parte.

Claudia siguió callada. Pero luego dijo:

—Yo le mandé que fuera a buscarte. ¿No te acuerdas?

—Lo habría hecho de todos modos.

—¿Ah sí? —Claudia miró en dirección al lago—. Por la impresión que me dio, Keiro era un chico arrogante, despiadado e increíblemente vanidoso. Tú eras el que corría todos los riesgos. Él sólo se preocupaba de sí mismo.

—No lo conoces. No viste cómo luchó contra el Señor del Ala. Lo que hizo ese día fue alucinante. Keiro es mi hermano. Y yo lo he abandonado en aquel infierno, después de prometer que lo sacaría de allí.

Un grupo de jóvenes de la Corte de Arqueros aparecieron pavoneándose. Claudia dijo:

—Son Caspar y sus amigotes. Vamos.

Se levantó de un brinco y tiró de una de las barcas para acercarla a la orilla; Finn se subió a la embarcación y tomó los remos, mientras ella se montaba detrás de él. Después de unas cuantas remadas, se pusieron a salvo en la quietud del lago, con la proa ondeando entre las hojas de nenúfar. Las mariposas bailaban en el aire cálido. Claudia se reclinó en los cojines y contempló el cielo.

—¿Nos ha visto?

—Sí.

—Bien.

Finn observó la pandilla de jóvenes escandalosos con desprecio. El pelo rojo de Caspar y su levita de color azul chillón se distinguían claramente desde allí. Se reía; levantó el arco y apuntó hacia el bote, tensando la cuerda vacía con una sonrisa burlona. Finn le devolvió la mirada con enojo.

—Entre Keiro y él, tengo claro con qué hermano me quedaría.

Claudia se encogió de hombros.

—Ya, en eso te doy la razón. ¿Recuerdas que estuve a punto de tener que casarme con él?

La muchacha dejó que el recuerdo de ese día volviera a su mente; el placer frío y deliberado que había sentido al hacer jirones el vestido de novia, al despedazar el encaje y la blanca perfección, como si hubiera sido su propia vida la que rompía en pedazos, o a sí misma y a su padre. A sí misma y a Caspar.

—Ahora ya no tienes que casarte con él —dijo Finn con voz pausada.

Entonces se quedaron en silencio, mientras los remos se zambullían en el agua y salpicaban al salir. Claudia sacó la mano por el lateral, sin mirarlo. Ambos sabían que de niña la habían comprometido con el príncipe Giles, y cuando se había extendido la noticia de su presunta muerte, su hermano Caspar, el príncipe más joven, había ocupado su puesto. Pero ahora Finn era Giles. Claudia frunció el entrecejo.

—Mira...

Lo dijeron los dos a la vez. Claudia fue la primera en echarse a reír.

—Tú primero.

Él se encogió de hombros, pero ni siquiera sonrió.

—Mira, Claudia, no sé quién soy. Si creías que sacándome de Incarceron ibas a lograr que recuperase la memoria, te equivocaste. No recuerdo nada más que antes... Sólo tengo destellos, visiones que me traen los ataques. Las pociones de Jared no han cambiado las cosas. —De pronto dejó de remar y el barco siguió a la deriva. Finn se inclinó hacia delante—. ¿Es que no lo ves? ¡Puede que no sea el verdadero príncipe! Puede que no sea Giles, a pesar de esto. —Le enseñó la muñeca; Claudia vio el tatuaje deslucido del águila con corona—. E incluso si lo fuera... he cambiado. —Luchaba por encontrar las palabras acertadas—. Incarceron me ha hecho cambiar. No encajo aquí. No me acostumbro. ¿Cómo es posible que una Escoria como yo sea lo que buscas? No dejo de mirar si tengo a alguien pisándome los talones. No dejo de pensar que un pequeño Ojo rojo me espía desde el cielo.

Desolada, Claudia lo miró. Tenía razón. Al principio, ella creía que sería fácil, esperaba tener un aliado, un amigo. No este ladrón callejero y atormentado que parecía odiarse a sí mismo y que se pasaba las horas muertas mirando las estrellas.

Finn tenía la cara abatida, y su voz sonó como un murmullo:

—No puedo ser rey.

Claudia se sentó erguida.

—Ya te lo he dicho. Tienes que hacerlo. Si quieres adquirir el poder que te permita sacar a Keiro de Incarceron, ¡tienes que hacerlo!

Enfadada, volvió la cara y observó los campos.

Vio que se formaba un grupo de cortesanos vestidos con ropa vistosa. Dos lacayos transportaban una pila de sillas doradas, otro iba cargado con cojines y con mazas de *croquet*. Una pandilla de sirvientes sudorosos montaba una enorme carpa con borlas de seda amarilla sobre varias mesas de caballete, y una procesión de camareros y criadas llevaban platos con flanes, dulces, guisos de capón frío, pastelillos suculentos y jarras de ponche con hielo en bandejas de plata.

Claudia soltó un bufido.

—El bufé de la reina. Se me había olvidado.

Finn miró hacia allí.

—No pienso ir.

—Sí que irás. Cambia el rumbo de la barca y volvamos. —Lo miró con severidad—. Tienes que mantener las apariencias, Finn. Me lo debes. No arriesgué mi vida para poner a un pícaro cualquiera en el trono. Jared trabaja día y noche en el Portal. Conseguiremos que funcione. Lograremos que Keiro salga de la Cárcel. Y esa despreciable Attia también, aunque me he dado cuenta de que te has esforzado por no mencionarla. ¡Pero tienes que cumplir con tu parte!

Finn arrugó la frente. Entonces cogió los remos y dirigió la barca hacia la orilla.

Cuando se aproximaban al muelle, Claudia vio a la reina. Sia llevaba un vestido de un color blanco cegador con recargados faldones de vuelo, como los de una pastora, que dejaban a la vista sus piececillos enfundados en manoletinas brillantes. Su pálida piel quedaba protegida del sol por un sombrero de ala ancha y un chal fino que le cubría los hombros. Parecía alguien de veinte años, cuando en realidad debía de tener cuatro veces esa edad, pensó Claudia con amargura. Y sus ojos eran extraños, con el iris pálido. Los ojos de una bruja.

La barca topó con el muelle.

Finn respiró hondo. Se ajustó el cuello de la camisa, trepó para salir de la embarcación y tendió la mano a Claudia. Con formalidad, ella la tomó y salió con suma elegancia apoyando el pie en los tablones de madera. Juntos caminaron hacia el grupo congregado.

—Recuerda —dijo ella en voz baja—. Emplea las servilletas, no los dedos. Y no maldigas ni pongas mala cara.

Él se encogió de hombros.

—¿Qué más da? Haga lo que haga, a la reina le gustaría vernos muertos...

Claudia se apartó de él cuando vio que la reina Sia se acercaba corriendo.

—¡Vaya! ¡Aquí estáis los dos! Querido, hoy tenéis mucho mejor aspecto.

Finn hizo una reverencia, incómodo. Claudia se inclinó educadamente junto a él. La reina hizo caso omiso de la chica, tomó a Finn del brazo y se lo llevó.

—Venid a sentaros conmigo, muchacho. Tengo una sorpresa increíble para vos.

Condujo a Finn hasta la carpa y le mandó que se sentara junto a ella, en sendos tronos dorados. Dio unas palmadas para ordenar a un sirviente que le llevara más cojines.

—Supongo que ya se cree el rey.

La voz arrastrada sonó justo detrás de Claudia, y cuando se dio la vuelta, vio a Caspar, con el jubón desabrochado y una copa medio vacía en la mano.

—Mi supuesto hermanastro.

—Apestáis a vino —murmuró ella.

Él le guiñó un ojo con resentimiento.

—Te gusta más que yo, ¿verdad, Claudia? Ese ladrón sarnoso y bruto. Bueno, pues no te acerques demasiado. Mamá ha sacado las uñas y te ha puesto el ojo encima. Estás acabada, Claudia. Sin tu padre para protegerte, no eres nadie.

Furiosa, Claudia se alejó de él a grandes zancadas, pero Caspar la siguió.

—Mira con atención. Observa cómo mamá hace su primer movimiento. La reina es la pieza más poderosa del tablero. Y podrías haber sido tú, Claudia.

La reina Sia pidió silencio. Luego dijo con su voz sedosa:

—Queridos amigos, tengo una noticia excelente. El Consejo de los Sapienti ha mandado el recado de que todo está dispuesto para la Proclamación del Heredero. Todos los edictos han sido redactados y el derecho de mi queridísimo hijastro Giles a ocupar el trono será aprobado en breve. He decidido celebrar la ceremonia mañana en la Sala de Cristal, e invitaré a todos los embajadores para que vengan a nuestro Reino, así como a la Corte entera, para que la presencie. Y después, ¡baile de máscaras para todos!

Los cortesanos aplaudieron, las mujeres susurraron encantadas. Claudia mantuvo el semblante alegre, aunque al instante se despertó en ella la alerta. ¿Qué pasaba allí? ¿Qué tramaba Sia? Odiaba a Finn. Tenía que haber urdido alguna clase de trampa. Jared siempre había dicho que la reina retrasaría la Proclamación durante meses, y mucho más la Coronación. Y sin embargo, ahí estaba, anunciándola, ¡para el día siguiente!

Los ojos de Sia se encontraron con los de Claudia a través de la multitud alborotada. Mientras reía con esa especie de tintineo tan característico, mandó que Finn se levantase, lo agarró de la mano y levantó una elegante copa de vino para brindar con él.

Todos y cada uno de los nervios de Claudia se tensaron por culpa de la incredulidad.

—Te lo dije —se burló Caspar.

Finn parecía furioso. Abrió la boca pero se topó con la mirada fija de Claudia y mantuvo silencio, aunque estaba a punto de estallar.

—Parece mosqueado —comentó Caspar entre risas.

Claudia arremetió contra él, pero Caspar retrocedió al instante, alarmado.

—¡Puaj! ¡Quita esa cosa apestosa de aquí!

Era una libélula, un centelleo verde de alas titilantes; atacó al chico y Caspar le dio un manotazo, pero no acertó. Entonces aterrizó, con un leve crepitar, sobre el vestido de Claudia.

Antes de que nadie pudiera verla, la joven avanzó dos pasos hacia el lago y se dio la vuelta, diciendo en un susurro:

—¿Jared? Ahora no es un buen momento.

No hubo respuesta. La libélula flexionó las alas. Por un momento, Claudia pensó que se había equivocado, que era un insecto de verdad. Entonces, el animalillo dijo sin resuello:

—Claudia... Por favor. Venid, rápido...

—¿Jared? ¿Qué ocurre? —Elevó la voz sin darse cuenta por la ansiedad—. ¿Algo va mal?

No hubo respuesta.

—¿Maestro?

Un sonido apagado. Un cristal que caía y se hacía añicos.

Al instante, Claudia se dio la vuelta y echó a correr.

# 3

*Una vez, Incarceron se transformó en dragón, y un Preso entró a hurtadillas en su guarida. Hicieron una apuesta. Se propondrían acertijos el uno al otro y, quien no supiera la respuesta a alguno de ellos, perdería. Si perdía el hombre, entregaría su vida. A cambio, la Cárcel se ofreció a mostrarle una forma secreta de Escapar. Pero en cuanto el hombre accedió, oyó la risa burlona de la Cárcel.*

*Jugaron durante un año y un día. Las luces no se encendieron en ningún momento. No se retiraron los muertos. No se repartió comida. La Cárcel desoyó las súplicas de sus Internos. Ese hombre era Sáfico. Cuando le tocó el turno de proponer un acertijo, preguntó:*

*—¿Cuál es la Llave que abre el corazón?*

*Incarceron pensó y pensó un día entero. Dos días. Tres días. Entonces dijo:*

*—Si alguna vez supe la respuesta, la he olvidado.*

SÁFICO EN LOS TÚNELES DE LA LOCURA

Los feriantes se marcharon de la aldea muy temprano, antes de Lucencendida.

Attia los esperó en el exterior de los maltrechos muros, detrás de un pilar de ladrillo del que todavía colgaban unos gigantescos grilletes, tan oxidados que parecían hechos de polvo rojo. Cuando las luces de la Cárcel azotaron con su amargo parpadeo, vio que siete carromatos bajaban ya por la rampa, con la jaula del oso atada a uno de ellos, y el resto cubiertos con artilugios de tela estrellada. Conforme se acercaban, Attia creyó ver que los ojillos del oso se entrecerraban, fijos en ella. Los siete malabaristas idénticos iban caminando junto al desfile de carros y se pasaban bolas unos a otros creando complejas filigranas.

Attia se dio impulso y subió al asiento, al lado del Encantador.

—Bienvenida a la troupe —le dijo él—. La sensación de esta noche tendrá lugar en una aldea a dos horas de aquí, al otro lado de los túneles. Un sitio perdido e infestado de ratas, pero he oído que tienen buenos montones de plata. Tendrás que bajarte mucho antes de que lleguemos. Recuerda, Attia, bonita. Nunca jamás deben verte con nosotros. No nos conoces.

Attia lo miró a la cara. Bajo el crudo brillo de los focos carecía de la juventud que destilaba el personaje disfrazado del escenario. Su piel estaba marcada de costras y su pelo cobrizo era lacio y grasiento. Le faltaban la mitad de los dientes, probablemente, a causa de alguna pelea. Pero sus manos eran firmes a la par que delicadas con las riendas. Los dedos diestros de un mago.

—¿Cómo quieres que te llame? —murmuró Attia.

Él sonrió.

—Los hombres como yo cambian de nombre igual que de chaqueta. He sido Silentio el Visionario Silencioso, y Alixia el Brujo Tuerto de Demonia. Un año fui el Forajido Ambulante, y el año siguiente, el Elástico Descastado del Ala de la Ceniza. Lo del Oscuro Encantador es para cambiar de imagen. Me da cierta dignidad, creo yo.

Sacudió las riendas; el buey rodeó pacientemente un socavón que había en el sendero metálico.

—Pero seguro que tienes un nombre verdadero.

—¿Tú crees? —Le sonrió—. ¿Como Attia? ¿A eso llamas «verdadero»?

Enfadada, arrojó su hatillo de posesiones a los pies del carromato.

—Pues sí, por qué no.

—Llámame Ismael —dijo el hombre, y luego se echó a reír, con una carcajada gutural y repentina que la sobresaltó.

—¿Qué?

—Lo he sacado de un libro ilustrado que leí una vez. Es la historia de un hombre obsesionado con un gran conejo blanco. Lo persigue por un agujero, pero el conejo se lo come y lo lleva en el estómago durante cuarenta días.

Perdió la mirada en la monótona llanura de metal inclinado, en sus escasos arbustos puntiagudos.

—Adivina mi nombre. Venga, es un acertijo, Attia, bonita.

Ella frunció el entrecejo en silencio.

—¿Me llamo Adrax o Malevin o Korrestan? ¿Me llamo Tom Tat Tot o Rumpelstilskin? ¿Me llamo...?

—Olvídalo —cortó ella.

Ahora el hombre la miraba con un punto de locura; la penetraba con unos ojos que no le gustaban en absoluto. La sobresaltó cuando se levantó del asiento de madera y chilló:

—¿Me llamo Edric el Salvaje, el que cabalga el viento?

El buey siguió avanzando, imperturbable. Uno de los siete malabaristas idénticos corrió hacia él.

—¿Va todo bien, Rix?

El mago guiñó un ojo. Como si hubiera perdido el equilibrio, se sentó a plomo.

—Vaya, ya se lo has dicho. Y para ti soy el Maestro Rix, dedos de mantequilla.

El hombre se encogió de hombros y miró a Attia. Discretamente, se dio unos golpecitos con el dedo en la sien, puso los ojos en blanco y continuó caminando.

Attia arrugó la frente. Al principio pensaba que iba colocado de *ket*, pero a lo mejor se había topado con un lunático de verdad. Había infinidad de locos en Incarceron. Nacidos en la Celda con medio cerebro o desquiciados. Ese pensamiento la llevó a Finn, y se mordió el labio. Pero fuera lo que fuese este Rix, había algo curioso en él. ¿De verdad tenía el Guante de Sáfico, o no era más que un elemento para la función? E incluso si el Guante era el auténtico, ¿cómo iba a robárselo Attia?

De pronto el hombre se quedó callado, taciturno. Parecía cambiar de humor con suma facilidad. Ella tampoco habló, sino que contempló el deslucido paisaje de la Cárcel.

En esta Ala la luz proyectaba un brillo abrasador y mudo, como si algo se quemara justo donde se perdía la vista. Además, aquí el techo estaba tan alto que no se distinguía, aunque mientras los carromatos deambulaban por el sendero, tuvieron que sortear el final de una enorme cadena que colgaba desde arriba; Attia levantó la mirada, pero la otra punta se perdía en las mugrientas volutas de humo que semejaban nubes.

Una vez había volado entre las nubes, en un barco de plata, con amigos, con una Llave. Pero igual que Sáfico, había caído muy bajo.

Ante ella se elevaba una sucesión de colinas, con siluetas extrañas y recortadas.

—¿Qué es eso? —preguntó.

Rix se encogió de hombros.

—Son los Dados. No hay forma de sortearlos por el exterior. El camino sigue por debajo. —La miró de soslayo—. Bueno, y ¿cómo es que una ex esclava ha acabado en nuestra troupe?

—Ya te lo dije. Tengo que comer. —Se mordió una uña y añadió—: Y siento curiosidad. Me gustaría aprender unos cuantos trucos.

Él asintió con la cabeza.

—Tú y todos. Pero mis secretos morirán conmigo, hermana mía. Palabra de Mago.

—¿No vas a enseñarme?

—Sólo el Aprendiz sabrá mis secretos.

No le interesaba demasiado el tema, pero necesitaba descubrir cosas sobre el Guante.

—¿Te refieres a tu hijo?

La sonora carcajada del hombre hizo que Attia diera un salto.

—¡Hijo! ¡Es probable que tenga unos cuantos pululando por la Cárcel! No. Cada mago le enseña la labor de toda su vida a una sola persona: su Aprendiz. Y esa persona sólo aparece una vez en la vida. Podrías ser tú. Podría ser cualquiera. —Se inclinó hacia ella y le guiñó un ojo—. Y lo reconoceré por lo que diga.

45

—¿Como una especie de contraseña?

El mago se inclinó hacia atrás en muestra de exagerado respeto.

—Exactamente, a eso me refiero. A una palabra, una frase, algo que sólo yo conozco. Algo que mi anciano maestro me enseñó. Un día, oiré a alguien pronunciar esa palabra. Y a ese alguien será a quien enseñe.

—¿También le entregarás tus accesorios mágicos? —preguntó Attia sin perder la calma.

Los ojos del hombre se clavaron en ella. Tiró de las riendas; el buey mugió y se detuvo con repentina torpeza.

La mano de Attia corrió a tocar el cuchillo.

Rix se volvió hacia ella. Haciendo oídos sordos de los gritos de los demás feriantes, que iban detrás, la observó con sus ojos afilados y cargados de sospecha.

—Ahora lo entiendo —le dijo—. Quieres mi Guante.

Ella se encogió de hombros.

—Si fuera el verdadero...

—Claro que es el verdadero.

Attia soltó un bufido.

—Ya, claro. Y te lo dio Sáfico.

—Con tu burla pretendes conseguir que te cuente mi historia. —Rix sacudió las riendas y el buey volvió a avanzar lentamente—. Bueno, pues te la contaré, pero porque quiero. No es ningún secreto. Hace tres años, estaba en un ala de la Cárcel que se conoce como Túneles de la Locura.

—¿Existen?

—Existen, pero no tengas prisa por entrar en ellos. En las

profundidades de uno, conocí a una anciana. Estaba enferma, agonizando en la vera del camino. Le di un trago de agua. A cambio, me contó que, cuando era niña, había visto a Sáfico. Se le había aparecido en una visión, mientras dormía en una extraña habitación inclinada. Se había arrodillado junto a ella, se había quitado el Guante de la mano derecha y lo había deslizado bajo los dedos de la niña. «Guárdalo bien hasta que regrese», le dijo.

—Estaba loca —dijo Attia sin inmutarse—. Todos los que entran allí acaban locos.

Rix volvió a soltar esa risa histérica.

—¡Exacto! Yo mismo no he vuelto a ser el que era desde que pasé por los Túneles. Y no la creí cuando me lo dijo. Pero sacó un Guante de entre sus harapos y lo atrapé entre mis dedos. «Llevo toda la vida escondiéndolo», me susurró. «Y la Cárcel lo busca con todas sus fuerzas, os lo aseguro. Sois un gran mago. Con vos estará a salvo.»

Attia se preguntó qué parte de toda la historia sería cierta. Desde luego, la última frase no.

—Así que lo guardaste a buen recaudo.

—Muchos han intentado robármelo. —Volvió a mirarla de reojo—. Pero nadie lo ha conseguido.

Era evidente que tenía sus sospechas. Attia sonrió y atacó:

—Anoche, en la actuación de la plaza, ¿de dónde sacaste toda esa historia sobre Finn?

—Me la contaste tú, bonita.

—Yo te conté que había sido esclava y que Finn... me había rescatado. Pero lo que dijiste sobre la traición, sobre el amor... ¿De dónde lo sacaste?

—Ah. —Hizo una filigrana en el aire con los dedos, como si creara una torre—. Te leí la mente.

—Bobadas.

—Ya lo viste. El hombre, la mujer que lloraba.

—¡Ah, claro! Lo vi... —Dejó que la sorna inundara sus palabras—. ¡Tomarles el pelo con esas chorradas! «Está a salvo en la paz de Incarceron.» ¿Cómo eres capaz de mirarte a la cara?

—La mujer quería oír eso. Y en tu caso, es verdad que amas y odias a ese Finn. —El brillo volvió a sus ojos. Entonces su rostro se derrumbó—. ¡Pero el rugido del trueno! Reconozco que me dejó de piedra. Nunca me había pasado eso. ¿Te vigila Incarceron, Attia? ¿Le interesas por algo en especial?

—Nos vigila a todos —espetó ella.

Por detrás, una vocecilla chilló:

—¡Rápido, Rix!

La cabeza de una giganta asomaba por la tela estrellada.

—¿Y esa visión de un minúsculo ojo de cerradura? —Attia tenía que saberlo.

—¿A qué cerradura te refieres?

—Dijiste que eras capaz de ver el Exterior. Las estrellas, dijiste, y un gran palacio.

—¿Ah sí? —Sus ojos denotaron sorpresa. Attia ignoraba si era fingida o no—. No me acuerdo. Algunas veces, cuando llevo puesto el Guante, creo que hay algo que de verdad se apodera de mi mente.

Sacudió las riendas. Attia quería preguntarle más cosas, pero él dijo:

—Te propongo que bajes y estires las piernas. No tardaremos

en llegar a los Dados, y entonces todos tendremos que mantener los ojos bien abiertos.

Era un desplante. Enfadada, Attia saltó del carro.

—¡Ya era hora! —espetó la giganta.

Rix sonrió con esa boca sin dientes.

—*Gigantia*, querida. Vuelve a dormir.

Azuzó al buey. Attia dejó que el carromato se le adelantara traqueteando; de hecho, dejó que pasaran todos, con sus laterales pintados de colores brillantes, con las ruedas de radios rojos y amarillos, con sartenes y cazuelas entrechocando en la parte inferior... Al final del grupo, caminaba un burro atado con una cuerda larga al que unos cuantos chiquillos seguían con desgana.

Anduvo tras ellos, con la cabeza gacha. Necesitaba tiempo para pensar. Su único plan, cuando había oído los rumores de un mago que aseguraba tener el Guante de Sáfico, había sido encontrarlo y robárselo. Si Finn la había abandonado, intentaría hacer cualquier cosa para encontrar la salida por sí misma. Por un instante, mientras sus pies avanzaban por el camino metálico, se permitió revivir la amarga tristeza de esas horas padecidas en la celda del Fin del Mundo, la burla de Keiro y su compasión, y su:

—No va a volver. Mentalízate.

En ese momento se había vuelto contra él:

—¡Lo prometió! ¡Es tu hermano!

Incluso ahora, dos meses más tarde, el desdén con el que se había encogido de hombros Keiro y su respuesta aún la sobrecogían.

—Ya no lo es. —Keiro se había detenido junto a la puerta—.

Finn es un experto mentiroso. Su especialidad es conseguir que la gente sienta pena por él. No pierdas el tiempo. Ahora tiene a Claudia, y su precioso reino. No volveremos a verlo.

—¿Adónde vas a ir tú ahora?

Keiro había sonreído.

—A buscar mi propio reino. ¡Atrápame si puedes!

Entonces había desaparecido, corriendo por el pasadizo en ruinas.

Pero ella había esperado.

Había esperado sola en aquella celda silenciosa y llena de despojos durante tres días, hasta que la sed y el hambre habían podido con ella. Tres días de negarse a creer, de dudas, de rabia. Tres días imaginándose a Finn fuera, en el mundo en el que habitaban las estrellas, en algún palacio de mármol fantástico, con gente que se arrodillaba ante él. ¿Por qué no había regresado? Seguro que había sido culpa de Claudia. Seguro que ella lo había engatusado, lo había hechizado, le había hecho olvidar. O eso, o la Llave se había roto o se había perdido.

Sin embargo, ahora le costaba horrores seguir pensando de ese modo. Dos meses era mucho tiempo. Y había otro pensamiento que circulaba por su mente, que reptaba cuando Attia estaba cansada o deprimida. Que estaba muerto. Que sus enemigos del exterior lo habían asesinado.

Aunque la noche anterior, en ese momento de muerte fingida, lo había visto.

Alguien gritó delante de ella.

Attia levantó la mirada y vio, erigiéndose ante el grupo, los Dados.

Eran exactamente eso. Un cúmulo infinito de dados, más grandes que las montañas, con sus caras blancas que desprendían un brillo apagado, como si un gigante hubiese colocado un montoncito de terrones de azúcar en medio del camino, unos dados cuyos suaves agujeros podían confundirse con seises y cincos. En algunos puntos, matojos puntiagudos y raquíticos luchaban por crecer; y en las hondonadas y valles, un modesto musgo se aferraba al suelo como la hiedra. No había caminos que llevaran hasta allí. Las colinas cúbicas debían de ser tan duras como el mármol, y tan lisas que resultaba imposible escalarlas. Así pues, el sendero continuaba por un túnel excavado en la base.

Los carromatos se detuvieron. Rix se levantó y dijo:

—Oídme todos.

De repente, varias caras empezaron a asomar desde el interior de los carros, todos esos rostros deformados, grandones, arrugados, élficos, de los monstruos de feria. Los siete malabaristas se arracimaron. Incluso el cuidador del oso retrocedió.

—Corre el rumor de que la banda de forajidos que actúa por estos caminos es avariciosa, pero muy tonta. —Rix sacó una moneda del bolsillo y la lanzó al aire. Se desvaneció ante sus ojos—. Así que debería resultarnos fácil pasar por aquí. Si hay... algún obstáculo, ya sabéis todos qué tenéis que hacer. Abrid bien los ojos, amigos míos. Y recordad: el Arte de la Magia es el arte de la ilusión.

Hizo una reverencia muy marcada y volvió a sentarse. Asombrada, Attia vio cómo los siete malabaristas distribuían espadas y cuchillos, y unas bolas pequeñas de color azul y rojo. Luego, cada uno de ellos se montó junto a uno de los conductores. Los carromatos se apiñaron, en una apretada formación.

A regañadientes, Attia trepó detrás de Rix, su guardián.

—¿De verdad pensáis enfrentaros a una panda de Escoria con unos cuchillos retráctiles y unas espadas falsas?

Rix no contestó. Se limitó a sonreír con la boca desdentada.

Cuando vio la tenebrosa entrada del túnel, Attia desenvainó su cuchillo y se arrepintió tremendamente de no tener un trabuco de chispa a mano. Esos comediantes estaban locos, y ella no tenía intención de acompañarlos a la muerte.

La penumbra del túnel se fue incrementando ante el grupo de feriantes. Al cabo de un momento, una densa oscuridad se cernió sobre ellos.

Todo desapareció. No, no todo. Con una amarga sonrisa, Attia se dio cuenta de que, si alargaba el cuello hacia atrás, podía ver el letrero del carromato que seguía al suyo, y que destacaba gracias a la brillante pintura luminosa: «La única e inigualable Exquisitez Ambulante». Las ruedas desprendían chispas verdes. No se veía nada más. El túnel era angosto; desde el techo, el ruido de los ejes traqueteantes reverberaba formando un eco de truenos.

Cuanto más se adentraban en el túnel, más se preocupaba Attia. No existía sendero alguno sin dueño; y quien fuera que reinara en este túnel, sin duda les había tendido una emboscada. Levantó la mirada e intentó distinguir las formas del techo, para ver si alguno de sus atacantes estaba agazapado en una pasarela o colgado de una red, pero aparte de la tela de una araña gigante, no vio nada más.

Salvo, por supuesto, los Ojos.

Saltaban a la vista en la oscuridad. Los pequeños Ojos rojos de Incarceron la observaban a intervalos, como diminutos destellos de inquietud. Recordó los libros de imágenes que había visto, imaginó qué pensaría de ella la curiosa Cárcel, viéndola así, tan pequeña como un grano de arena, mirando a lo alto desde un carromato.

«Mírame —pensó con amargura—. ¿Te acuerdas de mí? Te he oído hablar. Sé que existe una manera de Escapar de ti.»

—Ahí están —murmuró Rix.

Attia se lo quedó mirando. Y entonces, con un estrépito que la hizo saltar, una reja cayó ante ellos en la oscuridad; y otra cayó por detrás. Se levantaron nubes de polvo; el buey bramó cuando Rix lo obligó a parar tirando de las riendas. Las ruedas de los carros crujieron al detenerse en una temblorosa fila.

—¡Saludos! —El grito provenía de la oscuridad que se cernía ante ellos—. Bienvenidos a la puerta del peaje de los Carniceros de Thar.

—Siéntate con la espalda erguida —musitó Rix—. Y haz lo que yo te mande.

El hechicero bajó de un salto, una sombra larguirucha en la oscuridad. Al instante, un rayo de luz lo iluminó. Se cubrió los ojos para protegerse.

—Estamos más que dispuestos a pagar al gran Thar lo que nos pida.

Una sonora carcajada. Attia levantó la vista. Estaba segura de que algunos de ellos los miraban desde arriba. Por instinto llevó la mano al cuchillo, al recordar cómo los Comitatus la habían capturado mediante una red voladora.

—Limitaos a decirnos, gran hombre, ¿cuál es el peaje? —Rix sonaba nervioso.

—Oro, mujeres o metales. Lo que prefieras, comediante.

Rix hizo una reverencia y dejó que el alivio se colara en su voz.

—Entonces, acercaos y coged lo que queráis, señores. Lo único que os pido es que nos dejéis los objetos necesarios para nuestro arte.

Attia susurró:

—Pero es que vas a dejarles que...

—Calla —le ordenó el Encantador. Y luego le preguntó al malabarista—: ¿Cuál de todos eres?

—Quintus.

—¿Y tus hermanos?

—Listos, jefe.

Alguien salió de la oscuridad ante el brillo rojo de los Ojos de Incarceron. Attia lo vio como un destello: una cabeza calva, hombros anchos, el brillo de metal que forraba todo su cuerpo... Tras él, formando una línea siniestra, otras siluetas.

A ambos lados, unas luces verdes centellearon con un siseo.

Attia fijó la mirada; incluso Rix perjuró.

El jefe de la banda era un medio hombre.

La mayor parte de su cráneo calvo era una placa de metal, una de sus orejas no era más que un ovillo de cables entremezclados con filamentos de piel.

En la mano sostenía un arma terrible, mitad hacha, mitad cuchilla de carnicero. Todos los hombres que tenía tras él iban rapados, como si ésa fuera la marca de la tribu.

Rix tragó saliva. Entonces alargó una mano y dijo:

—Somos gente pobre, Señor del Ala. Apenas tenemos unas monedillas de plata y unas cuantas piedras preciosas. Tomadlas. Tomad lo que queráis. Dejadnos únicamente nuestros patéticos artilugios.

El medio hombre extendió un brazo y agarró a Rix por la garganta.

—Hablas demasiado.

Sus secuaces ya estaban trepando por todos los carromatos, apartando a los malabaristas, metiendo la cabeza por las telas de lona. Algunos de ellos salieron en menos de un segundo.

—Por los dientes del demonio —murmuró uno—. Esto son bestias, no personas.

Rix sonrió con sumisión al Señor del Ala.

—La gente paga por ver cosas feas. Eso les hace sentir más humanos.

«Solemne tontería», pensó Attia, mientras observaba la cara mugrienta de Thar.

El Señor del Ala entrecerró los ojos.

—Entonces, nos pagarás con monedas.

—La cantidad que queráis.

—¿Y con mujeres?

—Por supuesto, señor.

—¿Incluso con vuestros hijos?

—Elegid los que prefiráis.

El Señor del Ala esbozó una sonrisita.

—Eres un cobarde apestoso.

La cara de Rix denotaba que estaba en apuros. El hombre lo soltó con asco. Dirigió una mirada a Attia:

—¿Y qué pasa contigo, chata?

—Tócame —dijo Attia sin inmutarse— y te arranco la cabeza.

Thar gruñó:

—Vaya, eso es lo que me gusta. Agallas. —Dio un paso al frente y tocó con el dedo el filo del cuchillo que blandía—. Bueno, cobarde, dime: ¿qué son esos... artilugios?

Rix palideció.

—Cosas que usamos en la actuación.

—¿Y por qué son tan valiosos?

—No lo son. A ver, me refiero a... —Rix tartamudeó—. Para nosotros, sí, pero...

El Señor del Ala pegó la cara contra la del mago.

—Entonces no te importará que les eche un vistazo, ¿no?

Rix parecía acongojado. «Él se lo ha buscado», pensó Attia con amargura.

El Señor del Ala lo empujó para abrirse paso. Alargó el brazo hacia el carro, arrancó la tapa de la cavidad que quedaba escondida debajo del reposapiés del conductor y sacó una caja.

—No. —Rix se mordió los labios agrietados—. ¡Señor, por favor! Llevaos todo lo que tenemos, ¡menos eso! Sin esa quincalla no podemos actuar...

—Me han contado —Thar hizo saltar el cerrojo de la caja con aire pensativo— más de una historia sobre ti. Algo sobre un Guante.

Rix se quedó callado. Parecía paralizado por el pánico.

El medio hombre quitó con violencia la tapa de la caja y miró dentro. Metió una mano y sacó un pequeño objeto negro.

Attia contuvo la respiración. El guante parecía diminuto en

la pezuña de aquel hombre; estaba desgastado y tenía más de un remiendo, y en el dedo índice había unas marcas oscuras que en otra época podían haber sido manchas de sangre. Attia hizo un movimiento; el hombre la miró a la cara y ella se quedó petrificada.

—Vaya —dijo el rufián con avaricia—. El Guante de Sáfico.

—Por favor. —Rix había perdido todo su aplomo—. Cualquier cosa menos eso.

El Señor del Ala sonrió con sorna. Con una lentitud burlona, empezó a introducir sus dedos rollizos en el guante.

# 4

*Hemos sido del todo meticulosos al sellar herméticamente la Cárcel. Nadie puede entrar ni salir de ella. El Guardián posee la única Llave que abre la compuerta. En caso de que muriese sin haber transmitido sus conocimientos, sería imprescindible abrir la Esotérica. Pero sólo su sucesor podría hacerlo. Pues ahora ese tipo de cosas están prohibidas.*

INFORME DEL PROYECTO, MARTOR SAPIENS

—¿Jared?

Sin aliento, Claudia irrumpió en la habitación de su tutor y miró alrededor.

Estaba vacía.

La cama estaba bien hecha, las sencillas estanterías ordenadas con sus escasos libros. El suelo de madera estaba cubierto por unas esteras de junco extendidas, y sobre la mesa, en una bandeja, había un plato con migajas junto a una copa de vino vacía.

Cuando ya se daba la vuelta para marcharse, el vuelo de su falda levantó una hoja de papel.

La miró. Parecía una carta, escrita en grueso papel de vitela y sujeta bajo la copa de cristal. Desde donde se hallaba, Claudia era capaz de distinguir la insignia real en el reverso, el águila con corona de los Havaarna, con su garra en alto sujetando el mundo. Y la rosa blanca de la reina.

Tenía prisa por encontrar a Jared, pero aun así, no pudo evitar detenerse en la carta. Su tutor ya la había abierto y leído. La había dejado a la vista. No podía ser un secreto.

A pesar de todo, dudó un momento. No habría sentido el menor remordimiento por leer las cartas de cualquier otro; en la Corte, todos eran desconocidos, tal vez enemigos. Formaban parte del juego. Pero Jared era su único amigo. Más que eso. Su amor por él era duradero y firme.

Así pues, cuando por fin cruzó la habitación y abrió la carta, se convenció de que no importaba, pues a fin de cuentas, él se lo habría contado más adelante. Lo compartían todo.

La carta era de la reina. Claudia la leyó con los ojos como platos.

Mi querido Maestro Jared:

Os escribo porque siento la necesidad de aclarar las cosas entre nosotros dos. Vos y yo hemos sido enemigos hasta ahora; pero eso no tiene por qué continuar siendo así. Sé que estáis increíblemente ocupado intentando reactivar el Portal. Claudia debe de estar desesperada por tener noticias de su amado padre. Sin embargo, me pregunto si podríais encontrar un momento para atenderme. Os espero en mis dependencias privadas, a las siete.

SIA REGINA

Y en letra más pequeña, a pie de página:

Podríamos sernos muy útiles el uno al otro.

Claudia frunció el entrecejo. Dobló el papel, volvió a pisarlo con la copa y salió a toda prisa. La reina siempre maquinaba algo. Pero ¿qué querría de Jared?

Seguro que su tutor estaba en el Portal.

Mientras agarraba una vela y la sacudía para encenderla, procuró no sentirse tan agitada. Abrió la puerta escondida entre los paneles de la pared del opulento pasillo y bajó a la carrera por la escalera de caracol que conducía a las bodegas, agachando la cabeza para esquivar las telas de araña que se regeneraban con una velocidad irritante. Las profundidades abovedadas estaban húmedas y frías. Se escurrió entre barriles y toneles y se apresuró a llegar al rincón más oscuro de la estancia, donde los altos portones de bronce llegaban al techo, y descubrió con horror que estaban cerrados. Los caracoles gigantes que parecían haber invadido el lugar se adherían al gélido metal; sus rastros cruzaban la superficie húmeda en distintas direcciones.

—¡Maestro! —Claudia aporreó la puerta con el puño—. ¡Dejadme entrar!

Silencio.

Por un instante le surcó la mente el pensamiento de que el Sapient no podía abrir la puerta, que yacía inconsciente en el suelo, que la lenta enfermedad que llevaba varios años consumiéndolo lo había obligado a ceder ante el dolor. Entonces, otro miedo la apuñaló todavía con más saña: que por fin había conseguido que el Portal funcionase y había quedado atrapado en Incarceron.

La puerta se abrió de sopetón con un clic.

Claudia se coló y observó la estancia.

Y entonces se echó a reír.

Jared, a cuatro patas e intentando atrapar cientos y cientos de resplandecientes plumas azules, levantó la mirada hacia ella con irritación.

—No tiene gracia, Claudia.

Claudia no podía parar de reír. Era tan grande su alivio... Se sentó en la única silla que había y dejó que las risitas subieran de tono hasta convertirse en una especie de carcajada histérica que la obligó a secarse los ojos con la seda de la falda. Jared se inclinó hacia atrás y se apoyó en las manos, inmerso en un mar azul de plumas, para observarla. Llevaba una camisola de color verde oscuro, con las mangas enrolladas. Su túnica de Sapient, colgada de la silla, estaba enterrada en plumas. Tenía el pelo largo enmarañado. Pero su sonrisa, cuando por fin la esbozó, fue descarada y sincera.

—Bueno, a lo mejor sí.

La sala, que siempre había estado tan impoluta y blanca, parecía invadida por el plumaje de miles de martines pescadores desplumados. Encima de la mesa metálica había plumas, que también cubrían las pulcras estanterías plateadas con sus crípticos controles. El suelo estaba lleno de plumas hasta la altura del tobillo. Nubes y nubes de plumas volaban y se iban posando en la superficie sin cesar.

—Tened cuidado. He volcado un frasco mientras intentaba atraparlas.

—¿Por qué plumas? —logró preguntar al fin Claudia.

Jared suspiró.

—Una pluma. La recogí en el campo. Pequeña. Orgánica. Perfecta para la experimentación.

Se lo quedó mirando.

—¿Una? Entonces...

—Sí, Claudia. Por fin he conseguido que ocurra algo. Pero no lo que tenía que ocurrir.

Asombrada, miró a su alrededor. El Portal era la entrada a Incarceron, pero únicamente su padre conocía sus secretos, y lo había saboteado en su huida al introducirse en la Cárcel. Se había sentado en esa misma silla y había desaparecido, y Claudia sabía que estaba perdido, en algún punto dentro del mundo en miniatura que constituía la Cárcel. Y desde entonces, no habían conseguido que nada funcionase en el Portal. Jared había dedicado meses a estudiar los controles del escritorio, enervando a Finn con sus pruebas cautelosas y precisas, pero ni un interruptor, ni un solo circuito, se había encendido siquiera.

—¿Qué ha pasado?

Claudia saltó de pronto, pues de repente tuvo miedo de desaparecer a través de la silla.

Jared se quitó una pluma azul del pelo.

—La coloqué encima de la silla. Desde hace unos días, hago experimentos sustituyendo los componentes rotos con distintas piezas de repuesto; lo último que he probado ha sido un plástico ilegal que le compré a un comerciante en el mercado.

Claudia preguntó nerviosa:

—¿Os vio alguien?

—Me cubrí bien la cara, así que confío en que no.

Sin embargo, ambos sabían que era probable que lo hubieran seguido.

—¿Y bien?

—Supongo que habrá funcionado. Porque ha habido un destello y un... temblor. Pero la pluma no ha desaparecido, ni se ha miniaturizado. Se ha multiplicado. Todas son réplicas perfectas.

Miró a su alrededor con una pálida impotencia que de repente caló en Claudia; la sonrisa se esfumó de su rostro. En voz baja, le dijo:

—No debéis hacer tantos esfuerzos, Maestro.

Él levantó la mirada hacia su pupila, con voz cariñosa:

—Soy consciente.

—Sé que Finn se pasa el día merodeando por aquí, molestándoos.

—Deberíais llamarlo «príncipe Giles». —Se puso de pie con un leve gesto de dolor—. Es el futuro rey.

Se miraron el uno al otro. Claudia asintió. Paseó la mirada a su alrededor hasta encontrar un saco que contenía herramientas; las sacó todas y empezó a rellenarlo con las plumas, puñado a puñado. Jared se sentó en la silla y se inclinó hacia delante.

—¿Podrá soportar Finn tanta presión? —preguntó en voz baja.

Ella se detuvo. Jared vio que dejaba la mano metida en el saco; cuando por fin la sacó, siguió guardando plumas más rápido y con más ahínco.

—Tendrá que hacerlo. Lo sacamos de la Cárcel con el fin de que fuese rey. Lo necesitamos. —Claudia levantó la mirada—.

Es extraño. Lo único que me importaba cuando empezó todo esto era no casarme con Caspar. Y encontrar el lado bueno de mi padre. Me he pasado la vida planeando y conspirando, obsesionada con esas dos cosas...

—Y ahora que las habéis conseguido, no estáis satisfecha. —Jared asintió—. La vida consta de una serie de escaleras por las que vamos subiendo, Claudia. Ya habéis leído las Filosofías de Zelón. Vuestros horizontes han cambiado.

—Sí, Maestro, pero no sé...

—Sí lo sabéis. —El Sapient alargó su delicada mano y agarró la de ella, para inmovilizarla—. ¿Qué queréis que haga Finn cuando se convierta en rey?

Claudia se quedó quieta unos cuantos segundos, como si reflexionara. Pero al final dijo exactamente lo que él sabía que diría:

—Quiero que termine con el Protocolo. Pero no del modo en que lo harían los Lobos de Acero, matando a la reina. Quiero encontrar un camino pacífico, para que podamos entrar en el tiempo de nuevo, vivir de forma natural sin este estancamiento, sin esta historia falsa que nos ahoga.

—¿Es posible algo así? Nos quedan pocas reservas de energía.

—Sí, y las malgastamos en palacios para los ricos, y en mantener el cielo azul, y en encerrar a los pobres y olvidados en una Cárcel controlada por una máquina tirana. —Con furia, barrió las últimas plumas que quedaban por el suelo y se puso de pie—. Maestro, mi padre se ha ido. Nunca pensé que fuera posible, pero me siento como si la mitad de mí se hubiera marchado con él. Sin embargo, soy su sucesora, y si alguien va a ser Guardián de Incarceron, seré yo. Así que pienso ir a la Academia. Voy a leer la Esotérica.

Se dio la vuelta, porque no quería ver la alarma en el rostro de Jared.

El Sapient no dijo nada. Recogió su túnica y la siguió fuera del despacho, y cuando cruzaron el umbral de la puerta, ambos volvieron a sentir ese cambio repentino; como si la habitación se enderezara detrás de ellos. Claudia se dio la vuelta y contempló su blanca pureza, el lugar que existía tanto aquí como en su casa, allí convertido en el estudio de su padre.

Jared cerró la puerta y pasó las cadenas para asegurarla. Adhirió un pequeño artilugio contra el bronce.

—No es más que un mecanismo de seguridad. Medlicote estuvo aquí esta mañana.

Claudia se sorprendió.

—¿El secretario de mi padre?

Jared asintió, preocupado.

—¿Qué quería?

—Tenía un mensaje para mí. Lo estudió todo con mucha atención. Creo que siente tanta curiosidad como los demás miembros de la Corte.

Claudia siempre había visto con malos ojos al hombre alto y silencioso que trabajaba para su padre. Pero aun así se obligó a preguntar con voz calmada:

—¿Qué mensaje?

Habían llegado hasta la escalera. Claudia soltó el saco de plumas con el fin de que algún sirviente lo recogiera; Jared dio un paso atrás siguiendo un perfecto protocolo, para dejar que ella supiera primero. Por un momento, mientras se agachaba por debajo de las telas de araña, un arrebato de miedo la embargó, el miedo a que Jared le mintiera, o esquivara la pregunta. Pero su voz no cambió.

—Un mensaje de la reina. No sé muy bien de qué se trata. Quiere reunirse conmigo.

Claudia sonrió con dulzura en la penumbra.

—Bueno, deberíais ir. Tenemos que averiguar qué trama.

—Debo reconocer que me aterra. Pero sí, tenéis razón.

Lo esperó en el último escalón; cuando su tutor emergió por la puerta, se agarró del marco y respiró con dificultad durante unos instantes, como si un latigazo de dolor lo hubiera sacudido. Entonces la miró a los ojos y se irguió. Recorrieron el pasillo forrado de madera y siguieron, hasta entrar en un distribuidor alargado en el que había cientos de jarrones azules y blancos, cada uno de ellos tan alto como un hombre, llenos de un popurrí antiguo que olía a humedad. Bajo sus pies crujieron los tablones de madera.

—La Esotérica está guardada en la Academia —dijo Jared.

—Entonces tendré que ir allí.

—Necesitaréis el permiso de la reina. Y ambos sabemos que en realidad ella no quiere que el Portal vuelva a abrirse.

—Maestro, iré a la Academia, diga lo que diga la reina. Y vos tendréis que venir conmigo, porque no entenderé nada de lo que encuentre.

—Pero eso significaría dejar a Finn aquí desprotegido.

Claudia lo sabía. Llevaba varios días pensando en eso.

—Tendremos que buscarle un guardaespaldas.

Habían llegado hasta el Patio de Madreselva. El dulce aroma de sus flores colgantes era como una ráfaga veraniega, que la alegró un poco. Mientras se introducían en el laberinto de rectos senderos, el sol de la tarde iluminó los claustros de cristal tallado y oro, cuyas diminutas piezas de mosaico emitían destellos, y un grupito de abejas zumbó entre el romero y la lavanda bien podados.

A lo lejos, el reloj de la alta torre tocó las campanas para indicar que eran las siete menos cuarto. Claudia frunció el entrecejo.

—Será mejor que os vayáis. A Sia no le gusta que la hagan esperar.

Jared sacó el reloj que llevaba en el bolsillo y comprobó la hora.

Claudia dijo:

—Ahora siempre lleváis ese reloj.

—Me lo regaló vuestro padre. Me considero su protector.

Era un reloj digital muy preciso. Lo que había dentro de la esfera de oro era totalmente ajeno a la Era, algo que siempre había maravillado a Claudia, pues su padre había sido muy meticuloso con los detalles. Mientras contemplaba la elegante cadena de plata, con ese pequeño cubo que colgaba de ella, se preguntó cómo se las arreglaría el Guardián en medio de la pobreza y la suciedad que imperaban en la Cárcel. Aunque claro, él ya sabía cómo era Incarceron. Había estado allí muchas veces.

Jared cerró la tapa del reloj. Lo mantuvo suspendido en el aire un momento más. Entonces, en voz muy baja, preguntó:

—Claudia, ¿cómo sabíais que iba a reunirme con la reina a las siete?

Claudia se quedó petrificada.

Al principio fue incapaz de articular palabra. Después lo miró a la cara. Sabía que estaría sonrojada.

—Ya entiendo... —dijo Jared.

—Maestro, lo... siento. La nota estaba allí encima. La vi y la leí. —Sacudió la cabeza—. ¡Lo siento mucho!

Estaba avergonzada. Y en cierto modo, enojada por el desliz.

—No voy a negar que me ha dolido un poco —dijo él abrochándose la túnica. Entonces levantó la mirada y sus ojos verdes quedaron fijos en ella. Se apresuró a decir—: No debemos dudar nunca el uno del otro, Claudia. Intentarán dividirnos, intentarán que nos enfrentemos los tres: Finn, vos y yo. No dejéis que lo hagan jamás.

—No lo haré. —Lo dijo con convicción—. Jared, ¿estáis enfadado conmigo?

—No. —El Maestro sonrió con amargura—. Hace mucho que aprendí que sois hija de vuestro padre. Bueno, voy a pedirle a la reina que nos permita viajar a la Academia. Venid a mi torre más tarde y os lo contaré todo.

La muchacha asintió y observó cómo se alejaba Jared, quien hizo una reverencia al pasar junto a dos damas de honor que lo saludaron con cortesía y admiraron su esbelta figura oscura. Se dieron la vuelta y vieron a Claudia, quien las penetró con una mirada fría; se marcharon corriendo.

Jared era suyo. Sin embargo, aunque él intentara ocultarlo, Claudia sabía que le había hecho daño.

Desde un rincón del claustro, Jared devolvió el saludo a Claudia y se metió bajo la arcada. En cuanto quedó fuera de la vista de la joven, se detuvo. Apoyó la mano en la pared y respiró hondo varias veces. Antes de ver a la reina necesitaría su medicación. Sacó un pañuelo y se enjugó la frente, dejando que remitiera el agudo espasmo, mientras contaba en silencio las pulsaciones con el dedo.

No tenía motivos para disgustarse tanto. Claudia hacía bien en ser tan curiosa. Y además, al fin y al cabo también él le escondía un secreto.

Sacó el reloj del bolsillo y lo sujetó en la palma hasta que el metal se calentó en su mano. Por un instante, había estado a punto de contárselo, hasta que Claudia había empezado a hablar de la reina. Pero ¿qué se lo había impedido? ¿Por qué no podía saber ella que Jared sostenía en sus dedos el diminuto cubo que era Incarceron, el lugar donde estaban apresados su padre, Keiro y Attia?

Lo sopesó en la palma de la mano, recordando la voz del Guardián, cuando se había burlado de su escándalo: «Sois como dios, Jared. Ahora mismo tenéis a Incarceron en vuestras manos». Unas perlas de sudor empañaron el reloj; las limpió. Cerró la tapa del artilugio y se lo metió en el bolsillo. Luego corrió a su habitación.

Apenada, Claudia se miró los pies. Por un momento casi había sentido odio hacia sí misma; ahora se repetía que no debía ser ingenua. Tenía que volver con Finn. La noticia sobre la Proclamación sería un golpe duro para él. Mientras recorría a toda prisa el claustro, suspiró. Algunas veces, a lo largo de esas últimas semanas, cuando habían salido a cazar, o a montar a caballo por el bosque, Claudia había tenido la impresión de que él estaba a punto de huir, de azuzar al caballo para adentrarse galopando por los bosques del Reino, lejos de la Corte y de la carga de ser el príncipe que había regresado de entre los muertos. Sus deseos de Escapar habían sido tan fuertes, sus ansias por encontrar las estrellas tan intensas... Y lo único que había conseguido había sido cambiar de cárcel.

Detrás del claustro quedaban las caballerizas. Claudia sintió un impulso repentino y entró agachando la cabeza por el arco bajo que conducía a la estancia polvorienta. Necesitaba tiempo para pensar y éste era su lugar favorito dentro de la abarrotada Corte. La luz del sol se colaba por una ventana alta que había en el punto más distante del edificio; el ambiente olía a paja vieja y a polvo, a eso y a pájaros.

Allí estaban, amarrados a sus postes, todos los halcones y demás aves de presa de la Corte. Algunos llevaban unas pequeñas capuchas rojas que les cubrían los ojos; mientras se sacudían o se arreglaban el plumaje con el pico, hacían tintinear unas campanillas y los penachos en miniatura que adornaban las capuchas se balanceaban. Las aves que tenían la cabeza descubierta se quedaron mirando a Claudia cuando ésta pasó por el pasillo que había entre las jaulas: los enormes búhos de ojos gigantes que giraron el cuello en completo silencio, los gavilanes de mirada rojiza y feroz, el esmerejón adormilado. En el extremo, sujeta por unas correas de cuero, un águila imperial la miraba con arrogancia, y su pico era amarillo y cruel como el oro.

Claudia se puso un guante, extrajo un fragmento de carne de una bolsa que colgaba de la pared y lo sostuvo en alto. El águila volvió la cabeza. Por un momento se quedó quieta como una estatua, observando a Claudia con suma atención. Entonces su pico le arrebató el bocado y el animal rasgó la carne hebrosa entre las dos garras.

—Un símbolo muy acertado de la Casa Real.

Claudia dio un respingo.

Había alguien entre las sombras, detrás de una pantalla de piedra. Le veía las manos y el brazo gracias a un rayo de sol, en el que flotaban unas motas de polvo. Por un instante creyó que era su padre, y una punzada de un sentimiento que no lograba descifrar la llevó a cerrar la mano en un puño.

Entonces preguntó:

—¿Quién anda ahí?

El roce de la paja.

Iba desarmada. Estaba sola. Retrocedió un paso.

El hombre se acercó a ella lentamente. La luz del sol cruzó su silueta alta y delgada, su pelo grasiento que caía en finos mechones apagados, las pequeñas medias lunas de sus gafas.

Claudia soltó el aire contenido, muy enfadada. Luego dijo:

—Medlicote.

—Lady Claudia. Espero no haberos sobresaltado.

El secretario de su padre hizo una marcada reverencia y Claudia lo saludó agachándose brevemente y con frialdad. Cayó en la cuenta de que, a pesar de haber visto a ese hombre prácticamente todos los días de su vida cuando su padre estaba en casa, era probable que nunca hubiese hablado con él hasta entonces.

Estaba demacrado y andaba levemente encorvado, como si todas las horas que pasaba trabajando de escribano hubieran empezado a pesar sobre su espalda.

—En absoluto —mintió Claudia. Luego añadió dubitativa—: En realidad, me alegro de tener la oportunidad de hablar con vos. Los asuntos de mi padre...

—Están atados y bien atados. —La interrupción la sobresaltó; se lo quedó mirando. Él se acercó un paso más—. Lady Claudia, perdonad mi rudeza, pero tenemos poco tiempo. Tal vez reconozcáis esto.

Extendió sus dedos manchados de tinta y dejó caer algo pequeño y frío en el guante de Claudia. Un destello de luz solar lo atravesó. Vio un pequeño objeto metálico; una bestia que corría con las fauces abiertas, enseñando los dientes. Era la primera vez que la veía. Pero sabía muy bien qué significaba.

Era un lobo de acero.

# 5

*—Podría abrasarte soplando fuego sobre ti —gruñó el lobo de alambre.*
*—Hazlo —dijo Sáfico—. Pero no me tires al agua.*
*—Podría roer tu sombra hasta hacerla desaparecer.*
*—No sería nada comparado con el agua negra.*
*—Podría destrozarte los huesos y los tendones.*
*—Más temo la espeluznante agua que a ti.*
*El lobo de alambre lo arrojó al lago con toda su rabia.*
*Así que él se alejó nadando, entre risas.*

EL REGRESO DEL LOBO DE ALAMBRE

El Guante era demasiado pequeño.

Horrorizada, Attia observó cómo el material cedía, cómo en sus costuras iban apareciendo pequeños rasgones. Miró a Rix; sus fascinados ojos estaban fijos en los dedos del Señor del Ala.

Y sonreía.

Attia tomó aire; de repente lo entendió todo. Todas esas súplicas para que no tocaran sus artilugios: ¡quería que ocurriera precisamente esto!

La muchacha miró a Quintus. El malabarista tenía en la mano una bola roja y otra azul, estaba alerta. Tras él, en la penumbra, aguardaba la troupe.

Thar extendió la mano. En la oscuridad, el guante negro era casi invisible, como si le hubieran amputado la extremidad a la altura de la muñeca. Soltó esa risa áspera similar a un ladrido.

—¿Y ahora qué? ¿Si chasqueo los dedos empezarán a salir monedas de oro de ellos? ¿Si señalo a un hombre se caerá muerto?

Antes de que alguien pudiera responder, ya lo había intentado, volviéndose para señalar con el índice a uno de los hombres corpulentos que tenía detrás. El rostro del rufián empalideció.

—¿Por qué yo, jefe?

—¿Tienes miedo, Mart?

—No me gusta, eso es todo.

—Pues más tonto eres. —Thar se balanceó hacia atrás y miró con desprecio a Rix—. He visto trapos mejores que éste pegados a las ruedas de un carro. Tendrás que ser muy buen comediante para lograr que alguien crea en esta porquería.

Rix asintió.

—Vos lo habéis dicho. El mejor comediante de Incarceron.

Levantó una mano.

Al instante, la burla de Thor se borró de su cara; bajó la mirada a los dedos enguantados.

Entonces soltó un aullido de dolor.

Attia saltó. El eco del grito reverberó por el túnel; el Señor del Ala gritaba y estrujaba el guante.

—¡Quitádmelo! ¡Me está quemando!

—Qué mala suerte —murmuró Rix.

El rostro de Thar se encendió por la furia.

—¡Matadlo! —rugió.

Sus hombres se movieron, pero Rix los amenazó:

—Hacedlo y no podrá quitárselo nunca.

Cruzó los brazos sin mover ni un ápice las facciones de su cara enjuta. Si estaba actuando, pensó Attia, era un maestro. Poco a poco, para que nadie se diera cuenta, Attia se deslizó hacia el asiento del conductor.

Thar maldecía y tiraba del Guante con desesperación.

—¡Es ácido! ¡Me está comiendo la piel!

—Si no utilizáis bien las cosas de Sáfico, ¿qué podéis esperar?

Había un punto de sorna en la voz de Rix que hizo que Attia lo mirase a la cara. La sonrisa desdentada había desaparecido de su cara; mostraba esa mirada dura y obsesiva que la había alarmado hacía un rato. Detrás de ella, el malabarista Quintus chasqueó la lengua, nervioso.

—¡Pues matad a los demás! —Ahora Thar apenas podía gemir.

—No vais a tocarle un pelo a nadie. —Rix miró uno por uno a los integrantes de la pandilla de rufianes con ojos desafiantes—. Nos dejaréis pasar, saldremos tranquilamente de las colinas de los Dados y después romperé el hechizo. Si intentáis cualquier ardid, la ira de Sáfico lo abrasará por toda la eternidad.

Los ladrones se miraban unos a otros muy nerviosos.

—Hacedlo —gruñó Thar.

Era un momento peligroso. Attia sabía que todo dependía del miedo que los Carniceros tuvieran de su líder. Si uno de ellos hacía caso omiso de sus órdenes o lo mataba para tomar el mando, Rix estaría acabado. Pero todos parecían acobardados e incómodos. Primero retrocedió uno, y después, todos los demás lo imitaron.

Rix inclinó la cabeza.

—En marcha —susurró Quintus.

Attia agarró las riendas.

—¡Espera! —chilló Thar. Sacudió los dedos enguantados, como si notara descargas eléctricas corriendo por ellos—. Páralo de una vez. Manda que el guante deje de hacer esto.

—Yo no le mando que haga nada —dijo Rix con interés.

Los dedos negros se agarrotaron, luego tuvieron convulsiones. El medio hombre se tambaleó hacia delante, agarró una brocha de un cubo de pintura dorada que colgaba de los bajos del carromato. Las gotas de oro salpicaron el suelo del túnel.

—¿Y ahora qué? —murmuró Quintus.

Thar avanzó dando tumbos hasta la pared. Con un movimiento repentino que lo salpicó todo, su mano enguantada trazó cinco letras brillantes en el metal curvado.

ATTIA.

Todos se lo quedaron mirando anonadados. Rix miró a la chica. Entonces se dirigió a Thar.

—¿Qué hacéis?

—¡No lo hago yo! —El hombre estaba a punto de atragantarse de miedo y furia—. ¡Este asqueroso guante está vivo!

—¿Sabéis escribir?

—Claro que no sé escribir. ¡No sé lo que pone!

Attia se quedó sin aliento a causa de la fascinación. Bajó como pudo del carromato y corrió hacia la pared. Las letras goteaban y dejaban rastros largos y finos de color dorado.

—¿Qué? —jadeó—. ¿Qué más?

Con una sacudida, como si el Guante tirara de él, la mano de Thar volvió a levantar la brocha y escribió:

LAS ESTRELLAS EXISTEN, ATTIA. FINN LAS HA VISTO.

—Finn... —suspiró Attia.

PRONTO LAS VERÉ YO TAMBIÉN. MÁS ALLÁ DE LA NIEVE Y LA TORMENTA.

Algo le rozó la piel. Lo cogió; era un objeto pequeño y suave, que bajó planeando desde el techo oscuro.

Una pluma azul.

Y entonces empezaron a caer de todas partes, suaves como un cosquilleo. Una nevada de diminutas plumas azules, idénticas unas a otras, caía sobre los carromatos y sobre la panda de extorsionadores, además de sobre el camino. Una tormenta silenciosa e imposible, plumas que siseaban y crepitaban al tocar las llamas, que se arremolinaban cuando los bueyes resoplaban para apartarlas, que caían sobre los ojos y los hombros, en las fundas de lona, en las hojas de las hachas, que se pegaban a los chorretones de pintura.

—¡Es la Cárcel la que hace esto! —La voz de Rix sonó como un susurro de admiración. Agarró a Attia por el brazo—. Rápido. Antes de que...

Pero ya era demasiado tarde.

Con un bramido, la tempestad surgió de la oscuridad y aplastó al mago contra ella; Attia se tambaleó, pero él agarró a la muchacha para incorporarla. La ira de Incarceron atronaba; el grito de un huracán irrumpió en el túnel y destrozó las puertas.

Los rufianes se desperdigaron; mientras Rix agarraba a Attia para estabilizarla, vio cómo se retorcía Thar, cómo el guante negro se apergaminaba y se rompía sobre su mano, disolviéndose en una maraña de agujeros, de hebras de sangre cruda y ensangrentada.

Para entonces Attia ya había subido a toda prisa al carromato; Rix chilló y azuzó al buey, que se puso en marcha, avanzando a ciegas en la tormenta. Attia se cubrió la cabeza con los brazos mientras las plumas caían como ráfagas junto a ella, y sobre sus cabezas vio las esferas de los malabaristas, que habían salido volando y flotaban en la etérea tormenta con sus colores verdes, rojos y morados.

El avance fue arduo. Los bueyes eran robustos, pero incluso ellos se tambaleaban con la fuerza del viento, bajaban la testa y daban pasos lentos. A su lado, Attia oyó un ataque de histeria, amortiguado por el viento; levantó la cabeza y vio que Rix se reía en voz baja, para sí mismo, mientras las plumas se le pegaban al pelo y a la ropa.

Costaba mucho hablar, pero por lo menos Attia consiguió volver la cabeza. No quedaba rastro de los Carniceros. Al cabo de veinte minutos, el túnel se iluminó un poco; el carromato tomó una curva larga y pronunciada, y Attia vio la luz ante ellos, una entrada recortada entre la tormenta de plumas.

Conforme avanzaban a trompicones hacia la salida, la tormenta amainó, tan repentinamente como había comenzado.

Poco a poco, Attia bajó los brazos y tomó aliento. Una vez en la entrada del túnel, Rix dijo:

—¿Nos sigue alguien?

Attia aguzó la vista.

—No. Quintus y sus hermanos cierran la marcha.

—Excelente. Unas cuantas bolas de humo impedirán que nos persigan.

A Attia le dolían los oídos por culpa del viento helador. Se arropó bien con el abrigo y se sacudió las plumas de las mangas, escupió plumas azules. Entonces añadió abrumada:

—¡El Guante se ha destruido!

Él se encogió de hombros.

—Vaya, qué lástima.

Sus crípticas palabras, esa sonrisilla petulante, hicieron que Attia lo mirase fijamente. Pero al momento paseó los ojos por el paisaje que había a su espalda.

Era un mundo de hielo.

Ante ellos, el camino discurría entre grandes montículos helados, que llegaban a la altura de la cabeza, y Attia se dio cuenta de que toda esa ala era una tundra abierta, abandonada y barrida por el viento, que se perdía en la penumbra de la Cárcel. Había un foso enorme que les impedía el paso con un puente fortificado encima, que terminaba en una puerta con un rastrillo de metal negro desgastado por los azotes del aguanieve. Alguien había forzado una entrada a través de los barrotes; la punta de las barras de acero estaba doblada. Un barro grasiento mostraba por dónde habían pasado otros vehículos, pero para Attia el frío repentino se tradujo en miedo.

—Había oído hablar de este lugar —susurró—. Es el Ala de Hielo.

—Qué lista eres, bonita. Así se llama, sí.

Mientras el buey que tiraba del carromato se deslizaba dando coces por la colina resbaladiza, Attia guardó silencio. Luego dijo:

—Entonces, ¿no era el Guante auténtico?

Rix escupió hacia un lado.

—Attia, si aquel rufián hubiera abierto cualquier caja o cualquier compartimento secreto de este carromato, habría encontrado un guante. Un guante negro y pequeño. Yo no dije que fuera el de Sáfico. De hecho, ninguno de ellos es el auténtico. Guardo el Guante de Sáfico tan próximo a mi corazón que es imposible robarlo.

—Pero... le abrasó la mano.

—Bueno, tenía razón en que llevaba ácido. En cuanto a lo de no ser capaz de quitárselo, sí que hubiera podido hacerlo. Pero le hice creer que no podía. Eso es la magia, Attia. Coger la mente de un hombre y darle la vuelta para que crea en lo imposible.

—Se concentró un momento en guiar al buey para que rodeara una viga que sobresalía en el camino—. Después de habernos dejado escapar, seguro que se convenció de que se había deshecho el hechizo.

Attia lo miró de soslayo.

—¿Y lo que escribió?

Los ojos de Rix se fijaron en ella.

—Iba a hacerte la misma pregunta.

—¿A mí?

—Ni siquiera yo puedo hacer que un hombre iletrado escriba. El mensaje era para ti. Attia, desde que te conocimos han pasado cosas muy raras.

Attia se dio cuenta de que se estaba mordiendo las uñas. Se apresuró a esconder las manos en las mangas.

—Es Finn. Tiene que ser Finn. Está intentando hablar conmigo. Desde el Exterior.

Rix preguntó sin inmutarse:

—¿Y crees que el Guante servirá de algo?

—¡No lo sé! A lo mejor..., si me dejaras verlo...

El mago paró la carreta tan bruscamente que Attia estuvo a punto de caerse.

—¡NO! Es peligroso, Attia. Una cosa son las ilusiones, pero esto es un verdadero objeto de poder. Ni siquiera yo me atrevería a ponérmelo.

—¿Nunca has sentido la tentación de hacerlo?

—Tal vez sí. Pero soy un loco, no un tonto.

—Pero te lo pones cuando actúas...

—¿Ah sí? —El mago sonrió.

—Sacarías de quicio a cualquiera —espetó Attia.

—Es la ilusión de mi vida. Y ahora, aquí es donde debes bajarte.

Attia miró a su alrededor.

—¿Aquí?

—El poblado está a unas dos horas andando. Recuerda: no nos conoces, y nosotros no te conocemos. —Rebuscó en el bolsillo y puso tres monedas de cobre en la mano de la muchacha—. Cómprate algo de comer. Y esta noche, bonita, acuérdate de temblar en cuanto levante la espada. Que parezca que te mueres de miedo.

—No me hará falta fingir. —Attia empezó a bajar del carromato, pero al instante se detuvo, aún en el aire—. ¿Cómo puedo saber que no vas a dejarme aquí tirada?

Rix le guiñó un ojo y azuzó al buey.

—Jamás soñaría con hacer algo así.

Se quedó quieta mientras la adelantaban todos. El oso estaba hecho un ovillo y parecía tristón. El suelo de su jaula se había cubierto de plumas azules. Uno de los malabaristas la saludó con la mano, pero ninguno de los demás feriantes sacó siquiera la cabeza para despedirse. Lentamente, la troupe desapareció rodando en la distancia.

Attia se cargó el petate a la espalda e intentó desentumecerse dando golpes al suelo con los pies fríos. Al principio caminaba rápido, pero el sendero era traicionero, pues la pasarela metálica estaba congelada y resbaladiza por la grasa. Mientras descendía hacia la hondonada, los muros de hielo se alzaron poco a poco a ambos lados; no tardaron en ser más altos que ella, y conforme se abría paso, vio objetos y polvo incrustados en el hielo. Un perro muerto, con las fauces abiertas. Un Escarabajo. En un punto del camino, vio unas pequeñas piedras negras y redondas y algo de arenilla. En otro punto, tan hendidos entre las burbujas azules del hielo que apenas podía verlo, estaban los huesos de un niño.

El frío aumentaba por momentos. Su respiración empezó a formar una nube alrededor de Attia. Se apresuró, porque ya había dejado de ver los carromatos y porque sólo si caminaba rápido era capaz de mantener el calor corporal.

Por fin, al pie de una colina, llegó al puente. Era de piedra y formaba un arco por encima del foso, pero mientras se deslizaba por las muescas dejadas por los carros vio que el foso estaba congelado, sólido, y cuando se inclinó hacia un lado su sombra oscureció la superficie sucia. Los desechos poblaban el agua helada. Unas cadenas nacían en la superficie y desaparecían entre el hielo.

El rastrillo metálico del portón, cuando llegó hasta él, resultó ser negro y muy antiguo. Las puntas de las barras dobladas resplandecían por los carámbanos, y en lo alto de la reja había apostada un ave solitaria de cuello largo, blanca como la nieve. Al principio pensó que era una escultura, hasta que de pronto el pájaro extendió las alas y voló, con un graznido lastimero, hacia lo alto del cielo gris como el metal.

Entonces vio los Ojos.

Había dos, uno a cada lado de la puerta de hierro. Diminutos y rojos, la miraban fijamente. De ellos colgaban dos pequeñas estalactitas, como lágrimas congeladas.

Attia se detuvo, sin aliento, se tocó el costado.

Levantó la mirada.

—Sé que me vigilas. ¿Fuiste tú quien me envió el mensaje?

Silencio. Sólo oía el susurro frío y grave de la nieve.

—¿A qué te referías con que pronto verías las estrellas? Eres la Cárcel. ¿Cómo vas a ver el Exterior?

Los Ojos eran unos puntos fijos de fuego. ¿Eran imaginaciones suyas o uno le había hecho un guiño?

Esperó hasta que el frío le impidió continuar quieta por más tiempo. Entonces se escabulló por el agujero de la puerta y continuó avanzando con dificultad.

Incarceron era cruel, todos lo sabían. Claudia había dicho

que en un principio no debía ser así, que los Sapienti la habían fabricado a modo de gran experimento, la Cárcel iba a ser un lugar luminoso, cálido y seguro. Attia se rio en voz alta con amargura. Si ésa era su intención, habían fracasado. La Cárcel se gobernaba a sí misma. Redibujaba los paisajes y acababa con los rufianes a base de rayos láser cuando se le antojaba. O bien dejaba que sus Reclusos lucharan y se agredieran unos a otros mientras se entretenía viéndolos pelear. No conocía la piedad. Y sólo Sáfico (y Finn) habían logrado Escapar de ella.

Se detuvo y levantó la cabeza.

—Supongo que eso te enfada —dijo dirigiéndose a la Cárcel—. Supongo que te pone celoso, ¿verdad, Incarceron?

No hubo respuesta. En lugar de eso, empezó a nevar. Los copos caían suavemente pero sin tregua, así que Attia se ajustó el hatillo y caminó a duras penas por la superficie nevada, con un frío silencioso que le congelaba las manos y los pies, que azotaba sus labios y mejillas, que convertía su respiración en una nube de escarcha que no se dispersaba.

Tenía el abrigo raído, los guantes con agujeros. Maldecía a Rix cada vez que tropezaba con un bache helado o cuando se topaba un trozo de malla metálica rota.

El camino acabó de cubrirse de nieve, así que el rastro de los carros quedó oculto. Una pila de excrementos de buey había formado un montículo helado.

Sin embargo, cuando levantó la mirada, con los labios azules por el frío, vio el poblado.

Parecía un cúmulo de protuberancias redondas de poca altura, tan blancas como sus alrededores. Se alzaban en medio de la tundra, casi invisibles salvo por el humo que escapaba de las rejillas y las chimeneas. Unos postes altos se alzaban sobre ellas; vio a un hombre apostado sobre cada uno de los salientes, como si fueran vigías.

El camino se bifurcaba y se dio cuenta de que allí los carromatos de los feriantes habían aplastado la nieve, y unas briznas de paja y unas cuantas plumas se habían caído al tomar la curva. Attia avanzó con cautela, asomó la cabeza entre el hielo y vio que el camino terminaba en una barrera hecha con troncos. A un lado de la barrera había sentada una anciana rolliza que tejía al calor de un brasero de carbón ardiendo.

¿Ésas eran sus medidas de seguridad?

Attia se mordió el labio. Se ajustó mejor la capucha por encima de la cara, anduvo por la nieve y vio que la mujer levantaba la cabeza, sin dejar de tejer rítmicamente.

—¿Llevas *ket*?

Sorprendida, Attia negó con la cabeza.

—Muy bien. Déjame ver tus armas.

Attia sacó el cuchillo y se lo mostró. La mujer dejó de hacer punto y lo miró. Entonces abrió un cofre y lo metió en él.

—¿Algo más?

—No. ¿Y cómo voy a defenderme ahora?

—Nada de armas en Frostia. Son las normas de la ciudad. Ahora tengo que registrarte.

Attia observó cómo hurgaba en su bolsa. Después extendió los brazos y la mujer la cacheó con agilidad y se apartó.

—Muy bien. Adelante.

Volvió a coger las agujas de tejer y se marchó taconeando.

Sin dar crédito a sus ojos, Attia trepó por encima de la frágil barrera. Entonces preguntó:

—¿Podré ponerme a resguardo?

—Ahora hay muchas habitaciones vacías. —La mujer levantó la mirada—. Si la pides, te darán una habitación en la segunda cúpula.

Attia se dio la vuelta. Le habría gustado saber cómo una sola anciana había sido capaz de registrar todos los carromatos del circo de Rix, pero no podía preguntárselo, porque se suponía que no los conocía. Aun así, justo antes de meter la cabeza en la entrada de la cúpula, preguntó:

—¿Me devolverán el cuchillo cuando me marche?

Nadie le respondió. Attia miró atrás.

Y se quedó petrificada por el asombro.

El taburete estaba vacío. Un par de agujas de tejer tintineaban solas suspendidas en el aire.

La lana roja se extendía por la nieve, como una mancha de sangre.

—Nadie se marcha —oyó.

# 6

*Si uno cae, otro ocupará su lugar.*
*El Clan sobrevivirá hasta que el Protocolo muera.*

LOS LOBOS DE ACERO

Claudia respiró hondo, aturdida y asombrada. Sus dedos se cerraron sobre el pequeño lobo de acero.

—Veo que lo entendéis —dijo Medlicote.

El águila se sacudió al oír su voz, volvió la cruel cabeza y lo miró fijamente.

Claudia no quería entenderlo.

—¿Era de mi padre?

—No, mi lady. Me pertenece a mí. —La mirada que le dedicó tras sus gafas de media luna era apacible—. El Clan de los Lobos de Acero tiene muchos miembros secretos, incluso aquí, en la Corte. Lord Evian está muerto y vuestro padre se ha esfumado, pero todavía quedamos algunos bastiones. Nos mantenemos fieles a nuestro propósito: derrocar la dinastía Havaarna. Acabar con el Protocolo.

En lo único en que podía pensar Claudia era en que eso suponía una nueva amenaza para Finn. Extendió la mano para soltar el Lobo de Acero y observó cómo el hombre lo recogía.

—¿Qué queréis?

Medlicote se quitó las gafas y las limpió. Tenía el rostro fatigado, los ojos pequeños.

—Queremos encontrar al Guardián, mi lady. Igual que vos.

¿Era así? El comentario la sobresaltó. Sus ojos se desviaron hacia la puerta, en dirección a la estancia surcada por los rayos de sol en la que anidaban los halcones.

—No deberíamos hablar aquí. Podrían espiarnos.

—Es importante. Tengo información.

—Pues contádmela.

El secretario dudó un momento. Luego dijo:

—La reina tiene pensado nombrar a un nuevo Guardián de Incarceron. Y no seréis vos, mi lady.

Lo miró a los ojos.

—¡¿Qué?!

—Ayer mantuvo una reunión privada con sus asesores, el Consejo Real. Creemos que su objetivo era...

Claudia no podía creerlo.

—¡Soy su heredera! ¡Soy su hija!

El alto secretario hizo una pausa. Cuando retomó la palabra, su voz sonó áspera:

—Pero no sois su hija, mi lady.

Eso la hizo callar. Sin darse cuenta, se había agarrado a las faldas del vestido y las apretaba con fuerza; las soltó y respiró hondo.

—Ya. Así que es eso.

—Por supuesto que la reina sabe que nacisteis en Incarceron y que os trajeron aquí de recién nacida. Les contó a los miembros del Consejo que no teníais derecho de sangre a ocupar el puesto de Guardián, ni merecíais la casa ni los terrenos que pertenecían a vuestro padre...

Claudia suspiró.

—... Y les aseguró que no había documentos oficiales que demostraran la adopción. De hecho, el Guardián cometió un delito gravísimo al liberaros, pues erais una Reclusa, hija de Reclusos.

Estaba tan furiosa que notó un sudor frío que le recorría la piel. Se quedó mirando al hombre, intentando averiguar qué papel ocupaba él en todo aquello. ¿De verdad formaba parte de los Lobos de Acero o era un enviado de la reina?

Como si percibiera sus dudas, el secretario dijo:

—Señora, tenéis que saber que yo se lo debía todo a vuestro padre. Yo no era más que un pobre escribano y él me ascendió. Por eso lo respetaba profundamente. Ahora que está ausente, considero que sus intereses requieren protección.

Claudia sacudió la cabeza.

—Ahora mi padre es un proscrito. Ni siquiera sé si quiero que regrese.

Empezó a pasearse por el suelo de piedra, que sus faldones rozaban levantando motas de polvo que destacaban al entrar en los haces de luz que proyectaba el sol. ¡Pero el feudo del Guardián! Desde luego que lo quería. Pensó en la hermosa casa antigua en la que había vivido toda su vida, en su foso y sus salas y sus pasillos sin fin, en la preciosa torre de Jared, en sus caballos, en todos los campos verdes y los bosques y los prados, en las aldeas y los ríos. No podía permitir que la reina se lo quedara todo... y la desahuciase.

—Os veo alterada —dijo Medlicote—. Es más que comprensible. Mi lady, si...

—Escuchadme. —Se volvió hacia él y le dijo con autoridad—: Decidles a esos Lobos que no deben hacer nada. ¡Nada! ¿Me entendéis? —Haciendo caso omiso de la sorpresa del secretario, dijo—: No debéis considerar que Finn... el príncipe Giles... es vuestro enemigo. Tal vez sea el heredero de los Havaarna, pero os aseguro que tiene tantas ganas de acabar con el Protocolo como los Lobos de Acero. Insisto en que renunciéis a cualquier complot contra él.

Medlicote se quedó callado, mirando el suelo de piedra. Cuando por fin levantó la cabeza, Claudia se dio cuenta de que su arrebato de ira no había tenido impacto alguno en él.

—Señora, con todos los respetos, nosotros también creíamos que el príncipe Giles sería nuestro salvador. Pero este chico, si es que realmente es el príncipe, no es lo que esperábamos. Es un joven melancólico, además de arisco, y casi nunca aparece en público. Cuando lo hace, sus modales son extraños. Parece suspirar por aquellos que ha dejado atrás en Incarceron...

—¿Y acaso no es comprensible? —le espetó Claudia.

—Sí, pero está mucho más preocupado por encontrar la Cárcel que por lo que ocurre aquí. Y luego están esos arrebatos, la pérdida de memoria...

—¡Está bien! —Claudia estaba furiosa con Medlicote—. Tenéis razón. Pero dejádmelo a mí. En serio. Es una orden.

A lo lejos, el reloj del establo tocó las siete. El águila abrió el pico y emitió un chillido áspero; el milano, en su poste más bajo, aleteó y soltó otro graznido.

Una sombra oscureció la puerta de las caballerizas.

—Viene alguien —dijo Claudia—. Marchaos. Rápido.

Medlicote hizo una reverencia. Mientras volvía a desaparecer entre las sombras, sólo los cristales de media luna de sus gafas resplandecieron. Entonces dijo:

—Transmitiré vuestra orden al Clan, mi lady. Pero no puedo aseguraros nada.

—Más os vale —susurró ella—, o haré que os arresten.

El secretario le dedicó una sonrisa macabra.

—No creo que hagáis algo así, lady Claudia. Porque también vos haríais cualquier cosa por cambiar este Reino. Y a la reina le bastaría con una pequeña excusa para sacaros de la partida.

Hecha una furia, Claudia lo dejó plantado y escapó dando zancadas hacia la puerta. De camino, tiró el guante de cetrería. Le consumía la rabia, pero sabía que no era sólo contra él. Estaba furiosa consigo misma, porque el secretario había dicho lo que ella pensaba, lo que llevaba meses pensando en secreto, pero que nunca se había permitido verbalizar. Finn era una decepción para Claudia. La observación de Medlicote había sido tan precisa como la incisión de un bisturí.

—¿Claudia?

Levantó la cabeza y vio que Finn estaba en el vano de la puerta. Parecía acalorado y presa de la agitación.

—Te he buscado por todas partes. ¿Por qué te has escapado así?

Finn se acercó a ella, pero Claudia lo apartó de un manotazo, como si estuviera irritada.

—Me llamó Jared.

El corazón de Finn dio un brinco.

—¿Ha puesto en marcha el Portal? ¿Ha encontrado la Cárcel? —La agarró por el brazo—. ¡Dímelo!

—Suéltame. —Se zafó de él—. Supongo que estás asustado por la Proclamación. No es nada, Finn. No significa nada.

Finn hizo un mohín.

—Te lo he dicho mil veces, Claudia. No seré rey hasta que encuentre a Keiro...

Algo se encendió dentro de Claudia. De pronto, lo único que deseaba era hacerle daño.

—Nunca lo encontrarás —le dijo—. ¿Es que no te das cuenta? ¿Tan tonto eres? Y ya puedes olvidarte de todos esos mapas y experimentos, porque la Cárcel no es así, Finn. ¡Es un mundo tan pequeño que podrías aplastarlo entre tus dedos como si fuera una hormiga y no te darías ni cuenta!

—¿A qué te refieres?

La miró con fijeza. Había un pinchazo de alarma detrás de sus ojos, una gota de sudor que le bajaba por la espalda, pero Finn no les prestó atención. La agarró por el brazo de nuevo aun a sabiendas de que le hacía daño; furiosa, Claudia sacudió el brazo y se soltó.

Finn no podía respirar.

—¡¿A qué te refieres?!

—¡Es la verdad! Incarceron sólo es grande desde el Interior. ¡Los Sapienti la miniaturizaron hasta convertirla en algo tan pequeño como una millonésima parte de un nanómetro! Por eso no entra ni sale nadie de allí. Por eso no tenemos ni idea de dónde está. Y será mejor que te lo metas en la cabeza de una vez, Finn, porque eso explica por qué ni Keiro ni Attia ni los miles de Presos que habitan en Incarceron podrán salir jamás de la Cárcel. ¡Jamás! No queda energía suficiente en todo el mundo para lograrlo; eso, suponiendo que averiguásemos cómo hacerlo.

Sus palabras eran dardos negros que atacaban a Finn. Los esquivó.

—No puede ser... Mientes...

Ella se echó a reír sin piedad. La seda de su vestido crujió al sol. Su brillo lo aguijoneó como una daga punzante. Se frotó la cara con una mano y notó la piel seca como el papel.

—Claudia... —dijo Finn. Pero de su boca no salió ningún otro sonido.

Ella le hablaba. Le estaba diciendo algo duro y mordaz, y luego se separaba de él como un torbellino, pero estaba demasiado lejos para que Finn la oyera. Su voz sonaba por detrás del resplandor doloroso y crepitante que empezaba a erigirse alrededor de Finn, ese calor tan familiar y temido que le doblaba las rodillas y convertía el mundo en algo negro. Y en lo único en que pudo pensar mientras caía al suelo fue en que los adoquines eran de piedra, y en que su frente se golpearía contra ellos y él quedaría inconsciente en un charco de sangre.

Y entonces notó unas manos que lo agarraban.

*Había un bosque, se cayó del caballo y aterrizó entre las hojas.*

Y no había nada más.

Jared dijo en voz baja:

—Creo que la reina me espera.

Los guardias que vigilaban las Dependencias Reales asintieron ligeramente con la cabeza. Jared se volvió y dio un golpecito en la puerta, que se abrió al instante. Un lacayo con una levita tan azul como las plumas salió apresurado.

—Maestro Sapient, por favor, seguidme.

Jared obedeció, maravillado ante la cantidad de polvos blancos que se había echado el hombre en la peluca. Estaba tan empolvada que le había cubierto los hombros de un ligero tono gris, como de ceniza. A Claudia le habría parecido gracioso. El Sapient intentó sonreír, pero su nerviosismo le agarrotaba los músculos de la cara, y sabía que estaba pálido y asustado. Un Sapient debía mantener la calma. En la Academia les enseñaban técnicas de distanciamiento. Ojalá pudiera concentrarse en ellas en ese momento.

Las Dependencias Reales eran inmensas. Lo condujeron por un pasillo decorado con murales al fresco en ambos lados: imágenes de peces tan realistas que creyó que caminaba bajo el agua. Incluso la luz que se colaba por los altos ventanales tenía un filtro verdoso. A continuación, entró en una habitación azul con muchos pájaros pintados y, después, en otra estancia con una alfombra tan amarilla y suave como la arena del desierto, con palmeras plantadas en vasijas con muchas filigranas. Para su alivio, le dijeron que continuara caminando, de modo que dejó atrás el Gran Salón de Estado; no había vuelto allí desde la terrible mañana de la «no boda» de Claudia, y no le apetecía entrar. Esa sala le evocaba el terrible modo en que lo había mirado el Guardián entre la multitud. Tembló sólo de recordarlo.

El lacayo se detuvo delante de una puerta acolchada y la abrió, haciendo una marcada reverencia.

—Por favor, esperad aquí, Maestro. Su Majestad os atenderá enseguida.

Entró. La puerta se cerró tras él con un leve clic. Como una trampa camuflada.

La habitación era pequeña e íntima. Dos sofás tapizados quedaban uno frente a otro a ambos lados de un hogaril de piedra en el que habían colocado un enorme jarrón de rosas, flanqueado por apliques con forma de águila. La luz del sol se filtraba por los ventanales.

Jared anduvo hasta una de las ventanas.

Al otro lado se extendían los amplios prados. Las abejas zumbaban en arcos cubiertos de madreselva. Las risas de los jugadores de *croquet* le llegaban desde los jardines cercanos. Se preguntó si ese juego era propio de la Era. La reina tendía a elegir lo que se le antojaba. Jared entrelazó las manos con nerviosismo, se dio la vuelta y caminó hasta la chimenea.

El ambiente era cálido y algo viciado, como si esa habitación apenas se empleara. Los muebles olían a humedad.

Lamentó no poder aflojarse el cuello de la túnica y se obligó a sentarse.

Al instante, como si hubiera estado esperando ese gesto, la puerta se abrió y la reina se deslizó por ella. Jared dio un respingo.

—Maestro Jared. Muchísimas gracias por venir.

—Es un placer, señora.

Hizo una reverencia y ella se inclinó con educación. Aún lucía el vestido de pastora, y Jared se fijó en que llevaba un ramillete de violetas prendido del cinturón.

A Sia no se le escapaba nada, ni siquiera la mirada rápida de Jared. Se rio con esa risa fría como la plata y dejó caer las flores encima de la mesa.

—Mi querido Caspar. Siempre es tan detallista con su mamá. —Se acomodó en uno de los sofás y le señaló el otro—. Por favor, sentaos, Maestro. No me gustan las formalidades.

Él se sentó con la espalda erguida.

—¿Algo de beber?

—No, gracias.

—Estáis un poco pálido, Jared. ¿Pasáis tiempo suficiente al aire libre?

—Me encuentro bastante bien, gracias, Su Majestad.

Mantuvo el timbre de voz neutro. La reina jugaba con él. Se la imaginó como una gata, una gata blanca y maliciosa que jugueteaba con el ratón que acabaría por matar de un único zarpazo afilado. Ella sonrió. Sus ojos claros y curiosos lo miraron fijamente.

—Me temo que no es del todo cierto, ¿me equivoco? Pero hablemos de vuestras investigaciones. ¿Qué progresos habéis conseguido?

Él sacudió la cabeza.

—Muy pocos. El Portal está muy perjudicado. Me temo que será imposible arreglarlo.

No mencionó el estudio del Guardián en el feudo, ni ella le

preguntó al respecto. Sólo Claudia y él sabían que el Portal era idéntico en ambos lugares. Jared había galopado hasta allí para comprobarlo varias semanas antes. Estaba exactamente igual que el de palacio.

—Aunque hoy ha ocurrido algo inesperado.

—¿Ah sí?

Le contó lo de la pluma.

—Las réplicas eran extraordinarias. Pero no tengo modo de saber si en la Cárcel ha pasado algo o no. Como el Guardián se llevó las dos Llaves consigo, no podemos comunicarnos con los Reclusos.

—Ya entiendo. Y ¿habéis descubierto algo más acerca de la ubicación real de Incarceron?

Jared se removió ligeramente, y notó el sonoro tic-tac del reloj contra su pecho.

—Me temo que no.

—¡Qué lástima! Sabemos tan poco...

¿Qué haría la reina si supiera que lo llevaba en el bolsillo de la pechera? ¿Lo aplastaría con sus zapatos blancos de tacón?

—Lady Claudia y yo hemos decidido que debemos ir a la Academia. —Se sorprendió por el tono seguro de su propia voz—. Los informes de cómo se fabricó la Cárcel podrían hallarse entre los documentos de la Esotérica. A lo mejor encontramos diagramas o ecuaciones.

Hizo una pausa, consciente de que estaba peligrosamente próximo a infringir el Protocolo. Sin embargo, Sia se limitó a mirar con fijeza sus uñas pulidas.

—Vos iréis —dijo—. Pero Claudia no.

Jared frunció el entrecejo.

—Pero...

La reina levantó la mirada y le sonrió con dulzura, una sonrisa que llenó toda su cara.

—Maestro, ¿cuántos años cree vuestro médico que os quedan de vida?

Jared tomó aliento, sobresaltado. Se sentía como si la reina acabara de darle una puñalada; notó un amargo resentimiento al ver que Sia era capaz de preguntarle algo así, a la vez que un miedo helador a contestarle. Le temblaron las manos.

Bajó la mirada, intentó hablar con temple, pero su voz sonó extraña incluso para sí mismo.

—Dos años. Como mucho.

—Ay, cuánto lo siento. —La reina no le quitaba los ojos de encima—. ¿Y estáis de acuerdo con él?

Jared se encogió de hombros y despreció la lástima de ella.

—Me parece que es un poco optimista.

Sia hizo una leve mueca con los labios encarnados. Entonces comentó:

—Por supuesto, todos somos víctimas del destino y el azar. Por ejemplo, si no hubieran existido los Años de la Ira, la gran guerra, el Protocolo, hace ya años que se habría hallado una cura incluso para una enfermedad tan rara como la vuestra. En aquel tiempo las investigaciones eran abundantes. O eso tengo entendido.

Jared la miró fijamente; notaba un cosquilleo en el cuerpo, percibía el peligro.

La reina suspiró. Vertió vino en una copa y se reclinó en el sofá con ella en la mano, cruzando las piernas bajo su cuerpo.

—Y además, sois tan joven, Maestro Jared. Si no me equivoco, apenas tenéis treinta años...

El Sapient logró asentir con la cabeza.

—Y sois un estudioso excepcional. Menuda pérdida para el Reino. ¡Y para la querida Claudia! ¿Cómo lo soportará?

La crueldad de la reina era apabullante. Su voz sonaba sedosa y triste a la vez. Pasó con toda parsimonia uno de sus dedos largos por el borde de la copa de cristal.

—Y el dolor que tendréis que tolerar... —añadió en voz baja—. Saber que dentro de poco no habrá fármaco que os lo alivie, que quedaréis postrado en la cama, impotente y enfermo, día tras día, unos días eternos, hundiéndoos cada vez más y dejando de ser lo que fuisteis, hasta que ni siquiera Claudia tenga aplomo para ir a veros. Hasta que la muerte sea bienvenida.

Jared se puso de pie abruptamente.

—Señora, no sé qué...

—Sí lo sabéis. Sentaos, Jared.

El Sapient tenía ganas de abrir la puerta, salir huyendo, alejarse del horror con el que ella le confrontaba. En lugar de eso, se sentó. Tenía la frente empapada en sudor. Se sentía derrotado.

La reina lo observó con tranquilidad. Luego dijo:

—Id a examinar la Esotérica. La colección es amplísima, los restos de sabiduría de todo un mundo. Estoy segura de que allí encontraréis algunas investigaciones médicas que podrán ayudaros. El resto está en vuestras manos. Tendréis que experimentar, realizar pruebas, hacer lo que sea que hacen los Sapienti como vos. Os aconsejo que os quedéis en la Academia; las instalaciones médicas que tienen allí son las mejores que existen. Cerraremos los ojos ante las posibles infracciones del Protocolo; podéis hacer lo que deseéis. Podéis dedicar el resto de vuestro tiempo a la tarea que más os conviene: buscar una cura para vuestra enfermedad. —Se inclinó hacia delante y sus faldones sisearon—. Os lo ofrezco, Jared. El conocimiento prohibido. La posibilidad de vivir.

Jared tragó saliva.

En la habitación acolchada, todos los sonidos parecían amplificarse, las voces del exterior quedaban a varios mundos de distancia.

—¿Qué deseáis a cambio? —dijo él con sequedad.

Ella se inclinó hacia atrás de nuevo, sonriendo. Se sabía vencedora.

—No deseo nada. Literalmente, nada. El Portal no debe volver a abrirse jamás. Las puertas de Incarceron, esté donde esté ese lugar, deben resultar infranqueables. Todos los intentos deben fracasar.

Por encima de la copa de vino, los ojos de la reina se clavaron en los del Sapient.

—Y Claudia no tiene que enterarse.

## 7

*Sáfico dio un salto de alegría.*

*—Si no sabes la respuesta, entonces he ganado. Muéstrame la Salida.*

*La risa de Incarceron reverberó en sus millones de salas. Levantó una zarpa, la piel de la garra se separó y el Guante de piel de dragón se retorció y cayó al suelo.*

*Sáfico estaba solo. Recogió el objeto que refulgía y maldijo a la Cárcel.*

*Pero cuando metió la mano en la zarpa de Incarceron, empezó a conocer sus planes. Empezó a soñar sus sueños.*

SÁFICO EN LOS TÚNELES DE LA LOCURA

Todos se habían congregado para ver el espectáculo de aquella noche.

La troupe había montado su escenario de tablones sueltos en el espacio central de una de las cúpulas de nieve, un hueco humeante de bloques de hielo extraídos, fundidos y recongelados tantas veces a lo largo de los años que el techo quedaba retorcido y lleno de parches, nudoso a causa de los cúmulos y carámbanos de hielo, ennegrecido por el hollín.

Cuando Attia vio a Rix de pie ante las dos personas voluntarias, que se hallaban junto a ella, intentó mantener la expresión embelesada y sorprendida, pero sabía que él estaba tenso. Aquí el público había permanecido callado toda la velada. Demasiado callado. Parecía que nada iba a impresionarlos.

Además, las cosas no habían salido bien. Tal vez fuera por el frío helador, pero el oso se había negado a bailar y se había acurrucado en el escenario, como si estuviese triste, a pesar de lo mucho que lo había azuzado el amaestrador. A los malabaristas se les habían caído los platillos dos veces, e incluso *Gigantia* apenas había recibido unos modestos aplausos después de levantar a un hombre subido a una silla con una de sus enormes manazas.

Sin embargo, cuando el Oscuro Encantador había aparecido en escena, el silencio se había vuelto más profundo, más intenso. El público esperaba de pie en varias filas atentas, con los ojos fascinados y fijos en Rix, quien los miraba de frente, rejuvenecido, con el guante negro en la mano derecha y el dedo índice retraído para simular la amputación.

Lo que expresaban aquellos rostros era más que fascinación. Era hambre. Attia estaba tan cerca del mago que vio el sudor de su frente.

Las cosas que había dicho a las dos mujeres seleccionadas también habían sido recibidas en silencio. Ninguna de ellas había llorado ni había dado palmas de alegría, ni siquiera habían indicado de forma alguna que reconocieran sus palabras, a pesar de que Rix había conseguido fingir que había sido así. Los ojos legañosos de las mujeres no hacían más que mirarlo suplicantes. Attia había tenido que sollozar y mostrar asombro; confiaba en no haberse excedido en su interpretación, aunque el silencio de los demás la había intimidado. Los aplausos no habían sido más que una breve ráfaga de palmadas.

¿Qué pasaba con esa gente?

Attia repasó al público con la mirada y vio que todos iban sucios y tenían el rostro cetrino, con la boca y la nariz tapadas con bufandas para protegerse del frío, y los ojos hundidos por el hambre. De todas formas, eso no era nada nuevo. Apenas se veían unos cuantos ancianos, y casi ningún niño. Apestaban a humo y sudor, y a un intenso olor dulce a hierba. Además, estaban separados; no se apiñaban. Cierta conmoción llamó la atención de Attia; en uno de los laterales, una mujer se balanceó y cayó al suelo. Quienes estaban a su lado se apartaron. Nadie la tocó ni se inclinó hacia ella. Dejaron un espacio vacío a su alrededor.

Tal vez Rix lo hubiera visto también.

Cuando se volvió hacia ella, Attia notó un centelleo de pánico bajo el maquillaje, pero su voz sonó tan persuasiva como siempre.

—Buscáis a un encantador con poderes mágicos, un Sapient que pueda mostraros el camino para salir de Incarceron. ¡Todos vosotros lo buscáis!

Los fue repasando con la mirada, retándolos, a ver si alguno se atrevía a negarlo.

—¡Yo soy ese hombre! El camino que siguió Sáfico se encuentra al otro lado de la Puerta de la Muerte. Yo haré que esta chica entre por esa puerta. ¡Y la devolveré aquí!

Attia no tuvo que fingir. El corazón le palpitaba con fuerza.

No se oyeron bramidos entre la multitud, pero ahora el silencio era diferente. Se había convertido en una amenaza, en un deseo tan vital que la asustó. Mientras Rix la conducía al diván, Attia echó un vistazo a las caras abrigadas y supo que a ese público no le gustaba que lo engañaran. Buscaban Escapar igual que un hombre hambriento ansía la comida. Rix estaba jugando con fuego.

—Déjalo —le dijo al mago.

—No puedo. —Sus labios apenas se movieron—. El espectáculo debe continuar.

Los rostros de los asistentes se acercaron para ver mejor. Alguien cayó al suelo y fue pisoteado. Del techo caía un goteo suave de agua helada, que resbalaba por el maquillaje de Rix, sobre las manos de Attia que se agarraban al diván, por el guante negro. La respiración del público era como una nube congelada.

—La Muerte —dijo—. Le tenemos miedo. Haríamos cualquier cosa para evitarla. Y sin embargo, la Muerte es una puerta que se abre en ambos sentidos. ¡Ahora veréis con vuestros propios ojos cómo reviven los muertos!

Sacó la espada de la nada. Era real. Resplandeció como el hielo cuando la blandió en alto.

Esta vez no hubo retemblor, ni relámpagos en el techo. Tal vez Incarceron había visto el número demasiadas veces. La multitud se quedó mirando la hoja de acero con avidez. En la primera fila, un hombre se rascaba y murmuraba para sus adentros.

Rix se dio la vuelta. Ajustó las esposas que rodeaban las manos de Attia.

—Es posible que tengamos que marcharnos a toda prisa. Prepárate.

Las correas le rodearon el cuello y la cintura. Eran falsas, y se alegró al darse cuenta.

El mago se volvió hacia el público y levantó otra vez la espada.

—¡Atención! ¡Voy a liberarla! ¡Y la traeré de nuevo a este lugar!

La había sustituido por otra. También la espada era falsa. Attia apenas tuvo unos segundos para percatarse antes de que él se la clavara en el corazón.

Esta vez no hubo visiones del Exterior.

La muchacha se quedó rígida, contuvo la respiración, notó cómo la cuchilla se retraía y la fría humedad de la sangre falsa se extendía por su piel.

Rix estaba frente a la multitud silenciosa. Entonces se dio la vuelta, Attia notó que se acercaba, pues su calor se inclinó sobre ella. Extrajo la espada de su pecho.

—Ahora —dijo en un susurro.

Attia abrió los ojos. Se sentía aturdida, pero no como la primera vez. Mientras el Encantador la ayudaba a levantarse y la mancha de sangre se encogía milagrosamente sobre su camisa, Attia sintió una extraña liberación; le dio la mano y el mago la presentó ante la multitud. Attia hizo una reverencia y sonrió aliviada, olvidando por un momento que se suponía que no formaba parte del espectáculo.

Rix también hizo una reverencia, pero muy breve. Y en cuanto la euforia de Attia se apagó, la chica supo por qué.

Nadie aplaudía.

Cientos de ojos se clavaron en Rix. Como si esperasen más.

Incluso él se sentía cohibido. Hizo otra reverencia, levantó el guante negro y retrocedió sobre los tablones del escenario, que crujían a cada paso.

La muchedumbre estaba agitada; alguien gritó. Un hombre se abalanzó hacia delante, un hombre flaco y larguirucho con la cara tapada hasta los ojos; se separó de la horda de gente y vieron que blandía una cadena gruesa. Y una navaja.

Rix soltó un juramento; por el rabillo del ojo, Attia vio que los siete malabaristas se escabullían en busca de armas por la parte posterior del escenario.

El hombre se subió a los tablones.

—Así que el Guante de Sáfico devuelve a los hombres a la vida.

Rix intentó recomponerse.

—Señor, os aseguro que...

—Pues pruébalo otra vez. Porque necesitamos verlo.

Tiró de la cadena y un esclavo cayó de bruces contra los tablones del escenario, con una argolla de hierro alrededor del cuello, la piel en carne viva a causa de unas llagas tremendas. Fuera cual fuese su enfermedad, su aspecto era sobrecogedor.

—¿Puedes hacer que vuelva a vivir? Porque yo ya he perdido...

—No está muerto —dijo Rix.

El amo se encogió de hombros. Entonces, antes de que los demás pudieran mover un dedo, le cortó el cuello al esclavo.

—Ahora sí.

Attia suspiró; se llevó las manos a la boca.

El chorro encarnado salió a borbotones; el esclavo cayó de nuevo entre convulsiones y aspavientos. Todos los asistentes murmuraron. Rix no se movió. Por un momento, Attia percibió que se quedaba petrificado por el horror, pero cuando habló, su voz no denotaba temblor alguno.

—Ponedlo en el diván.

—No pienso tocarlo. Cógelo tú. Y devuélvelo a la vida.

El público empezó a chillar. Ahora gritaban con todas sus fuerzas y se arremolinaban a ambos lados del escenario, lo rodeaban, cerrando el círculo.

—He perdido a mis hijos —sollozó uno.

—Mi hijo ha muerto —gritó otro.

Attia miró a su alrededor e intentó retroceder para resguardarse, pero no había ningún sitio en el que esconderse. Rix la agarró de la mano con sus dedos enfundados en el guante negro.

—Quédate a mi lado —le susurró. Y en voz alta, dijo—: Apartaos, señor.

Levantó la mano, chasqueó los dedos.

Y el suelo se derrumbó.

Attia cayó por una trampilla de forma tan repentina que se quedó sin respiración; aterrizó en una estera rellena de pelo de caballo.

—¡Rápido! —chilló Rix.

Él ya se había puesto de pie; tiró de Attia para incorporarla y echó a correr, agachándose bajo los tablones del escenario. El ruido era ensordecedor por encima de sus cabezas; pasos apresurados, gritos y aullidos, entrechocar de cuchillos. Attia se puso de pie sobre las vigas; había una cortina en la parte posterior y Rix se zambulló en ella, mientras se quitaba a toda prisa la peluca y el maquillaje, la nariz falsa, la espada de juguete. Entre jadeos, se arrancó la túnica, le dio la vuelta y se la puso de nuevo, atada con una cuerda, y ante los ojos de Attia, se convirtió en un pedigüeño harapiento.

—¡Están locos de atar!

—¿Y qué pasa conmigo? —jadeó ella.

—Búscate la vida. Nos vemos a las puertas de la aldea, si consigues llegar.

Y dicho esto se esfumó, cojeando por un túnel de nieve.

Al principio, Attia sentía tanta rabia que no podía moverse. Pero una cabeza y unos hombros aparecieron por la trampilla que tenía detrás, así que suspiró muy asustada y corrió.

Se escabulló por una caverna lateral y desde allí vio que los carromatos se marchaban a toda prisa dejando surcos profundos en la nieve. No habían esperado al final del espectáculo. Corrió como pudo tras ellos, pero por ese camino avanzaba demasiada gente: numerosas personas que salían a raudales de la cúpula, algunas para huir, otras para destrozar enloquecidas todo lo que pillaban a su paso. Se dio la vuelta y soltó un juramento. Haber llegado hasta allí, haber tocado incluso el Guante y ¡después haberlo perdido por culpa de una muchedumbre furiosa!

Y en su mente, la imagen del chorro de sangre encarnada en la garganta del esclavo se repetía una y otra vez.

El túnel se abría entre las cúpulas de nieve. El poblado estaba hecho un caos: unos extraños chillidos se reproducían con el eco y un humo enfermizo ardía por todas partes. Se decidió por un desvío despejado y corrió por él, echando tremendamente en falta su cuchillo.

Allí la nieve era más gruesa, pero compacta, como si la hubieran ido aplastando muchas pisadas. Al final del sendero había un enorme edificio oscuro: se introdujo en él.

Estaba en penumbra y el frío le helaba los huesos.

Pasó un rato acuclillada detrás de la puerta, intentando recuperar el aliento y esperando ver llegar a sus perseguidores. Unos gritos distantes llegaron a sus oídos. Con el rostro contra la madera congelada, miró por una rendija.

Nada salvo la oscuridad se veía en el sendero... Junto a una nieve suave que no dejaba de caer.

Al final se incorporó, entumecida, y se sacudió la escarcha de las rodillas. Se dio la vuelta.

Lo primero que vio fue el Ojo.

Incarceron la miraba desde el techo, con su curioso escrutinio tan característico. Y debajo del Ojo, en el suelo, había cajas.

Supo qué eran en cuanto las vio.

Una montaña de ataúdes, toscamente fabricados y que apestaban a desinfectante. Alrededor había apiladas muchas astillas para prender fuego.

Dejó de respirar, se cubrió la nariz y la boca con el brazo, ahogando un grito de terror.

*¡La peste!*

Eso lo explicaba todo; la gente que caía, el cohibido silencio generalizado, la desesperación por que la magia de Rix fuera auténtica.

Retrocedió a trompicones, sollozó de miedo, agarró un puñado de nieve y se frotó las manos, la cara, la boca y la nariz. ¿La habría contraído? ¿Habría entrado en su cuerpo a través de la respiración? *¡Dios mío! ¡¿Había tocado a alguien?!*

Sin aliento, se dio la vuelta, dispuesta a echar a correr.

Y vio a Rix.

Se tambaleaba hacia ella.

—No hay salida —jadeó—. ¿Podemos escondernos aquí?

—¡No! —Lo agarró por el brazo—. ¡Es un pueblo apestado! Tenemos que salir de aquí.

—¡Claro, eso es! —Para sorpresa de Attia, el mago se carcajeó aliviado—. Ay, por un momento, bonita, cuando estábamos allí, pensé que había perdido la gracia. Pero si es porque...

—¡Podrían habernos contagiado! ¡Vamos!

Él se encogió de hombros y se dio la vuelta.

Pero en cuanto se halló frente a la oscuridad, paró en seco.

Un caballo salió al trote de entre las sombras humeantes del sendero, un caballo negro como la medianoche, con un jinete alto que lucía un sombrero de tricornio. Llevaba una máscara negra con unas rendijas estrechas para los ojos. Su casaca era larga, y sus botas, flexibles y elegantes. En la mano llevaba un trabuco, con el que en ese momento apuntaba directamente a la cabeza de Rix, con una precisión fruto de la práctica.

Rix se quedó paralizado.

—El Guante —susurró la sombra—. ¡Vamos!

Rix se frotó la cara con una mano negra y después extendió los dedos. Su voz se convirtió en una súplica asustada.

—¿Esto, caballero? No es más que un complemento. Un artilugio para la función. Llevaos lo que queráis de mí, caballero, pero por favor, no...

—Corta el rollo, Encantador. —La voz del jinete sonó divertida y fría a la vez. Attia lo observaba, alerta—. Quiero el Guante auténtico. Ya.

A regañadientes, Rix sacó a cámara lenta un pequeño hatillo negro del bolsillo interior.

—Dáselo a la chica. —La punta del trabuco se desvió ligeramente para apuntarla a ella—. Ella me lo dará. Si hacéis algún movimiento en falso, os mato a los dos.

Attia se sorprendió a sí misma, además de sorprender a los otros dos, con una risa áspera. El hombre enmascarado la miró al instante y ella distinguió sus ojos azules. Entonces dijo:

—Ése tampoco es el Guante. El auténtico está en una bolsa que esconde debajo de la camisa. «Cerca del corazón.»

Rix susurró furioso:

—¡Pero Attia! ¡¿Qué haces?!

El hombre enmascarado soltó el gatillo.

—Pues cógelo.

Attia agarró a Rix, rasgó la túnica para arrancársela del cuerpo y tiró de la cuerda que llevaba colgada del cuello. Su rostro, pegado al de ella, susurró:

—Así que eras una infiltrada...

La bolsita era pequeña, de seda blanca.

Attia dio un paso atrás y se la metió en el abrigo.

—Lo siento, Rix, pero...

—Creía en ti, Attia. Incluso pensé que tal vez fueras mi Aprendiz. —Sus ojos la miraban con dureza; la amenazó con un dedo huesudo—. Y me has traicionado.

—El Arte de la Magia es el arte de la ilusión. Tú mismo lo dijiste.

La cara de Rix se retorció de pura rabia.

—Nunca olvidaré esto. Has cometido un error cruzándote en mi camino, bonita. Y créeme, me vengaré de ti.

—Necesito el Guante. Tengo que encontrar a Finn.

—¿De verdad? «Guárdalo bien», dijo Sáfico. ¿Crees que tu amigo el ladrón será un buen guardián del Guante? ¿Para qué lo quiere, Attia? ¿Qué daño hará cuando lo tenga?

—A lo mejor me lo pongo.

Los ojos del jinete destilaban frío a través de la máscara.

Rix asintió.

—Entonces controlarás a la Cárcel. Y la Cárcel te controlará a ti.

—Cuídate mucho, Rix —le dijo Attia.

Levantó el brazo y Keiro se agachó para ayudarla a montarse detrás de él. Obligaron a girar al caballo, que describió un círculo de chispas. Y luego se alejaron galopando en la gélida oscuridad.

# El chico de la túnica amarilla

# 8

*Nuestro Reino será espléndido. Viviremos como deberían vivir todos los hombres, y un millón de vasallos cultivarán las tierras para nosotros. En lo alto, la luna maltrecha será nuestro emblema de los Años de la Ira. Oscilará entre las nubes como un recuerdo perdido.*

DECRETO DEL REY ENDOR

Finn yacía en la suavidad de unas almohadas tan cómodas que todo su cuerpo se había relajado. El sueño había sido como un perezoso placer; le habría encantado volver a zambullirse en él, pero ya empezaba a disiparse, retirándose de su presencia como una sombra dibujada por el sol.

La Cárcel estaba en calma. Su celda era blanca y estaba vacía, y un único Ojo rojo lo observaba desde el techo.

—¿Finn? —La voz de Keiro provenía de algún lugar cercano.

Tras él, la Cárcel comentó:

—Parece más joven cuando duerme.

Unas abejas entraron zumbando por la ventana abierta. Aspiró el dulce aroma de unas flores cuyo nombre desconocía.

—¿Finn? ¿Me oyes?

Se dio la vuelta y se lamió los labios secos.

Cuando abrió los ojos, el sol lo cegó. La silueta que se inclinaba sobre él era alta y rubia, pero no era Keiro.

Claudia se sentó de nuevo en la butaca, aliviada.

—Está despierto.

Finn notó que la conciencia de dónde estaba lo inundaba como una ola de desesperación. Intentó sentarse, pero la mano de Jared le empujó suavemente en el hombro para tumbarlo de nuevo.

—Todavía no. No tengas prisa.

Estaba tendido en la enorme cama de cuatro postes, sobre unas mullidas almohadas blancas. Encima de él había un polvoriento dosel con soles y estrellas bordados, además de una enrevesada trenza de flores de brezo. Algo dulce se consumía en el fuego. Los sirvientes se deslizaban discretamente por la habitación, le llevaban agua, una bandeja.

—Diles que se marchen —gruñó Finn.

Claudia le contestó:

—Tranquilo... —Se dio la vuelta—. Gracias a todos. Por favor, dile a Su Majestad la Reina que Su Alteza ya está bastante recuperado. Asistirá a la Proclamación.

El chambelán hizo una reverencia, azuzó a los lacayos y las sirvientas para que salieran y después cerró la puerta de doble hoja.

Al instante, Finn se incorporó como pudo.

—¿Qué he dicho? ¿Quién me ha visto?

—No te alteres. —Jared se sentó en la cama—. Sólo te ha visto Claudia. Cuando terminó el ataque, mandó llamar a dos de los encargados. Te subieron al dormitorio por la escalera de servicio. No te vio nadie.

—Pero todos lo saben.

Finn se mareó por la rabia y la vergüenza.

—Toma, bebe.

El Sapient sirvió un refresco en una copa de cristal; se la tendió y Finn la cogió enseguida. Tenía la garganta reseca de tanta sed. Siempre le pasaba lo mismo después de los ataques.

No quería mirar a los ojos a Claudia, aunque la joven no parecía cohibida; cuando Finn levantó la cabeza, la vio paseando con impaciencia a los pies de la cama.

—Yo quería despertarte antes, pero Jared no me ha dejado. ¡Te has pasado durmiendo toda la noche y parte de la mañana! La ceremonia es en menos de una hora.

—Estoy seguro de que me esperarán. —Su voz sonó amarga. Entonces, lentamente, agarró con fuerza la copa y miró a Jared—. ¿Es cierto? ¿Lo que me contó Claudia? ¿La Cárcel... Keiro... son tan pequeños?

—Es cierto.

Jared le rellenó la copa.

—No es posible.

—Era más que posible para los Sapienti de antaño. Pero Finn, escúchame: me gustaría que intentaras no pensar en eso, por lo menos, ahora no. Tienes que prepararte para la ceremonia.

Finn negó con la cabeza. El aturdimiento era como una trampilla alojada en su interior; se había abierto bajo sus pies y resultaba inevitable que cayera por ella. Entonces dijo:

—He recordado algo.

Claudia se detuvo.

—¡¿Qué?! —Rodeó la cama—. ¿Qué has recordado?

Finn se recostó y se la quedó mirando.

—Hablas igual que Gildas. Lo único que le importaba eran mis visiones. No yo.

—Claro que me importas tú. —Claudia hizo verdaderos esfuerzos para apaciguar su voz—. Cuando vi que te ponías enfermo, yo...

—No estoy enfermo. —Finn dejó caer los pies por el lateral de la cama—. Soy un Visionario.

Se quedaron todos en silencio hasta que Jared dijo:

—Los ataques son de naturaleza epiléptica, pero sospecho que el desencadenante ha sido alguna droga que ellos debieron de darte para hacerte olvidar el pasado.

—¿Ellos? ¿Os referís a la Reina?

—O al Guardián. O a la Cárcel misma, por qué no. Si te sirve de consuelo, estoy seguro de que los ataques serán cada vez más leves.

Finn hizo un mohín.

—Estupendo. Y hasta que desaparezcan, el Príncipe Heredero de Reino se derrumbará hecho un amasijo de huesos cada pocas semanas.

—Esto no es la Cárcel —le contestó Jared sin alzar la voz—. Aquí no es un delito estar enfermo.

Su voz sonó más severa que de costumbre. Claudia frunció el entrecejo, enfadada por la falta de tacto de Finn.

El chico dejó la copa en la mesa y apoyó la cabeza entre las manos, pasándose los dedos por el pelo revuelto. Al cabo de un momento dijo:

—Lo siento, Maestro. Siempre pienso únicamente en mí.

—Bueno, y ¿qué has recordado?

Claudia estaba impaciente. Se apoyó contra uno de los postes de la cama, lo miró fijamente, con el rostro tenso por la expectación. Finn intentó pensar.

—Las únicas cosas que hasta ahora había tenido por verdaderos recuerdos eran el momento en que soplé las velas de la tarta y las barcas en el lago...

—Tu séptimo cumpleaños. Cuando nos comprometimos.

—... Si tú lo dices. Pero esta vez ha sido diferente. —Se rodeó el pecho con los brazos; Claudia cogió un batín de seda que había en la butaca y se lo acercó al momento. Finn se lo puso, concentrado—. Creo... Estoy seguro de que esta vez era mayor. Sin duda iba montado a caballo. Un caballo gris. Los matorrales me rozaban las piernas... Había helechos, muy altos. El caballo atravesó los matorrales. Había árboles.

Claudia tomó aliento; la mano de Jared le indicó que no dijera nada. Entonces, el Sapient preguntó con voz pausada:

—¿El Gran Bosque?

—Tal vez. Recuerdo helechos y zarzas. Pero también había Escarabajos.

—¿Escarabajos?

—Sí, viven en la Cárcel. Son unas cosas pequeñas de metal; se llevan los desperdicios, comen metal, plástico y carne. No sé si ese bosque estaba aquí o en el Interior. ¿Cómo iba a haber aquí...?

—Es que estás mezclando las cosas. —Claudia no podía contenerse por más tiempo—. Pero eso no significa que el recuerdo no sea verídico. ¿Qué ocurrió?

Jared sacó un pequeño escáner del bolsillo y lo colocó sobre las mantas. Lo ajustó y el aparato empezó a pitar.

—No me cabe duda de que en este dormitorio hay mecanismos de escucha. Esto nos protegerá un poco si habláis en voz baja.

Finn miró el artilugio.

—El caballo saltó. Noté un dolor agudo en el tobillo. Me caí.

—¿Un dolor? —Claudia se sentó junto a él—. ¿Qué clase de dolor?

—Punzante. Como un pinchazo. Era... —Hizo una pausa, como si el recuerdo se desvaneciera, casi en la punta de los dedos—. Naranja. Algo naranja y negro. Pequeño.

—¿Una abeja? ¿Una avispa?

—Me dolía. Bajé la mirada para averiguar qué era. —Se encogió de hombros—. Pero no vi nada.

Se apresuró a levantar el tobillo y examinarlo.

—Justo aquí. Me atravesó la bota de cuero.

Llevaba muchas marcas y cicatrices antiguas. Claudia dijo:

—¿Podría haberse tratado de un tranquilizante? Algo como vuestros falsos insectos, Maestro...

—De ser así —dijo lentamente Jared—, el artífice tuvo que ser muy habilidoso, y no le preocupaba en absoluto el Protocolo.

Claudia resopló.

—Ja. La reina utiliza el Protocolo para controlar a los demás, no a sí misma.

Jared se toquiteó el cuello de la túnica.

—Pero Finn, has cabalgado por ese bosque muchas veces

desde que saliste de la Cárcel. Tal vez no se trate de un recuerdo antiguo. Incluso puede que no sea un recuerdo, al fin y al cabo. —El Sapient hizo una pausa al ver el rostro desafiante del muchacho—. Lo digo porque es lo que podrían alegar los demás. Dirán que lo has soñado.

—Sé ver la diferencia. —La voz de Finn sonó airada. Se puso de pie y se ató el batín alrededor del cuerpo—. Gildas siempre decía que mis visiones provenían de Sáfico. Pero esto era un recuerdo. Era tan... nítido. Ocurrió, Jared. Me caí. Recuerdo haberme caído. —Sus ojos mantuvieron la mirada de Claudia—. Esperad. Voy a prepararme.

Vieron cómo se metía en el vestidor forrado de madera, tras lo cual cerró con un portazo.

Las abejas zumbaban alegremente en la madreselva del jardín.

—¿Y bien? —susurró Claudia.

Jared se levantó de la cama y se acercó a la ventana. Abrió más las hojas de madera y se sentó en el alféizar, inclinando la cabeza hacia atrás. Al cabo de un momento dijo:

—En la Cárcel, Finn tenía que sobrevivir a toda costa. Allí aprendió el poder de las mentiras.

—¿No creéis lo que nos ha contado?

—No he dicho eso. Pero es un experto en contar lo que los demás quieren oír.

Claudia negó con la cabeza.

—El príncipe Giles estaba cazando en el Bosque cuando se cayó. ¿Y si se trata de un recuerdo? ¿Y si lo drogaron en ese momento y lo llevaron a un lugar secreto donde le lavaron el cerebro? —Emocionada, dio un salto y se abalanzó sobre el Sapient—. ¿Y si al final acaba por recordarlo todo?

—Entonces, fantástico. Pero ¿recordáis la historia que nos contó sobre la Maestra, Claudia? ¿La mujer que le dio la Llave? Hemos oído varias versiones distintas. Cada vez que la narra, lo hace de una manera diferente. ¿Quién sabe cuál de ellas es la verídica, suponiendo que alguna lo sea?

Guardaron silencio durante unos segundos. Claudia se alisó el vestido de seda, intentando no dejarse llevar por el desánimo. Sabía que Jared tenía razón, que por lo menos uno de ellos tenía que mantener la mente despejada. Era el método de análisis que con insistencia le había enseñado el Maestro: sopesar los argumentos, demostrarlos sin favoritismos. Pero Claudia tenía tantas ganas de que Finn recordase, cambiase, se convirtiese de repente en el Giles que tanto necesitaban... Deseaba poder estar segura de quién era el muchacho.

—Espero que no os moleste mi escepticismo, Claudia.

La voz de su tutor sonó nostálgica. Claudia levantó la mirada, sorprendida, y comprobó que Jared la estudiaba atentamente.

—¡Claro que no! —Cautivada por el atisbo de tristeza en los ojos del Sapient, Claudia se sentó a su lado y lo cogió de la mano—. ¿Estáis bien, Maestro? Os preocupáis tanto por Finn...

—Estoy bastante bien, Claudia.

Ella asintió, pues no quería saber si mentía o no.

—Ay, pero si no os he preguntado por la reina. ¿Qué quería contaros con tanta urgencia?

Él apartó la mirada y la perdió en los prados verdes.

—Quería saber cómo iban mis inventos para abrir el Portal.

Le hablé de las plumas. —Le dedicó su enigmática sonrisa—. Creo que el experimento no la impresionó mucho.

Claudia contestó:

—No.

—Y abordé el tema de la Academia.

—No me lo digáis: no me deja ir.

Ahora le tocaba a él sorprenderse.

—Correcto. ¿Creéis que será por lo que os contó Medlicote? ¿Intuís que planea desheredaros?

—Que lo intente si quiere —dijo Claudia desafiante—. La batalla estará servida.

—Claudia, hay algo más. La reina... desea que yo vaya. Solo.

La joven abrió los ojos como platos.

—¿Para averiguar la manera de entrar en la Cárcel? Pero ¿por qué? Los dos sabemos que no quiere que se descubra.

Él asintió y bajó la mirada hacia sus dedos enjutos.

—Seguro que es un complot. Quiere sacaros de la Corte. —Claudia se mordió las uñas mientras pensaba con concentración—. Apartaros de su camino. A lo mejor sabe que no vais a descubrir nada, que vais a perder el tiempo. A lo mejor incluso sabe dónde está Incarceron...

—Claudia, tengo que contaros...

Levantó la cabeza y la miró, pero en ese momento el reloj de la torre empezó a sonar y la puerta del vestidor se abrió.

Finn salió a la carrera.

—¿Dónde está mi espada?

—Aquí. —Claudia cogió el florete de la silla y observó cómo se lo ceñía Finn—. Deberías pedirle a un sirviente que lo hiciera.

—Puedo hacerlo yo solito.

Claudia se lo quedó mirando. Le había crecido el pelo desde su Huida; ahora lo llevaba recogido en la nuca con una apresurada coleta adornada con un lazo negro. La levita era de un bello color azul medianoche, y aunque las mangas tenían pespuntes dorados, no llevaba ninguno de los lazos de raso ni chorreras extravagantes que lucían los demás cortesanos. Se negaba a ponerse polvos blancos y a usar colores vivos, y tampoco quería llevar los fajines perfumados, ni las condecoraciones y los sombreros de gala que le había entregado la reina. Era como si estuviera de luto. Tanta austeridad le recordó a su padre.

Finn se quedó allí de pie, nervioso.

—¿Qué tal?

—Estás muy guapo. Pero deberías ponerte algún lazo dorado. Tenemos que demostrarle a esa gente...

—Se ve a la legua que eres el príncipe —interrumpió Jared, que se apresuró a abrir la puerta.

Finn no se movió. Su mano se aferró a la empuñadura de la espada como si fuese la única cosa que le resultara familiar en todo ese entorno.

—No sé si podré hacerlo —dijo.

Jared retrocedió un paso.

—Sí que podrás, Finn. —Se acercó a él y bajó tanto la voz que a Claudia le costó entender las siguientes palabras—. Lo harás por el bien de la Maestra.

Sobresaltado, Finn lo miró fijamente. Pero entonces volvió a tocar la campana, y Claudia deslizó el brazo con seguridad por el hueco que dejaba el de Finn para conducirlo fuera de la habitación.

Todos los pasillos de la Corte estaban abarrotados. Había personas que querían desearles buena suerte, sirvientes, soldados, secretarios, formando corros o asomando la cabeza por puertas y galerías, para ver al Príncipe Heredero del Reino, que se dirigía a su Proclamación. Precedidos por una guardia compuesta de treinta hombres de armas, que sudaban enfundados en sus corazas brillantes, con las espadas ceremoniales empuñadas en alto, Claudia y Finn caminaron lentamente hacia las Dependencias Reales. La gente lanzaba flores a los pies de Finn, los aplausos surgían de puertas y escaleras. Pero nadie estaba del todo ilusionado y Claudia lo sabía; por eso, tenía ganas de fruncir el entrecejo a pesar de la sonrisa graciosa que debía lucir en el rostro. Finn aún no era lo bastante popular. Los siervos y cortesanos apenas lo conocían. Y quienes lo conocían pensaban que era hosco y distante. Se lo había ganado a pulso.

Sin embargo, Claudia fue sonriendo y saludando a los asistentes, mientras Finn avanzaba muy erguido, haciendo reverencias aquí y allá a las caras que reconocía. La joven sabía que Jared estaba tras ella, para infundirle ánimo, con su túnica de Sapient que barría el polvo del suelo. Los escoltaron a través de los cientos de dependencias del Ala de Plata y por las Salas Doradas, así como por el Salón de Baile Turquesa, donde los esperaba otra multitud expectante. También pasaron por el Salón de los Espejos, donde las paredes forradas con espejos de cuerpo entero convertían a los congregados en una horda abrumadora. Bajo candelabros resplandecientes continuaron avanzando, cruzaron un ambiente cálido y cargado de perfume, sudor y aceites aromáticos, dejando atrás susurros y saludos corteses, y un escrutinio lleno de curiosidad. Los acompañó la música de las violas y los chelos procedentes de una balconada alta; las damas de honor les arrojaron una lluvia de pétalos de rosa. Finn levantó la mirada y logró sonreír; algunas mujeres hermosas rieron con disimulo y escondieron la cara detrás del abanico.

Finn notaba el brazo acalorado y tenso, enlazado al de Claudia; ella le apretó la muñeca para infundirle valor. Y al hacerlo, se dio cuenta de lo poco que sabía en realidad sobre él, sobre la agonía de su pérdida de memoria, sobre la vida que había vivido.

Cuando llegaron a la entrada del Patio de Cristal, dos lacayos con librea hicieron una reverencia y abrieron las puertas de par en par.

La enorme sala resplandecía. Cientos de personas volvieron la cabeza hacia ellos.

Claudia le soltó el brazo y se retiró un poco, para colocarse a la misma altura que Jared. Vio que Finn le dedicaba una fugaz mirada; después se irguió y continuó avanzando, con una mano sobre la espada. Claudia lo siguió, preguntándose qué terrores vividos en la Cárcel le habrían enseñado a mostrar semejante temple.

Porque en la estancia se respiraba el peligro.

Cuando la muchedumbre se apartó, Claudia caminó entre sus marcadas reverencias y elegantes saludos y se preguntó cuántas armas secretas habría allí escondidas, cuántos asesinos acechaban, cuántos espías se abrían paso. Una bandada de sonrientes mujeres envueltas en sedas, embajadores con trajes de gala, condesas y duques y todos los abrigos de armiño del Consejo Real se abrieron para dejar al descubierto la alfombra escarlata que recorría toda la sala, y en sus jaulas brillantes, los pajarillos cantaron y trinaron desde los altos arcos del techo. Y por doquier, igual que un laberinto desconcertante, los miles de pilares de cristal que daban nombre a la sala se reflejaban, se retorcían y se entrelazaban desde la bóveda.

A ambos lados del estrado había filas de Sapienti, con sus túnicas iridiscentes que absorbían la luz. Jared se unió a ellos y se dirigió discretamente a uno de los extremos.

El estrado se elevaba sobre cinco anchos escalones de mármol, y en él había dos tronos. La reina Sia se levantó de uno de ellos.

Llevaba un traje de fiesta con innumerables lazos, una capa ribeteada de armiño y la corona. Parecía curiosamente pequeña, enterrada en ese peinado tan recargado, pensó Claudia, quien se detuvo en la primera fila de cortesanos, junto a Caspar. Él la miró de soslayo y sonrió, y el corpulento guardaespaldas llamado Fax se pegó aún más al joven. Claudia volvió la cara e hizo un mohín.

Observó a Finn.

Su amigo subió los peldaños del estrado con agilidad, inclinando levemente la cabeza. Al llegar a la plataforma, se dio la vuelta para mirar a la multitud y Claudia vio que levantaba un poco la barbilla y les dedicaba a todos una mirada desafiante y firme. Sin embargo, por primera vez, pensó: «Si se lo propusiera, podría parecer un príncipe».

La reina alargó la mano. Los murmullos de la multitud cesaron; únicamente los cientos de pinzones siguieron trinando y gorgoreando desde el techo.

—Amigos, hoy es un día histórico. Giles, que en otro tiempo nos fue arrebatado, ha regresado para hacer gala de su herencia. La Dinastía de los Havaarna da la bienvenida a su heredero. El Reino da la bienvenida a su rey.

Dio un discurso precioso. Todo el mundo la aplaudió. Claudia miró a los ojos a Jared, quien le hizo un guiño lento. Ella contuvo la sonrisa.

—Y ahora, escuchemos la Proclamación.

Mientras Finn se ponía de pie, muy erguido, junto a Sia, el primer lord Sapient, un hombre delgado y austero, se levantó y le entregó su bastón de mando plateado, que terminaba en una luna creciente, a uno de los lacayos. De manos de otro siervo tomó un pergamino enrollado, lo extendió y empezó a leer con voz firme y sonora. Era un texto largo y tedioso, lleno de cláusulas y títulos y términos jurídicos, pero Claudia se percató de que, en esencia, era el anuncio de las intenciones de Finn de ser coronado, y la recopilación de sus derechos y obligaciones. Cuando escuchó la expresión «cuerdo y en plenas facultades físicas y mentales», se puso rígida, pues más que ver, percibió la tensión que debía de sentir Finn. A su lado, Caspar hizo un ruido de desaprobación.

Claudia lo miró. Todavía lucía esa estúpida sonrisita.

De repente, un miedo frío se despertó en ella. Algo iba mal. Habían urdido algún complot. Claudia se removió, agitada; la mano de Caspar la agarró.

—Confío en que no vayas a interrumpirlo ahora —le susurró al oído—. Le estropearías este día tan bonito a Finn.

Claudia lo penetró con la mirada.

El Sapient terminó su discurso y enrolló de nuevo el pergamino.

—... Así queda proclamado. Y a menos que haya alguien que desee oponerse en público, afirmo y anuncio aquí y ante todos los testigos, ante la Corte y el Reino, que el príncipe Giles Alexander Ferdinand de Havaarna, lord de las Islas del Sur, conde de...

—Protesto.

El Sapient titubeó y luego se quedó callado. La muchedumbre se dio la vuelta, apabullada.

Claudia también volvió la cabeza.

La voz era apacible pero firme, y pertenecía a un chico que se abrió paso hasta adelantar a Claudia. Vio que era alto y tenía el pelo castaño, y que sus ojos desprendían un brillo claro y decidido. Llevaba una túnica de elegante satén dorado. Y su parecido con Finn era asombroso.

—Protestó.

El chico alzó la mirada hacia la reina y hacia Finn, quienes se la devolvieron. El primer Sapient hizo un gesto cortante, que llevó a los soldados a levantar las armas de inmediato.

—¿Y quién sois vos, señor, para creeros con derecho a protestar? —preguntó la reina con asombro.

El muchacho sonrió y extendió las manos en un gesto curiosamente regio. Se subió a un peldaño e hizo una reverencia marcada.

—Señora madrastra —dijo—, ¿no me reconocéis? Soy el verdadero Giles.

# 9

*Así pues, se levantó y buscó el camino más abrupto, el sendero que*
*conduce al interior. Y durante todo el tiempo que llevó puesto el*
*Guante, no comió ni durmió. Incarceron conocía todos sus deseos.*

LEYENDA DE SÁFICO

El caballo era infatigable, sus patas de metal se clavaban profundamente en la nieve. Attia se agarró con fuerza a Keiro, porque
el frío la agarrotaba y le entumecía las manos, y varias veces tuvo
la impresión de que iba a caerse.

—Tenemos que alejarnos un buen trecho de aquí —dijo
Keiro por encima del hombro.

—Sí, lo sé.

Él se echó a reír.

—No te las apañas nada mal. Finn estaría orgulloso de ti.

La chica no respondió. El plan de cómo robar el Guante había sido idea de Attia, quien sabía que era capaz de hacerlo,
aunque sentía una extraña vergüenza por haber traicionado a
Rix. El hombre estaba loco, pero le caía bien, tanto él como su

destartalada troupe. Mientras galopaba se preguntó qué estaría haciendo ahora el mago, qué historia les contaría a los demás. De todas formas, nunca utilizaba el Guante verdadero en la función, así que no tendría problemas para continuar actuando. Además, Attia no debía sentir pena por él. No había lugar para la pena en Incarceron. No obstante, mientras pensaba en eso, no pudo evitar recordar a Finn, que una vez había sentido lástima de ella y la había rescatado. Frunció el entrecejo.

El Ala de Hielo resplandecía en la oscuridad. Era como si la luz artificial de la Cárcel se hubiera ido almacenando en sus estratos congelados, de modo que incluso ahora, en la oscuridad, la vasta tundra emitía una pálida fosforescencia, con la superficie agujereada barrida por los vientos fríos. Los brillos de la aurora boreal ondeaban en el cielo, como si Incarceron se divirtiera creando extraños efectos en las largas horas de la noche ártica.

Cabalgaron durante más de una hora, el terreno se volvió cada vez más escarpado, el aire más frío. Attia estaba agotada, le dolían las piernas, su espalda era un suplicio.

Por fin, Keiro frenó a la bestia. Tenía la espalda empapada en sudor. Entonces dijo:

—Esto debería servir.

Era una gran caverna de hielo en la que brillaba una cascada congelada.

—Genial —murmuró Attia.

Poco a poco, el caballo entró en la cueva improvisada, entre rocas cubiertas de escarcha. Attia balanceó ambos pies y se deslizó con agilidad para bajar de la montura. Casi le fallaron las piernas; se agarró a una de las rocas y después se desperezó con un gruñido.

Keiro bajó de un salto. Si estaba entumecido, era demasiado orgulloso para demostrarlo. Se quitó el sombrero y la máscara y Attia le vio la cara.

—Fuego —musitó Keiro.

No había nada que quemar. Al final encontró un viejo tocón de un árbol; todavía quedaba en él un poco de corteza que rascar, así que con eso, unas cuantas astillas de las que llevaban en el zurrón y una gran cantidad de juramentos impacientes, Keiro consiguió encender la hoguera. El calor era escaso, pero Attia se alegró de poder extender las manos sobre el fuego para que dejaran de tiritar.

Se puso de cuclillas y lo observó.

—Habíamos dicho una semana. Tuviste suerte de que fuera capaz de adivinar...

—Si crees que iba a quedarme dando vueltas una semana en una asquerosa montaña de apestados, estás muy equivocada. —Se sentó enfrente de ella—. Además, las cosas se estaban poniendo feas. Aquella muchedumbre podría habérselo quitado antes que nosotros.

Attia asintió.

Keiro observó cómo el hielo goteaba sobre el fuego. La madera húmeda siseaba y crujía. Su cara parecía más angulosa debido a las sombras, y sus ojos azules estaban enrojecidos por la fatiga, pero su arrogancia habitual seguía ahí, esa innata sensación de superioridad.

—Bueno, ¿qué tal ha ido?

Ella se encogió de hombros.

—El mago se llamaba Rix. Era... extraño. A lo mejor le faltaba un tornillo.

—Su espectáculo era una porquería.

—Eso lo dices tú. —Attia recordó el relámpago en el cielo, las letras chorreantes pintadas por el hombre que no sabía escribir—. Pasaron algunas cosas raras. Tal vez gracias al Guante. Me pareció ver a Finn.

Keiro levantó la cabeza al instante.

—¿Dónde?

—En... una especie de sueño.

—¿Una visión? —Keiro soltó un bufido—. ¡Vaya, fantástico! ¡Lo que necesitaba! Otra Visionaria. —Arrastró el hatillo con las cosas para acercarlo, sacó una hogaza de pan, la partió y le dio el trozo más pequeño a Attia—. A ver, ¿qué estaba haciendo mi precioso hermano de sangre? ¿Lo viste sentado en su trono de oro?

«Exacto», pensó Attia, pero en lugar de eso dijo:

—Parecía perdido.

Keiro resopló.

—Claro. Perdido en sus lujosos pasillos y en las habitaciones reales. Con vino y mujeres. Supongo que los tiene a todos comiendo de su mano, a Claudia y a su madrastra, la reina, y a todos los que sean lo bastante blandengues para escucharlo. Yo le enseñé a hacerlo. Le enseñé a sobrevivir cuando no era más que un niño asustado que lloriqueaba cada vez que oía un ruido fuerte. Y así es como me lo paga.

Attia tragó el último bocado de pan. No era la primera vez que escuchaba ese reproche.

—Finn no tuvo la culpa de que no pudieras Escapar.

Se la quedó mirando.

—No hace falta que me lo recuerdes.

Ella se encogió de hombros e intentó no mirarle la mano. Ahora Keiro casi siempre llevaba guantes, aun cuando no hacía tanto frío. Sin embargo, debajo del guante rojo y lleno de remiendos se escondía el secreto de Keiro, la verdad que lo atormentaba y de la que nunca quería hablar, esa única uña de metal que le recordaba que no era enteramente humano. Y que le repetía que ignoraba qué proporción de su cuerpo había fabricado Incarceron.

Entonces murmuró:

—Finn dijo que intentaría encontrar algún modo de sacarme de aquí. Todos los Sapienti de su patético reino iban a encargarse de eso. Pero no tengo intención de esperar sentado. Estando aquí se olvidó del Exterior, así que puede que ahora se haya olvidado de nosotros. Lo único que sé es que, si alguna vez vuelvo a encontrarlo, se arrepentirá.

—Es poco probable que ocurra —dijo Attia con crueldad.

La miró a la cara con el rostro encendido.

—Mira quién habla... Siempre viste con buenos ojos al pobre Finn, ¿verdad?

—Me salvó la vida.

—Dos veces. Una de ellas con mi anillo mágico. Que debería seguir teniendo yo en lugar de haberlo malgastado contigo.

Attia se quedó callada. Estaba acostumbrada a la burla y a los cambios de humor de Keiro. Sólo la toleraba porque le era útil, y ella permanecía a su lado porque, si Finn regresaba algún día, sería para buscar a Keiro. No se hacía ilusiones de lo contrario.

Melancólico, Keiro bebió un trago de cerveza amarga.

—Mírame. Deambulando por el Ala de Hielo, cuando debería estar liderando a una banda de delincuentes, conduciéndolos a alguna emboscada, o adjudicándome la parte del botín que corresponde al jefe. ¡Vencí a Jormanric en una pelea justa! Lo destruí. Lo tenía todo al alcance de la mano y permití que Finn me convenciera para dejarlo. Y ¿qué pasa luego? Él Escapa y yo no.

Sentía verdadera rabia; Attia no se molestó en recordarle que ella había hecho tropezar a su oponente en el momento crítico y le había ayudado a ganar la pelea. En lugar de decirle eso, le aconsejó:

—Deja de lamentarte. Tenemos el Guante. Por lo menos, vamos a echarle un vistazo.

Keiro se quedó quieto un momento, pero después extrajo el saquito de seda que llevaba en el bolsillo. Se lo colgó de un dedo.

—Qué cosa tan preciosa. No te preguntaré cómo descubriste dónde lo guardaba.

Attia se acercó más. Si su intuición le hubiera fallado...

Con cuidado, Keiro aflojó el cordón y sacó un objeto pequeño, oscuro y arrugado. Lo extendió en la palma de la mano y ambos lo contemplaron fascinados.

Era increíblemente antiguo. Y muy diferente de los guantes que Rix se ponía durante la función.

Para empezar, no estaba hecho de tela ni de lana, sino de una piel brillante y escamada, muy suave y flexible. Costaba definir su color; parecía resplandecer y cambiar de tono, entre el verde oscuro y el negro o el gris metálico. Sin embargo, no cabía duda de que era un guante.

Los dedos estaban gastados y rígidos, y alguien había remendado el pulgar con un parche, cosido con puntadas irregulares. En la parte superior habían pegado unos cuantos objetos de metal, imágenes diminutas de un escarabajo y un lobo, y dos cisnes unidos por una fina cadena. Pero lo más inesperado de todo era que los dedos del Guante terminaban en unas garras envejecidas de un tono amarillo marfil.

Keiro se preguntó maravillado:

—¿De verdad será piel de dragón?

—Podría ser de serpiente.

Aunque Attia nunca había visto escamas tan fuertes y lisas.

Lentamente, Keiro se quitó uno de los guantes. Tenía la mano musculosa y sucia.

—No lo hagas.

El Guante de Sáfico parecía demasiado pequeño para él. A decir verdad, parecía hecho a la medida de una mano fina y delicada.

—Llevo toda la vida esperando.

Attia sabía que, en cierto modo, Keiro confiaba en que el Guante cambiara las cosas. Creía que, si se lo ponía, podría anular los componentes metálicos que formaban parte de él, y que, si Finn regresaba a través del Portal para recogerlo, esta vez Keiro sí podría seguirlo, siempre que llevara puesto el Guante. Pero la amenaza de Rix pendía sobre Attia.

—Keiro...

—Cállate, Attia.

Extendió el guante, que crujió ligeramente, y Attia aspiró su olor rancio y antiguo. Sin embargo, antes de que Keiro pudiera deslizar los dedos por el guante, el caballo levantó la cabeza y piafó muy fuerte. Keiro se quedó boquiabierto.

Más allá de la cascada rígida, el Ala de Hielo parecía oscura y silenciosa, desierta en la noche negra. Prestaron atención y oyeron el grave gemido del viento que soplaba a rachas, un eco frío entre las cavidades y carámbanos del paisaje abandonado.

Y luego, algo más.

Un tintineo de metal.

Keiro pisoteó el fuego; Attia se escondió detrás de una roca. Era imposible ocultar el caballo, pero el animal también se quedó quieto como si fuera capaz de presentir el peligro.

Cuando se apagaron las llamas, la noche de la Cárcel se volvió azul y plateada; el torrente congelado de la cascada se retorcía como un mármol grotesco.

—¿Ves algo?

Keiro se apretujó junto a ella, guardándose el Guante dentro de la camisa.

—Creo que sí. Sí, allí.

Un destello, perdido en la tundra. La aurora que se reflejaba en el acero. El parpadeo de la luz de una antorcha.

Keiro maldijo.

—¿Será Rix?

—No me cabe en la cabeza que sea él.

Era imposible que Rix los hubiese alcanzado, no con aquellos carromatos destartalados. Attia entrecerró los ojos y miró atentamente.

Había algo raro ahí fuera. Se cobijaba en las sombras. Cuando la antorcha que llevaba el recién llegado resplandeció, Attia entrevió una criatura grotesca, abultada, como si tuviera muchas cabezas. Tintineaban igual que si su cuerpo estuviera compuesto de cadenas; un escalofrío de terror le recorrió la columna vertebral.

—¡¿Qué es eso?!

Keiro se había quedado petrificado.

—Algo que confiaba no tener que ver nunca.

Su voz había perdido toda bravuconería; al mirarlo, Attia sólo vio un centelleo en sus ojos.

La cosa iba directa hacia ellos. Tal vez oliera el caballo o percibiera el agua congelada. El tintineo adquirió un ritmo fijo, como si aquella cosa marchase con precisión militar. O como si sus patas de ciempiés formasen una legión.

Keiro dijo:

—Súbete al caballo. Déjalo todo.

El miedo de su voz hizo que Attia obedeciera sin hacer preguntas. Pero el caballo también notó el terror y relinchó, un sonido audible en el silencio.

La criatura se detuvo. Susurró. Tenía muchas voces y sus cabezas se volvían las unas hacia las otras, como las de la Hiedra. Entonces empezó a trotar torpemente, de forma extraña; algunos de sus componentes iban cayendo al suelo, pero los arrastraba y los levantaba a trompicones para seguir avanzando. La cosa chilló y maldijo, convertida en una masa oscura y llena de apéndices. Filos de espadas y antorchas resplandecían en sus manos. La aurora verde la iluminaba con su brillo.

Era una Banda Encadenada.

Claudia se quedó mirando al chico, que se incorporó, la vio y sonrió con dulzura.

—¡Claudia! Cuánto has crecido. ¡Estás fantástica!

Caminó hacia ella y, antes de que Claudia pudiera moverse o los guardias pudiesen detenerlo, ya la había cogido de la mano para darle un beso, muy educado.

Anonadada, Claudia preguntó:

—¿Giles?

Al instante se oyó un revuelo. La multitud cuchicheó emocionada, los soldados miraron a la reina. Sia se había quedado de pie, absolutamente inmóvil, como si le hubiera alcanzado un rayo. Con un elegante movimiento, recuperó la compostura, levantó la mano y esperó a que se hiciera el silencio.

Se extendió poco a poco. Uno de los guardias golpeó con su alabarda en el suelo. Los asistentes se apaciguaron en parte, pero continuaron murmurando. Los Sapienti se miraban unos a otros; Claudia vio que Finn daba un paso adelante y escudriñaba al recién llegado con furia.

—¿A qué te refieres con «el verdadero Giles»? ¡Yo soy Giles!

El desconocido se dio la vuelta y lo miró como si fuera un despojo.

—Vos, señor, sois un Preso que ha escapado, y un impostor. No sé qué clase de maldad escondéis ni cuáles son vuestras alegaciones, pero os aseguro que no son ciertas. Yo soy el auténtico heredero. —Se volvió hacia la multitud—. Y he vuelto para reclamar mi herencia.

Antes de que nadie pudiera intervenir, la reina dijo:

—¡Ya basta! Seáis quien seáis, caballero, sin duda os habéis excedido con vuestro atrevimiento. Trataremos este tema en privado. Lores, por favor, seguidnos. —Sus ojos pálidos se clavaron en Finn—. Vos también estáis autorizado a escuchar.

Se dio la vuelta, con porte regio, y los embajadores y cortesanos le hicieron marcadas reverencias. Claudia agarró a Finn cuando pasó junto a ella, pero él soltó el brazo.

—No puede ser él —susurró la chica—. Mantén la calma.

—Entonces, ¿por qué has dicho ese nombre? ¡Por qué lo has dicho, Claudia! —Sonaba furioso. Claudia no tenía una respuesta convincente.

—Estaba... me he quedado aturdida. Tiene que ser un impostor.

—¿Ah sí?

Finn la miró con severidad. Después se dio la vuelta y anduvo dando zancadas rápidas entre la multitud, con una mano puesta en la espada.

La sala era un alboroto. Claudia notó que Jared la agarraba por la manga.

—Vamos —susurró el Sapient.

Corrieron hacia la puerta de la Sala Privada, se abrieron paso a empujones por entre la masa de cuerpos perfumados y desconcertados. Claudia jadeaba, sin resuello.

—¿Quién es? ¿Será un ardid de la reina?

—Si es así, es una actriz excelente.

—A Caspar le falta inteligencia para hacer algo semejante.

—Entonces, ¿habrá sido obra de ciertos animales de acero?

Claudia lo miró fijamente durante un segundo con los ojos

muy abiertos. En ese momento, las lanzas de los guardianes de la puerta se cerraron delante de ella.

Atónita, les ordenó:

—Dejadme pasar.

Un lacayo muy nervioso murmuró:

—Lo siento, mi lady. Sólo pueden entrar los Sapienti y los asesores de la reina. —Miró a Jared—. Vos podéis entrar, Maestro.

Claudia sacó pecho. Por un momento, Jared casi sintió pena por ese hombre.

—Soy la hija del Guardián de Incarceron —dijo Claudia con una voz que cortaba el hielo—. Y ahora apártate, antes de que me asegure de que te trasladan al lugar más inhóspito y lleno de ratas que hay en este Reino.

El lacayo era joven. Tragó saliva.

—Señora...

—Ni una palabra. —Lo miró impasible—. Muévete y punto.

Al principio, Jared se preguntó si iba a funcionar. Y entonces oyó un murmullo divertido tras ellos.

—Vamos, déjala entrar. ¿Qué daño puede hacer? No me gustaría que te perdieras la parte más divertida, Claudia.

Al ver la sonrisa burlona de Caspar, el lacayo se encogió de hombros. Los guardias se dispersaron.

Claudia se apresuró a pasar entre ellos rozando la puerta. Jared esperó e hizo una reverencia, y el príncipe corrió tras ella, con su guardaespaldas pegado como una sombra. El Sapient entró el último y oyó el clic de la puerta, que se cerró a su espalda.

La Sala Privada no era más que una cámara pequeña que olía a rancio. Los asientos eran de piel roja muy antigua, dispuestos en forma de herradura; la reina se hallaba en el centro y sobre su cabeza pendía el escudo de armas de la familia real. Los consejeros se sentaron y los Sapienti se reunieron detrás de ellos. Como no sabía dónde colocarse, Finn se quedó de pie cerca de la reina, intentando obviar la sonrisa de Caspar, el modo en que se inclinaba hacia delante y le decía algo a su madre al oído, tras lo cual ella ahogaba una risita.

En cuanto entró, Claudia se colocó junto a él con los brazos cruzados. No se dijeron nada el uno al otro.

—¿Y bien? —La reina se inclinó hacia delante con elegancia—. Podéis acercaros.

El chico de la túnica amarilla se detuvo en el centro de la herradura. Todos los ojos estaban fijos en él, pero parecía de lo más tranquilo. Finn lo observó con un desprecio instintivo. La misma altura que él. Pelo castaño y ondulado. Ojos marrones. Sonriente y seguro de sí mismo.

Frunció el entrecejo.

El desconocido dijo:

—Su Majestad, lores. Mi alegación es rotunda, aunque comprendo la gravedad que encierra. Pero es mi intención demostraros que lo que digo es cierto. Os aseguro que soy Giles Alexander Ferdinand de Havaarna, lord de las Islas del Sur, conde de Marly, Príncipe Heredero de este Reino.

Se dirigía a todos, pero sus ojos se quedaron clavados en la reina. Y apenas por un segundo, en Claudia.

—Mentiroso —murmuró Finn.

La reina le reprendió:

—Silencio he dicho.

El Impostor sonrió.

—Me crié entre todos los presentes hasta que cumplí los quince años. Muchos me recordaréis. Vos, lord Burgogne. Seguro que recordaréis las veces que os pedí prestados vuestros fantásticos caballos de pura raza, así como la ocasión en que perdí vuestro azor en el Gran Bosque.

El consejero, un anciano con una capa negra de piel, parecía perplejo.

—Por su parte, mi lady Amelia recordará el día en que su hijo y yo nos caímos de un árbol, disfrazados de piratas, y estuvimos a punto de abalanzarnos sobre ella.

Esbozó una sonrisa cordial. Una de las damas de la reina, presente en la sala, asintió. Se había quedado pálida.

—Sí, sí, fue así —susurró—. ¡Cuánto nos reímos!

—Ya lo creo. Y tengo muchos recuerdos como ése. —El Impostor cruzó los brazos—. Caballeros, os conozco a todos. Puedo deciros dónde vivís, sé el nombre de vuestras esposas. He jugado con vuestros hijos. Puedo responder a cualquier pregunta que me hagáis sobre mis tutores, o sobre mi querido lacayo personal, Bartlett, o sobre mi padre, el difunto rey, y mi madre, la reina Argente. —En ese momento, una sombra cruzó su rostro. Pero luego sonrió y sacudió la cabeza—... Que es más de lo que puede hacer este Preso, con su supuesta pérdida de memoria, tan oportuna.

Claudia percibió la rigidez tan próxima de Finn como una amenaza.

—Y entonces, ¿dónde he estado todo este tiempo?, os preguntaréis. ¿Por qué se fingió mi muerte? O tal vez ya hayáis oído de boca de mi graciosa madrastra, la reina, que mi supuesta caída del caballo a la edad de quince años fue... planificada, como medida de protección para mi propia seguridad.

Claudia se mordió el labio. Estaba utilizando la verdad para darle la vuelta. Era muy inteligente. O estaba muy bien enseñado.

—Era una época convulsa, de grandes peligros. Existe una organización secreta y siniestra, caballeros, de la que tal vez hayáis oído hablar. Se les conoce como el Clan de los Lobos de Acero. Hace poco que sus planes fueron desbaratados, cuando fracasaron en su intento de arrebatarle la vida a la reina Sia, y cuando su líder, el malogrado Guardián de Incarceron, fue descubierto.

Ahora no miraba a Claudia. Jugaba con el público como un experto, hablaba con voz clara y segura.

—Nuestros espías sabían de su existencia desde hacía años, y conocían su intención de asesinarme. El clan quería mi muerte y la eliminación del Edicto. El fin del Protocolo. Deseaban devolvernos a los terrores y el caos de los Años de la Ira. Por eso desaparecí. Ni siquiera la reina estaba al corriente de mis planes. Me di cuenta de que la única forma de permanecer a salvo era hacerles creer que ya estaba muerto. Y esperar a que llegara el momento apropiado. —Sonrió—. Ahora, lores míos, el momento ha llegado.

Hizo un gesto, regio y autoritario, pero natural, y un lacayo le entregó un fajo de papeles.

Claudia se mordió el labio, muy nerviosa.

—Aquí tengo pruebas documentales que demuestran lo que digo. Mi estirpe real, los datos de mi nacimiento, las numerosas cartas que he recibido, invitaciones... muchas de ellas escritas por algunos de los presentes. Es posible que las reconozcáis. También tengo el retrato de mi prometida cuando era niña, que me fue entregado el día en que nos comprometieron.

Claudia contuvo la respiración. Levantó la mirada hacia él, y el muchacho se la devolvió con firmeza.

—Y lo más importante, caballeros y Maestros, llevo la prueba en mi propia carne.

Levantó la mano, apartó el volante de encaje de la manga y giró lentamente la muñeca para que toda la sala pudiera verla.

Tatuada en la piel, llevaba el Águila con corona de los Havaarna.

# 10

*Mano con mano, piel con piel,*
*mi gemelo en el espejo, Incarceron.*
*Miedo con miedo, deseo con deseo,*
*ojo con ojo. Cárcel contra cárcel.*

CANTOS DE SÁFICO

Los había oído.

—¡Rápido! —chilló Keiro.

Attia agarró las riendas y la montura, pero el caballo estaba aterrado; daba vueltas y relinchaba, y antes de que Attia consiguiera encaramarse a él, Keiro dio un salto hacia atrás, sudoroso. Attia se dio la vuelta.

La Banda Encadenada acechaba. Era un ejemplar macho, con doce cabezas cubiertas por cascos; sus cuerpos se fusionaban en las manos, las muñecas y las caderas, unidos por una piel de cadenas umbilicales a la altura de los hombros y de la cintura. Destellos de luz brillaban en algunas de sus manos; otras blandían armas: cuchillos, ganchos, un trabuco oxidado.

Keiro sacó su propia arma. Apuntó con ella al centro de aquella cosa informe.

—No te acerques más. Guarda las distancias.

La luz de las antorchas lo enfocó. Attia se agarró al caballo, que tenía el flanco sudado y caliente, y temblaba bajo su mano.

La Banda Encadenada se abrió y sus cuerpos se separaron; se convirtió en una fila de sombras, cuyos movimientos hicieron que Attia pensara absurdamente en las cadenitas de papel que hacía de niña, recortando la silueta de un hombre en una hoja doblada que después extendía para formar una guirnalda.

—¡Te he dicho que no te acerques, Attia!

Keiro fue repasando la fila de cuerpos con el arma. Tenía el pulso firme, pero sólo podía disparar a una de las partes, y si lo hacía, sin duda el resto de bandidos lo atacaría. ¿O no? La Banda Encadenada habló.

—Queremos comida.

Su voz era un concierto de repeticiones, una superpuesta a la otra.

—No tenemos nada que ofreceros.

—Mentiroso. Olemos a pan. Olemos a carne.

¿Eran uno o muchos? ¿Tendrían un solo cerebro que controlara los distintos cuerpos como si fueran extremidades, o cada uno de ellos sería un hombre autónomo, pero conectado a los demás de manera eterna y terrible? Attia se quedó mirando el engendro fascinada.

Keiro soltó un juramento. Entonces le ordenó:

—Tírales la bolsa.

Con cuidado, Attia sacó el zurrón con la comida que llevaba a cuestas el caballo y lo arrojó sobre el hielo. Se deslizó por el suelo. Un brazo largo lo agarró para detenerlo. Desapareció en la oscuridad informe de la criatura.

—No es suficiente.

—No tenemos más —dijo Attia.

—Olemos a la bestia. Su sangre caliente. Su carne dulce.

Attia miró a Keiro, alarmada. Sin el caballo estaban atrapados. Se colocó junto al chico.

—No. El caballo no.

Unas débiles chispas de energía estática iluminaron el cielo. Suplicó que las luces se encendieran de una vez. Pero estaban en el Ala de Hielo, eternamente a oscuras.

—Fuera —ordenó Keiro con desprecio—. Si no, os volaré los sesos. ¡Hablo en serio!

—¿A cuál de nosotros? La Cárcel nos ha unido. Tú no tienes forma de dividirnos.

La Banda Encadenada se iba acercando. Por el rabillo del ojo, Attia notó el movimiento. Suspiró:

—Nos tienen rodeados.

Retrocedió aterrorizada; estaba segura de que, si una de aquellas manos la tocaba, sus dedos se fundirían con los de ella.

Con su tintineo metálico, la Banda Encadenada los había sitiado casi por completo. Sólo la cascada de hielo que tenían a su espalda les ofrecía cierta protección; Keiro se cobijó en la cortina compacta y espetó:

—Monta en el caballo, Attia.

—¿Y qué harás tú?

—¡Monta en el caballo!

Attia se vio obligada a subir. Aquellos hombres unidos por cadenas se aproximaron aún más. De forma instintiva, el caballo retrocedió.

Keiro disparó.

El fogonazo azul de la llama alcanzó el torso central; el forajido se vaporizó al instante y toda la Banda Encadenada gritó al unísono; once voces que aullaban de rabia.

Attia obligó al caballo a darse la vuelta. Cuando se inclinó y bajó un brazo para agarrar a Keiro, vio que aquella cosa se reagrupaba, sus manos se unían, la piel de cadenas se deslizaba hasta recomponer la misma forma compacta.

Keiro se dio la vuelta, dispuesto a montarse detrás de Attia, pero esa cosa se le echó encima.

El chico gritó y pataleó, pero las manos encadenadas estaban hambrientas; lo cogieron por el cuello y la cintura; tiraron de él para separarlo del caballo. Se resistió, juró y perjuró, pero eran demasiados, lo atacaban por todos los frentes, y sus cuchillos centelleaban en la gélida luz azulada. Attia intentó controlar al caballo asustado, se inclinó hacia delante, le arrebató el trabuco a Keiro y apuntó.

Si disparaba, lo mataría.

La piel de cadenas lo envolvía como un cúmulo de tentáculos. Lo absorbía. Cuando lo soltara, ya estaría muerto.

—¡Attia! —El grito de Keiro sonó amortiguado.

El caballo retrocedió de nuevo; Attia intentaba por todos los medios que no la volcara.

—¡Attia!

Por un instante, su rostro pareció lúcido; la vio con claridad.

—¡Dispara! —gritó Keiro.

No podía.

—¡Vamos! ¡¡Dispárame!!

Transcurrió un segundo en el que Attia se quedó congelada por el terror.

Entonces, levantó el arma y disparó.

—¿Cómo puede haber ocurrido?

Finn irrumpió en la habitación dando zancadas y se dejó caer en la silla metálica. Repasó con la mirada el misterio gris y murmurante que constituía el Portal.

—Y ¿por qué nos vemos aquí?

—Porque es el único lugar de toda la Corte en el que sé a ciencia cierta que no hay mecanismos de escucha.

Jared cerró la puerta con cuidado y notó una vez más ese extraño efecto que provocaba la habitación, que se expandía y se allanaba, como si se adaptase a su presencia. Cosa que debía de hacer en realidad si, tal como sospechaba, era una especie de estadio intermedio entre su mundo y la Cárcel.

Algunas plumas seguían poblando el suelo. Finn les dio una patada.

—¿Dónde está Attia?

—Ya llegará.

Jared observó al chico; Finn le aguantó la mirada.

Luego, más tranquilo, dijo:

—Maestro, ¿vos también dudáis de mí?

—¿También?

—Ya visteis a aquel chico. Y Claudia...

—Claudia cree que eres Giles. Siempre lo ha creído, desde el momento en que oyó tu voz.

—Pero entonces no lo había visto a él. Lo llamó por su nombre. —Finn se puso de pie, caminó con inquietud hasta la pantalla—. ¿Visteis lo aseado que iba? ¿Lo bien que sonreía y hacía reverencias? ¿Visteis que se comportaba como un príncipe? Yo no sé hacer eso, Maestro. Si alguna vez supe, se me ha olvidado. La Cárcel me lo ha arrebatado.

—Un actor con muchas tablas...

Finn se volvió de sopetón.

—¿Creéis en él? Decidme la verdad.

Jared entrelazó los dedos enjutos. Se encogió de hombros ligeramente.

—Soy un estudioso, Finn. No es fácil convencerme. Habrá que analizar esas supuestas pruebas. Y no cabe duda de que los dos tendréis que someteros a un interrogatorio ante el Consejo, tanto él como tú. Ahora que hay dos aspirantes al trono, todo ha cambiado. —Miró de reojo a Finn—. Pensaba que no tenías ganas de ser coronado.

—Pues ahora sí. —Su voz sonó como un gruñido—. Keiro siempre dice que si ganas algo peleando, tienes que conservarlo. Únicamente una vez logré convencerlo para que renunciara a una cosa.

—¿Cuando os separasteis de la banda? —Jared lo miró a la cara—. Esas cosas que nos has contado sobre la Cárcel, Finn... Necesito saber si son ciertas. Lo de la Maestra. Y lo de la Llave.

—Ya os lo dije. Ella me dio la Llave y después la mataron. Se cayó al Abismo. Alguien nos traicionó. No fue culpa mía.

Estaba dolido. Pero Jared continuó sin piedad:

—Murió por tu culpa. Y ese recuerdo del Bosque, la caída del caballo. Necesito estar seguro de que es real, Finn. Debo saber que no lo has dicho únicamente porque creías que Claudia necesitaba oírlo.

La cabeza de Finn se volvió como con un resorte.

—¡Una mentira! ¡Eso queréis decir!

—Exacto.

Jared sabía que se estaba arriesgando. Mantuvo la mirada firme.

—El Consejo también querrá escuchar la historia, con todo lujo de detalles. Te preguntarán una y otra vez. A ellos será a quienes tengas que convencer, no a Claudia.

—Si cualquier otra persona me dijera algo así, Maestro, yo...

—¿Por eso te has llevado la mano a la espada?

Finn cerró los dedos en un puño. Lentamente, se arropó el cuerpo con ambos brazos y se desplomó de nuevo en la silla metálica. Estuvieron en silencio durante un rato, y Jared oyó el rumor débil de la habitación inclinada, un sonido que jamás había logrado aislar.

Al final, Finn dijo:

—La violencia era nuestro modo de vida en la Cárcel.

—Lo sé. Y sé lo difícil que debe de ser...

—Es que no estoy seguro. —Finn se volvió hacia él de repente—. No estoy seguro, Maestro, ¡no sé quién soy! ¡Cómo voy a convencer al Consejo cuando ni siquiera yo estoy convencido!

—Tendrás que hacerlo. Todo depende de ti. —Los ojos verdes de Jared estaban fijos en él—. Porque si te suplantan, si

Claudia pierde su herencia, y yo... —Se detuvo. Finn vio cómo doblaba los pálidos dedos unos sobre otros—. Bueno, si eso ocurre, no habrá nadie que se preocupe por las injusticias de Incarceron. Y nunca volverás a ver a Keiro.

Se abrió la puerta y Claudia entró a la carrera. Parecía alborozada y nerviosa; tenía el vestido de seda manchado de polvo. Les dijo:

—Va a quedarse en la Corte. ¡Increíble! La reina le ha dado una suite en la Torre de Marfil.

Ninguno de los dos contestó. Al notar la tensión que se respiraba en el despacho, Claudia miró a Jared. Después sacó la bolsita de terciopelo azul del bolsillo y cruzó la habitación con ella en la mano.

—¿Os acordáis de esto, Maestro?

Deshizo el nudo del cordel y le dio unos golpecitos a la bolsa para sacar un cuadro en miniatura, una obra de arte que tenía un marco de oro y perlas, con el águila coronada grabada en el dorso. Se lo entregó a Finn, quien lo sujetó con ambas manos.

Era el retrato de un niño sonriente, con los ojos oscuros a la luz del sol. Tenía una mirada tímida, pero directa y franca.

—¿Soy yo?

—¿Ni siquiera te reconoces?

Cuando Finn respondió, el dolor de su voz sobresaltó a Claudia.

—No, ya no. Ese niño jamás había visto hombres asesinados por unos restos de comida, jamás había atormentado a una anciana para que le desvelara dónde escondía las pocas monedas que poseía. Jamás había llorado en una celda, con la mente destrozada, ni había pasado la noche en vela escuchando los gritos de otros niños. No soy yo. Ese niño nunca ha sido acechado por la Cárcel.

Le devolvió el retrato a Claudia y se subió la manga de la levita.

—Mírame, Claudia.

Tenía los brazos marcados por cicatrices y quemaduras antiguas. Claudia ignoraba cómo se las había hecho. La marca del Águila de los Havaarna quedaba difusa y costaba distinguirla.

La muchacha logró decir con voz firme:

—Bueno, pero entonces tampoco había visto las estrellas, no como tú las has visto. Este niño eras tú.

Volvió a mostrarle el retrato y Jared se acercó para estudiarlo mejor.

La similitud era indiscutible. Y sin embargo, Claudia sabía que el joven que había aparecido en palacio también se parecía mucho a él, y carecía de la palidez asustadiza que todavía conservaba Finn, de la delgadez del rostro y de ese aire perdido en la mirada.

Como no quería que el chico percibiera sus dudas, Claudia dijo:

—Jared y yo descubrimos esto en la cabaña de un hombre llamado Bartlett. Te cuidaba cuando eras pequeño. Dejó escrito un documento en el que contaba lo mucho que te amaba, y decía que te consideraba su hijo.

Desesperado, Finn negó con la cabeza.

Claudia continuó sin amedrentarse.

—Yo tengo otros retratos, pero éste es el mejor de todos. Creo que se lo regalaste tú personalmente. Bartlett fue quien, después del accidente, supo que el cuerpo no era el tuyo, que seguías vivo.

—¿Dónde está? ¿Podemos pedirle que venga?

Claudia lo miró a los ojos y contestó en voz baja:

—Bartlett está muerto, Finn.

—¿Por mi culpa?

—Bartlett sabía la verdad. Fueron a por él.

Finn se encogió de hombros.

—Vaya, lo siento. Pero el único anciano al que he querido se llamaba Gildas. Y también está muerto.

Algo crujió.

La pantalla del escritorio arrojó luz. Parpadeó.

Jared corrió hacia ella sin pensárselo y Claudia le siguió los pasos.

—¿Qué ha sido eso? ¿Qué ha pasado?

—Una conexión. Tal vez...

Se dio la vuelta. Algo había modificado el murmullo de la habitación. Parecía retroceder y subir de tono en la escala musical. Claudia soltó un chillido y corrió a apartar a Finn de la silla, con tanta brusquedad que ambos estuvieron a punto de caer al suelo.

—¡El Portal funciona! Pero ¿cómo?

—Desde el Interior.

Blanco por la tensión, Jared contempló la silla. Los tres la miraron fijamente, sin saber qué les aguardaba, quién podría aparecer a través de ella. Finn empuñó la espada.

Una luz parpadeó, con ese brillo cegador que Jared todavía recordaba de la vez anterior. Y en la silla apareció una pluma.

*Era del tamaño de un hombre.*

El trabuco escupió fuego. Cortó el hielo bajo los pies de la Banda Encadenada y la criatura aulló, se tropezó y se resbaló por culpa del témpano de hielo derretido. Sus cuerpos se retorcieron, se agarraron unos a otros. Attia volvió a disparar, apuntando hacia las placas de hielo machacadas, y gritó:

—¡Vamos!

Keiro luchaba por zafarse de aquel engendro. Peleaba, mordía y pataleaba con una energía que era fruto de la rabia, pero se le resbalaban los pies en el charco de hielo derretido y todavía tenía una mano de cadenas aferrada a los faldones de la chaqueta. Entonces el tejido se rasgó y por un momento se vio libre. Alargó la mano y Attia se inclinó para agarrarlo; pesaba mucho, pero el terror de pensar que podían volver a atraparlo para asfixiarlo le dio fuerzas suficientes para encaramarse por el lomo del caballo y montar detrás de Attia.

La chica se calzó el arma debajo del brazo e intentó asir bien las riendas. El caballo tenía pánico; mientras retrocedía, una gran fractura en el hielo rompió el silencio de la noche. Attia miró hacia el suelo y vio que la placa se estaba resquebrajando; del cráter que había abierto con los disparos emergían en zigzag varias grietas negras. Las estalactitas se desprendían de la cascada y chocaban contra el suelo estallando en montones puntiagudos.

Notó que le arrebataban el arma. Keiro chilló:

—¡Contrólalo!

Pero el caballo, aterrado, sacudió la cabeza, y sus cascos taconearon al resbalar por las planchas congeladas.

La Banda Encadenada luchaba por sobrevivir, medio inmersa

en el hielo derretido. Algunos de sus cuerpos habían quedado aplastados por los demás, sus cadenas de nervios y su piel se iban congelando con la escarcha.

Keiro levantó el arma.

—¡NO! —suspiró Attia—. Podemos escapar. —Y entonces, cuando vio que Keiro no bajaba el arma, añadió en voz más baja—. ¡Antes eran seres humanos!

—Si se acordaran, me darían las gracias —dijo Keiro con voz macabra.

La ráfaga de fuego los abrasó. Disparó tres, cuatro, cinco veces, con frialdad y eficacia, hasta que el arma chisporroteó, tosió y se quedó sin munición. Entonces la arrojó al cráter carbonizado.

A Attia le dolían las manos por el roce constante con las riendas de cuero.

Tiró de ellas hasta conseguir que el caballo se detuviera.

En el silencio fantasmal, el susurro de una brisa casi imperceptible rozó la nieve. Attia era incapaz de bajar la mirada hacia los hombres muertos; así pues, miró hacia arriba, al distante techo, y notó un escalofrío de admiración, pues por un momento creyó ver miles de puntitos de luz brillante en aquel firmamento negro, como si allí estuvieran las estrellas de las que le había hablado Finn.

Keiro dijo:

—Salgamos de este infierno.

—¿Cómo? —murmuró ella.

La tundra era un entramado de grietas. Por debajo del hielo roto empezaba a ascender agua, un océano de color gris metálico. Y esas centellas de lo alto no eran estrellas, eran las partes que sobresalían de una niebla de plata, que lentamente se cernía desde las alturas de Incarceron.

La niebla bajó hasta adherirse a sus rostros. Y dijo:

—*No deberías haber matado a mis criaturas, tullido.*

Claudia observó el caño central de la pluma, enorme, esos gigantescos filamentos azules unidos hábilmente unos a otros. Con cuidado, alargó la mano y tocó el suave penacho de la punta. Era idéntica a la diminuta pluma que Jared había recogido en el jardín. Pero estaba hinchada, exagerada. Fuera de toda proporción.

Asombrada, Claudia susurró:

—¿Qué significa esto?

Una voz divertida le respondió:

—Significa, querida mía, que te devuelvo el regalito.

Al principio Claudia no pudo moverse. Cuando por fin lo logró, fue para preguntar:

—¿Padre?

Finn la cogió de la mano y la invitó a darse la vuelta. Claudia vio que en la pantalla, definiéndose poco a poco, píxel a píxel, aparecía la imagen de un hombre. Cuando la imagen se completó, lo reconoció: la austeridad de su levita oscura, la perfección de su pelo recién cepillado y recogido en la nuca con elegancia. El Guardián de Incarceron, el hombre al que continuaba considerando su padre, la miraba desde lo alto.

—¿Me veis? —susurró Claudia.

Ahí estaba. Con su sonrisa fría de siempre.

—Por supuesto que te veo, Claudia. Creo que te sorprenderías si supieras todo lo que veo. —Sus ojos grises se dirigieron a

Jared—. Maestro Sapient, os felicito. Pensaba que los daños que había provocado en el Portal serían irreparables. Al parecer, como siempre, os había subestimado.

Claudia entrelazó las manos delante del cuerpo. Se irguió, tal como solía hacer cuando estaba ante él, totalmente rígida, como si de pronto volviera a ser una niña pequeña, como si la mirada clara de su padre la hiciera menguar.

—Os devuelvo el material de vuestro experimento —dijo con sequedad el Guardián—. Como podéis ver, continúa habiendo problemas de escala. Jared, os recomiendo encarecidamente que no mandéis ningún ser vivo a través del Portal. Los resultados podrían ser nefastos para todos nosotros.

Jared frunció el entrecejo:

—Entonces, ¿las plumas llegaron?

El Guardián sonrió pero no contestó.

Claudia se moría de impaciencia. Las palabras salieron abruptamente de su boca:

—¿De verdad estáis en Incarceron?

—¿Dónde si no?

—Pero ¿dónde está la Cárcel? ¡¿Por qué no nos lo habéis desvelado?!

Un atisbo de sorpresa cruzó el rostro del Guardián. Se inclinó hacia atrás y Claudia vio que se hallaba en un lugar sombrío, porque un brillo similar a la luz de una llama se reflejó por un instante en sus ojos. Un sonido suave, como un palpitar, provenía de algún punto de la oscuridad.

—¿Cómo que no? Vaya... Pues me temo, Claudia, que tendrás que preguntarle a tu apreciado tutor.

Claudia miró a Jared, que parecía avergonzado y no se atrevía a mirarla a los ojos.

—¿Cómo habéis podido ocultárselo, Maestro? —La burla en la voz del Guardián era evidente—. Y yo que pensaba que no existían secretos entre los dos... En fin, Claudia, parece que tienes que andarte con cuidado. El poder corrompe a los hombres. Incluso a los Sapienti.

—¿El poder? —espetó ella.

Las manos de su padre se abrieron con elegancia, pero antes de que pudiera preguntarle nada más, Finn le dio un codazo para apartarla.

—¿Dónde está Keiro? ¿Qué le ha pasado?

El Guardián se limitó a decir:

—Y ¿por qué iba a saberlo yo?

—¡Cuando os convertisteis en Blaize, teníais una torre llena de libros! Los informes de todos los Presos de la Cárcel. Podríais encontrarlo...

—¿De verdad te importa? —El Guardián se inclinó hacia delante—. Bueno, pues te lo diré. En este momento está intentando salvar el pellejo en una pelea contra una criatura monstruosa de varias cabezas.

Al ver que Finn se quedaba mudo y taciturno, el Guardián se echó a reír.

—Y tú no estás para cubrirle la espalda. Eso debe de doler... Pero aquí es donde le corresponde vivir. Éste es el mundo de Keiro, sin amistad, sin amor. Y tú, Preso, también perteneces a este mundo.

La pantalla resplandeció y crepitó.

—Padre... —se apresuró a decir Claudia.

—¿Todavía me llamas así?

—¿De qué otro modo voy a llamaros? —Claudia dio un paso adelante—. Sois el único padre que conozco.

La observó durante un instante y Claudia se dio cuenta, en la imagen que empezaba a desintegrarse, de que tenía el pelo ligeramente más canoso que antes y la cara más arrugada. Entonces, el Guardián dijo en voz baja:

—Ahora yo también soy un Preso, Claudia.

—Podéis Escapar. Tenéis las Llaves...

—Las tenía. —El Guardián se encogió de hombros—. Incarceron me las ha quitado.

La imagen se perdía. Desesperada, Claudia preguntó:

—Pero ¿por qué?

—El deseo está consumiendo a la Cárcel. Todo empezó con Sáfico, porque cuando se puso el Guante, la Cárcel y él pasaron a tener una sola mente. Sáfico contagió a Incarceron.

—¿Cómo? ¿Le transmitió una enfermedad?

—No, un deseo. Y el deseo puede convertirse en enfermedad, Claudia. —La miraba con fijeza, mientras su imagen temblaba y se desvanecía para volver a formarse al instante—. Tú también tienes parte de culpa, por habérselo descrito todo con tanto detalle. Ahora Incarceron arde de anhelo. Pues, a pesar de sus miles de Ojos, hay una cosa que no ha visto jamás, y que daría lo que fuera por ver.

—¿El qué? —preguntó la joven en un suspiro, aunque ya lo sabía.

—El Exterior —susurró él.

Por un instante, todos permanecieron en silencio. Entonces Finn se inclinó hacia delante.

—¿Qué pasa conmigo? ¿Soy Giles? ¿Fuisteis vos quien me encerró en la Cárcel? ¡Contestad!

El Guardián le sonrió.

Entonces la pantalla se fundió en negro.

# 11

*Crece en mí el terror a hablar con la Cárcel. Mis secretos parecen pequeños y lamentables. Mis sueños parecen ingenuos. Empiezo a temer que pueda saber incluso lo que me pasa por la mente.*

DIARIO DE LORD CALLISTON

La niebla se deslizaba entre ellos. Era gélida. Una neblina de millones de gotas de escarcha. Attia sintió que se le congelaba en la piel, que se condensaba en sus labios.

—*¿Te acuerdas de mí, Attia?* —le susurró.

Ella frunció el entrecejo.

—Sí, me acuerdo.

—Cabalga —murmuró Keiro.

Attia tiró de las riendas con delicadeza para instar al caballo a avanzar. Pero el animal se resbaló porque el suelo estaba en pendiente, y en ese momento la muchacha supo que se hallaban en las garras de Incarceron: la temperatura subió repentinamente y toda el Ala empezó a derretirse a su alrededor.

Keiro también debió de percibirlo, pues soltó:

—Déjanos en paz. Ve a torturar a otros Presos.

—*Te conozco, tullido.* —La voz sonaba próxima, pegada a sus oídos, contra sus mejillas—. *Formas parte de mí, mis átomos laten en tu corazón, te pican en la piel. Debería matarte ahora mismo. Debería fundir el hielo y dejar que te ahogaras en él.*

De pronto, Attia se bajó del caballo. Clavó los ojos en la noche gris.

—Pero no lo harás. Es a mí a quien has estado controlando todo este tiempo. ¡Por eso escribiste aquel mensaje en la pared!

—*¿Que vería las estrellas? Sí, empleé la mano de aquel ingenuo. Porque las veré, Attia, y tú me ayudarás.*

La luz iba en aumento. Gracias a ella vieron que, a través de la niebla, dos grandes Ojos rojos descendían suspendidos de unos cables. Centelleaban como rubíes; uno de ellos estaba tan cerca de Keiro que el calor de su incandescencia le chamuscó el pelo. Keiro se bajó a toda prisa del caballo y se colocó detrás de Attia.

—*Llevo siglos anhelando Escapar, aunque ¿quién puede escapar de sí mismo? El Guardián intenta convencerme de que no funcionará, pero mi plan tenía un único cabo suelto, y ya lo habéis atado.*

—¿Qué tiene que ver el Guardián en esto? —espetó Keiro—. Él está fuera, con su preciosa hija y el príncipe.

La Cárcel se carcajeó. Su diversión se transformó en un estruendo que partió el hielo; varios témpanos cayeron y salpicaron en el creciente mar de agua derretida. El iceberg en el que se hallaban chocó contra algo y empezó a desprender planchas de hielo que se separaban por los bordes.

La niebla abrió una boca cavernosa.

—*Ya veo que no lo sabéis. Ahora el Guardián está en el Interior. Y aquí se quedará para siempre, pues ambas Llaves son mías. He empleado su energía para construir mi cuerpo.*

El hielo era inestable. Attia agarró al caballo.

—¿Tu cuerpo? —susurró.

—*Con el que Escaparé.*

Keiro intervino:

—Es imposible.

Ambos intuían que era preciso lograr que la Cárcel continuara hablando, pues el menor capricho de la voluble crueldad de Incarceron podía arrojarlos al agua gélida; podía abrir conductos que los absorbieran, para introducirlos en las profundidades de los interminables túneles y tuberías de su corazón metálico.

—*Eso lo dices tú.* —La voz de Incarceron estaba cargada de desdén—. *Tú, que no puedes salir de aquí por culpa de tus imperfecciones. Pero ahora el sueño de Sáfico de ver las estrellas es mi sueño, y existe un modo de alcanzarlo. Se trata de un mecanismo secreto, un mecanismo que nadie contemplaba. Me estoy construyendo un cuerpo. Similar al de un hombre pero más grande, una criatura alada. Será alto, bello y perfecto. Sus ojos serán dos esmeraldas y andará, correrá y volará, y en él introduciré mi personalidad y mi poder, de modo que convertiré la Cárcel en una carcasa vacía. Vosotros tenéis la última pieza que necesito para completarlo.*

—¿Ah sí?

—*Sí, y lo sabéis. He buscado el Guante perdido de mi hijo durante siglos; estaba oculto, incluso para mis ojos.* —Se echó a reír, divertido—. *Pero ahora, ese tonto de Rix lo ha encontrado. Y lo tenéis aquí.*

Keiro miró a Attia muy alarmado. La plataforma de hielo había empezado a flotar, y a su alrededor, la niebla giraba tan deprisa que no veían absolutamente nada del paisaje. Attia creyó que la Cárcel los estaba engullendo de verdad, que se desplazaban hacia las profundidades de su inmensa barriga, como el hombre dentro de la ballena del libro ilustrado de Rix.

Rix. Sus palabras repicaban en la memoria de Attia. «El Arte de la Magia es el arte de la ilusión.»

Las olas se mecían bajo el hielo cada vez más delgado. A lo lejos, en medio de la niebla, vio los eslabones de una cadena gigante, que colgaban hacia abajo. Los estaba arrastrando hacia la cadena. Attia se apresuró a preguntar:

—¿Lo quieres?

—Será mi mano derecha.

Los ojos de Keiro eran de un brillante tono azul. Attia se dio cuenta de qué tramaba en cuanto el chico dijo desafiante:

—Nunca lo conseguirás.

—*Hijo mío, ahora mismo podría matarte para conseguirlo…*

Keiro tenía el Guante en las manos.

—No antes de que me lo ponga. No antes de que conozca todos tus secretos.

—*No.*

—¡Mírame!

—*¡NO!*

Los relámpagos centellearon. La niebla se espesó sobre el caballo y los volvió a todos invisibles a ojos de los demás. La chica agarró a Keiro por el codo, notó su calor a través de la ropa.

—Entonces, tal vez sea el momento de pactar las condiciones. —Keiro era invisible, pero su voz seguía siendo igual de férrea—. Tengo el Guante. Podría ponérmelo. Podría romperlo en cuestión de segundos. Pero si lo quieres, también podría dártelo.

La Cárcel permaneció callada.

Attia notó que Keiro se encogía de hombros.

—Como tú prefieras. Me parece que ésta es la única cosa que no puedes controlar dentro de todo este Infierno. El Guante de Sáfico. Tiene un poder extraño. Perdónanos la vida y muéstranos el camino, y será tuyo. De lo contrario, me lo pondré. ¿Qué puedo perder?

Attia empezó a distinguirlo por fin. La niebla se disipó, fue retrocediendo. En un momento de terror, Attia se dio cuenta de que estaban solos en un islote de hielo, en un ancho mar de agua, un océano metálico y grasiento. Se extendía hasta donde se perdía la vista, en todas direcciones, y los dos Ojos de la Cárcel se zambulleron en él y la miraron desde abajo, a conciencia, a través de las lentas y túrgidas olas.

—*Tu arrogancia es sorprendente.*

—Tengo mucha práctica —dijo Keiro.

—*Es imposible que sepas qué provoca el Guante.*

—No sabes lo que sé. —Keiro bajó la mirada, desafiante—. Dentro de mi cerebro no hay Ojos rojos, tirano.

Las luces se encendieron. En lo alto del techo, Attia vislumbró pasadizos y calles suspendidas, un Ala completa a kilómetros de altitud, donde unos puntitos diminutos que debían de ser personas se arracimaban y miraban hacia abajo.

—*Ya, pero ¿y qué pasaría si los hubiera, tullido? ¿Qué pasaría si pudiera ver incluso en tu interior?*

167

Keiro se echó a reír. Fue una risa falsa, pero si la Cárcel había mencionado su pavor más oscuro, el chico supo disimularlo bien.

—No me das miedo. Los hombres te construyeron y los hombres pueden destruirte.

—*Por supuesto.* —La voz de la Cárcel sonó seca y enojada—. *Muy bien, entonces. Haremos un trato. Entrégame el Guante y yo te recompensaré con la Huida. Pero si te atreves a intentar ponértelo, te abrasaré y te convertiré en cenizas, a ti y al Guante. No acepto rivales.*

La cadena se balanceaba ante ellos. Era enorme y pesada, y cayó al mar salpicándolo todo; el agua fundida provocó una ducha de gotarrones que llegaron hasta Attia, quien notó su sabor en los labios. Cuando el metal restalló, vieron que una pasarela se extendía tras la cadena, un camino que se desplegaba sobre la superficie densa del mar, y que se desvanecía en los restos de la niebla.

Keiro volvió a subirse al caballo con celeridad, pero antes de que pudiera tomar las riendas, Attia dijo:

—Ni se te ocurra abandonarme aquí.

—Ya no te necesito. Ahora tengo el Guante.

—Necesitas a un hermano de sangre.

—De eso también tengo.

—Sí —dijo ella con aspereza—. Pero está muy ocupado.

Keiro bajó la mirada hacia ella. El pelo largo y empapado del chico resplandecía con la luz. Tenía los ojos fríos y calculadores. Attia sabía que era capaz de marcharse al galope. Pero entonces, Keiro se agachó y la ayudó a ensillar.

—Sólo hasta que encuentre a alguien mejor —dijo.

Aquella noche, la reina dio una cena de gala en honor del Aspirante.

Mientras Claudia estaba sentada a la larga mesa, lamiendo los restos de sorbete de limón que quedaban en la cucharilla, pensó en su padre. Verlo la había agitado. Parecía más flaco, su temple menos seguro. Era incapaz de quitarse de la cabeza lo que le había dicho. No obstante, era imposible que Incarceron, la inteligencia pura que los Sapienti habían creado, saliera jamás de la Cárcel, porque si lo hacía, lo único que dejaría atrás sería una oscura carcasa de metal. Millones de Presos morirían, sin luz, aire o alimento. No podía ser.

Intentó no darle más vueltas y, ansiosa, observó a Finn por entre las velas y las frutas de cera y otros adornos del centro de la mesa. Lo habían sentado junto a la condesa de Amaby, una de las mujeres más bromistas y afectadas de la Corte, que se sentía fascinada por los cambios de humor del muchacho, y que más tarde cotillearía sobre él sin ningún escrúpulo. Finn apenas respondía a la cháchara interminable de la mujer, y mantenía la mirada fija en la copa de vino. «Ha bebido demasiado», pensó Claudia.

—Pobre Finn. Qué desdichado parece —murmuró el Impostor.

Claudia frunció el entrecejo. La reina Sia había colocado a los dos príncipes Giles uno enfrente del otro, en el centro de la mesa, y ahora, desde su trono, los estudiaba a ambos.

—Sí. Bueno, es culpa vuestra. —Claudia dejó la cucharilla en el plato y miró fijamente al Impostor—. ¿Quién sois? Y ¿quién os ha metido en esto?

El chico que se hacía llamar Giles sonrió con tristeza.

—Ya sabéis quién soy, Claudia. Lo que ocurre es que no queréis admitirlo.

—Finn es Giles.

—No es cierto. Pensarlo os resultaba muy conveniente. Y no os culpo. Si yo hubiera tenido que enfrentarme a la boda con Caspar, también habría hecho algo así de drástico, y lamento haberos expuesto a un destino semejante... Pero sabéis perfectamente que habíais empezado a dudar de Finn antes incluso de que yo regresara de entre los muertos. ¿Me equivoco?

Claudia lo observó a la luz de las velas y el chico se reclinó en la silla y sonrió. Visto de cerca, su parecido con Finn era asombroso, aunque daban la sensación de ser dos gemelos muy extraños: uno luminoso, el otro oscuro, uno alegre, el otro atormentado. Giles (no sabía de qué otro modo llamarlo) vestía una levita de seda de color melocotón, con el pelo oscuro peinado escrupulosamente y recogido en una coleta perfecta rematada con un lazo negro. Claudia se percató de que tenía las uñas bien cuidadas, eran las manos de alguien que no había trabajado jamás. Olía a limón y sándalo. Sus modales en la mesa eran exquisitos.

—Estáis muy seguro de vuestras palabras —murmuró la joven—. Pero no tenéis la más remota idea de lo que pienso.

—¿Ah no? —El chico se inclinó hacia delante mientras los lacayos recogían los platos sucios y los sustituían por unos platitos con el borde dorado—. Somos muy parecidos, Claudia. Siempre le decía a Bartlett...

—¿Bartlett?

Lo miró fijamente, sobresaltada.

—El encantador anciano que tenía por tutor. Era con quien más conversaba, en especial después de la muerte de mi padre. Le hablaba sobre nosotros dos, sobre nuestro matrimonio. Él decía que erais una niña arrogante, pero le caíais bien.

Claudia tomó un trago de vino, casi sin paladearlo. Las cosas que decía el Impostor, los recuerdos espontáneos, la inquietaban. «Una niña arrogante.» El anciano había escrito algo prácticamente idéntico en el testamento secreto que Jared y ella habían encontrado. Y Claudia estaba casi convencida de que sólo ellos dos sabían de su existencia.

Mientras les servían unas fresas, Claudia dijo:

—Si Giles fue encerrado en Incarceron, la reina tuvo que participar en el complot. Así que debería saber si Finn es el verdadero príncipe o no.

Él sonrió, negó con la cabeza y empezó a comer la fruta.

—Salta a la vista que ella no quiere que Finn sea el rey —continuó Claudia, insistente—. Pero si muriera, sería demasiado sospechoso. Así que decide desacreditarlo. Primero tiene que encontrar a alguien de la misma edad y que se parezca a él.

Giles dijo:

—Las fresas están riquísimas.

—¿Envió a sus mensajeros por todo el reino? —Claudia metió un dedo en el cuenco de agua de rosas—. Debieron de dar saltos de alegría cuando os encontraron. Sois clavados.

—De verdad, probadlas, Claudia. —Le sonrió con ternura.

—Demasiado dulces para mi gusto.

—Entonces, dejádmelas a mí. —Con suma educación, cambió su plato por el de ella—. ¿Qué decíais?

—Sólo han tenido dos meses para prepararos. No es mucho, pero sois inteligente. Habéis aprendido rápido. Primero debieron de emplear una varita mágica antiarrugas, para que la semejanza fuera todavía más pronunciada. Después supongo que os enseñaron normas de etiqueta, os contaron la historia de la familia real, qué comía Giles, cómo cabalgaba, qué le gustaba hacer, con quién jugaba, qué estudiaba. Os enseñaron a montar a caballo y a bailar. Os obligaron a aprender de memoria toda su infancia. —Lo miró fijamente—. Seguro que tienen a varios Sapienti a sus órdenes. Y deben de haberos prometido una fortuna.

—O tienen a mi pobre madre encerrada en una mazmorra, por ejemplo.

—Eso.

—Pero voy a ser rey, ¿lo habéis olvidado?

—Nunca os dejarán ser rey. —Claudia miró en dirección a Sia—. Os matarán cuando hayáis cumplido con vuestro cometido.

El chico guardó silencio un instante, se limpió la boca con una servilleta de lino y Claudia pensó que lo había asustado. Entonces se dio cuenta de que el Impostor miraba a Finn a través del laberinto de humo de las velas, y cuando respondió, su tono jovial había desaparecido.

—He regresado para impedir que el Reino sea gobernado por un ladrón y un asesino. —Se dio la vuelta—. Y también para protegeros de él.

Abrumada, bajó la mirada. Los dedos del chico tocaron los de Claudia por encima del mantel blanco.

Ella retiró la mano con cuidado y dijo:

—No necesito que me protejan.

—Yo creo que sí. Necesitáis protección contra ese bárbaro, y contra mi malvada madrastra. Podríamos formar un equipo juntos, Claudia. Deberíamos guardarnos las espaldas mutuamente y pensar en el futuro. —Hizo girar con sumo cuidado la copa de cristal fino—. Porque seré rey. Y necesitaré una reina en quien confiar.

Antes de que Claudia pudiera contestar, se oyó un estruendo procedente de un extremo de la mesa. El mayordomo golpeaba el suelo con su bastón.

—Excelencias. Lores, ladies, Maestros. La reina se dispone a hablar.

El guirigay se fue apagando. Claudia sorprendió a Finn, que la escudriñaba con esa mirada sombría; fingió no darse cuenta y miró a Sia. La reina se puso de pie, una figura blanca con el pálido cuello resplandeciente gracias a un collar de diamantes que captaba la luz de las velas en sus facetas y la transformaba en los colores del arco iris. Entonces dijo:

—Queridos amigos, permitidme que proponga un brindis.

Las manos se aproximaron a las copas. Por toda la mesa, Claudia vio el brillo de las casacas de los hombres, de tonos tan vistosos como los de un pavo real, y de los vestidos de satén de las mujeres. Tras ellos, en la penumbra, aguardaban varias filas de lacayos silenciosos.

—Por nuestros dos Aspirantes. Por el querido Giles. —Levantó la copa formando un ángulo hacia el Impostor, y después se dirigió a Finn—. Y por el querido Giles.

Finn la fulminó con la mirada. Alguien ahogó una risita nerviosa. En ese momento de tensión, parecía que todos contuvieran la respiración.

—Nuestros dos príncipes. Mañana comenzará la investigación que valorará sus alegaciones. —Sia hablaba con despreocupación; sonreía coqueta—. Esta... situación... tan incómoda se solucionará pronto. Se descubrirá quién es el verdadero príncipe, os lo aseguro. Y en cuanto al otro, el Impostor, me temo que tendrá que pagar con creces por los inconvenientes y la ansiedad que ha provocado en nuestro Reino. —Entonces esbozó una sonrisa gélida—. Será avergonzado y torturado. Y después, será ejecutado.

Completo silencio.

Para romperlo, Sia añadió como si tal cosa:

—Pero con una espada, no con un hacha. Como corresponde a la realeza. —Levantó la copa—. Por el príncipe Giles de los Havaarna.

Todos se pusieron de pie haciendo ruido con las sillas.

—Por el príncipe Giles —murmuraron.

Mientras bebía, Claudia intentó ocultar su estupefacción, intentó mirar a Finn a los ojos, pero ya era demasiado tarde. Su amigo se levantó lentamente, como si la larga tensión de la cena se hubiera roto, y miró fijamente al Impostor. Su rigidez hizo que los murmullos y parloteos de la sala fueran apagándose y se transformaran en una silenciosa curiosidad.

—Yo soy Giles —dijo— y la reina Sia lo sabe. Sabe que perdí la memoria en Incarceron. Sabe que no tengo esperanza de poder responder a las preguntas del Consejo.

La amargura de su voz hizo que el corazón de Claudia diera un vuelco. Bajó la copa rápidamente e intervino:

—Finn...

Pero él se incorporó con brusquedad, como si no la hubiera oído, y miró muy serio a los cortesanos.

—¿Qué debo hacer, damas y caballeros? ¿Queréis que me someta a una prueba de ADN? Lo haré. Pero claro, eso iría en contra del Protocolo, ¿verdad? ¡Está prohibido! La tecnología necesaria para ello está oculta, y sólo la reina sabe dónde. No piensa decírnoslo.

Los guardias de la puerta dieron un paso hacia delante. Uno de ellos desenvainó la espada.

Si Finn se percató, no pareció importarle.

—Sólo hay una forma de solucionar esto. Es una cuestión de honor, y debe tratarse como lo hacemos en Incarceron.

Sacó un guante del bolsillo, un guante con remaches, y antes de que Claudia asimilara qué pretendía decir, Finn ya había apartado los platos de un manotazo y había disparado el puño entre las velas y las flores. Golpeó al Impostor en plena cara; un murmullo incrédulo se extendió por la mesa.

—Pelea contra mí. —La voz de Finn estaba cargada de rabia—. Es un reto. Con cualquier arma. La que prefieras. Pelea contra mí por el Reino.

Giles tenía el rostro pálido, pero mostró un control de acero cuando contestó:

—Estaría encantado de mataros, señor, en cualquier momento y con cualquier arma que tuviera a mi alcance.

—Desde luego que no. —La voz de la reina no admitía

175

respuesta—. No habrá duelo. Os lo prohíbo terminantemente.

Los dos Aspirantes se miraron a la cara, como dos reflejos en un espejo ahumado. Desde un extremo de la mesa, se elevó la voz caprichosa de Caspar.

—Vamos, mamá, dejadlos. Nos ahorraría muchas molestias.

Sia hizo oídos sordos.

—No habrá duelo, caballeros. Y la investigación empezará mañana. —Penetró a Giles con sus ojos de iris claros como el hielo—. Nadie me desobedece.

Finn hizo una reverencia forzada y después volcó la silla y se marchó dando zancadas. Los guardias lo siguieron a toda velocidad. Claudia se puso de pie, pero Giles le dijo en voz baja:

—No os vayáis, Claudia. No es nadie, y él lo sabe.

Se quedó quieta un instante. Luego se sentó. Se convenció de que se había contenido porque el Protocolo prohibía que alguien se marchase antes que la reina, pero Giles le sonrió, como si supiera que había algo más.

Furiosa, Claudia jugueteó con los dedos durante veinte minutos, dando golpecitos a la copa vacía, hasta que, cuando la reina se levantó por fin y ella tuvo permiso para ausentarse, corrió al dormitorio de Finn y llamó a la puerta.

—Finn. Finn, soy yo.

Si estaba dentro, no respondió.

Al final, Claudia se dio por vencida y recorrió el pasillo forrado de madera hasta llegar al ventanal que había en un extremo, desde donde contempló los prados, apoyando la frente en el frío cristal. Quería rebelarse y gritarle. ¿En qué estaba pensando? ¡Cómo iba a solucionar las cosas a puñetazos! Era la clase de reacción estúpida y arrogante que habría tenido Keiro.

Pero él no era Keiro.

Mientras se mordía las uñas, Claudia reconoció, en lo más profundo de su ser, la duda que había ido creciendo en su mente desde hacía dos meses. Que tal vez hubiera cometido un error imperdonable. Que tal vez él tampoco fuera Giles.

## 12

*Abrió la ventana y contempló la noche.*

*—El mundo es un bucle interminable —dijo—. Una espiral sin fin, una rueda en la que no cesamos de correr. Tal como has descubierto, tú que has viajado tan lejos para acabar encontrándote en el punto de partida.*

*Sáfico continuó acariciando el gato azul.*

*—Entonces, ¿no puedes ayudarme?*

*Se encogió de hombros.*

*—Yo no he dicho eso.*

SÁFICO Y EL OSCURO ENCANTADOR

El camino se ondulaba sobre el mar plomizo.

Al principio, Keiro dejó que el caballo galopara y chilló emocionado por la velocidad y la libertad, pero correr tanto era peligroso, porque el sendero metálico resultaba muy resbaladizo y el agua procedente de la escarcha lo cubría por completo. La niebla se espesó de tal modo que Attia creyó que avanzaban entre nubes que apenas dejaban vislumbrar aquí y allá unas distantes formas oscuras, que podrían haber sido islas o colinas. En una ocasión, un abismo irregular se abrió a un lado del sendero.

Al final, el caballo estaba tan fatigado que apenas podía correr. Al cabo de casi tres horas, Attia se despertó de su duermevela para darse cuenta de que el mar había desaparecido. A su alrededor, la niebla se iba esfumando para revelar una extensión de cactus espinosos y aloes, tan altos que llegaban hasta la cabeza, con sus enormes hojas puntiagudas como navajas. Por allí se adentraba un camino, en cuyos lindes se rizaban y retorcían los arbustos, desprendiendo un humo negro, como si Incarceron acabase de perforar dicho camino pocos minutos antes.

—No dejará que nos perdamos, ¿verdad? —murmuró Keiro.

Bajaron del caballo y montaron un tosco campamento en el límite del bosque. Attia asomó la nariz entre la vegetación, olió la tierra chamuscada, vio los esqueletos de las hojas, como telas de araña de delgadísimo metal. Aunque ninguno de los dos dijo nada, la chica se fijó en que Keiro miraba los matorrales con nerviosismo, y como si la Cárcel se burlara de su miedo, apagó las luces de repente, sin avisar.

Les quedaba muy poco que comer: algo de carne seca y un trozo de queso al que Attia tuvo que raspar el moho, además de dos manzanas robadas de entre las provisiones que Rix tenía para el animal. Mientras masticaba, Attia dijo:

—Estás más loco que Rix.

Keiro la miró.

—¿De verdad?

—¡Keiro, no puedes hacer tratos con Incarceron! Nunca te dejará Escapar, y si le entregamos el Guante...

—No es asunto tuyo —contestó.

Arrojó al suelo el corazón de la manzana, se tumbó y se cubrió con una manta.

—Claro que sí. —Attia miró furiosa la espalda de su compañero—. ¡Keiro!

Pero el joven no contestó, así que Attia tuvo que quedarse sentada, asimilando la rabia, hasta que el cambio en su leve respiración le indicó que Keiro se había quedado dormido.

Lo más sensato habría sido hacer turnos de vigilancia. Sin embargo, Attia estaba demasiado cansada para preocuparse de eso, de modo que los dos conciliaron el sueño al instante, acurrucados entre las mantas mohosas mientras el caballo, que estaba atado, resoplaba muerto de hambre.

Attia soñó con Sáfico. En algún momento de la noche, el Sapient salió del bosque y se sentó junto a ella, removió las cenizas candentes del fuego con un palo largo y Attia se dio la vuelta y se lo quedó mirando. Su melena larga y oscura ensombrecía su rostro. Llevaba el cuello alto de la túnica gastado y deshilachado. Le dijo a Attia:

—La luz se acaba.

—¿Qué?

—¿No notas que se está agotando? ¿No ves que pierde fuerza? —La miró de soslayo—. La luz se nos escapa entre los dedos.

Contempló la mano derecha de Sáfico, que sujetaba el palo carbonizado. Le faltaba el dedo índice y el muñón se había cerrado con varias cicatrices blancas. Attia susurró:

—¿Y adónde va a parar, Maestro?

—A los sueños de la Cárcel. —Removió las brasas y su rostro

se iluminó, enjuto y fatigado—. Es todo por mi culpa, Attia. Yo le mostré a Incarceron que existe una Salida.

—Explicádmelo. —Su voz denotaba urgencia; se acurrucó cerca de él—. ¿Cómo lo lograsteis? ¿Cómo escapasteis?

—Todas las Cárceles tienen grietas.

—¿Qué grieta hay aquí?

Él sonrió.

—Es el camino más diminuto y secreto que puedas imaginar. Tan pequeño que ni siquiera la Cárcel sabe que existe.

—Pero ¿dónde está? Y ¿puede abrirse con la Llave, con la Llave que tiene el Guardián?

—La Llave sólo abre el Portal.

De pronto Attia notó el frío provocado por el miedo, pues el Sapient se multiplicó ante sus ojos, una fila entera de maestros como imágenes en un espejo, como la Banda Encadenada con sus tentáculos de carne.

Attia sacudió la cabeza, abrumada.

—Tenemos vuestro Guante. Keiro dice...

—No metáis la mano en la zarpa de una bestia. —Sus palabras se propagaron como un susurro por los matorrales espinosos—. De lo contrario, os obligará a hacer su trabajo. Guarda bien mi Guante, Attia. Hazme ese favor.

El fuego chisporroteó. Las cenizas se alborotaron. Sáfico se convirtió en su propia sombra y desapareció.

Attia debió de conciliar el sueño otra vez, porque parecía que habían transcurrido horas cuando el tintineo del metal la despertó; se sentó y vio que Keiro estaba ensillando el caballo. Quería contarle lo que había soñado, pero le costaba recordarlo. En lugar de hablar, bostezó y levantó la mirada hacia el distante techo de la Cárcel.

Al cabo de un rato preguntó:

—¿Crees que las luces han cambiado?

Keiro tiró de las correas de la montura.

—¿A qué te refieres con que si han cambiado?

—¿No te parecen más débiles?

Keiro la miró y después alzó la vista. Se quedó quieto un momento. Después continuó cargando el caballo.

—Es posible.

—Yo estoy segura.

Las luces de Incarceron siempre habían sido muy potentes, pero ahora parecían mostrar un leve parpadeo. Attia dijo:

—Si es cierto que la Cárcel se está construyendo un cuerpo, va a necesitar unas reservas de energía enormes para fabricarlo. Tendrá que extraer la energía de sus sistemas. Es posible que el Ala de Hielo no sea la única que tenga que cerrar. No hemos visto a nadie desde… aquella criatura. ¿Dónde se han metido todos?

Keiro dio un paso atrás.

—No puedo decir que me preocupe.

—Pues debería.

El joven se encogió de hombros.

—La Norma de la Escoria: preocúpate sólo de ti y de tu hermano de sangre.

—O de tu hermana.

—Ya te lo dije, tú eres temporal.

Más tarde, tras montarse en el caballo detrás de Keiro, Attia preguntó:

—¿Qué pasará cuando lleguemos al lugar al que nos conduce Incarceron? ¿Le entregarás el Guante y ya está?

Notó el resoplido burlón de Keiro a través del jubón rojo tan vistoso que lucía.

—Mira y aprende, perro-esclavo.

—No tienes ni idea. ¡Keiro, escúchame! ¡No podemos ayudarlo a hacer esta barbaridad!

—¿Ni siquiera a cambio de encontrar la Salida?

—Tal vez para ti sirva. Pero ¿qué pasará con todos los demás? Eh, ¿qué ocurrirá con ellos?

Keiro azuzó el caballo para que galopara.

—Nadie dentro de este agujero infernal se ha preocupado jamás por mí —contestó sin inmutarse.

—Finn...

—Ni siquiera Finn. Así que, ¿por qué iba a preocuparme yo por los demás? No son nada para mí, Attia. No existen para mí.

Era inútil discutir con él. Sin embargo, mientras se adentraban en la tundra sombría, Attia se dejó llevar y pensó en el terror de lo que se avecinaba, en el desmantelamiento de la Cárcel, pensó en que las luces se apagarían para no volver a encenderse, en que el frío se extendería. Los sistemas se apoderarían de todo, las rendijas para el alimento se cerrarían. El hielo se acumularía de forma rápida e incesante, por alas enteras, por pasillos, por puentes. Las cadenas se convertirían en masas oxidadas. Las ciudades se congelarían, con sus frías casas desiertas, los puestos del mercado se derrumbarían con las tormentas de nieve, que azotarían con sus aullidos. El aire se contaminaría. ¡Y la gente! Era imposible imaginársela: el pánico, el miedo y la soledad, el salvajismo y la delincuencia que un colapso así podía desencadenar, la lucha sangrienta por sobrevivir. Sería la destrucción de un mundo.

La Cárcel perdería la cabeza pensante y dejaría a sus hijos solos ante su destino.

A su alrededor, la luz se desvaneció convertida en una penumbra verdosa. El sendero, en silencio, estaba cubierto de ceniza, y el ruido de los cascos del caballo quedaba amortiguado por el polvo incinerado. Attia susurró:

—¿De verdad crees que el Guardián está aquí dentro?

—Si es así, las cosas no deben de irle demasiado bien a mi hermano el príncipe. —Sonaba preocupado.

—Suponiendo que siga vivo.

—Ya te lo dije, Finn es capaz de apañárselas en cualquier situación. Olvídate de él. —Keiro perdió la mirada en la penumbra—. Ya tenemos bastantes problemas nosotros.

Ella frunció el entrecejo. Le irritaba la manera en la que Keiro hablaba de Finn. Fingía que no le importaba, que no estaba herido. Algunas veces a Attia le entraban ganas de gritar para hacer patente su ansiedad, pero habría sido inútil. Su única respuesta habría sido una sonrisa burlona y unos hombros encogidos con frialdad. Keiro se había construido una coraza. La lucía con orgullo, como una armadura invisible. Formaba parte de él, igual que su sucio pelo rubio, que sus despiadados ojos azules. Únicamente una vez, cuando la Cárcel les había mostrado la imperfección de Keiro sin piedad, Attia había conseguido ver a través de esa coraza. Y sabía que Keiro jamás perdonaría a Incarceron por haberlo hecho, o por haberse sentido así.

El caballo se detuvo.

Relinchó con las orejas gachas.

Muy atento, Keiro preguntó:

—¿Ves algo?

Unos altos matorrales de brezo se extendían a su alrededor, armados con espinas.

—No —dijo Attia.

Pero sí que oía algo. Un sonido bajo, muy lejano, como un suspiro dentro de una pesadilla.

Keiro también lo había oído. Se dio la vuelta y prestó aún más atención.

—¿Es una voz? ¿Qué dice?

Un leve aliento amortiguado y repetido una y otra vez, la sucesión de dos sílabas.

Attia se quedó inmóvil. Parecía una locura, era imposible. Pero...

—Creo que me está llamando —dijo la chica.


—¡Attia! ¡Attia! ¿Me oyes?

Jared ajustó el transmisor y probó de nuevo. Tenía hambre, pero el panecillo que había en el plato estaba duro y seco. Aun así, era mejor que hartarse de comer en la planta superior en compañía de la reina.

¿Se percataría Sia de su ausencia? Rezaba para que no lo hiciera. La ansiedad hizo que los dedos le temblaran sobre los controles.

Por encima de su cabeza, la pantalla era una masa informe de alambres y circuitos, de cables que entraban y salían de sus conectores. El único sonido que emitía el Portal era aquel murmullo característico. Jared cada vez apreciaba más su silencio. Lo tranquilizaba, de modo que incluso el dolor que aguijoneaba con su afilada punta el corazón del Sapient parecía amortiguarse en esa habitación. En las plantas superiores, el laberinto de la Corte vibraba con intrigas, torre sobre torre, cámara contra cámara, y pasados los establos y los jardines, se hallaba el campo abierto del Reino, amplio y perfecto en su belleza bajo las estrellas.

Él era una mancha negra en el corazón de toda esa belleza. Se sentía culpable, cosa que le hacía trabajar con una concentración todavía más inquieta. Desde el chantaje velado de la reina, desde su ofrecimiento de acceder a los secretos ocultos de la Academia, apenas había logrado conciliar el sueño; permanecía despierto en la estrecha cama, o recorría los jardines tan absorto en la esperanza y el miedo que le costaba horas darse cuenta de lo próximos que se hallaban los espías de Su Majestad.

Por eso, justo antes del banquete, le había enviado una breve nota.

Acepto vuestra oferta. Partiré a la Academia mañana al amanecer.

Jared Sapiens

Cada una de esas palabras había sido una herida, una traición. Ése era el motivo por el que estaba aquí ahora.

Dos hombres lo habían seguido a la Torre de los Sapienti, de eso estaba seguro, pero debido al Protocolo, no habían podido entrar en ella. La Torre que había en palacio era una enorme ala de piedra llena de dependencias para los Sapienti afines a la reina y, a diferencia de la habitación que poseía Jared en el feudo del Guardián, la de la Corte estaba modelada según la Era, una amalgama de planetarios, alambiques de alquimia y libros con tapas de piel, una burla de la sabiduría. Pero era un verdadero laberinto, y durante sus primeros días en la Corte, Jared había descubierto pasadizos y bóvedas ocultas que conducían discretamente a los establos, las cocinas, las lavanderías, las alacenas. Despistar a los hombres de la reina había sido casi un juego de niños.

De todos modos, había tomado precauciones. Llevaba semanas blindando la escalera que bajaba al Portal con sus propios mecanismos. La mitad de las arañas que colgaban de las telarañas de plástico en las mugrientas bodegas eran espías del Sapient.

—¡Attia! ¡Attia! ¿Me oyes? Soy Jared. Por favor, contesta.

Era su última oportunidad. La aparición del Guardián le había demostrado que la pantalla aún funcionaba. Ese repentino fundido artificial no había engañado a Jared: el padre de Claudia había cortado la comunicación en lugar de responder a la pregunta de Finn.

Al principio se le ocurrió buscar a Keiro, pero Attia era una apuesta más segura. Había recopilado las grabaciones de la voz de la muchacha, las imágenes que Claudia y él habían visto con ayuda de la Llave; sirviéndose del mecanismo de búsqueda que en una ocasión había visto utilizar al Guardián, había experimentado durante horas con los complicados datos que poseía. De repente, cuando ya estaba a punto de darse por vencido, el Portal había chisporroteado y había cobrado vida. Confiaba en que el sistema estuviera buscando, rastreando a la chica entre la inmensidad de la Cárcel, aunque se había pasado toda la noche murmurando y, debilitado por la fatiga, ahora Jared ya no podía eludir la sensación de que no iba a lograr encontrarla.

Apuró el agua que le quedaba y después rebuscó en el bolsillo para sacar el reloj del Guardián y colocarlo encima de la mesa. El diminuto dado de plata tintineó sobre la superficie metálica.

El Guardián le había dicho que ese cubo era Incarceron.

Lo hizo girar delicadamente con el dedo meñique.

Tan pequeño.

Tan misterioso.

Una cárcel que podía llevarse colgada de la cadena del reloj.

Lo había sometido a todos los análisis que conocía, pero no había obtenido ninguna lectura. No tenía densidad, ni campo magnético, ni rastro de energía. Ninguno de los instrumentos que poseía había sido capaz de penetrar su silencio de plata. Era un dado de composición desconocida, que dentro encerraba otro mundo.

O eso le había contado el Guardián.

De pronto Jared cayó en la cuenta de que lo único que tenía para corroborarlo era la palabra de John Arlex. ¿Y si no había sido más que una última provocación dirigida a su hija? ¿Y si era mentira?

¿Acaso explicaban esas dudas por qué él, Jared, todavía no se lo había revelado a Claudia? Aunque tenía que contárselo. La joven debía saberlo. El pensamiento de que también tendría que confesarle su trato con la reina lo apresó de repente y lo atormentó.

Repitió:

—¡Attia! ¡Attia! Contéstame. ¡Por favor!

Pero la única respuesta que recibió fue la de una aguda vibración en el bolsillo. Sacó a toda prisa el escáner y soltó un juramento en voz baja. A lo mejor los vigilantes se habían cansado de roncar apoyados contra la puerta de la Torre y habían ido a buscarlo.

Alguien se colaba por las bodegas.

—No deberíamos salirnos del camino —le recriminó Keiro mirando hacia abajo; Attia observaba fijamente los arbustos de la orilla.

—Te digo que lo he oído. Mi nombre.

Keiro frunció el entrecejo y bajó de la montura.

—Por aquí no podemos seguir con el caballo.

—Pues entonces avanzaremos gateando. —Attia se había puesto a cuatro patas, apoyándose en las manos y en las rodillas. En el resplandor verde, una maraña de raíces se expandía bajo las hojas altas.

—Por aquí. ¡Tiene que estar muy cerca!

Keiro vaciló.

—Si nos desviamos, la Cárcel pensará que intentamos darle esquinazo.

—¿Desde cuándo tienes miedo de Incarceron? —Attia levantó los ojos hacia él y Keiro le devolvió una mirada dura, porque la chica parecía saber siempre cuál era el mejor modo de manipularlo. Entonces añadió—: Espera aquí. Iré sola.

Y se adentró arrastrándose por entre las raíces y las hojas.

Con un siseo de irritación, Keiro amarró bien el caballo y se agachó detrás de ella. El manto de hojas formaba una masa de diminuto follaje quebradizo; Keiro notó cómo crujía bajo sus rodillas y le pinchaba los dedos enfundados en los guantes. Las raíces eran enormes, una maraña lisa y serpenteante de metal. Al cabo de un rato se dio cuenta de que eran unos cables gigantes, que entraban y salían de la superficie de la Cárcel, y sustentaban los arbustos formando una especie de túnel. Apenas había espacio para levantar la cabeza, y por encima de su espalda encogida, las zarzas, los espinos y los matorrales de acero le rasgaban y alborotaban el pelo.

—Agáchate más —murmuró Attia—. Túmbate.

Kiro maldijo como un carretero, sin contenerse, cuando su levita encarnada se rasgó a la altura del hombro.

—Por el amor de dios, no hay nada...

—Escucha. —Attia se detuvo, con el pie casi en la cara de él—. ¿Lo oyes?

Una voz.

Una voz cargada de energía estática y crujidos, como si las propias ramas espinosas se hicieran eco de las sílabas repetidas.

Keiro se frotó la cara con una mano sucia.

—Sigue —dijo el chico en voz baja.

Reptaron por el laberinto de puntas afiladas como cuchillos. Attia hundió los dedos en los restos vegetales y se abrió camino. El polen la hacía estornudar; el aire estaba cargado de polvo microscópico. Un Escarabajo correteó, con su sonido metálico, junto al pelo de Attia.

La chica hizo maniobras para esquivar un tronco grueso y vio, como si estuviera entretejida en el bosque de espinos y alambres puntiagudos, la pared de un edificio oscuro.

—Es como en el libro de Rix —susurró Attia.

—¿Otro libro?

—Una bella princesa duerme durante cien años en un castillo en ruinas.

Keiro gruñó y se tiró del pelo para separarlo de las zarzas.

—¿Y qué más?

—Un ladrón entra en el castillo y roba una taza de su tesoro. Ella se convierte en dragón y pelea contra él.

Keiro se deslizó para colocarse junto a Attia. Estaba sin resuello, con el pelo lacio y pegado a la cabeza por culpa de la suciedad y el sudor.

—Soy tonto de remate sólo por escucharte. Y ¿quién gana?

—El dragón. La chica devora al ladrón y entonces...

La energía estática crujió.

Keiro se acurrucó en un hueco polvoriento. Unas parras trepaban por el muro de ladrillo oscuro y satinado. En la base había una puertecilla de madera diminuta, asfixiada por la hiedra.

Detrás de la puerta, la voz crepitó y crujió una vez más:

—¿Quién anda ahí? —susurró.

# 13

*Engañé a la Cárcel.*
*Engañé a mi padre.*
*Le pregunté algo*
*que quedó en el aire.*

Cantos de Sáfico

—¡Soy yo! ¡Os he estado buscando por todas partes!

Jared cerró los ojos aliviado. Entonces abrió la puerta y dejó que Claudia entrara como el rayo. Llevaba el vestido de fiesta tapado por una capa oscura. Le preguntó:

—¿Está aquí Finn?

—¿Finn? No...

—Ha retado al Impostor a un duelo. ¿Os lo podéis creer?

Jared volvió a acercarse a la pantalla.

—Me temo que sí puedo, Claudia.

La joven observó el desorden general que rodeaba al Sapient.

—¿Qué hacéis aquí en plena noche? —Se acercó más a Jared

y lo estudió con detenimiento—. Maestro, parecéis agotado. Deberíais dormir.

—Ya dormiré en la Academia.

Había un toque amargo en su voz que resultaba nuevo para Claudia.

Preocupada, se inclinó sobre el banco de trabajo y apartó las minúsculas herramientas.

—Pero pensaba...

—Me marcho mañana, Claudia.

—¿Tan pronto? —La pilló por sorpresa—. Pero... estáis tan cerca de conseguirlo. ¿Por qué no invertís algunos días más...?

—No puedo.

Nunca había sido tan cortante con ella. Claudia se preguntó si sería el dolor que lo dominaba. Y entonces el Sapient se sentó, dobló sus dedos largos y enjutos encima de la mesa y dijo con tristeza:

—¡Ay, Claudia! Desearía con todas mis fuerzas que estuviéramos a salvo en el feudo del Guardián. Me pregunto cómo estará mi zorrillo, y los pájaros. También echo de menos mi observatorio, Claudia. Echo de menos contemplar las estrellas.

Con dulzura, Claudia respondió:

—Añoráis el hogar, Maestro.

—Un poco. —Se encogió de hombros—. Estoy harto de la Corte. De su Protocolo asfixiante. De sus banquetes exquisitos y sus interminables salas suntuosas en las que cada puerta esconde un espía. Me gustaría vivir con un poco de paz.

Eso la dejó muda. Jared casi nunca estaba triste; siempre exhibía un talante tranquilo y sereno, era como una presencia segura a su lado. Claudia luchó por apaciguar la alarma que sentía.

—Maestro, entonces iremos a casa en cuanto Finn esté a salvo en el trono. Volveremos a casa. Solos vos y yo.

Él sonrió y asintió con la cabeza, y Claudia creyó ver nostalgia en su mirada.

—Tal vez falte mucho para eso. Y un duelo no ayudará a resolver las cosas.

—La reina les ha prohibido que peleen.

—Bien.

Los dedos de Jared golpetearon al unísono en el escritorio. Claudia se dio cuenta de que los sistemas estaban vivos, el Portal murmuraba con una energía distorsionada.

Jared dijo:

—Tengo algo que contaros, Claudia. Algo importante. —Se inclinó hacia delante y evitó mirarla—. Algo que ya deberíais saber, que no debería haberos ocultado. Este viaje a la Academia... Hay un motivo por el que... la reina me ha permitido que vaya...

—Para que estudiéis la Esotérica, ya lo sé —dijo Claudia con impaciencia mientras caminaba arriba y abajo—. ¡Ya lo sé! Ojalá pudiera acompañaros. ¿Por qué os deja ir a vos pero a mí no? ¿Qué está tramando?

Jared levantó la cabeza y la observó. El corazón le latía desbocado; sentía tanta vergüenza que le costaba hablar.

—Claudia...

—Aunque a lo mejor no está mal que yo me quede. ¡Un duelo! ¡No tiene ni idea de cómo comportarse! Es como si hubiera olvidado todo lo que ha...

Cuando su mirada se cruzó con la de su tutor, Claudia dejó de hablar y soltó una risita incómoda.

—Lo siento. ¿Qué ibais a decirme?

Jared sintió un dolor dentro de su cuerpo que no estaba provocado por la enfermedad. Levemente lo reconoció como rabia; rabia y un profundo y amargo orgullo. Ignoraba que fuera una persona orgullosa. «Vos erais su tutor y su hermano, y ejercíais más de padre que yo en toda mi vida.» Las palabras acusadoras del Guardián, cargadas de envidia, volvían a su mente; dedicó un instante a saborearlas, observó a Claudia, que aguardaba, sin sospechar nada. ¿Cómo podía haber destruido la confianza que había entre ellos dos?

—Esto —dijo el Sapient. Dio un golpecito al reloj que descansaba encima de la mesa—. Creo que deberíais tenerlo.

Claudia se mostró aliviada, y después sorprendida.

—¿El reloj de mi padre?

—No, el reloj no. Esto.

Claudia se acercó más a la mesa. Jared tocaba el cubo de plata que colgaba de la cadena. Lo había visto tantas veces en las manos de su padre que apenas le había prestado atención, pero ahora, un asombro repentino la embargó: ¿cómo podía ser que su padre, un hombre tan austero, llevara un adorno plateado en el reloj?

—¿Es un amuleto?

Jared no sonrió.

—Es Incarceron —dijo.

Finn se tumbó sobre la hierba crecida y miró las estrellas.

Entre las briznas oscuras, el brillo distante de su luz le proporcionaba cierto consuelo. Había llegado allí con la agitación del banquete todavía ardiendo en él, pero el silencio de la noche y la belleza de las estrellas lo habían ido apaciguando.

Movió el brazo que tenía debajo de la cabeza y notó el cosquilleo de la hierba bajo el cuello.

Estaban tan lejanas... En Incarceron soñaba con las estrellas, eran su símbolo de la Huida; cayó en la cuenta de que continuaban siendo lo mismo, de que él seguía encarcelado. Tal vez lo estuviera siempre. Tal vez lo mejor fuera desaparecer sin más, perderse cabalgando en el Bosque para no regresar. Aunque eso implicaría abandonar a Keiro y a Attia.

A Claudia no le importaría. Se removió incómodo para ahuyentar el pensamiento, pero la noción se mantuvo allí. No, no le importaría. Terminaría por casarse con el Impostor y sería reina, como estaba escrito en su destino desde el principio.

¿Por qué no?

¿Por qué no huir?

Aunque, ¿adónde? Y ¿qué sentiría cuando cabalgara entre el Protocolo interminable de ese mundo asfixiante, cuando soñara todas las noches con Keiro en el infierno metálico y lívido de Incarceron, sin saber si estaba vivo o muerto, tullido o loco, si había asesinado o recibido el golpe mortal de otro?

Se dio la vuelta y se acurrucó. Se suponía que los príncipes tenían que dormir en camas doradas con doseles de Damasco, pero el palacio era un nido de víboras, allí no podía respirar. Ese cosquilleo tan familiar detrás de los ojos había desaparecido, pero la sequedad de la garganta le advertía que el ataque había estado cerca. Tenía que andarse con cuidado. Era preciso aprender a controlarse mejor.

De todas formas, el momento de rabia en el que había planteado el reto había sido una satisfacción. Lo revivió una y otra vez: cómo el Impostor se apartaba, la marca enrojecida del puñetazo en su rostro... En ese momento había perdido la compostura, y Finn sonrió en la oscuridad, descansando la mejilla en la hierba húmeda.

Notó un roce tras él.

Se dio la vuelta a toda velocidad y se sentó. Los anchos prados parecían grises a la luz de las estrellas. Por detrás del lago, los bosques de la Corona elevaban sus negras cabezas hacia el cielo. Los jardines olían a rosa y a madreselva, un aroma dulce en el cálido ambiente estival.

Se tumbó de nuevo boca arriba y miró hacia lo alto.

La luna, un cúmulo de agujeros abandonados, pendía como un fantasma en el este. Jared le había contado que había recibido ataques durante los Años de la Ira, y que desde entonces las mareas del océano se veían alteradas, que la órbita nueva había modificado el mundo.

Y a continuación, habían detenido el cambio por completo.

Cuando él fuera rey, modificaría las cosas. Las personas serían libres de hacer o decir lo que quisieran. Los pobres no tendrían que ser esclavos en las grandes propiedades de los ricos. Y él encontraría Incarceron, los liberaría a todos... Aunque, claro, también pensaba huir.

Contempló las estrellas blancas del cielo.

«Finn el Visionario no huye.» Casi podía oír el sarcasmo de Keiro.

Volvió la cabeza, suspiró y estiró los brazos.

Entonces tocó algo frío.

Con un estremecimiento de acero, desenvainó la espada. Ya se había incorporado, estaba alerta, el corazón le palpitaba con fuerza, el cosquilleo del sudor le mojaba el cuello.

A lo lejos, en el palacio iluminado, se oía el eco de unas notas musicales.

Los prados continuaban vacíos. Sin embargo, había algo pequeño y brillante hundido en la hierba justo por encima del lugar en el que había reposado la cabeza.

Al cabo de un momento, sin dejar de prestar mucha atención, se agachó y recogió el objeto. Y mientras lo contemplaba, un escalofrío de temor hizo que le temblara la mano.

Era una pequeña daga de acero, peligrosamente afilada, y su empuñadura era un lobo que corría, con las fauces abiertas y aspecto feroz.

Fin se puso de pie y miró a su alrededor, agarró con firmeza el puño de la espada.

Pero la noche continuó en silencio.


La puerta cedió tras la tercera patada. Keiro apartó una zarza de cables y metió la cabeza por el hueco. Su voz resurgió amortiguada.

—Un pasillo. ¿Tienes la linterna?

Attia se la entregó.

Keiro se aventuró por el túnel mientras ella esperaba, sin distinguir apenas sus movimientos lejanos. Entonces le dijo:

—Vamos.

Attia se coló por la puerta y se detuvo junto a él.

El interior estaba oscuro y mugriento. Saltaba a la vista que llevaba años abandonado, tal vez siglos. Montones de desperdicios y troncos se agrupaban debajo de las telas de araña y la suciedad.

Keiro apartó algo y se abrió paso entre un escritorio abarrotado y un armario roto. Sacudió el polvo de sus guantes y bajó la mirada hacia el montículo de vajilla rota.

—Vaya, lo que faltaba.

Attia aguzó el oído. El pasillo conducía hacia la oscuridad, donde no se percibía nada salvo unas voces. Ahora había dos, que se acercaban y alejaban a ellos de forma curiosa.

Keiro ya tenía la espada preparada.

—Al menor contratiempo nos largamos de aquí. Con una Banda Encadenada ya tenemos suficiente...

Attia asintió y se desplazó para adelantarlo, pero él la agarró por el brazo y la empujó hacia atrás.

—Cúbreme las espaldas. Ése es tu trabajo.

Attia sonrió con dulzura.

—Yo también te quiero —susurró.

Avanzaron con cautela por el espacio sombrío. Al final del pasillo había una puerta enorme medio abierta, detenida para siempre e incapaz de abrirse del todo. Cuando Attia se coló por la rendija detrás de Keiro, supo por qué: alguien había apilado un montón de muebles contra la puerta, como en un último y desesperado intento de mantenerla cerrada.

—Aquí dentro pasó algo. Mira ahí.

Keiro dirigió la luz de la linterna hacia el suelo. Unas manchas oscuras moteaban las baldosas. Attia supuso que en otra época habría sido sangre. Observó con más atención los desperdicios, después miró alrededor y repasó toda la sala rodeada de galerías.

—Son juguetes —susurró.

Se hallaban ante los restos de una guardería suntuosa. Pero el tamaño de las cosas no encajaba. La casa de muñecas que la muchacha observaba en ese momento era enorme, tanto que casi habría podido colarse dentro si hubiera aplastado la cabeza contra el techo de la cocina, rematado con filigranas de escayola y del que se había desprendido una de las molduras. Las ventanas del piso superior quedaban demasiado altas para poder mirar por ellas. En el centro de la habitación había aros, tableros, pelotas y bolos desperdigados; cuando Attia se acercó a ellos notó una suavidad increíble bajo sus pies, y al arrodillarse se dio cuenta de que era una alfombra, negra por la mugre.

La estancia se iluminó. Keiro había encontrado velas; encendió unas cuantas y las repartió.

—Mira esto. ¿Habría un gigante o varios enanos?

Aquellos juguetes eran impresionantes. En su mayoría eran demasiado grandes, como esa espada gigante y el casco del tamaño de un ogro que colgaba de una percha. Pero otras cosas eran diminutas: un desbarajuste de piezas de construcción no más grandes que unos granos de sal, libros ordenados en una estantería que empezaban siendo cuadernos inmensos en una punta e iban disminuyendo de tamaño hasta convertirse en minúsculos libros cerrados con llave en la otra punta. Keiro abrió la tapa de un baúl de madera y se admiró al encontrar una colección interminable de disfraces de todas las tallas. Continuó rebuscando dentro del baúl y encontró un cinturón de cuero con hebillas de oro. También había una casaca de pirata, de piel de color carmín. Al instante se quitó la levita roja que llevaba y se puso la nueva, ajustándose el cinturón antes de decir:

—¿Me queda bien?

—Estamos perdiendo el tiempo.

Las voces se habían apagado. Attia se dio la vuelta e intentó identificar de dónde provenía el sonido, que parecía nacer entre el enorme caballito balancín y una fila de marionetas oscilantes que colgaban de la pared, con la nuca rota y las extremidades retorcidas, y que la miraban con sus ojillos penetrantes y rojos como los de Incarceron.

Detrás de las marionetas había muñecos. Estaban todos amontonados: princesas de melena rubia, ejércitos enteros de soldados, dragones de fieltro y batista con la cola larga y terminada en un tridente. Ositos de peluche, osos pandas y otros animales que Attia no había visto nunca formaban una montaña tan alta que llegaba al techo.

Arremetió contra ellos y los apartó a manotazos.

—¿Qué haces? —soltó Keiro.

—¿Es que no lo oyes?

Dos voces. Pequeñas y crepitantes. Era como si los peluches hablaran, como si las muñecas conversaran. Brazos y piernas y cabezas y ojos de cristal azul entremezclados.

Debajo de todos ellos encontró una cajita, en cuya tapa había incrustada un águila de marfil.

Las voces provenían de su interior.

Durante un buen rato, Claudia no dijo nada. Entonces se acercó, agarró el reloj y dejó que el dado se balanceara en la cadena y diera vueltas, para que brillase con la luz.

Al final susurró:

—¿Cómo lo sabéis?

—Me lo dijo vuestro padre.

Claudia asintió y el Sapient vio la fascinación en sus ojos.

—«Tenéis un mundo en vuestras manos.» Eso me dijo.

—Y ¿por qué no me lo habíais contado antes?

—Primero quería hacer unos cuantos experimentos. Pero ninguno de ellos ha funcionado. Supongo que deseaba estar seguro de que me había dicho la verdad.

La pantalla crepitó. Jared la miró con la mente abstraída.

Claudia observaba cómo giraba el dado. ¿De verdad contenía el mundo infernal en el que había entrado, la cárcel con un millón de presos? ¿Era allí donde estaba su padre?

—¿Por qué iba a mentir, Jared?

Él no la escuchaba. Estaba absorto en los controles, ajustando algo hasta que el murmullo de la habitación se moduló. Claudia sintió unas náuseas repentinas, como si el mundo hubiera cambiado, y bajó el reloj a toda prisa.

—¡La frecuencia ha cambiado! —exclamó Jared—. A lo mejor... ¡Attia! ¡Attia! ¿Me oyes?

Sólo crepitó el silencio. Y entonces, para su asombro, débil y muy lejano, les llegó el sonido de una música.

—¿Qué es eso? —preguntó en un suspiro Claudia.

Pero ya sabía lo que era. Era la melodía aguda y tontorrona de una caja de música.

Keiro mantuvo abierta la caja. La melodía sonaba muy fuerte; llenó la sala abarrotada con una alegría fantasmal y amenazadora. Lo curioso era que carecía de mecanismo, no había nada que produjera el sonido. La caja era de madera y estaba completamente vacía, salvo por un espejo que había en el reverso de la tapa. Keiro le dio la vuelta y examinó la parte inferior.

—Parece imposible.

—Dámela.

Keiro la miró a los ojos, pero después le entregó la caja.

Attia la agarró con fuerza, porque sabía que las voces estaban ahí escondidas, detrás de la música.

—Soy yo —contestó—. Soy Attia.


—Ha pasado algo. —Jared deslizó sus delicados dedos por los controles, tecleando con rapidez—. Ahí. ¡Ahí! ¿Lo oyes?

Una amalgama de sonidos indescifrables. Eran tan altos que Claudia se estremeció, y el Sapient bajó el volumen al instante.

—*Soy yo. Soy Attia.*

—¡La hemos encontrado! —Jared no cabía en sí de gozo—. ¡Attia, soy Jared! Jared Sapiens. Dime si puedes oírme.

Un minuto de electricidad estática. Y después la voz de Attia, distorsionada, pero inteligible.

—¿De verdad sois vos?

Jared miró a Claudia, pero el rostro de la chica provocó la extinción de su alegría triunfal. Parecía extrañamente sobrecogida, como si la voz de la otra chica le hubiera devuelto los oscuros recuerdos de la Cárcel.

Más tranquilo, el Maestro dijo:

—Claudia y yo estamos aquí. ¿Te encuentras bien, Attia? ¿Estás a salvo?

Un crujido. Después otra voz, corrosiva como el ácido.

—¿Dónde está Finn?

Claudia soltó el aliento lentamente.

—¿Keiro?

—¿Quién va a ser, si no? ¿Eh? ¿Dónde está, Claudia? ¿Dónde está el príncipe? ¿Estás ahí, hermano de sangre? ¿Me estás oyendo? Porque te voy a partir la cara, asqueroso.

—No está aquí.

Claudia se acercó más a la pantalla. Describía ondas frenéticas. Jared hizo unos cuantos ajustes.

—Ya está —dijo el Sapient en voz baja.

Claudia vio a Keiro.

No había cambiado nada. Llevaba el pelo largo y se lo había recogido en la nuca; vestía una especie de chaqueta muy cantona con cuchillos en el cinturón. Sus ojos reflejaban una rabia feroz. Él también debió de verla, porque una burla instantánea se dibujó en su cara.

—Hombre, parece que aún llevas sedas y volantes.

Detrás de él, Claudia vio a Attia, en las sombras de una habitación abarrotada de objetos. Sus ojos se encontraron. Claudia preguntó:

—Decidme, ¿habéis visto a mi padre?

Keiro soltó el aire en un silbido silencioso. Miró a Attia y preguntó:

—Entonces, ¿es verdad? ¿Está en el Interior?

La voz de Claudia sonó muy baja.

—Sí. Se llevó las dos Llaves, pero ahora las tiene la Cárcel. Ha ideado un plan temerario... Quiere construir...

—Un cuerpo. Lo sabemos.

Keiro disfrutó del breve silencio que provocó el asombro de la pareja, pero entonces Attia volvió a arrebatarle la caja y preguntó:

—¿Finn se encuentra bien? ¿Qué está pasando ahí?

—El Guardián saboteó el Portal. —Jared parecía apurado, como si se le acabara el tiempo—. He hecho algunos arreglos pero... Todavía no podemos sacaros de allí.

—Entonces...

—Escuchadme. El Guardián es el único que puede ayudaros. Intentad encontrarlo. ¿Con qué mecanismo nos veis?

—Con una caja de música.

—Pues llevadla encima. A lo mejor...

—¡Sí, pero Finn...! —Attia estaba pálida por la ansiedad—. ¿Dónde está Finn?

A su alrededor, la guardería empezó a ondularse de repente. Keiro chilló alarmado.

—¿Qué ha sido eso?

Attia miró con atención. Todo el tejido del mundo se había vuelto más fino. Sintió un terror repentino a que, de algún modo, pudiera caer a través de él, hacia abajo, como Sáfico, envuelta en la eterna negrura. Y al momento la alfombra mugrienta volvió a parecer firme bajo sus pies y Keiro dijo:

—La Cárcel debe de estar furiosa. Tenemos que irnos.

—¡Claudia! —Attia sacudió la caja, pues ahora sólo se veía a sí misma en el espejo—. Sigues ahí?

Voces, discusiones. Ruido, movimiento, una puerta que se abría. Y luego una voz que dijo:

—Attia, soy Finn.

La pantalla se iluminó y entonces lo vio.

Attia se quedó totalmente muda.

Las palabras se le escaparon; había tantas cosas que quería decirle... Logró pronunciar su nombre:

—¿Finn...?

—¿Estáis bien los dos? Keiro, ¿estás ahí?

Attia notó que Keiro se le pegaba a la espalda. Cuando el muchacho por fin dejó oír su voz, sonó grave y burlona:

—Vaya —dijo—. Mira cómo vas...

# 14

*Ninguno de nosotros sabe ya quiénes somos.*

LOS LOBOS DE ACERO

Finn y Keiro se miraron el uno al otro. Tras años de aprender a leer la expresión de su hermano de sangre para conocer su estado de ánimo, Finn supo que en ese momento estaba rabioso. Consciente de que Claudia y Jared lo observaban, se frotó el rostro sonrojado.

—¿Estás bien?

—Uf, ¡cómo quieres que esté! Mi hermano de sangre Escapó. No tengo banda, no tengo Comitatus, ni comida, ni casa, ni seguidores. Soy un proscrito en todas las Alas, un ladrón que roba a los ladrones. Soy el más rastrero de los rastreros, Finn. Pero claro, ¿qué otra cosa se puede esperar de un medio hombre?

Finn cerró los ojos. Llevaba la daga de los Lobos de Acero en el cinturón; notó la punta contra las costillas.

—Esto tampoco es el Paraíso.

—¿Ah no? —Con los brazos cruzados, Keiro lo repasó con

la mirada de arriba abajo—. Pues a mí me parece que tienes muy buena pinta, hermano. Hambre no pasas, ¿no?

—No, pero...

—¿Tienes dolores? ¿Marcas de una paliza? ¿Sangre tras haber luchado contra una cadena de monstruos?

—No.

—Bueno, ¡pues yo sí, príncipe Finn! —Keiro explotó de rabia—. No te quedes ahí plantado en tu palacio de oro pidiendo mi compasión. ¡¿Qué ha pasado con tus planes de llevarnos al Exterior?!

El corazón latía con suma fuerza en el pecho de Finn; sintió un cosquilleo en la piel. Notó que Claudia se pegaba a él por detrás. Como si supiera que el muchacho era incapaz de responder, ella se adelantó a decir con firmeza:

—Jared se está esforzando mucho. No es fácil, Keiro. Mi padre se aseguró de que no lo fuera. Tendrás que ser paciente.

A través de la pantalla les llegó un resoplido socarrón.

Finn se sentó en la silla metálica. Se inclinó hacia delante, con ambas manos en la mesa, hacia ellos.

—No os he olvidado. No os he abandonado. Pienso en vosotros continuamente. Tenéis que creerme.

Fue Attia quien contestó:

—Te creemos. Estamos bien, Finn. Por favor, no te preocupes por nosotros. ¿Todavía tienes visiones?

La preocupación en sus ojos lo reconfortó un poco.

—Algunas veces. Me dan diferentes medicamentos, pero nada funciona.

—Attia. —Fue Jared quien intervino, con voz intrigada—.

Dime una cosa: ¿estáis cerca de algún objeto que pueda emitir energía? ¿Alguna parte de los sistemas de la Cárcel?

—No sé... Estamos en una especie de... guardería.

—¿Ha dicho «guardería»? —susurró Claudia.

Finn se encogió de hombros. A lo único a lo que prestaba atención era al silencio de Keiro.

—Lo que pasa es que... —Jared estaba descolocado—. Me llegan algunas ondas de frecuencia muy peculiares. Como si alguna fuente de energía muy poderosa se hallara cerca de vosotros.

Attia dijo:

—Debe de ser el Guante. La Cárcel quiere...

Su voz se detuvo de forma abrupta. Se oyó una refriega y unos forcejeos, y después la pantalla parpadeó, vibró y se fundió en negro.

Jared dijo:

—¡Attia! ¿Estás bien?

Lejana y furiosa, la voz de Keiro siseó:

—¡Cállate! —Y luego, más alto—: ¡La Cárcel está nerviosa! Nos largamos de aquí.

Un aullido amortiguado. Un aleteo de acero.

—¿Keiro? —Finn se levantó de improviso—. Ha sacado la espada. ¡Keiro! ¿Qué os pasa?

Un alboroto. Y con nitidez, les llegó el chillido de terror de Attia.

—Las marionetas... —dijo la chica entre jadeos.

Y luego, nada salvo la electricidad estática.

Mordió la mano de Keiro; en cuanto él la apartó de su boca, Attia dijo en un suspiro:

—Mira. ¡Mira!

Keiro se dio la vuelta y lo vio. La última marioneta de la fila se estaba despertando. Las cuerdas que le daban movilidad se habían tensado desde el techo oscuro, y la cabeza se iba levantando y se volvía con lentitud hacia ellos.

Una mano desgarbada se alzó y los señaló. La mandíbula rechinó.

—*Os advertí que no me traicionarais* —dijo.

Attia retrocedió y asió con fuerza la caja de música, pero el objeto emitió un chasquido roto en sus manos y el espejo se hizo añicos. La tiró al suelo.

La marioneta se irguió hasta ponerse de pie, con las rodillas juntas, enclenque como un esqueleto. Su cara recordaba a una especie de arlequín antiguo, con la nariz aguileña y repulsiva. Llevaba un gorro de bufón de rayas y unos cascabeles.

Tenía los ojos rojos.

—No te hemos traicionado —se apresuró a contestar Keiro—. Oímos una voz y nos acercamos para ver qué era. El Guante continúa a salvo en nuestro poder, y mantenemos la promesa de entregártelo. No he dejado que Attia les hablara del Guante. Ya lo has visto.

Attia hizo un mohín dirigido a Keiro. Le dolía la boca del zarpazo que le había dado Keiro para acallarla.

—*Ya lo he visto*.

La mandíbula de madera se abrió y se cerró, pero su voz, con su débil eco, provenía de la nada.

—*Qué curioso eres, Preso. Podría destruirte y, aun así, me desafías.*

—¿Qué tiene eso de novedad? —La pregunta de Keiro estaba cargada de sarcasmo—. Podrías destruirnos a todos, en cualquier momento. —Avanzó hacia la marioneta, acercando su bello rostro a la fealdad del muñeco—. ¿O queda algún resto enrevesado de tu programación inicial? El Sapient ese del Exterior dice que te fabricaron para que fueras un Paraíso. Deberíamos tener de todo. Así que ¿por qué se torció la cosa? ¿Qué hiciste mal, Incarceron? ¿Qué te convirtió en un monstruo?

Attia lo miró fijamente, apabullada.

La marioneta levantó las manos y los pies y bailó, dando unos brincos lentos y macabros.

—*Los hombres se torcieron. Los hombres como tú, que parecen tan atrevidos y en realidad están repletos de miedos. Vuelve a subir al caballo y continúa por mi camino, Preso.*

—No te tengo miedo.

—*¿No? En ese caso, ¿debería darte la respuesta a la pregunta que te atormenta, Keiro? Eso acabaría con el sufrimiento para siempre, porque ya lo sabrías.* —La cara de la marioneta se balanceó burlona delante de él—. *Sabrías hasta qué punto los circuitos y el plástico se adentran en tu cuerpo, qué parte de ti es carne y sangre, y qué parte de ti me pertenece.*

—Ya lo sé.

Attia se sorprendió al comprobar que la voz de Keiro se había transformado en un susurro.

—*No lo sabes. Ninguno de vosotros lo sabe. Para descubrirlo, debes abrir tu corazón y morir. A menos que yo te lo cuente. ¿Quieres que te lo cuente, Keiro?*

—No.

—*Deja que te lo cuente. Deja que ponga fin a la incertidumbre.*

Keiro levantó la mirada. Sus ojos azules brillaban de rabia.

—Volveremos a tu apestoso camino. Pero te juro que un día seré yo quien te atormente.

—*Veo que sí quieres saberlo. Muy bien. De hecho, eres...*

La espada salió disparada. Con un grito furioso, Keiro arremetió contra las cuerdas y la marioneta se desplomó, un montón de astillas y una máscara.

Keiro la pisoteó; la cara crujió bajo sus botas. Levantó el pie, echando fuego por los ojos.

—¡Lo ves! Tener un cuerpo te hará vulnerable, Cárcel Marioneta. ¡Si tienes cuerpo, puedes morir!

La oscura guardería permaneció en silencio.

Todavía sin resuello, Keiro se dio la vuelta a toda prisa y vio la cara de Attia.

El chico frunció el entrecejo.

—Supongo que esa sonrisa de boba es porque Finn está vivo.

—No sólo por eso —contestó ella.


Claudia corrió escaleras abajo a la mañana siguiente y se coló entre los criados que llevaban el desayuno a la reina. Seguramente se lo servirían también al Impostor, pensó.

Alzó la mirada hacia la Torre de Marfil, preguntándose si el chico estaría disfrutando de su opulencia. Si era un granjero, todo aquello le resultaría nuevo. Aunque al mismo tiempo, sus modales parecían tan seguros. ¡Y sus manos eran tan finas!

Al instante, antes de que las dudas regresaran, se dirigió a los establos, pasó por las filas de cibercorceles y llegó a los caballos de verdad que había al fondo.

Jared estaba ajustando la silla de montar.

—No lleváis mucho equipaje —murmuró Claudia.

—El Sapient lleva todo lo que necesita en su corazón. ¿Quién lo dijo, Claudia?

—Martor Sapiens. El Iluminado. Libro Uno. —Se fijó en que Finn también estaba preparando su caballo, y preguntó sorprendida—: ¿También vienes?

—Fue idea tuya.

Se le había olvidado. Ahora se arrepentía un poco; habría preferido acompañar a Jared en solitario para despedirse de él de manera privada. Probablemente pasara varios días fuera, y la Corte resultaría todavía más odiosa durante su ausencia.

Si Finn se dio cuenta, no dijo nada. Se limitó a darse la vuelta y se balanceó para darse impulso y subirse a la silla con suma agilidad. Montar a caballo se había convertido en algo natural, aunque no recordaba haberlo hecho nunca antes de su paso por la Cárcel. Esperó mientras el mozo de cuadra ensillaba el caballo de Claudia y le aguantaba el pie para que se montara.

—¿Esa ropa es de la Era? —preguntó Finn en voz baja.

—Sabes perfectamente que no.

Claudia se había puesto una chaqueta de montar masculina y pantalones debajo de la falda. Al ver que Jared hacía maniobrar al caballo, la chica dijo de pronto:

—Cambiad de planes, Maestro. No vayáis. Después de lo que ocurrió anoche...

—Tengo que ir, Claudia. —Su voz sonó fatigada y sin fuerza; acarició el cuello del caballo con afecto—. Por favor, no me hagáis sentir todavía peor por esto.

Claudia no veía los motivos. Si se marchaba, los experimentos con el Portal se verían interrumpidos, justo cuando empezaban a tener frutos. Pero él era su tutor, y aunque pocas veces la ejercía, su autoridad era real. Además, Claudia intuyó que Jared tenía motivos personales para ir. Los Sapienti solían regresar a la Academia una vez al año; a lo mejor sus superiores lo habían convocado.

—Os echaré de menos.

Jared levantó la mirada y, por un segundo, Claudia creyó ver desolación en sus ojos verdes. Entonces sonrió y la melancolía desapareció.

—Yo también os echaré de menos, Claudia.

Cabalgaron lentamente por los patios y plazuelas del inmenso palacio. Los sirvientes que sacaban agua y que transportaban carretas de leña para el fuego se los quedaron mirando, con los ojos fijos en Finn. Eso hizo que él cabalgara con orgullo, intentando parecer un verdadero príncipe. Las criadas que sacudían las sábanas ante la puerta de la lavandería se detuvieron para mirar. En el rincón dedicado a despacho de los escribanos, Claudia vio a Medlicote, que salía en ese momento. Cuando pasó al trote por delante del secretario, éste hizo una reverencia muy marcada.

Jared enarcó una ceja.

—Me parece que quería insinuar algo.

—Dejádmelo a mí.

—No me gusta la idea de dejaros sola ante este problema, Claudia.

—No intentarán hacer nada, Maestro. No, si han elegido ellos al Impostor.

Jared asintió y la brisa levantó su melena oscura. Entonces dijo:

—Finn, ¿qué quería decir Attia con lo del Guante?

Finn se encogió de hombros.

—Una vez, Sáfico hizo una apuesta con la Cárcel. Algunos dicen que jugaron a los dados, pero según la versión que nos contó Gildas, se preguntaron adivinanzas el uno al otro. Bueno, es igual, el caso es que la Cárcel perdió.

—Y ¿qué pasó entonces? —preguntó Claudia.

—Si fueras una Presa, te lo habrías imaginado. Incarceron nunca pierde. Se arrancó la piel de la zarpa y desapareció. Pero Sáfico tomó esa piel y la convirtió en un guante, un guante que empleó para cubrir su mano tullida. Cuenta la historia que, cuando se puso ese guante, se le revelaron todos los secretos de la Cárcel.

—¿Incluso el modo de Escapar?

—Es de suponer.

—Entonces, ¿por qué lo mencionó Attia?

—O mejor dicho: ¿por qué Keiro intentó impedir que lo mencionara? —apostilló Jared con voz pensativa. Miró a Finn—. La ira de Keiro te preocupa...

—Odio cuando se pone así.

—Se le pasará.

—Lo que más me preocupa a mí es qué les hizo cortar la

comunicación de repente —dijo Claudia, y miró a Jared, que asintió con la cabeza.

Cuando llegaron a la entrada adoquinada, el ruido de los cascos repicando contra las piedras ahogó la conversación. Traspasaron tres puertas de salida y la enorme barbacana con sus buhederas y su rastrillo. Las saeteras para disparar flechas, de aire vagamente medieval, no pertenecían a la Era, claro, pero la reina las consideraba pintorescas. Siempre habían provocado los comentarios disgustados del Guardián.

Más allá, los campos verdes del Reino se extendían con su belleza matutina. Claudia exhaló un suspiro de alivio. Sonrió a Finn.

—Vamos a galopar.

Él asintió.

—Te hago una carrera hasta lo alto de la colina.

Era una satisfacción cabalgar a su antojo, liberado de la Corte. Claudia azuzó al caballo y la brisa hizo ondear su melena. El cielo estaba azul e iluminado por el sol. Por todas partes, en los campos dorados, los pájaros cantaban entre el trigo; cuando los caminos se dividían y estrechaban, unos matorrales altos delimitaban ambas lindes, y los hondos surcos en la tierra daban la impresión de antiguos. Claudia ignoraba qué parte de todo aquel paisaje era real: sin duda algunos de los pájaros y los grupitos de mariposas... Sí, seguro que los insectos eran reales. Aunque a decir verdad, si no lo eran, prefería no saberlo. ¿Por qué no aceptar la ilusión, sólo por un día?

Los tres jinetes frenaron al llegar a la cumbre de una pequeña colina y volvieron la mirada hacia la Corte. Sus torres y pináculos brillaban al sol. Sonaban campanas y el tejado de cristal resplandecía como un diamante.

Jared suspiró.

—Es curioso lo cautivadora que puede ser la ilusión.

—Siempre me habéis advertido que me proteja de ella —comentó Claudia.

—Sí, deberíais hacerlo. Como sociedad, hemos perdido la capacidad de distinguir lo real de lo falso. Y a la mayor parte de los cortesanos, por lo menos, no le importa en absoluto saber cuál es cuál. Los más preocupados por la cuestión somos los Sapienti.

—Pues a los cortesanos no les iría mal entrar en la Cárcel —murmuró Finn—. Allí nunca nos costaba distinguir entre una cosa y otra.

Jared miró a Claudia y ambos pensaron en el reloj, que ahora llevaba ella, a salvo dentro del bolsillo más recóndito.

Faltaban dos leguas hasta los confines del Bosque, y casi era mediodía cuando se acercaron a ellos.

Hasta ese punto, el camino había sido ancho y transitado: el tráfico entre la Corte y las aldeas occidentales era continuo, y los surcos de las ruedas se habían hendido profundamente en el barro cocido.

Sin embargo, bajo la cúpula verde, los árboles se iban cerrando paulatinamente, y las ramas de los imponentes robles, mordisqueadas por los ciervos, habían dado paso a los enmarañados arbustos propios de la naturaleza silvestre. Las ramas se espesaban formando un manto por encima de las cabezas, el cielo apenas visible entre sus desordenadas hojas.

Por fin llegaron a un cruce de caminos y vieron el desvío que conducía a la Academia. Discurría colina abajo por un claro verde, cruzaba un arroyo con un puente de tablones y, serpenteando, volvía a adentrarse en el Bosque al otro lado de la barrera de agua.

Jared se detuvo.

—A partir de aquí continuaré solo, Claudia.

—Maestro...

—Tenéis que regresar. Finn debe estar allí antes de que empiece el interrogatorio.

—No sé por qué... —gruñó Finn.

—Es vital. Careces de recuerdos, así que debes impresionarlos con tu personalidad. Con la fortaleza que posees, Finn.

Finn se lo quedó mirando.

—No sé si me queda algo, Maestro.

—Yo creo que sí. —Jared sonrió con tranquilidad—. Ahora quiero pedirte que cuides de Claudia durante mi ausencia.

Finn levantó una ceja y Claudia soltó:

—Sé cuidarme sola.

—Y vos debéis cuidar de él. De ambos dependo.

—No os preocupéis por nosotros, Maestro.

Claudia se inclinó hacia delante y le dio un beso. Jared sonrió e hizo girar al caballo, pero Claudia advirtió que bajo su calma se escondía la tensión, como si aquella despedida implicase más de lo que ella sabía.

—Lo siento —dijo Jared.

—¿Qué sentís?

—Marcharme.

Ella negó con la cabeza.

—Sólo serán unos días.

—He hecho todo lo que he podido. —Sus ojos se oscurecieron entre las sombras boscosas—. Recordadme con afecto, Claudia.

De pronto, Claudia no supo qué decir. La recorrió un escalofrío; quería detenerlo, llamarlo, pero para entonces Jared ya había fustigado al caballo con las riendas y trotaba por el sendero.

Únicamente cuando el Sapient llegó al puente, Claudia se puso de pie sobre los estribos y gritó:

—¡Escribidme!

—Está muy lejos —murmuró Finn, pero Jared se dio la vuelta y saludó con la mano.

—Tiene un oído excelente —dijo ella, absurdamente orgullosa.

Lo siguieron con la mirada hasta que el caballo oscuro y su esbelto jinete desaparecieron bajo los aleros del Bosque. Entonces, Finn suspiró:

—Vamos. Deberíamos regresar.

Avanzaron lentamente y en silencio. Claudia estaba taciturna; Finn apenas dijo unas palabras. Ninguno de ellos quería pensar en el Impostor, ni en qué decisión tomaría el Consejo. Al final, Finn miró hacia arriba:

—Ha oscurecido, ¿no crees?

Habían desaparecido los rayos de luz que se habían colado para iluminar el Bosque hacía un rato. En lugar de ellos, se apiñaban las nubes, y la brisa se había convertido en un viento fuerte que azotaba las ramas altas.

—No había ninguna tormenta programada. El miércoles es el día en que la reina practica con el arco.

—Bueno, pues yo diría que se aproxima una tormenta. A lo mejor aquí el clima es auténtico.

—No existe el clima auténtico, Finn. Estamos en el Reino.

Sin embargo, al cabo de diez minutos se puso a llover. Lo que empezó como un repiqueteo se convirtió de repente en una tormenta en toda regla, que los castigaba con un ruido tremendo colándose entre las hojas. Claudia pensó en Jared y dijo:

—¡Se va a calar hasta los huesos!

—¡Igual que nosotros! —contestó Finn, y miró alrededor—. Vamos. ¡Rápido!

Echaron a galopar. El suelo ya estaba reblandecido; los cascos chapoteaban en los charcos que se formaban a lo largo del camino. Las ramas le golpeaban en la cara a Claudia; se le cayó un mechón de pelo sobre los ojos, que se le quedó pegado a la mejilla. Tembló, poco acostumbrada al frío y la humedad.

—Todo esto no encaja. ¿Qué está pasando?

Centelleó un relámpago; desde lo alto, el rugido grave y potente de un trueno se desplegó por todo el cielo. Por un instante revelador, Finn supo que lo que oía era la voz de Incarceron, su burla terrible y cruel; supo que, al fin y al cabo, nunca había Escapado. Se dio la vuelta y chilló:

—No deberíamos quedarnos bajo los árboles. ¡Corre!

Azuzaron a los caballos y aceleraron aún más. Claudia notaba las gotas de lluvia como puñetazos en el pecho; mientras Finn se adelantaba, ella le gritó que la esperara, que frenara un poco.

La única respuesta fue la de su caballo. Con un relincho agudo, el animal frenó, golpeando el aire con los cascos, y entonces, para horror de Claudia, cayó al suelo, desplomándose hacia un lado, y Finn se bajó como pudo aterrizando con brusquedad.

—¡Finn! —gritó Claudia.

Algo pasó rozándola como un proyectil, directo hacia el Bosque, y se clavó en un árbol.

Y entonces supo que no eran gotas de agua, ni relámpagos.

Era una lluvia de flechas.

# DESTROZADO,
## COMO LA LUNA

# 15

*Cada hombre y cada mujer ocuparán su lugar y estarán satisfechos con él. Porque si no existe el cambio, ¿qué podrá perturbar nuestras apacibles vidas?*

Decreto del rey Endor

—¡Claudia!

Finn rodó hacia un lado sin pensarlo en cuanto vio el fogonazo de un trabuco; el árbol que había junto a él quedó truncado por una ráfaga en diagonal.

—¡Baja!

¿Es que no sabía cómo actuar ante una emboscada? El caballo de Claudia estaba aterrorizado; Finn respiró hondo y corrió para buscar refugio, agarrando el caballo de ella por las bridas al pasar.

—¡Baja de una vez!

Claudia saltó y ambos cayeron al suelo. Al instante se ocultaron entre los arbustos y se tumbaron sobre el estómago, sin resuello. A su alrededor, el bosque atronaba con la lluvia de agua y flechas.

—¿Estás herida?

—No. ¿Y tú?

—Magulladuras, nada más.

Claudia se apartó un mechón de pelo mojado de los ojos.

—No me cabe en la cabeza. Sia sería incapaz de ordenar algo así. ¿Dónde están?

Finn observaba los árboles con la mirada fija.

—Por allí, detrás de ese matorral, tal vez. O subidos a las ramas.

Eso la alarmó. Claudia se retorció como pudo para ver mejor, pero la lluvia la cegaba. Se ovilló todavía más, enterrando las manos en la profundidad de la maleza, con el intenso hedor del follaje en descomposición pegado a la cara.

—¿Y ahora qué?

—Tenemos que organizarnos. —La voz de Finn sonó firme—. ¿Armas? Yo tengo una espada y un cuchillo.

—Llevo una pistola en el zurrón del caballo. —Pero el animal ya se había marchado despavorido. Claudia miró de soslayo a Finn—. ¿Esto te divierte?

Finn se echó a reír, algo insólito en él.

—Le da vidilla a las cosas. Aunque cuando estaba en Incarceron, solíamos ser nosotros quienes preparaban las emboscadas.

Un relámpago parpadeó. Su resplandor iluminó el bosque y la lluvia cayó con más furia, siseando entre los helechos.

—Puedo intentar arrastrarme hasta ese roble —murmuró Finn al oído de la chica—. Y rodearlo...

—A lo mejor hay un ejército al otro lado.

—Un hombre. A lo mejor dos, pero no más.

226

Finn retrocedió procurando que no lo vieran y los arbustos murmuraron con el roce de su cuerpo. Al instante, dos flechas se clavaron en la copa del árbol que tenían encima. Claudia suspiró.

Finn se quedó de piedra.

—Bueno, a lo mejor sí hay más.

—Son los Lobos de Acero —susurró Claudia.

Finn permaneció en silencio un momento. Después dijo:

—No pueden ser ellos. Me habrían matado anoche.

Claudia lo miró fijamente entre la cortina de agua y flechas.

—¿Qué?

—Dejaron esto junto a mi cabeza.

Sacó la daga, y la empuñadura con forma de lobo feroz goteó entre sus dedos.

Entonces, al mismo tiempo, ambos se dieron la vuelta. Por el bosque se aproximaban unas voces siseantes.

—¿Los ves?

—Todavía no.

Claudia se inclinó hacia delante.

—Creo que nuestro enemigo sí los ha visto. —Finn se percató de unos leves movimientos en las ramas—. Me parece que se retiran.

—Mira.

Un carromato traqueteaba por el sendero, cargado de manera precaria con heno recién segado. La lona suelta que lo cubría ondeaba al viento. Un hombre musculoso caminaba junto al carro y otro iba conduciendo. Sendas capuchas de arpillera les cubrían la cara, y llevaban las botas incrustadas de barro.

—Campesinos —dijo Claudia—. Nuestra única opción.

—Puede que los arqueros todavía estén...

—Vamos.

Antes de que Finn pudiese detenerla, Claudia salió de su escondite.

—¡Esperad! ¡Por favor, parad!

Los hombres se la quedaron mirando. El grandullón blandió un pesado garrote en el aire cuando vio a Finn detrás de la chica, espada en mano.

—¿Qué es esto? —preguntó con desconfianza.

—Nuestros caballos se asustaron y huyeron al galope. Por culpa de los relámpagos.

Claudia temblaba bajo la lluvia y se arropaba con el abrigo.

El campesino corpulento sonrió.

—Seguro que habéis tenido que abrazaros muy fuerte para protegeros, ¿no?

Claudia se irguió y recuperó la compostura, consciente de que estaba empapada y de que el pelo, hecho una maraña, no dejaba de chorrearle agua. Entonces dijo con voz fría y autoritaria:

—Mirad, necesitamos que alguien vaya a buscar nuestros caballos, y necesitamos...

—Los ricos siempre necesitan cosas. —El garrote repicó contra las manos enrojecidas y ásperas del campesino—. Y nosotros siempre tenemos que bailar al son que tocan, pero no será así eternamente. Un día no muy lejano...

—Ya basta, Rafe. —La voz provenía del carromato, y Claudia vio que el conductor se había bajado la capucha. Tenía la cara arrugada y el cuerpo encorvado. Parecía viejo, pero su tono de voz sonó bastante contundente—. Móntate, moza. Os llevaremos a las cabañas y luego iremos a buscar esos caballos.

Con un «¡ea!» casi inaudible, azuzó al buey y la pesada bestia avanzó a paso lento. Claudia y Finn se acurrucaron al cobijo de la montaña de heno, y unas briznas se desprendieron y acabaron aterrizando sobre sus cabezas. Por encima de los árboles, el cielo había empezado a clarear. La lluvia terminó de forma repentina y un rayo de sol se abrió paso, iluminando los distantes pasadizos del bosque. La tormenta se despidió tan rápido como había llegado.

Finn miró atrás. El camino embarrado estaba vacío. Un mirlo empezó a cantar en la quietud.

—Se han marchado —murmuró Claudia.

—O nos siguen. —Finn volvió la cabeza—. ¿A qué distancia quedan las cabañas?

—Están ahí cerca, mozo, ahí cerca. No os asustéis. No dejaré que Rafe os robe, aunque seáis de la Corte. Porque os codeáis con la reina, ¿verdad?

Claudia abrió la boca indignada, pero Finn dijo:

—Mi novia trabaja para la condesa de Harken. Es su doncella.

Claudia lo miró fijamente con ojos asombrados, pero el arrugado conductor asintió.

—¿Y tú?

Finn se encogió de hombros.

—Soy mozo de cuadra. Cogimos un par de caballos, hacía muy buen día... Pero nos hemos metido en un lío impresionante. Seguro que nos dan una somanta de palos.

Claudia lo miraba perpleja. Finn tenía el rostro tan compungido que parecía que él mismo creyera la historia; algo dentro del muchacho se había transformado en un segundo y ahora era un sirviente aprensivo, con su mejor levita estropeada por el barro y la lluvia.

—Bueno, bueno. Todos hemos sido jóvenes... —El viejo le guiñó un ojo a Claudia—. Quién pudiera volver a tener vuestra edad...

Rafe soltó una risotada divertida.

Claudia apretó los dientes, pero intentó poner cara de pena. Tenía tanto frío y estaba tan calada que no le costó demasiado.

Cuando el carromato traqueteó al pasar por una compuerta rota, Claudia murmuró en voz baja a Finn:

—¿Qué pretendes hacer?

—Tenerlos de nuestra parte. Si supieran quiénes somos...

—¡Darían un brinco para ayudarnos! Podríamos pagarles...

Finn la miró con extrañeza.

—Algunas veces, Claudia, creo que no entiendes nada de nada.

—¿Qué tengo que entender, vamos a ver? —espetó ella.

Finn señaló con la cabeza hacia delante.

—Sus vidas. Mira eso.

Llamarlas cabañas era un acto de generosidad. Dos barracones torcidos y escuálidos aparecían en medio de la nada al final del camino. El tejado de paja estaba lleno de agujeros, y las paredes de adobe y caña estaban reforzadas con vallas improvisadas. Unos cuantos niños harapientos salieron corriendo y se los quedaron mirando en silencio, y cuando Claudia se acercó a ellos, vio lo flacos que estaban, oyó que el más pequeño tosía y se dio cuenta de que el mayor tenía las piernas combadas por el raquitismo.

El carromato avanzó un poco más hasta detenerse al abrigo de las casuchas. Rafe gritó a los niños que fueran a buscar los caballos, y enseguida se dispersaron. Luego agachó la cabeza para entrar por una de las puertas, demasiado baja. Claudia y Finn esperaron a que el más anciano de los dos bajara del carromato. La joroba que sobresalía de su espalda se hizo todavía más evidente cuando el hombre se puso de pie y quedó apenas a la altura del hombro de Finn.

—Por aquí, mozo de cuadra y doncella de la condesa. No tenemos gran cosa, pero por lo menos sí tenemos un fuego encendido.

Claudia frunció el entrecejo. Bajó tras el anciano los peldaños que nacían del marco de madera.

Al principio, lo único que vio Claudia al entrar fue el fuego. El interior de la cabaña estaba a oscuras. Después, el hedor fue subiendo y la golpeó con toda su fuerza. Olía tan mal que la chica suspiró y se quedó paralizada, e hizo falta una palmada de Finn en la espalda para que lograra seguir caminando. La Corte también tenía su ración de malos olores, pero no había nada parecido a aquello; la peste a excremento y orín de animal mezclados con leche agria, los restos de huesos cubiertos de moscas que crujían en la paja que pisaban... Y por encima de todo, el olor dulce e intenso de la humedad, como si la casucha entera estuviera excavada en la roca, bajo tierra, como si se reblandeciera por acción del agua, con sus postes de madera podridos y repletos de escarabajos.

Cuando sus ojos se acostumbraron a la penumbra, Claudia distinguió el escaso mobiliario: una mesa, unos toscos taburetes, una cama encajonada en la pared. Había dos ventanas, pequeñas y protegidas con listones de madera, y una rama de hiedra se colaba por las rendijas de una de ellas.

El anciano le acercó un taburete.

—Siéntate, moza, y sécate. Tú también, muchacho. Me llamo Tom. La gente me llama Viejo Tom.

Claudia no quería sentarse. Estaba segura de que en la paja habría pulgas. La pobreza extrema de aquel lugar le revolvía el estómago. Pero aun así se sentó y extendió las manos en dirección al mísero hogar encendido.

—Pon más leña, mozo.

Tom caminó arrastrando los pies hasta la mesa.

—¿Vives solo? —preguntó Finn, mientras echaba unos palos secos al fuego.

—Mi mujer murió hace unos cinco años. Pero algunos de los críos de Rafe duermen aquí. Tiene seis, y una madre enferma que cuidar...

Claudia distinguió algo en el sombrío vano de la puerta; al cabo de un momento se dio cuenta de que era un cerdo, que olfateaba la paja de la habitación contigua. Debía de ser la cuadra. Sintió un escalofrío.

—¿Por qué no pones cristales en las ventanas? El viento es matador.

El anciano se echó a reír y sirvió una cerveza muy clara.

—Pero eso iría contra el Protocolo, ¿no? Y debemos cumplir el Protocolo, aunque nos mate.

—Hay maneras de evitarlo —dijo Finn en voz baja.

—Para nosotros no. —Les acercó unos cuencos de cerámica—. A lo mejor para la reina sí, porque los que dictan las normas pueden saltárselas, pero para los pobres, no. Para nosotros la Era no es una pantomima, aquí no jugamos a vivir en el pasado suavizando las cosas desagradables. Aquí es de verdad. No tenemos varitas mágicas antiarrugas, mozo, ni la envidiable electricidad, ni metacrilato... La pintoresca miseria por la que le gusta pasearse a la reina cuando monta a caballo es donde nosotros vivimos. Vosotros jugáis a vivir en la historia. Nosotros la sufrimos.

Claudia dio un trago a la cerveza amarga. En su fuero interno, reconoció que ya lo sabía. Jared se lo había enseñado y ella había visitado a los pobres del feudo del Guardián, gobernados por el estricto régimen de su padre. Una vez, un nevoso día de enero, al ver a unos pedigüeños desde el carruaje, le había preguntado a su padre si no podían hacer algo más por ellos. El Guardián había sonreído con esa sonrisa distante, se había alisado los guantes oscuros.

—Son el precio que tenemos que pagar, Claudia, a cambio de la paz. A cambio de la tranquilidad de nuestra época.

En ese momento la embargó un frío brote de rabia al recordarlo. Pero no dijo nada. Fue Finn quien preguntó:

—¿Lo dices con rencor?

—Sí. —El anciano bebió y golpeteó con la pipa en la mesa—. Bueno, tengo poco de comer pero...

—No tenemos hambre.

Finn se había dado cuenta de la respuesta evasiva del hombre, pero la voz de Claudia lo interrumpió antes de continuar.

—¿Puedo preguntarte otra cosa, Viejo Tom? ¿Qué es esto?

Se había quedado plantada delante de una estampa pequeña que había en el rincón más oscuro de la habitación. Un rayo de sol la iluminó; era un rudimentario retrato de un hombre con la cara ensombrecida y el pelo oscuro.

Tom se quedó de piedra. Parecía consternado. Por un instante, Finn pensó que iba a gritar para pedirle ayuda a su corpulento vecino. Entonces continuó dando golpecitos con la pipa para sacarle el polvo.

—Es el Hombre de los Nueve Dedos, moza.

Claudia dejó el cuenco en la mesa.

—Tiene otro nombre.

—Un nombre que se dice entre susurros.

Claudia buscó la mirada del anciano.

—Sáfico.

El anciano la miró primero a ella, y después a Finn.

—Así que en la Corte también sabéis cómo se llama. Me sorprendes, señorita doncella de la condesa.

—Sólo lo saben los sirvientes —se apresuró a decir Finn—. Pero conocemos muy pocas cosas sobre él. Salvo que Escapó de Incarceron.

Le tembló la mano con la que sujetaba el cuenco. Se preguntó qué diría el anciano si supiera que Finn había hablado con el propio Sáfico en visiones.

—¿Que Escapó? —El anciano negó con la cabeza—. No lo había oído nunca. Sáfico apareció de la nada con el resplandor de un relámpago cegador. Poseía grandes poderes mágicos... Dicen que convertía las piedras en pasteles, y que bailaba con los niños. Prometió renovar la luna y liberar a los Presos.

Claudia se quedó mirando a Finn. Se moría de ganas de saber más cosas, pero si hacían demasiadas preguntas, el anciano acabaría por dejar de hablar.

—¿Dónde apareció exactamente?

—Hay quien dice que en el Bosque. Otros dicen que en una cueva lejana, en el norte, donde todavía se ve un círculo carbonizado en medio de la montaña. Pero ¿quién va a tragarse algo así?

—¿Dónde está ahora? —preguntó Finn.

El anciano lo penetró con la mirada.

—¿No lo sabes? Intentaron liquidarlo, por supuesto. Pero se convirtió en cisne. Cantó su última melodía y voló hacia las estrellas. Un día regresará y terminará con la Era para siempre.

La pestilente habitación se quedó en silencio. Únicamente se oía el crepitar del fuego. Claudia no miró a Finn. Cuando su amigo volvió a abrir la boca, su pregunta hizo que Claudia se atragantara.

—Bueno, viejo, entonces, ¿qué sabes sobre los Lobos de Acero?

Tom palideció.

—No sé nada.

—¿Ah no?

—Ni los nombres.

—¿Por qué? ¿Porque planean la revolución, igual que tu vecino el deslenguado? ¿Porque quieren matar a la reina y al príncipe, y destruir el Protocolo? —Finn asintió—. En ese caso, haces bien en guardar silencio. Supongo que ellos te habrán dicho que cuando eso ocurra, la Cárcel se abrirá y ya no existirá el hambre. ¿Te lo crees?

El jorobado le desafió con una mirada serena desde el otro lado de la mesa.

—¿Y tú? —susurró.

Siguió un silencio tenso que se truncó por las patadas y el estruendo de los cascos, por el grito de un niño.

Tom se puso de pie lentamente.

—Los hijos de Rafe han encontrado vuestros caballos. —Miró a Claudia y luego otra vez a Finn antes de decir—: Me parece que aquí ya se han dicho demasiadas cosas. Mozo, tú no eres un sirviente. ¿Eres un príncipe?

Finn sonrió con amargura.

—Soy un Preso, viejo. Igual que tú.

Se montaron en los caballos y regresaron cabalgando tan rápido como les fue posible. Claudia les había dado a los niños todas las monedas que llevaba en los bolsillos. Ninguno de los dos tenía ganas de hablar. Finn estaba atento por si les tendían otra emboscada, Claudia todavía reflexionaba acerca de las injusticias de la Era, acerca de su aceptación ingenua de las riquezas. ¿Por qué tenía que ser rica? Había nacido en Incarceron. De no haber sido por las ambiciones del Guardián, todavía continuaría allí.

—Claudia, mira —dijo Finn.

Finn tenía los ojos fijos en los árboles, y cuando la chica levantó la vista, alarmada por su voz, vio una alta columna de humo que se elevaba.

—Parece un incendio.

Ansiosa, espoleó al caballo. Cuando emergieron del bosque y galoparon por debajo de la barbacana, el olor acre aumentó. El humo llenaba los patios interiores del palacio y, desde su veloz montura, oyeron el crujido del viento entre las llamas. Un ejército frenético de palafreneros, mozos y sirvientes corrían, sacaban del establo a los caballos y las aves de presa que graznaban, mientras otros llenaban cubos de agua en el pozo.

—¿Dónde es? —preguntó Claudia mientras bajaba del caballo.

Sin embargo, ya había visto dónde se había producido el incendio. Toda la planta baja del Ala Este estaba en llamas, los criados arrojaban muebles y cortinas por los ventanales, la gran campana repicaba sin cesar y unas bandadas de palomas nerviosas revoloteaban en el aire caliente.

Alguien se le acercó y al momento oyó la voz de Caspar:

—Qué pena, Claudia. Después de todo lo que se había esforzado nuestro querido Jared...

Las bodegas. ¡El Portal! Claudia suspiró y corrió detrás de Finn. Él ya estaba junto a una de las puertas, y un humo negro le azotaba la cara; las llamas resplandecían con furia en el edificio. Lo agarró, pero él la apartó. Entonces volvió a agarrarlo y le chilló que retrocediera. Finn se dio la vuelta, con la cara blanca por la conmoción.

—¡Keiro! ¡Es la única forma que tenemos de llegar a él!

—Se acabó —dijo ella—. ¿Es que no lo ves? La emboscada era para apartarnos de aquí. Han sido ellos.

Finn siguió la mirada de Claudia y miró hacia atrás.

La reina Sia estaba asomada a un balcón, con un pañuelo de

encaje blanco pegado a la cara. Detrás de ella, tranquilo y ajeno a todo aquello, con los ojos puestos en la amalgama ruinosa de piedra y fuego, estaba el Impostor.

—¡Han destruido el Portal! —gritó Claudia llena de preocupación—. Y no sólo está Keiro. Han encerrado a mi padre en el Interior.

# 16

*Un gran invierno eterno se cernerá sobre el mundo.*
*La oscuridad y el frío se expandirán de Ala en Ala.*
*Llegará alguien llamado Insapient, de muy lejos,*
*del Exterior.*
*Urdirá un plan nefasto con Incarceron.*
*Juntos fabricarán al Hombre Alado...*

PROFECÍA DE SÁFICO PARA EL FIN DEL MUNDO

Attia se agarró con fuerza a Keiro para no caerse del caballo y miró por encima del hombro del muchacho.

Por fin habían llegado a lo que parecía el límite del bosque espinoso, porque el camino conducía colina abajo hasta una zona despejada. El caballo se detuvo fatigado, piafó y exhaló aire escarchado.

Delimitando el camino había un arco negro. Estaba rodeado de pinchos, y en la parte superior vieron apoyado un pájaro de cuello largo.

Keiro frunció el entrecejo.

—Qué asco. Incarceron juega con nosotros y nos hace comer de su mano.

—Ojalá tuvieras razón y nos hiciera comer, aunque fueran migajas. Nos hemos terminado casi todas las provisiones.

Keiro espoleó al caballo para que siguiera avanzando.

Conforme se acercaban a él, el arco negro fue creciendo; su impresionante sombra se extendió hacia ellos hasta que entraron en la oscuridad. Ahora el camino resplandecía por la escarcha; los cascos del caballo repicaban con una claridad metálica sobre el pavimento de acero. Attia levantó la mirada. El pájaro de la cúspide era enorme, con esas alas oscuras... Sin embargo, cuando por fin pasaron con el caballo por debajo del arco, Attia se dio cuenta de que era una estatua, y no la de un pájaro, sino la de un hombre con unas grandes alas, como si estuviera a punto de emprender el vuelo.

—Sáfico —susurró.

—¿Qué?

—La estatua... Es Sáfico.

Keiro rio con sorna.

—Menuda sorpresa.

Su voz se redobló con un eco. Estaban inmersos en una cúpula; olía a orín y humedad, y un limo verde discurría por las paredes. Attia se sentía tan agarrotada que le habría gustado pararse, desmontar del caballo y continuar caminando, pero Keiro no estaba de humor para interrupciones. Desde que habían hablado con Finn, se había quedado callado y taciturno, y sus respuestas habían sido más afiladas que de costumbre. Eso, cuando no había ignorado por completo a Attia.

Aunque en el fondo ella tampoco tenía demasiadas ganas de hablar. Oír la voz de Finn le había provocado una alegría repentina, pero que casi al instante se había apagado, porque el chico sonaba muy diferente, parecía tremendamente ansioso.

«No os he olvidado. No os he abandonado. Pienso en vosotros continuamente.»

¿Era cierto? ¿De verdad esa nueva vida no era el Paraíso que Finn esperaba encontrar?

En la oscuridad de la cúpula, Attia dijo enojada:

—Deberías haberme dejado que les hablara del Guante. El Sapient sabía que pasaba algo. A lo mejor nos habría ayudado...

—El Guante es mío. Que no se te olvide.

—Es nuestro.

—No tires de la cuerda, Attia. —Se quedó callado un momento y después murmuró—: «Encontrad al Guardián», nos dijo Finn. Bueno, pues eso es lo que vamos a hacer. Si Finn nos ha dejado en la estacada, tendremos que cuidar de nosotros mismos.

—Entonces, no fue porque tuvieras miedo de contárselo —le recriminó Attia con acritud.

Los hombros de Keiro se tensaron.

—No. No fue por eso. El Guante no es asunto suyo.

—Pensaba que los hermanos de sangre lo compartían todo.

—Finn tiene la libertad. Y no la ha compartido conmigo.

De repente salieron del recinto abovedado y el caballo se detuvo, como si estuviera sorprendido.

En esa Ala, la luz era de un tono rojo apagado. A sus pies se extendía una estancia más grande que todas las que Attia había visto hasta entonces, con el suelo distante y cruzado en zigzag por pasillos y senderos. Finn y Attia se hallaban a la altura del techo, y ante ellos discurría un gigante viaducto serpenteante por el que continuaba el camino, de forma que Attia pudo ver cómo sus arcos y columnas esbeltas desaparecían en la neblina. En las profundidades de aquel pabellón ardían unas hogueras diminutas como pequeños Ojos de Incarceron.

—Estoy molida.

—Pues bájate del caballo.

Attia se deslizó por el flanco y notó la estabilidad del camino bajo sus pies. Se aproximó a la oxidada superficie del viaducto y se asomó como si fuera un balcón.

Abajo, a lo lejos, había personas, miles de personas. Grandes grupos migratorios que empujaban carros y vagonetas, con niños en brazos. Vio rebaños de ovejas, unas cuantas cabras, algunas de las tan apreciadas vacas, y distinguió la armadura del vaquero que resplandecía con la luz cobriza.

—Mira. ¿Adónde va toda esa gente?

—En sentido opuesto a nosotros. —Keiro no descabalgó. Permaneció erguido en la montura, mirando por encima del hombro—. En la Cárcel la gente no deja de desplazarse. Siempre creen que hay un lugar mejor. La siguiente Ala, el siguiente nivel. Son tontos.

Tenía razón. A diferencia de lo que ocurría en el Reino, Incarceron estaba en continuo cambio; las Alas se reabsorbían, las puertas y trampillas se sellaban solas, las barras de metal se expandían formando túneles. Pero aun así, Attia se preguntaba qué cataclismo habría provocado que semejante número de personas

242

emigraran a la vez, qué fuerza las animaba a continuar. ¿Era por culpa de la luz que se iba apagando? ¿O del frío creciente?

—Vamos —dijo Keiro—. Tenemos que cruzar esta cosa, así que empecemos cuanto antes.

A Attia no le gustaba la idea. El viaducto apenas era lo bastante ancho para que pasara un carromato. No tenía parapetos, sólo una superficie surcada de baches con óxido y un abismo de aire a cada lado. Era tan alto que unas débiles nubes pendían inmóviles como volutas a su alrededor.

—Deberíamos agarrar al caballo. Si le entra el pánico...

Keiro se encogió de hombros y desmontó.

—Vale. Yo voy primero y tú me sigues. Ten los ojos bien abiertos.

—¡Nadie va a atacarnos aquí arriba!

—Ese comentario demuestra por qué fuiste un perro-esclavo y yo estuve a punto de... ser... Señor del Ala. Estamos en un camino, ¿no?

—Sí...

—Entonces alguien será el dueño. Todos los caminos tienen dueño. Si tenemos suerte, nos pedirán que paguemos un peaje al final del viaducto.

—¿Y si no tenemos suerte?

Él se echó a reír, como si el peligro lo hubiera animado.

—Descenderemos rápido, por decirlo de alguna forma. Aunque tal vez no, porque la Cárcel está de nuestra parte. Tiene motivos para mantenernos a salvo.

Attia observó cómo Keiro conducía al caballo por el viaducto antes de decir en voz baja:

—Incarceron quiere el guante. Supongo que no le importará quién se lo lleve.

Keiro la había oído, estaba segura. Pero no volvió la cabeza.

Cruzar la estructura oxidada era peligroso. El caballo estaba inquieto; relinchó y, en una ocasión, se inclinó hacia un lado. Por eso, Keiro intentaba calmarlo continuamente con un murmullo bajo pero irritado, en el que los insultos se entretejían con las palabras de aliento. Attia procuraba no mirar a los lados. Soplaba un viento fuerte que la empujaba con descaro; se abrazó el cuerpo, consciente de que, de un plumazo, Incarceron podía hacerla caer al abismo. No había nada a lo que agarrarse. Caminaba aterrada, con un pie detrás de otro.

La superficie estaba corroída. Sobre ella se acumulaban despojos, virutas de metal, mugre abandonada, retales de tela recogidos por el viento que ondeaban como banderas harapientas. Sus pies crujieron al pisar los frágiles huesos de un pájaro.

Se concentró en caminar, sin levantar apenas la cabeza. Poco a poco tomó conciencia del espacio vacío, del vértigo del aire. Unos zarcillos pequeños y oscuros empezaron a extenderse por el camino.

—¿Qué es eso?

—Hiedra. —El murmullo de Keiro estaba cargado de tensión—. Sube desde el suelo del pabellón.

¿Cómo podía haber llegado tan alto? Attia miró de soslayo hacia la derecha y el vértigo la inundó igual que el sudor. Unas personas diminutas avanzaban en la superficie, el sonido de las ruedas y de sus voces debilitado por el viento. El abrigo se le pegó al cuerpo.

La hiedra se espesó. Pasó a ser una masa traicionera de hojas brillantes. En algunos puntos era imposible traspasarla; Keiro tuvo que reconducir al caballo, muerto de miedo, por el borde del viaducto, mientras sus cascos repicaban contra el metal. Su voz se convirtió en un murmullo apenas audible:

—Vamos, saco de huesos. Vamos, llorón inútil.

Entonces se detuvo.

El viento le arrebató la voz.

—Aquí hay un agujero muy grande. Ten cuidado.

Cuando Attia se acercó, lo primero que vio fue el borde chamuscado, corroído por el óxido. El viento se colaba hacia arriba por el agujero. Abajo se veían unas vigas de metal también oxidadas, con nidos deshabitados en la intersección apuntalada con remaches. Una pesada cadena se perdía en el vacío.

No tardaron en aparecer otros agujeros. El sendero se convirtió en una pesadilla cambiante, que crujía como un mal agüero cada vez que el caballo apoyaba un casco en el suelo. Al cabo de unos minutos, Attia se sorprendió al ver que Keiro se detenía.

—¿Está barrado?

—Como si lo estuviera. —Su voz sonó contenida, casi un suspiro, algo raro en él. Su aliento se congeló cuando volvió la cabeza para mirarla—. Deberíamos regresar. Nunca conseguiremos cruzar esto.

—Pero... ¡con lo lejos que hemos llegado!

—El caballo está muerto de miedo.

¿Acaso el asustado era Keiro? Hablaba en voz baja y con la cara seria. Por un instante, Attia creyó percibir debilidad, pero entonces el murmullo cargado de rabia del chico le dio ánimos:

—¡Date la vuelta, Attia!

Lo hizo.

Y vio lo imposible.

Unas siluetas enmascaradas ascendían como un enjambre por los laterales del viaducto, se colaban por los agujeros, trepaban por las cadenas y las ramas de hiedra. El caballo relinchó aterrado y retrocedió a toda prisa. Keiro soltó las riendas y también dio un paso atrás.

Attia sabía que aquello era el final. El caballo se tropezó, lleno de pavor. Terminaría por caerse y, al llegar a la lejana superficie, toda aquella gente hambrienta devoraría su cuerpo.

Entonces, una de las personas enmascaradas agarró al animal, le cubrió los ojos con una capa y, con pericia, lo condujo hacia la oscuridad.

Eran unos diez, todos bajos y delgados, y protegidos por cascos con plumas. Eran como una mancha negra de la cabeza a los pies, salvo por un relámpago irregular que les cruzaba el ojo derecho. Rodearon a Keiro en un círculo que describieron con los trabucos con los que le apuntaban. Ninguno de ellos se acercó a Attia.

La chica se quedó plantada, alerta, con el cuchillo en la mano.

Keiro recuperó la compostura, y sus ojos azules destilaban ira. Se llevó la mano a la espada.

—Ni la toques —le dijo el bandolero más alto, y le arrebató el arma. Entonces se volvió hacia Attia—. ¿Es tu esclavo?

Tenía voz de chica. Los ojos que ocultaba la máscara no encajaban: uno era gris y vivaz, y el otro tenía la pupila de oro, una piedra incapaz de ver.

Sin dudarlo, Attia respondió:

—Sí, no lo matéis. Me pertenece.

Keiro soltó un bufido pero no se movió. Attia confiaba en que tuviera suficiente sentido común para mantener la boca cerrada.

Las chicas enmascaradas (porque Attia estaba segura de que todas eran chicas) se miraron unas a otras. Entonces, la líder hizo una señal. Bajaron los trabucos.

Keiro miró a Attia. Sabía muy bien qué significaba esa mirada. Él llevaba el Guante escondido en el bolsillo interior del abrigo, y lo encontrarían si lo registraban.

Se cruzó de brazos y sonrió:

—Estoy rodeado de mujeres. La cosa se va animando.

Attia lo miró con desprecio.

—Calla, esclavo.

La chica del ojo de oro rodeó a Keiro.

—No se comporta como un esclavo. Es arrogante y masculino, y piensa que es más fuerte que nosotras. —Hizo un gesto rápido con la cabeza—. Tiradlo al abismo.

—¡No! —Attia dio un paso adelante—. No. Me pertenece. Creedme, pelearé contra cualquiera que intente matarlo.

La chica enmascarada miró fijamente a Keiro. Su ojo de oro relució y Attia se dio cuenta de que la pupila no estaba ciega; de algún modo, la chica veía con ese ojo artificial. Una medio mujer.

—Entonces, cacheadlo para quitarle las armas.

Dos de las chicas lo registraron; Keiro fingió divertirse, pero cuando le quitaron el Guante del bolsillo, Attia supo que le había hecho falta todo su autocontrol para no protestar.

—¿Qué es esto?

La cabecilla mostró el Guante. Lo tenía en las manos, la piel de dragón iridiscente en la penumbra, las garras separadas y pesadas.

—Es mío —dijeron al unísono Keiro y Attia.

—Ah.

—Yo se lo llevo —dijo Keiro. Esbozó su sonrisa más irresistible—. Soy el Esclavo del Guante.

La chica contempló las garras del dragón con sus ojos diferentes. Después miró hacia arriba.

—Vais a acompañarnos ahora mismo, los dos. En todos los años que llevo reclamando el peaje del Sendero Celestial, nunca había visto un objeto con tanto poder. Susurra en violeta y dorado. Y canta en ámbar.

Attia se acercó a ella con cautela.

—¿Cómo ves esas cosas?

—Oigo con los ojos.

Se dio la vuelta. Attia dirigió una mirada severa a Keiro. Era imprescindible que continuase callado y le siguiese la corriente.

Dos de las chicas enmascaradas lo empujaron.

—En marcha —le dijo una.

La líder echó a andar junto a Attia.

—¿Cómo te llamas?

—Attia. ¿Y tú?

—Ro Cygni. Renunciamos a nuestro nombre propio.

En cuanto llegaban al agujero más grande del viaducto, las chicas se iban introduciendo por él con agilidad.

—¿Por ahí?

Attia procuró que el miedo no se percibiera en su voz, pero intuyó la sonrisa de Ro por debajo de la máscara.

—No hay que bajar hasta la superficie. Vamos. Ahora lo verás.

Attia se sentó con las piernas colgando por el borde. Alguien la agarró por los pies y la estabilizó; se deslizó por el agujero y se agarró de la cadena oxidada. Había un pasillo destartalado construido por debajo del viaducto y medio oculto por la hiedra. Era tan oscuro como un túnel y crujía con cada pisada, pero terminaba en un laberinto de pasillos más pequeños y escaleras de cuerda que conducían a recovecos y jaulas colgantes.

Ro caminaba detrás de ella, silenciosa como una sombra. Al llegar al final guió a Attia hacia la derecha, y la introdujo en una habitación que se movía ligeramente, como si debajo no tuviera nada más que aire. Attia tragó saliva. Las paredes estaban hechas con cañas entrelazadas, y el suelo quedaba escondido en una densa capa de plumas. Sin embargo, fue el techo lo que más cautivó su atención. Estaba pintado de un color azul intenso y en él resplandecían unos dibujos trazados con piedras doradas, como la del ojo de Ro.

—¡Las estrellas!

—Tal como las describió Sáfico en sus escritos. —La chica se colocó junto a Attia y miró hacia arriba—. En el Exterior, las estrellas cantan mientras surcan el cielo. Tauro, Orión, Andrómeda... Es decir, el Toro, el Cazador, la Princesa Encadenada. Y Cygnus, el Cisne, en cuya constelación estamos. —Se quitó el casco de plumas y dejó al descubierto su pelo moreno y corto, que enmarcaba una cara pálida—. Bienvenida al Nido del Cisne, Attia.

El calor en el nido era sofocante, y la sensación se incrementaba con la luz de unas diminutas lamparillas. Attia vio que las figuras oscuras se quitaban la armadura y la máscara para convertirse en chicas y mujeres de todas las edades, algunas corpulentas, otras jóvenes y ágiles. De las cazuelas puestas al fuego emanaba un apetitoso olor a comida. Unos divanes anchos y rellenos de plumas aterciopeladas ocupaban la habitación.

Ro empujó a Attia hacia uno de los divanes.

—Siéntate. Pareces exhausta.

Nerviosa, Attia preguntó:

—¿Dónde está... mi sirviente?

—Enjaulado. No se morirá de hambre. Pero este lugar no es para hombres.

Attia se sentó. De repente se sentía increíblemente fatigada, aunque debía permanecer alerta. Imaginarse la rabia que sin duda sentiría Keiro la animó un poco.

—Come, por favor. Tenemos de sobra.

Alguien le tendió un plato de sopa caliente. Attia la sorbió a toda prisa mientras Ro se sentaba a observarla con los codos sobre las rodillas.

—Tenías hambre —dijo al cabo de un rato.

—Llevo varios días viajando.

—Bueno, pues tu viaje ha terminado. Aquí estás a salvo.

Attia saboreó la sopa clara y se preguntó qué querría decir la chica. Aquellas mujeres parecían hospitalarias, pero no podía bajar la guardia. Tenían a Keiro, y tenían el Guante.

—Estábamos esperándote —le dijo Ro en voz baja.

Attia estuvo a punto de atragantarse.

—¿A mí?

—A alguien como tú. Algo como esto. —Ro sacó el Guante del abrigo y se lo colocó encima del regazo con aire reverencial—. Últimamente pasan cosas extrañas, Attia. Cosas magníficas. Ya has visto a las tribus de emigrantes. Llevamos semanas observando cómo avanzan allí abajo, siempre buscando algo, comida o calor, siempre huyendo de la conmoción que habita en el corazón de la Cárcel.

—¿De qué conmoción hablas, Ro?

—Yo la he oído. —La extraña mirada de la joven se volvió hacia Attia—. Todas la hemos oído. Entrada la noche, en la profundidad de los sueños. Suspendidas entre el techo y el suelo, hemos notado sus vibraciones en las cadenas y los muros, en nuestros cuerpos. El latido del corazón de Incarceron. Cada vez se vuelve más fuerte, día tras día. Nosotras somos quienes lo alimentan, y lo sabemos.

Attia bajó la cuchara y cortó un pedazo de pan negro.

—La Cárcel se está cerrando, ¿verdad?

—Se concentra. Se contrae. Alas enteras están sumidas en la oscuridad y el silencio. Ha empezado el Invierno Eterno, tal como decía la profecía. Y aun así, el Insapient sigue exigiendo cosas.

—¿El «Insapient»?

—Así es como lo llamamos. Dicen que la Cárcel fue a buscarlo al Exterior... Metido en su celda, en el corazón de Incarceron, está creando algo terrible. Dicen que está fabricando un hombre a partir de los despojos y los sueños y las flores y el metal. Un hombre que nos conducirá a todos a las estrellas. Pronto ocurrirá, Attia.

Al contemplar el rostro ilusionado de la chica, Attia se sintió todavía más fatigada. Apartó el plato y dijo con tristeza:

—Y ¿qué hay de ti? Háblame de ti.

Ro sonrió.

—Creo que eso puede esperar hasta mañana. Ahora necesitas dormir.

Tiró de una colcha gruesa y cubrió a Attia con ella. Era suave, cálida e irresistible. Attia se acurrucó en ella.

—No perdáis el Guante —dijo ya medio dormida.

—No. Descansa. Ahora estás con nosotras, Attia Cygni.

Cerró los ojos. Desde algún punto lejano oyó que Ro preguntaba:

—¿Has dado de comer al esclavo?

—Sí. Pero se ha pasado la mayor parte del tiempo intentando seducirme —dijo entre risas una de las chicas.

Attia se dio la vuelta y sonrió.

Horas más tarde, en la profundidad del sueño, entre una respiración y otra, en los dientes, en las pestañas y en los nervios, notó el latido. Su latido. El de Keiro. El de Finn. El de la Cárcel.

# 17

*El mundo es un tablero de ajedrez, mi Señora, en el que exponemos nuestros ardides y estrategias. Vos sois la Reina, por supuesto. Vuestros movimientos son los más poderosos. Por mi parte, sólo aspiro a ser la pieza de un caballo, que avanza con su sinuoso desplazamiento. ¿Creéis que nos movemos de forma autónoma, o acaso hay una gigantesca mano enguantada que nos coloca en la casilla que nos corresponde?*

Carta personal del Guardián de Incarceron
a la reina Sia

—¿Ha sido cosa vuestra?

Claudia salió de la protección del matorral y se deleitó al ver que Medlicote daba un respingo, alarmado.

Hizo una reverencia y las medias lunas de sus gafas resplandecieron con el sol de la mañana.

—¿Os referís a la tormenta, mi lady? ¿O al incendio?

—No seáis frívolo. —Claudia dio un tinte autoritario a su voz—. Nos atacaron en el Bosque: al príncipe Giles y a mí. ¿Fue cosa vuestra?

—Por favor. —Medlicote levantó los dedos manchados de tinta—. Por favor, lady Claudia. Sed discreta.

Aunque le hervía la sangre, Claudia guardó silencio.

Medlicote perdió la mirada en las extensiones de césped recién cortado, pobladas únicamente por unos pavos reales que graznaban y se pavoneaban. Más lejos, en el invernadero, había un grupo de cortesanos; unas débiles risitas llegaban flotando desde los jardines aromáticos.

—Nosotros no realizamos ningún ataque —dijo él con voz pausada—. Creedme, señora, si lo hubiéramos hecho, el príncipe Giles (suponiendo que sea Giles) habría muerto. Los Lobos de Acero son merecedores de su reputación.

—En más de una ocasión habéis fracasado en el intento de matar a la reina. —Era mordaz—. Y colocasteis una daga junto a Finn...

—Para asegurarnos de que no se olvidaba de nosotros. Pero lo del Bosque no fue cosa nuestra. Si me lo permitís, actuasteis con imprudencia al salir a montar a caballo sin escolta. El Reino está lleno de resentimientos. Los pobres sufren las injusticias, pero no las perdonan. Lo más probable es que fuese un mero intento de saqueo.

Claudia pensaba que había sido un complot de la reina, pero no tenía la menor intención de dejar que él lo supiera. En lugar de contestar, truncó un capullo de rosa y preguntó:

—¿Y el incendio?

Medlicote parecía afligido.

—Un auténtico desastre. Ya sabéis quién es responsable del incendio, mi lady. La reina nunca ha querido que el Portal se reabriera.

—Y ahora cree que ha vencido. —Claudia dio un respingo cuando uno de los pavos reales desplegó su magnífica cola formando un abanico. Los cientos de ojos de sus plumas la observaron—. Piensa que con eso ha dejado incomunicado a mi padre.

—Sin el Portal, es así.

—¿Conocíais bien a mi padre, Maestro Medlicote?

Medlicote frunció el entrecejo.

—Fui su secretario durante diez años. Pero no era un hombre fácil de conocer.

—¿Os ocultaba algún secreto?

—Más de uno.

—¿Acerca de Incarceron?

—No me contaba nada sobre la Cárcel.

Ella asintió y sacó la mano del bolsillo.

—¿Sabéis qué es esto?

El secretario lo observó pensativo.

—Es el reloj de bolsillo del Guardián. Siempre lo llevaba.

Claudia lo escudriñó con atención, intentando vislumbrar algún brillo de complicidad, de reconocimiento. En las gafas vio el reflejo de la tapa abierta del reloj, el dado de plata que giraba en la cadena.

—Me lo dio. Entonces, ¿no tenéis la menor idea de dónde se halla la Cárcel?

—No. Yo escribía su correspondencia. Organizaba sus asuntos. Pero nunca entré allí con él.

Claudia cerró la tapa del reloj con un clic repentino. El hombre parecía confundido, no había dado muestras de saber qué era lo que le había enseñado.

—¿Cómo entraba en Incarceron? —preguntó Claudia con calma.

—No llegué a descubrirlo. Desaparecía, durante un día, o una semana. Nosotros... Los Lobos... creemos que la Cárcel es una especie de laberinto subterráneo, por debajo de la Corte. Era evidente que accedía a él a través del Portal. —La miró con curiosidad—. Vos sabéis más sobre esto que yo. Es posible que haya información al respecto en el estudio que el Guardián tenía en el feudo.

«Su estudio...»

Claudia intentó ocultar la chispa de conmoción que esas palabras habían encendido en ella.

—Gracias, gracias.

Sin pararse a pensar siquiera en lo que acababa de decir, giró sobre sus talones dispuesta a marcharse, pero la voz de Medlicote la detuvo.

—Lady Claudia. Una cosa más. Nos hemos enterado de que, cuando el falso príncipe sea ejecutado, vos compartiréis su destino.

—¡¿Qué?!

Se había quedado quieto, con las gafas en las manos y los hombros grisáceos caídos. Iluminado por el sol, de pronto parecía un agitado hombre medio ciego.

—Pero no puede...

—Os lo advertí, mi lady. Sois una Presa que ha escapado. Si la reina termina con vos, no estará violando ninguna norma.

Claudia se quedó helada. Era increíble.

—¿Estáis seguro?

—Uno de los consejeros reales tiene una amante, que es una de nuestras colaboradoras. Él fue quien le contó que la reina se había mostrado contundente al respecto.

—¿Se enteró de algo más? ¿Sabéis si la reina fue quien puso en la partida al Impostor?

Medlicote la miró fijamente.

—¿Eso os preocupa más que vuestra propia muerte?

—¡Decídmelo!

—Por desgracia, no. La reina insiste en que ignora cuál de los dos muchachos es su verdadero hijastro. No ha dicho ni una palabra a su Consejo de asesores.

Claudia echó a andar y aplastó el capullo de rosa con la mano.

—Pues no tengo intención de dejar que me ejecuten, ni ella ni vuestros Lobos ni nadie. Muchas gracias.

Ya se había escabullido por una arcada de rosales trepadores cuando Medlicote dio un paso hacia ella y le dijo en voz baja:

—El Maestro Jared fue chantajeado para que dejase de trabajar en el Portal. ¿Lo sabíais?

Claudia se quedó inmóvil como un muerto, sin volverse siquiera. Las rosas eran blancas, su aroma era perfecto. Unas abejas gordas zumbaban en sus pétalos. Había una espina en el capullo aplastado que aún llevaba en la mano; se pinchó y lo soltó de inmediato.

Medlicote no se acercó más. Continuó hablando con voz pausada:

—La reina le ofreció...

—No hay nada —entonces Claudia se dio la vuelta y casi

257

escupió las palabras—... «nada» que la reina pudiera ofrecerle y que él aceptara. ¡Nada!

Repicó una campana, y después otra de la Torre de Marfil. Era la señal de que iba a dar comienzo el interrogatorio de los candidatos. Medlicote le aguantó la mirada. Entonces se puso las gafas e hizo una reverencia torpe.

—Perdóneme, mi lady, habrá sido un malentendido.

Temblorosa, Claudia observó cómo se marchaba el secretario. Ignoraba qué parte de su nerviosismo se debía a la rabia, y qué parte se debía al miedo.

Jared bajó la mirada con una sonrisa de tribulación hacia el libro que tenía entre las manos. Había sido su favorito cuando estudiaba en la Academia: un librito rojo con unos poemas misteriosos y crípticos que languidecían en las estanterías, sin que nadie los leyera. En ese momento, al abrir las páginas, encontró la hoja de roble que él mismo había colocado allí en otra época, en la página cuarenta y siete, en el soneto que hablaba de la paloma que enmendaría la devastación de los Años de la Ira, con una rosa florecida en el pico. Mientras releía los versos dejó que sus recuerdos vagaran hasta aquel tiempo. No era tan lejano. Jared había sido el graduado más joven de la Academia desde la implantación del Protocolo, y todos lo creían excepcional, le auguraban una carrera fantástica.

La hoja de roble era tan frágil como una tela de araña, un esqueleto de venas.

Con dedos ligeramente temblorosos, cerró el libro y volvió a colocarlo en su lugar. No podía abandonarse a semejante auto-compasión.

La biblioteca de la Academia era una colección inmensa y silenciosa de salas. Librerías de madera de roble altísimas y rebosantes, algunas de ellas cerradas con llave, formaban filas y más filas por los pasillos y las galerías. Los Sapienti se acurrucaban sobre manuscritos y tomos ilustrados, raspaban con sus plumas de ave en pupitres que estaban iluminadas por lamparillas que parecían velas, pero que en realidad eran diodos personales de alta intensidad alimentados por unos generadores subterráneos ocultos. Jared calculó que por lo menos un tercio de la energía que aún quedaba en el Reino se consumía en ese lugar. Aunque no sólo en la Biblioteca, por supuesto. Las teóricas plumas de ave estaban conectadas a un ordenador central que también dirigía el observatorio lunar y la completísima ala médica. Aunque odiaba reconocerlo, la reina tenía razón. Si en algún momento de la historia había existido una cura para su enfermedad, ése era el único lugar donde tal vez todavía pudiera encontrarla.

—¿Maestro? —El bibliotecario había regresado con la carta de la reina en la mano—. Todo está aclarado. Por favor, seguid-me.

La Esotérica constituía el corazón de la biblioteca. Corrían rumores de que era una cámara secreta, a la que sólo tenían acceso el Primer Gran Sapient y el Guardián. Era evidente que Jared nunca había pisado la estancia. Su corazón se alborozó por la emoción.

Recorrieron las distintas salas y cruzaron un pasillo lleno de mapas, para después subir una escalera de caracol que conducía a una pequeña galería que rodeaba la parte superior de la sala de lectura, a poca distancia de la cornisa polvorienta. En el rincón más alejado había una alcoba en penumbra que albergaba un escritorio y una silla, con los brazos tallados en forma de serpientes entrelazadas.

El bibliotecario hizo una reverencia.

—Si necesitáis algo más, por favor, pedídselo a uno de mis ayudantes.

Jared asintió y se sentó. Procuró no dejar traslucir su sorpresa y su decepción; esperaba encontrar algo más secreto, más impresionante, aunque tal vez fuera un ingenuo.

Miró a su alrededor.

A simple vista no se distinguía ningún mecanismo de vigilancia, pero estaba ahí, lo percibía. Metió las manos en la túnica y sacó con cuidado el disco que tenía preparado. Lo deslizó bajo el pupitre y el artilugio se adhirió con total hermetismo.

El escritorio, a pesar de su aspecto, era metálico. Lo tocó y una parte del revestimiento de madera se convirtió en una pantalla que se encendió con discreción. En ella ponía: «HABÉIS ENTRADO EN LA ESOTÉRICA».

Se puso a investigar sin tardanza. Al instante, unos diagramas del sistema linfático y nervioso se dibujaron en la pantalla. Los analizó con suma atención, contrastándolos con los fragmentos de información médica que todavía quedaban dentro del sistema. La sala que tenía a sus pies estaba en silencio, y los formales bustos de los Sapienti de antaño observaban con severo rigor desde sus pedestales de mármol. En la parte exterior del lejano ventanal arrullaban unas cuantas palomas.

Un bibliotecario pasó junto a él en completo silencio, con un rollo de pergamino en la mano. Jared sonrió levemente.

Lo vigilaban de cerca.

A las tres, la hora a la que estaba programado el breve chubasco de la tarde, ya estaba listo. Cuando la luz menguó y la sala se volvió más penumbrosa, deslizó la mano por debajo del pupitre y tocó el disco.

Al instante, bajo los diagramas del sistema nervioso, apareció un texto escrito. Le había costado mucho encontrar los archivos encriptados sobre Incarceron y le ardían los ojos por el esfuerzo; la sed era un tormento. Pero justo cuando bramó el primer trueno, aparecieron ante él.

Había perfeccionado la técnica de leer un texto por debajo de otro superpuesto hacía mucho tiempo. Requería concentración, y siempre le provocaba dolor de cabeza, pero podría soportarlo. Al cabo de diez minutos había descifrado un símbolo que desvelaba los siguientes, y con paciencia, reconoció una antigua variante de la lengua Sapient que había estudiado en otra época.

Conforme traducía, las palabras empezaron a formarse y a surgir de entre la maraña de grafías extrañas.

Lista de los Presos iniciales.

Informes de las sentencias y los juicios.

Antecedentes penales.

Fotografías.

Obligaciones del Guardián.

Tocó la última línea. La pantalla se reorganizó y debajo del diagrama del sistema nervioso le comunicó con parquedad: «Este material es confidencial. Decid la palabra clave».

Soltó un juramento en voz baja.

«Incorrecto», apareció en la pantalla. «Os quedan dos intentos antes de que suene la alarma.»

Jared cerró los ojos e intentó no emitir ningún sonido. Miró a su alrededor; vio la lluvia que salpicaba contra las ventanas, las lucecillas de las mesas de la parte inferior, que subieron de intensidad casi imperceptiblemente.

Se obligó a respirar más despacio. Notó el sudor que le humedecía la espalda.

Entonces susurró:

—Incarceron.

«Incorrecto. Os queda un intento antes de que suene la alarma.»

Debía retirarse y reflexionar un momento. Si lo descubrían, jamás volvería a llegar tan lejos. Y a la vez, el tiempo corría en su contra. El tiempo, precisamente lo que el Reino había anulado, se estaba tomando la revancha.

Algún Sapient pasó de página. Jared se acercó más al pupitre y vio en la pantalla el reflejo de su propio rostro pálido, las marcas oscuras bajo los ojos. Tenía una palabra en la cabeza pero ignoraba si sería la acertada. Un momento: el rostro era el suyo y el de alguien más; era enjuto y tenía el pelo moreno, y abría la boca para susurrar su nombre.

—¿Sáfico?

Listas. Enumeraciones. Datos.

Se expandieron como un virus por toda la página, encima de los diagramas, encima de todo. La potencia y la velocidad de la información lo abrumaron; dio un golpecito en el disco para que grabara los datos a toda prisa, tal como aparecían y desaparecían.

—¿Maestro?

Jared estuvo a punto de dar un brinco.

Ahí estaba uno de los bedeles de la Academia, un hombre grandullón, con la túnica oscura brillante por el uso y el bastón coronado con una perla blanca.

—Perdonad que os interrumpa mientras trabajáis, Maestro, pero ha llegado esto para vos. Es de la Corte.

Era una carta escrita en un pergamino sellado con la insignia del cisne negro de Claudia.

—Gracias.

Jared tomó el pergamino y le dio una moneda al hombre con una sonrisa apacible. Tras él, la pantalla mostraba unos interminables gráficos médicos. Acostumbrado a los austeros modales de los Sapienti, el bedel hizo una reverencia y se retiró.

El lacre rojo saltó cuando Jared abrió la carta. Y aun así, Jared sabía que, sin duda, la habrían leído antes los espías de la reina.

Mi queridísimo Maestro Jared:

¡Ha ocurrido la cosa más espantosa! Se ha producido un incendio en las bodegas del Ala Este, y la mayor parte de las plantas inferiores y superiores del ala se han desmoronado. Nadie ha resultado herido, pero la entrada al Portal ha quedado enterrada bajo toneladas de escombros. Su Majestad la Reina me ha asegurado que hará todo lo que esté en su mano para solucionarlo, pero ¡estoy destrozada! Hemos perdido a mi padre, y Giles lamenta el destino de sus amigos. Hoy tiene que enfrentarse al juicio de los Inquisidores. Os suplico que investiguéis con ahínco, querido amigo, pues nuestra única alternativa es el silencio y el secretismo.

Vuestra más apreciada y obediente pupila,

CLAUDIA ARLEXA

Jared sonrió atribulado al pensar en el Protocolo. Claudia podía hacerlo mucho mejor. Pero claro, la nota no sólo iba dirigida a él, sino también a la reina. ¡Un incendio! Sia no quería correr ningún riesgo: primero lo apartaba a él y después sellaba la entrada a Incarceron. Sin embargo, lo que probablemente la reina no supiera, pues sólo Claudia y él compartían el secreto, era que existía otra entrada al Portal, a través del estudio del Guardián, en la aletargada casa principal del feudo. «Nuestra única alternativa es el silencio y el secretismo.» Claudia sabía que él lo entendería.

El bedel, que jugueteaba con los dedos a una distancia prudencial, dijo:

—El mensajero regresará a la Corte dentro de una hora. ¿Deseáis darle alguna respuesta, Maestro?

—Sí. Por favor, traedme tinta y papel.

Cuando el hombre se hubo marchado, Jared extrajo un diminuto escáner y lo pasó por la vitela. Garabateado en rojo entre las pulcras líneas escritas, ponía: «SI FINN PIERDE, PRETENDEN MATARNOS A LOS DOS. YA SABÉIS DÓNDE ENCONTRARNOS. CONFÍO EN VOS».

Inspiró con espanto. El bedel, ansioso, colocó el tintero en el pupitre.

—Maestro, ¿os duele algo?

Jared se había quedado blanco.

—Sí —contestó y arrugó el papel de pergamino.

Nunca se le había pasado por la cabeza que urdieran matarla. Y ¿qué había querido decir con «Confío en vos»?

La reina se levantó de la silla y todos los comensales se apresuraron a ponerse de pie, incluso los que todavía estaban masticando. La comida veraniega de carne fría y pastel de venado, acompañada de crema de lavanda y dulce de nata y licor, quedó desperdigada por las mesas cubiertas con manteles blancos.

—Ahora. —Se limpió los labios con la servilleta—. Retiraos todos salvo los Solicitantes.

Claudia hizo una reverencia.

—¿Puedo pediros permiso para presenciar el juicio, Su Majestad?

Los labios de la reina dibujaron un perfecto mohín encarnado.

—Lo siento mucho, Claudia. Esta vez no.

—¿Yo tampoco? —preguntó Caspar antes de beber un sorbo.

—Tampoco, cariño mío. Corre y ve a disparar a lo que se te ocurra. —Lo dijo sin dejar de mirar a Claudia, y de repente, casi con maldad, la cogió por el brazo—. ¡Ay, Claudia! ¡Qué lástima lo que ha ocurrido con el Portal! Podéis imaginar lo mucho que lamento tener que nombrar a otro Guardián. Vuestro querido padre era tan... astuto.

Claudia mantuvo la sonrisa congelada en la cara.

—Lo que deseéis, Su Majestad.

No pensaba suplicarle, pues era precisamente lo que deseaba Sia.

—Si os hubierais casado con Caspar... De hecho, incluso ahora...

Aquello era intolerable. Aunque Claudia tampoco podía escabullirse, así que se irguió cuanto pudo y dijo:

—Eso es agua pasada, Majestad.

—Ya lo creo —murmuró Caspar—. Tuviste tu oportunidad, Claudia. Ahora no te pondría la mano encima ni...

—¿Ni por el doble de la dote? —preguntó su madre.

Caspar se la quedó mirando.

—¿En serio?

Sia frunció los labios.

—Qué fácil es jugar contigo, Caspar, querido mío.

Las puertas que había al fondo del salón se abrieron. Tras ellas, Claudia vio al Tribunal de la Inquisición.

El trono de la reina tenía forma de águila gigante, cuyas alas extendidas constituían el respaldo. Vio el pico abierto hacia arriba en pleno graznido furioso. La corona de los Havaarna rodeaba su cuello.

El Consejo Real fue sentándose en círculo alrededor del trono, pero a ambos lados del mismo quedaron dos asientos libres, uno blanco y otro negro. Mientras los miembros del Consejo avanzaban, Claudia se fijó en que había una puertecilla en la pared, que se abrió para dar paso a dos figuras. Esperaba ver aparecer a Finn y a Giles. En lugar de ellos, se presentaron los Inquisidores del Sol y la Sombra.

El Señor de la Sombra llevaba una capa de terciopelo negro ribeteada con piel de marta, y tenía el pelo y la barba de color negro azabache, igual que el resto de sus prendas. Su cara era dura y críptica. El otro Inquisidor, vestido de blanco, era afable y sonriente, y vestía una túnica blanca de satén decorada con una tira de perlas.

Jamás había visto a ninguno de los dos.

—Señor de la Sombra. —La reina se sentó en el trono y se volvió hacia él con cortesía—. Y Señor del Sol. Vuestra obligación es hacer preguntas y desentrañar la verdad, para que nuestro Consejo y nosotros seamos capaces de dar el veredicto. ¿Juráis actuar como corresponde en este interrogatorio?

Ambos hombres se arrodillaron y le besaron la mano. Entonces se bifurcaron para sentarse: uno se dirigió a la silla negra y el otro, a la silla blanca. La reina se alisó el vestido y se sacó un pequeño abanico de encaje de la manga.

—Excelente. Empecemos, pues. Cerrad las puertas.

Sonó un gong.

Finn y el Impostor fueron conducidos a la sala.

Claudia frunció el entrecejo. Finn iba vestido con sus habituales colores oscuros, sin ningún ornamento. Parecía desafiante, además de ansioso. El Impostor llevaba una casaca de seda amarilla, la más pura y más cara que podía tejerse. Ambos se quedaron de pie y se miraron el uno al otro en el centro de la superficie embaldosada.

—¿Cómo os llamáis? —preguntó con aspereza el Señor de la Sombra.

Mientras las puertas se cerraban delante de sus narices, Claudia oyó la respuesta conjunta:

—Giles Ferdinand Alexander Havaarna.

Claudia dejó la mirada fija en las hojas de madera tallada, después se dio la vuelta y se abrió paso a toda velocidad por entre la multitud. Y como un susurro en el oído, oyó el eco de la voz de su padre, divertido y despiadado:

—¿No lo ves, Claudia? Son piezas en el tablero de ajedrez. Qué pena que sólo una de ellas pueda ganar la partida.

# 18

*¿Qué tiene un príncipe?*
*Un cielo radiante, una puerta abierta.*
*¿Qué tiene un preso?*
*Una pregunta sin respuesta.*

CANTOS DE SÁFICO

—¡Sácame de aquí, Attia!

—Todavía no puedo. —Se acuclilló junto a las barras de madera de la jaula—. Ten paciencia.

—Te lo pasas en grande con tus preciosas amiguitas nuevas, ¿eh?

Keiro estaba sentado despreocupadamente contra la pared más alejada de la celda, con los brazos cruzados y las piernas extendidas. A pesar de la chulería y el desdén de sus palabras, Attia lo conocía tan bien que sabía que, por dentro, estaba a punto de estallar.

—Tengo que llevarme bien con ellas. Ya lo sabes.

—Bueno, y ¿quiénes son?

—Una banda de mujeres. Por lo que parece, la mayor parte

de ellas odian a los hombres... Es probable que hayan sufrido por su culpa. Se hacen llamar las Cygni. Cada una tiene asignado un número en lugar de un nombre. El número de una estrella.

—¡Qué poético! —Keiro se dio unos golpecitos con el dedo en la cabeza—. Y ahora, dime cuándo van a matarme.

—Se lo están planteando. Les he suplicado que no lo hagan.

—¿Y el Guante?

—Lo tiene Ro.

—Pues quítaselo.

—Estoy en ello. —Attia miró hacia la puerta de la celda con cautela—. Este nido es una especie de estructura colgante. Hay habitaciones y pasillos que forman un entramado. Debe de haber algún modo de bajar hasta la superficie del pabellón, pero aún no he descubierto cómo.

Keiro permaneció callado un momento.

—¿Y el caballo?

—Ni idea.

—Fantástico. Lo único que teníamos.

—Lo único que tenías tú. —Attia se apartó el pelo negro enmarañado—. Ah, y otra cosa. Trabajan para el Guardián. Lo llaman el Insapient.

Sus ojos azules la miraron fijamente.

—¡Quieren darle el Guante!

Qué avispado era siempre, pensó Attia.

—Sí, pero...

—¡Attia, tienes que recuperarlo como sea! —Keiro se había puesto de pie y estaba agarrado a los barrotes—. El Guante es nuestro único modo de pactar con Incarceron.

—¿Cómo voy a quitárselo? Son muchas más que nosotros.

Keiro sacudió los barrotes, furioso.

—Sácame de aquí, Attia. Miénteles. Diles que me arrojen al abismo. Sácame como sea.

Cuando Attia se dio la vuelta, Keiro alargó el brazo y la agarró por detrás.

—Son todas medio humanas, ¿verdad?

—Algunas sí. Ro, Zeta. Una mujer llamada Omega tiene pinzas en lugar de manos. —Se lo quedó mirando—. ¿Hace eso que las odies todavía más?

Keiro soltó una risa fría y repicó con la uña del dedo en las barras. Se oyó un tintineo, el sonido de metal contra metal.

—Eso sería de hipócritas...

Attia retrocedió.

—Escúchame: creo que nos hemos equivocado. —Antes de que él tuviera tiempo de explotar, se apresuró a explicarse—: Si le entregamos el Guante a la Cárcel, llevará a cabo su demente plan de Huida. Todos los internos moriremos. No sé si podré hacer algo así, Keiro. De verdad, no creo que pueda.

La miraba con esos ojos fríos y penetrantes que siempre la aterraban.

Attia dio otro paso atrás.

—Debería llevarme el Guante y echar a correr. Dejarte aquí.

Llegó a la puerta antes de oír el susurro de Keiro, gélido y amenazador:

—Entonces serías igual que Finn. Una mentirosa, una traidora. Tú no me harías algo así, Attia.

Ella no miró atrás.

—Volved a hablarnos del día que recordáis. El día de la cacería.

El Señor de la Sombra se inclinó hacia él con la mirada severa.

Finn permaneció de pie en el centro de la habitación. Le entraron ganas de ponerse a pasear, pero en lugar de hacerlo, contestó:

—Yo iba a caballo...

—¿Solo?

—No... Estoy seguro de que había otras personas. Al principio...

—¿Qué personas?

Se frotó la cara.

—No lo sé. He intentado recordarlo una y mil veces, pero...

—Teníais dieciséis años.

—Quince. Tenía quince años.

Intentaban pillarlo en falso.

—¿El caballo era de color miel?

—Gris.

Miró a la reina con rabia. Sia estaba sentada, escuchando con los ojos medio cerrados y un perrillo encima de la falda. Sus dedos lo acariciaban rítmicamente.

—El caballo dio un salto —dijo Finn—. Ya os lo he contado. Noté una especie de picotazo en la pierna. Me caí.

—Con los cortesanos alrededor.

—No, estaba solo.

—Pero acabáis de decir que...

—¡Ya lo sé! ¡A lo mejor me perdí! —Negó con la cabeza. El

cosquilleo de alarma se despertó detrás de sus ojos—. A lo mejor me equivoqué de camino. ¡No me acuerdo!

Procuraba mantener la calma. Estar alerta. El Impostor estaba repantigado en el asiento, siguiendo su declaración con aburrida impaciencia.

El Señor de la Sombra se acercó más. Tenía los ojos negros e inexpresivos. Le dijo con desprecio:

—La verdad es que te lo has inventado. No hubo ninguna emboscada. Tú no eres Giles. Eres la Escoria de Incarceron.

—Soy el príncipe Giles. —Pero su voz sonó débil. Incluso él percibió la duda.

—Eres un Preso. Has robado. ¿No es así?

—Sí. Pero vos no lo entendéis. En la Cárcel...

—Has matado.

—No. Nunca he matado.

—¿De verdad? —El Inquisidor se retiró como una serpiente—. ¿Ni siquiera a la mujer que se hacía llamar Maestra?

Finn levantó la cabeza con desafío.

—¿Cómo os habéis enterado de lo de la Maestra?

Se produjo un revuelo incómodo en la sala. Algunos de los miembros del Consejo murmuraron entre sí. El Impostor irguió la espalda.

—No importa cómo lo hemos averiguado. Se cayó, ¿verdad?, a las entrañas de la Cárcel, por un abismo gigante, porque el puente en el que estaba había sido saboteado. Tú fuiste el responsable.

—¡No! —gritó Finn mirando a los ojos desafiantes del hombre. El Inquisidor no se amedrentó.

—Sí. Le robaste un artilugio para Escapar. Tus palabras son una sarta de mentiras. Aseguras tener visiones. Aseguras haber hablado con fantasmas.

—¡No la maté! —Se llevó la mano al lugar donde solía guardar la espada, pero no la tenía—. Estuve preso, sí, porque el Guardián me drogó y me metió en aquel infierno. Me arrebató la memoria. ¡Soy Giles!

—Incarceron no es un infierno. Es un gran experimento.

—Es un infierno. Lo digo por experiencia.

—Mentiroso.

—No...

—Eres un mentiroso. ¡Siempre has sido un mentiroso! ¿O no? ¡O no!

—No. ¡No lo sé!

Ya no lo soportaba más. Tenía la garganta machacada, y la confusión provocada por el ataque frontal lo atormentaba. Si tenía un ataque allí, estaría acabado.

Percibió cierto movimiento y levantó la cabeza como un peso muerto. El Señor del Sol estaba de pie y hacía señas para que le trajeran una silla. El Señor de la Sombra había vuelto a su asiento.

—Por favor, caballero. Sentaos. Mantened la calma. —El anciano tenía el pelo plateado, y sus palabras eran dulces y afectuosas—. Dadle agua, por favor.

Un lacayo le ofreció una bandeja a Finn. Alguien le puso una copa fresca en la mano y el muchacho bebió, procurando no escupir lo ingerido. Temblaba y tenía la vista borrosa por culpa de los puntos brillantes y los pinchazos. Entonces se sentó y se agarró a los brazos acolchados de la butaca. El sudor le empapaba la espalda. Los ojos del Consejo estaban fijos en él; no se atrevía a enfrentarse con su incredulidad. Los dedos de la reina acariciaron el pelaje sedoso del perro. Observaba la acción sin inmutarse.

—Así pues —musitó el Señor del Sol—, ¿decís que el Guardián os encarceló?

—Tuvo que ser él.

El hombre sonrió con cordialidad. Finn se puso tenso. Los hombres amables siempre eran los más despiadados.

—Pero... si el Guardián hubiera sido el culpable, no habría podido actuar en solitario. Al menos, no en el caso de la abducción de un príncipe heredero. ¿Insinuáis que el Consejo Real estuvo implicado?

—No.

—¿Los Sapienti?

Finn se encogió de hombros, agotado.

—Por lo menos debió de necesitar a alguien que supiera de fármacos...

—¿Acusáis a los Sapienti?

—No acuso...

—¿Y a la reina?

La habitación se sumió en el silencio. Resentido, Finn apretó los puños. Estaba a punto de darse de bruces y lo sabía. Pero no le importaba.

—Supongo que estaba al corriente.

Nadie pestañeó. La mano de la reina dejó de moverse. El Señor del Sol negó con la cabeza tristemente.

—Es preciso que seamos absolutamente claros, caballero. ¿Acusáis a la reina de vuestra abducción? ¿De vuestro encarcelamiento?

Finn no levantó la mirada. Su voz se oscureció por la congoja, porque le habían tendido una trampa y había caído en ella, y porque Claudia lo despreciaría por su estupidez.

Pero aun así, lo dijo:

—Sí. Acuso a la reina.


—Mira.

Ro estaba de pie en el viaducto y señalaba con la mano. Attia achinó los ojos e intentó ver entre la penumbra del pabellón. Los pájaros volaban hacia ella en oscuras bandadas. Sus alas crujían; en un instante se le echaron encima y tuvo que agachar la cabeza con un suspiro para no ser barrida por la nube de plumas y picos. Luego continuaron como un vendaval hacia el este.

—Pájaros, murciélagos, personas. —Ro se dio la vuelta y su ojo de oro brilló—. Tenemos que vivir, Attia, como todos los demás, pero nosotras no robamos, ni matamos. Nos dedicamos a un propósito más elevado. Cuando el Insapient nos pide las cosas que necesita, se las conseguimos. En los últimos tres meses le hemos llevado...

—¿Cómo?

—¿Qué?

Attia atrapó a la joven por la muñeca.

—¿Cómo? ¿Cómo os pide ese... Insapient lo que quiere?

Ro se liberó de ella y la miró fijamente.

—Habla con nosotras.

Un retemblor del mundo la interrumpió. Abajo, en la lejanía, se oyó un grito, chillidos de terror. Al instante Attia se tumbó bocabajo y se agarró de las rejillas oxidadas; otra oleada de movimiento le recorrió todo el cuerpo, le sacudió hasta las uñas. Junto a ella, uno de los remaches se rompió; la hiedra se deslizó por la grieta.

Esperaron a que cesara el terremoto, Ro a cuatro patas junto a Attia, y ambas sin aliento por culpa del miedo. En cuanto recuperó el habla, Attia dijo:

—Bajemos a la superficie, por favor.

A través del agujero, el complejo del Nido continuaba suspendido, aparentemente intacto.

—Las sacudidas son cada vez más fuertes.

Ro se incorporó en el túnel de hiedra.

—¿Cómo habla con vosotras? Por favor, Ro, necesito saberlo, de verdad.

—Baja por aquí. Te lo mostraré.

Se apresuraron a cruzar la habitación de las plumas. Allí estaban tres de las mujeres, cocinando un guiso en un caldero enorme. Una de ellas limpiaba las salpicaduras de caldo provocadas por el temblor. El olor a carne hizo que Attia tragara saliva, impaciente. Entonces Ro agachó la cabeza y se zambulló por una puerta que daba a un lugar pequeño y redondo, una especie de burbuja. En ella no había nada más que un Ojo.

Attia se quedó petrificada.

El pequeño resplandor rojo viró para mirarla. Permaneció un momento inmóvil, cosa que le recordó el relato de Finn, quien había despertado en una celda que no contenía nada más que eso: la mirada callada y curiosa de Incarceron.

Después, lentamente, Attia se acercó para colocarse de pie debajo del Ojo.

—Creía que habías dicho que era el Insapient.

—Así es como se hace llamar. Es el corazón del ingenio de la Cárcel.

—¿Ahora es eso? —Attia respiró hondo y cruzó los brazos. Entonces, en voz tan alta que sobresaltó a Ro, espetó—: ¡Guardián! ¿Me oís?

Claudia deambulaba arriba y abajo por el pasillo forrado de madera.

Cuando se entreabrió la puerta y el lacayo se deslizó por la rendija, con una copa vacía en la bandeja, la joven lo agarró al instante.

—¿Qué ocurre?

—El príncipe Giles ha...

El hombre miró por encima del hombro de Claudia, hizo una reverencia y dejó de hablar.

—No asustes a los sirvientes, Claudia —murmuró Caspar desde la puerta que daba al jardín.

Furiosa, se dio la vuelta para ver a su guardaespaldas, Fax, que transportaba unas dianas de tiro al blanco entre los brazos musculosos. Caspar llevaba una casaca verde brillante y un sombrero de tricornio con una pluma blanca rizada.

—Llevan mil horas hablando. Vamos, ven a tirar unas flechas.

—¡Esperaré!

Claudia se sentó en una silla apoyada contra la pared y dio una patada a la pata de madera.

Una hora más tarde, continuaba allí.

—¿Y lo urdisteis en solitario?

—La reina no estaba al corriente, si es a lo que os referís.

El Impostor volvió a tomar asiento, con los brazos relajados. Su voz sonaba tranquila y familiar.

—El plan se me ocurrió a mí: desaparecer por completo. Nunca habría involucrado a Su Majestad en semejante conspiración.

—Ya entiendo. —El Señor del Sol asintió mientras reflexionaba—. Pero apareció un cadáver, ¿no es así? Un chico, que a ojos de todo el mundo era Giles, permaneció en la capilla ardiente del Gran Salón durante tres días. ¿También era un montaje vuestro?

Giles se encogió de hombros.

—Sí. Uno de los campesinos del Bosque murió de un ataque al corazón. Me vino de perlas, lo reconozco. Contribuyó a no levantar sospechas.

Finn frunció el entrecejo al oírlo. Incluso era posible que fuera cierto. De repente pensó en aquel viejo campesino, Tom y se acordó de su esposa fallecida. Mientras él seguía ensimismado, el Señor del Sol preguntó sin levantar la voz:

—Así pues, ¿sois el auténtico príncipe Giles?

—Por supuesto que lo soy, señor.

—Si me atreviera a insinuar que sois un impostor, que...

—Confío —interrumpió el Impostor, que se había levantado repentinamente—, confío, señor, en que no estéis insinuando que Su Majestad pudo haberme entrenado o adoctrinado de algún modo para que interpretara este... papel. —Sus ojos de color canela aguantaron la mirada directa del Inquisidor—. No os atreveríais a apuntar semejante delito...

Finn maldijo en voz baja. Observó la boca de la reina, que dibujó una sonrisilla furtiva.

—Es evidente que no —dijo el Señor del Sol haciendo una reverencia—. Es evidente que no, señor.

Los tenía en sus manos. Acusarlo de conspirador implicaba acusar también a la reina, y Finn sabía que nunca se atreverían a hacer tal cosa. Maldijo la inteligencia del muchacho, su verosimilitud, su elegancia espontánea. Maldijo su propia rudeza e incomodidad.

El Impostor observó cómo se sentaba el Señor del Sol para que se levantara el Señor de la Sombra. Si sentía aprensión, no dio muestras de ello. Se reclinó en la butaca, casi con insolencia, y pidió agua por señas.

El hombre de negro esperó a que el Impostor bebiera. En cuanto devolvió la copa a la bandeja, dijo:

—A la edad de once años abandonasteis la Academia.

—Fue a los nueve años, como bien sabéis. Mi padre consideró más apropiado que el príncipe heredero estudiara en solitario.

—Tuvisteis distintos tutores, todos ellos eminencias entre los Sapienti.

—Sí. Y por desgracia, todos han fallecido.

—Vuestro chambelán, Bartley...

—Bartlett.

—Ah, sí, Bartlett. También ha muerto.

—Eso me han dicho. Lo mataron los Lobos de Acero, como habrían hecho conmigo de haberme quedado aquí. —Su rostro se suavizó—. Mi querido Bartlett. ¡Cuánto lo quería!

Finn restalló los dientes. Unos cuantos miembros del Consejo se miraron a los ojos.

—Habláis siete idiomas.

—Exacto.

La siguiente pregunta fue formulada en una lengua extranjera que Finn no supo siquiera identificar, y el Impostor respondió con voz pausada y despectiva.

¿Era posible que Finn hubiese olvidado idiomas enteros? ¿De verdad era posible? Se frotó la cara y deseó que los pinchazos que sentía detrás de los ojos se desvanecieran.

—¿También sois un músico virtuoso?

—Traedme una viola, un clavicémbalo. —El Impostor sonaba aburrido—. O podría cantar. ¿Prefieren los lores que cante?

Sonrió y, sin más, entonó un aria elevando su voz de tenor.

El Consejo Real se removió. La reina soltó una risita.

—¡Basta! —Finn se puso de pie.

El Impostor dejó de cantar. Aguantó la mirada de Finn y dijo con voz tranquila:

—Pues dejaré que cantéis vos, señor. Tocad algo para nosotros. Hablad en otros idiomas. Recitadnos los poemas de Aliceno y Castra. Estoy seguro de que sonarán de lo más seductores con vuestro acento de escoria.

Finn no se inmutó.

—Esas cosas no os convierten en príncipe —susurró Finn.

—Sería discutible. —El Impostor también se levantó—. Pero vos no tenéis ningún argumento en vuestro favor, ¿verdad? Lo único que tenéis es rabia y violencia, Preso.

—Caballeros —dijo el Señor de las Sombras—. Sentaos, por favor.

Finn miró a su alrededor. Los consejeros lo observaban. Ellos constituían el jurado. Su veredicto lo condenaría a la tortura y a la muerte, o bien le entregaría el trono. Le costaba leer en sus rostros, pero reconoció hostilidad y desconcierto. ¡Si por lo menos estuviera allí Claudia! O Jared. Y por encima de todo, echaba de menos el humor ácido y arrogante de Keiro.

Entonces dijo:

—Sigo manteniendo el reto.

El Impostor miró a la reina. En voz baja, dijo:

—Y yo lo acepto.

Finn se sentó apartado, junto a la pared, para tranquilizarse.

El Señor de la Sombra se volvió hacia Giles.

—Tenemos testigos. Muchachos que estudiaron con vos en la Academia. Siervos, criadas, damas de la Corte.

—Excelente. Me gustaría verlos a todos. —El Impostor volvió a reclinarse en el asiento con comodidad—. Permitid que se presenten. Permitid que lo observen a él y me observen a mí. Permitid que ellos digan quién es el príncipe y quién es el Preso.

El Señor de la Sombra lo miró con severidad. Entonces levantó una mano.

—¡Traed a los testigos! —ordenó.

# 19

*La Esotérica son los fragmentos rotos de nuestro conocimiento. Los Sapienti tardarán generaciones en recomponer las piezas que faltan. Una gran parte no será recuperada jamás.*

INFORME DEL PROYECTO, MARTOR SAPIENS

—Debería castigarte. Tú fuiste quien le contó a Claudia que no era mi hija.

No era la voz desdeñosa y metálica de la Cárcel. Attia alzó la mirada hacia el acusador Ojo rojo.

—Sí, se lo conté yo. Tenía que saberlo.

—Fuiste cruel.

La voz del Guardián sonaba grave y fatigada. De pronto, la pared se onduló y apareció en persona.

Ro ahogó un grito. Attia se lo quedó mirando, anonadada.

Tenía a un hombre delante, en una imagen tridimensional, pero con el contorno difuso y ondulante. Había algunos puntos en los que incluso podía ver a través de su cuerpo. Sus ojos grises emanaban frialdad, y Attia tuvo que hacer verdaderos esfuerzos para no estremecerse ni arrodillarse, como se había apresurado a hacer Ro.

Sólo lo había visto encarnado en Blaize. Ahora era el Guardián. Vestía una levita de seda negra y unos pantalones bombachos por la rodilla también negros; sus botas eran de la piel más fina, y llevaba el pelo canoso recogido en la nuca con un lazo de terciopelo. Al principio pensó que, a pesar de su austeridad, nunca había visto a nadie tan elegante, pero luego, cuando el Guardián dio un paso para acercarse a ella, Attia vio la manga desgastada, la chaqueta manchada, y la barba algo descuidada.

Él asintió con amargura.

—Sí. Las condiciones de la Cárcel empiezan a afectarme a mí también.

—¿Esperáis que sienta lástima por vos?

—Parece que el perro-esclavo se ha vuelto un poco descarado. Bueno, ¿dónde está el Guante de Sáfico?

Attia casi esbozó una sonrisa.

—Preguntadles a mis captoras.

—No somos tus captoras —intervino Ro—. Puedes irte cuando quieras.

La chica miraba a hurtadillas al Guardián con ambos ojos, el gris y el dorado. Parecía fascinada y asustada a la vez.

—¡El Guante! —ordenó el Guardián.

Ro hizo una reverencia, se incorporó rápidamente y salió corriendo.

Al instante, Attia dijo:

—Han apresado a Keiro. Quiero que lo liberen.

—¿Por qué? —La sonrisa del Guardián era ácida. Miró alre-

284

dedor del Nido con interés—. Dudo mucho que él hiciera lo mismo por ti.

—No lo conocéis.

—Al contrario. He estudiado sus informes, y los tuyos. Keiro es ambicioso y despiadado. Actúa siempre en su propio interés, sin escrúpulos. —Sonrió de nuevo—. Emplearé eso en su contra.

El Guardián ajustó una rueda invisible. La imagen parpadeó y después se volvió más nítida. Lo tenía tan cerca que Attia habría podido tocarlo. El Guardián se dio la vuelta y la miró de soslayo.

—Aunque claro, también podrías entregarme el Guante tú y dejarlo atrás.

Por un momento, la chica creyó que le había leído el pensamiento. Entonces contestó:

—Si queréis el Guante, decidles que lo suelten.

Antes de que él contestara, Ro apareció de nuevo, sin resuello, y a su espalda, junto a la puerta, se amontonaron un buen número de chicas curiosas. Dejó el Guante con sumo cuidado ante el holograma del Guardián.

Él se agachó. Alargó la mano hacia el Guante pero sus dedos lo traspasaron. Las escamas de la piel de dragón resplandecieron.

—¡Vaya! ¡Todavía perdura! Qué maravilla.

Se quedó fascinado unos segundos. Tras él, Attia vislumbró un lugar amplio y sombrío, de un tono levemente rojizo. También oyó un sonido, un latido rítmico que reconoció porque había aparecido en su sueño.

Attia le dijo:

—Si volvierais al Exterior, podríais contar la historia de Finn. Podríais ser su testigo. ¿Es que no lo veis? Podríais contarles a todos que le arrebatasteis la memoria, que lo encerrasteis aquí.

El Guardián se levantó poco a poco y se sacudió lo que parecía óxido de los guantes.

—Presa, das demasiadas cosas por hecho. —La miró fijamente con esos ojos fríos como el metal—. No me importa en absoluto Finn, ni la reina, ni cualquiera de los Havaarna.

—Pero sí os importa Claudia. Ella también podría correr peligro.

Sus ojos grises parpadearon. Por un instante, Attia creyó que su dardo había dado en la diana, pero era demasiado difícil interpretar la expresión del Guardián. Contestó:

—Claudia es asunto mío. Y tengo el firme propósito de ser el próximo gobernador del Reino. Ahora, dame el Guante.

—No sin Keiro.

John Arlex no se inmutó.

—No intentes chantajearme, Attia.

—No dejaré que lo maten.

Le faltaba el aire y hablar le costaba horrores. Se preparó para recibir la ira acumulada del Guardián.

Sin embargo, para su sorpresa, el hombre miró hacia un lado, como si consultase algo, y después se encogió de hombros.

—Muy bien. Que liberen al ladrón. Pero deprisa. La Cárcel está impaciente por recuperar la libertad. Y...

Se produjo un crujido, el centelleo de unas chispas.

En el lugar en el que estaba la imagen, únicamente quedó el eco de un brillo que les cegó los ojos, un leve olor a quemado.

Attia se quedó perpleja pero se movió con rapidez. Se agachó y recogió el Guante. Volvió a notar su peso, la textura cálida y ligeramente oleosa de su piel. Se dirigió a Ro:

—Manda que alguien suelte a Keiro. Y dime cómo bajar.

Ocurrió tan deprisa que Claudia pensó que se lo había imaginado. Un minuto estaba acurrucada y taciturna en la silla junto a la puerta custodiada por los guardianes, con la mirada puesta en el pasillo dorado, y al minuto siguiente el pasillo era un caos.

Parpadeó.

El jarrón azul estaba resquebrajado. El pedestal de mármol se había convertido en madera pintada. Las paredes eran una maraña de cables y pintura desconchada. Unas grandes manchas de humedad moteaban el techo. Y en una esquina, la escayola se había desprendido y por el agujero caían en cascada las gotas de agua.

Se puso de pie muy aturdida.

Entonces, con una ondulación tan sutil que sólo la percibió en los nervios, el esplendor regresó.

Claudia volvió la cabeza y miró a los dos soldados que vigilaban la puerta. Si se habían percatado de algo extraño, no daban muestras de ello. Tenían el rostro totalmente inexpresivo.

—¡¿Lo habéis visto?!

—Disculpad, señora... —Los ojos del guardián de la izquierda permanecieron fijos al frente—. ¿Ver qué?

Se dirigió al otro.

—¿Y vos?

Estaba pálido. Tenía la mano sudorosa sobre la alabarda.

—Creo que... pero no. Nada.

Les dio la espalda y echó a andar por el pasillo. Sus zapatos repicaron en el suelo de mármol; tocó el jarrón y estaba intacto. Las paredes tenían paneles dorados, bellos ornamentos de querubines y caras de Cupido, además de guirnaldas talladas en la madera. Por supuesto, Claudia sabía que muchos de los objetos de la Era que había en palacio eran ilusorios, pero tuvo la sensación de que, por un breve instante, le había sido otorgada una visión, un atisbo del mundo tal como era en realidad. Le costaba respirar. Era como si, durante ese instante, incluso el aire hubiera sido succionado.

*La energía se había interrumpido.*

Con un crujido que le hizo dar un respingo, la puerta de doble hoja se abrió a su espalda y por ella surgieron los consejeros de la reina, un grupo serio enfrascado en la conversación. Claudia agarró por el brazo al que tenía más próximo.

—Lord Arto, ¿qué ha pasado?

El hombre soltó el brazo con gentileza.

—Ya ha terminado todo, querida mía. Ahora vamos a retirarnos para deliberar sobre el veredicto; tenemos que presentarlo mañana. Debo decir que, personalmente, no dudo que...

Entonces, como si recordara que el destino de ella estaba en juego, sonrió, hizo una reverencia apresurada y se esfumó.

Claudia vio a la reina. Sia charlaba con sus damas y con un jovenzuelo de pacotilla que, según los rumores, era su amante más reciente. Apenas parecía mayor que Caspar. Sia le encasquetó el perro entre los brazos al joven y dio unas palmadas. Todos se volvieron hacia ella.

—¡Amigos! Debemos soportar una tediosa espera hasta que se anuncie el veredicto, y ¡yo odio esperar! Por eso, esta noche daré un baile de máscaras en la Gruta de las Conchas y todo el mundo deberá asistir. ¡Todo el mundo, he dicho! —Sus ojos incoloros se fijaron en los de Claudia, y le dedicó una de sus dulces sonrisillas—. De lo contrario, me sentiré muy pero que muy decepcionada.

Los hombres hicieron reverencias y las mujeres saludaron con mucha educación. Cuando el séquito pasó como un torbellino, Claudia soltó un suspiro irritado. Entonces vio que a continuación aparecía el Impostor, rodeado del grupo de jóvenes más apuestos de la Corte. Al parecer, ya empezaba a ganarse partidarios.

También él hizo una graciosa reverencia.

—Me temo que no habrá dudas sobre el veredicto, Claudia.

—¿Habéis resultado convincente?

—¡Tendríais que haberme visto!

—A mí no me habéis convencido.

Él sonrió con cierta tristeza. A continuación la llevó aparte.

—Mi ofrecimiento sigue en pie. Casaos conmigo, Claudia. Nos comprometieron hace mucho tiempo, cumplamos el deseo de nuestros padres. Juntos podemos dar al pueblo la justicia que merece.

Claudia contempló su cara totalmente seria, su perfecta confianza, sus ojos preocupados, y recordó que, por un fugaz segundo, el mundo había parpadeado ante ella. Ahora volvía a dudar de qué parte de todo aquello era falso.

Liberó el brazo de la mano de Giles e hizo una reverencia.

—Esperemos a saber el veredicto.

El chico se quedó perplejo y después le correspondió con otra reverencia, fría.

—Puedo ser un enemigo temible, Claudia —dijo.

No lo dudaba. Fuera quien fuese, dondequiera que la reina lo hubiese encontrado, la confianza que el muchacho tenía en sí mismo era de lo más real. Claudia observó cómo se reunía con los cortesanos, y sus ropajes de seda brillaron con los rayos de luz que se colaban por los ventanales. Entonces se dio la vuelta y entró en el Salón del Consejo, ahora vacío.

Finn continuaba sentado en la butaca, en el centro de la sala.

Alzó la mirada y Claudia vio al instante lo tormentoso que había resultado el interrogatorio. Parecía agotado y lleno de amargura.

Claudia se sentó en el banco.

—Se acabó —dijo él.

—Aún no lo sabes.

—Tenía testigos. Una fila entera: sirvientes, cortesanos, amigos. Nos miraron a los dos y todos dijeron que él era Giles. Tenía respuestas para todas las preguntas. Incluso tenía esto. —Se subió la manga y miró fijamente el águila de la muñeca—. Y yo no tenía nada, Claudia.

No sabía qué responder. Odiaba esa sensación de impotencia.

—Pero ¿sabes una cosa? —Se frotó suavemente el tatuaje descolorido con el dedo—. Ahora que nadie me cree (tal vez ni siquiera tú), ahora es la primera vez desde que llegué al Reino que de verdad sé que soy Giles.

Claudia abrió la boca y la cerró de nuevo.

—Esta marca... era lo que me daba fuerzas para seguir adelante cuando estaba en Incarceron. Solía tumbarme por la noche y soñar despierto con cómo serían las cosas en el Exterior, pensar en quién era en realidad. Imaginaba a mi padre y a mi madre, un hogar acogedor, alimento suficiente para saciarme, imaginaba a Keiro vestido con todas las prendas opulentas que quisiera. Solía mirar esta marca y convencerme de que tenía que significar algo. Un águila con corona que muestra las alas extendidas. A punto de echar a volar.

Claudia tenía que sacarlo de allí como fuera.

—No es necesario que esperemos a saber el veredicto. Tengo un plan. Conseguiré que nos preparen dos caballos, que los ensillen en secreto, y los dejen en el linde del Bosque, a medianoche. Podemos cabalgar hasta el feudo del Guardián y utilizar el Portal para contactar con mi padre.

Finn no la escuchaba.

—El viejo del Bosque dijo que Sáfico se marchó volando. Voló hacia las estrellas.

—Y la reina ha organizado un baile de máscaras. ¡Es la mejor coartada!

Finn levantó los ojos hacia ella y Claudia vio los signos de los que Jared le había advertido; los labios cada vez más pálidos, la mirada extrañamente desenfocada. Corrió a su lado.

—Mantén la calma, Finn. No te des por vencido. Keiro encontrará a mi padre y...

La habitación se desvaneció.

Se convirtió en una cámara de mugre, llena de telarañas y

cables. Por un segundo, Finn supo que había regresado al mundo gris de Incarceron.

Entonces, la sala del Consejo Real volvió a resplandecer a su alrededor.

Finn la miró con fijeza.

—¿Qué ha sido «eso»?

Claudia tiró de él como pudo para que se pusiera de pie.

—Creo que era la realidad, Finn.


Keiro escupió el último resto de trapo mojado y abrió la boca para coger una buena bocanada de aire. Respirar era un gran alivio; de paso, se dio el placer de soltar unos cuantos juramentos despiadados. Lo habían amordazado para impedir que siguiera hablándoles. Saltaba a la vista que sabían que era irresistible. Sin perder tiempo, se acuclilló y bajó las muñecas encadenadas hasta el suelo con la intención de pasar los pies por los brazos hacia atrás, para lo cual tuvo que estirar todo lo posible los músculos de las extremidades. Ahogó un gemido cuando notó el dolor de los hematomas. Pero por lo menos ahora tenía las manos delante del cuerpo.

La celda se balanceaba bajo sus pies. Si aquel lugar estaba fabricado verdaderamente con mimbre y juncos, debía ser capaz de abrir una grieta cortando las fibras. Sin embargo, no tenía herramienta alguna, y siempre cabía la posibilidad de que, debajo de la celda suspendida, no hubiera nada más que vacío.

Sacudió la cadena y la tanteó.

Los eslabones eran de un acero finísimo y habían sido entrelazados con sumo esmero. Tardaría horas en deshacer aquellos nudos, y además, era muy probable que las mujeres oyeran el tintineo.

Keiro hizo un mohín. Tenía que salir de allí de inmediato, porque Attia no bromeaba. Estaba loca de remate, así que lo mejor que podía hacer Keiro era abandonarla allí, en ese nido de devotas ciegas por las estrellas. Otro hermano de sangre que lo traicionaba. Desde luego, sabía cómo elegirlos.

Escogió el eslabón que tenía aspecto de ser más débil y retorció las manos hasta que la uña del dedo índice pudo deslizarse por el delgado agujero. Entonces hizo fuerza.

Metal contra metal, el delgado eslabón empezó a ceder. No notaba dolor, cosa que lo aterrorizó, porque ¿dónde terminaba el metal y dónde empezaban los nervios? ¿En su mano? ¿En su corazón?

El pensamiento lo ayudó a romper el primer eslabón con una rabia repentina; al instante, se inclinó cuanto pudo para sacar el siguiente eslabón del engarce. La cadena cayó al suelo, dejándole libres las muñecas.

Sin embargo, antes de que pudiera ponerse de pie, oyó pasos y el bamboleo de la jaula le indicó que una de las chicas se acercaba, así que al instante se rodeó las muñecas improvisadamente con la cadena y se sentó, apoyado en los barrotes.

Cuando Omega entró por la puerta con otras dos muchachas apuntándolo con sendos trabucos, Keiro se limitó a sonreírle:

—Hola, preciosa —le dijo—. Sabía que no podrías resistirte.

A Jared le habían dado una habitación en lo alto de la Séptima Torre. El ascenso lo había dejado sin resuello, pero había merecido la pena por la vista que desde allí tenía del Bosque, kilómetros oscuros de árboles sobre las colinas del crepúsculo. Se asomó por la ventana, con ambas manos en el alféizar arenoso, y respiró el cálido anochecer.

Vio las estrellas, brillantes e inalcanzables.

Por un instante, creyó que un velo pasaba ondeando por delante de ellas, que su brillo palidecía. Por un instante, los árboles más cercanos le parecieron muertos y blancos y fantasmales. Luego desapareció esa confusión. Se frotó los ojos con ambas manos. ¿Era culpa de la enfermedad?

Unas polillas bailaban alrededor del candil.

La habitación que había a su espalda era muy austera. Tenía una cama, una silla con una mesa y un espejo que Jared había descolgado para darle la vuelta contra la pared. No le importó: cuantas menos cosas hubiera en el dormitorio, menos probabilidades había de que estuviera pinchado.

Se asomó hacia la noche, sacó un pañuelo del bolsillo, desenvolvió el disco, lo colocó en el alféizar y lo activó.

La pantalla era diminuta, pero de momento, Jared conservaba una vista perfecta.

«Obligaciones del Guardián.» Las palabras se sucedían con rapidez. Había decenas de subtítulos. Provisión de alimentos, instalaciones educativas, cuidados médicos (detuvo un instante la mano sobre esa expresión, pero enseguida continuó avanzando), prestaciones sociales, mantenimiento estructural... Tanta información que tardaría semanas en leerla. ¿Cuántos Guardianes habrían leído de cabo a rabo todas las indicaciones? Probablemente, el único había sido Martor Sapiens, el primero. El artífice.

*Martor.*

Buscó un apartado sobre el diseño de Incarceron y fue acotando el campo para dar con la estructura, donde encontró una entrada con encriptación doble en el último archivo. No supo descifrarla, pero la abrió.

La pantalla mostró una imagen que le hizo sonreír, allí asomado, bajo las estrellas. Se trataba de la Llave de cristal.

—Únete a nosotras —le suplicó Ro—. Deja que se lleve el Guante y quédate con nosotras.

En lo alto del viaducto, Attia esperaba con el Guante en la mano y un hatillo de comida en la espalda, mientras contemplaba cómo tres mujeres armadas empujaban a Keiro para que pasase por el agujero.

Tenía la chaqueta llena de mugre y el pelo rubio deslucido y grasiento.

Al principio se sintió tentada. Cuando se topó con la mirada interrogante de Keiro, soñó por un momento con desembarazarse de esa loca obsesión que lo consumía, con encontrar su propio rincón de calidez y seguridad. Tal vez incluso pudiera intentar hallar a sus hermanos, en algún lugar remoto del Ala en la que había vivido antes de que los Comitatus la sacaran a rastras para que fuera su perro-esclavo.

Pero entonces Keiro exclamó:

—¡Es que te vas a quedar ahí plantada todo el día! Quítame estas cadenas.

Y algo se sacudió dentro de ella, algo que pudo haber sido un gélido escalofrío de realidad. Se sintió fuerte y decidida. Si Incarceron conseguía el Guante, su ambición sería absoluta. Se liberaría a sí mismo y dejaría la Cárcel convertida en una carcasa oscura e inerte. Tal vez Keiro pudiera Escapar, pero nadie más lo haría.

Cogió el Guante y lo sostuvo en el aire.

—Lo siento, Keiro —dijo—. No puedo permitir que lo hagas.

Las manos del chico se aferraron a las cadenas.

—¡¡Attia!!

Pero ella balanceó el Guante y lo arrojó al vacío.

Al cabo de una hora de trabajo, con las polillas revoloteando alrededor del candil en el alféizar, el código le fue desvelado y, con un suspiro de letras ondulantes, la palabra SALIDAS apareció en la pantalla. El agotamiento de Jared se esfumó. Se sentó con la espalda recta y leyó con avidez.

1. Habrá una única Llave, que permanecerá en manos del Guardián en todo momento.
2. La Llave no será imprescindible para acceder al Portal, pero será el único modo de regresar de Incarceron, a excepción de:
3. La Salida de Emergencia.

Jared tomó aire. Echó un vistazo rápido a su alrededor. La habitación estaba silenciosa y umbría. El único movimiento era el de su propia sombra inmensa dibujada en la pared y el de las polillas oscuras, que revoloteaban a la luz del candil y por encima de la diminuta pantalla.

En el supuesto de que se perdiera la Llave, existe una puerta secreta. En el Corazón de Incarceron se ha construido una cámara que resistirá cualquier colapso espacial catastrófico o cualquier otro desastre ambiental. No debe utilizarse ese canal a menos que sea absolutamente necesario. Es imposible garantizar su estabilidad. Para que dicha salida pueda emplearse, se ha construido una red neural móvil, que deberá llevarse en la mano. Se activa mediante la recepción de emociones extremas y, por lo tanto, no será activada hasta que se viva una situación de grave peligro. Le hemos dado un nombre secreto a esa puerta, que sólo el Guardián conoce. El nombre es SÁFICO.

Jared leyó la última frase. Y volvió a leerla. Se reclinó en la silla, con el aliento convertido en vaho por el aire fresco de la noche, y no prestó atención a la polilla que había aterrizado sobre la pantalla ni a los pasos rotundos que subían por la escalera.

En el exterior, las estrellas brillaban en el cielo eterno.

# 20

*Cuando nació, silencioso y solo, su mente estaba vacía. No tenía pasado ni entidad. Se descubrió en el lugar más recóndito de la penumbra y la soledad.*

*—Dame un nombre —suplicó.*

*La Cárcel contestó:*

*—Éste será tu destino, Preso. No tendrás nombre a menos que yo te lo otorgue. Y nunca te lo otorgaré.*

*El hombre rezongó. Extendió los dedos y palpó unas letras que sobresalían en la puerta. Unas enormes letras de hierro con el contorno remachado.*

*Al cabo de varias horas, había recorrido todas las formas.*

*—Sáfico —dijo—. Así me llamaré.*

Leyendas de Sáfico

Keiro saltó.

Con un suspiro, Attia observó la trayectoria de su grandioso salto. La cadena se sacudió. Atrapó el Guante.

Y luego desapareció.

Attia se asomó al abismo para agarrarlo; Ro la agarró a ella. Durante la caída, Keiro empezó a sacudir una mano; se aferró de la hiedra con la otra mano y se balanceó, pero chocó con un lateral del viaducto, una contusión que debería haberlo dejado inconsciente. No obstante, sin saber cómo, consiguió mantenerse agarrado, se retorció y arañó las hojas satinadas para no soltarse.

—¡Imbécil! —lo insultó Attia.

Keiro seguía sujetándose de la hiedra. Alzó la vista hacia ella y Attia vio el triunfo magullado en sus ojos.

—¿Y ahora qué, perro-esclavo? —chilló—. ¿Me ayudas a subir o me tiro?

Antes de que la chica pudiera contestar, un movimiento los estremeció a todos. Bajo los pies de Attia, el viaducto retemblaba. Una vibración aguda y débil reverberaba en sus vigas y sus mallas.

—¿Qué es eso? —susurró Attia.

Ro se dio la vuelta y sus ojos dispares escudriñaron la oscuridad. Ahogó un suspiro; tenía la cara blanca como el papel.

—Ya vienen.

—¿Qué? ¿Otra migración? ¿Aquí arriba?

—¡Allí! —gritó Keiro.

Attia dirigió la mirada hacia la oscuridad, pero fuera lo que fuese lo que aterraba a los otros dos, era invisible a sus ojos. El puente temblaba, como si un gigantesco amo hubiera puesto los pies en él, como si la procesión en masa del grupo de Ro hubiera despertado a aquella cosa, hubiese provocado una frecuencia que hacía retemblar el viaducto, que se fracturaba con ondas imposibles.

Entonces las vio.

Unas siluetas del tamaño de un puño, oscuras y redondas, avanzaban reptando entre las vigas y las mallas, sobre las hojas de hiedra. Al principio no se le ocurría qué podían ser. Luego, con un escalofrío espeluznante que le recorrió la piel, cayó en la cuenta de que eran Escarabajos, millones y millones, los carnívoros de la Cárcel, que todo lo devoraban. El viaducto estaba infestado de Escarabajos; llegaban con un sonido nuevo y terrible, el crujido ácido del metal al disolverse, el roce de sus caparazones duros y sus pequeñas pinzas que cortaban el acero y el alambre.

Attia le arrebató el trabuco a la chica que tenía más próxima.

—¡Reunid al grupo! ¡Que bajen todas!

Pero para entonces, las Cygni ya se habían puesto en marcha, vio que desenrollaban varias escaleras de mano que se perdían hacia el abismo, con los travesaños azotándose como un látigo adelante y atrás.

—Ven con nosotras —insistió Ro.

—No puedo dejarlo solo.

—¡Tienes que hacerlo!

Los trabucos empezaron a disparar; Attia miró hacia abajo y vio que Keiro se había encaramado por la hiedra y daba unas patadas salvajes a uno de los Escarabajos que había conseguido llegar hasta él. El engendro cayó al abismo con un repentino chillido agudo.

Dos de esas cosas surgieron de entre las hojas, a los pies de Attia. Retrocedió, mirándolas fijamente, y vio que el metal que quedaba bajo sus patas empezaba a humear y corroerse rápidamente, mientras la superficie empalidecía y se volvía negra. Al momento quedó convertida en polvo.

Ro les disparó y salvó de un salto el agujero que había perforado.

—¡Attia! ¡Vamos!

Podía obedecerla. Pero si lo hacía, no volvería a ver a Finn. No vería las estrellas.

Attia contestó:

—Adiós, Ro. Da las gracias a las demás de mi parte.

El humo empezó a levantarse entre ambas, difuminando el mundo. Ro le dijo:

—Veo que te aguarda un futuro oscuro y dorado, Attia. Veo a Sáfico abriendo la puerta secreta para ti. —Retrocedió un paso más—. Buena suerte.

Attia quería añadir algo más, pero las palabras se le atascaron en la garganta. En lugar de hablar, levantó el arma y disparó una ráfaga histérica a los Escarabajos que se acercaban como un enjambre hacia ella. Estallaron en una llamarada azul y morada, una explosión de circuitos que chisporroteaban.

—¡Esto sí que me gusta! —exclamó Keiro, que había trepado por la hiedra y ahora se daba impulso por el lateral del viaducto, con el Guante ajustado en el cinturón. Alargó la mano para coger el arma.

Attia retrocedió.

—Esta vez no.

—¿Qué vas a hacer? ¿Matarme?

—No me hace falta. Ya lo harán ellos.

Keiro observó los infatigables insectos brillantes que devoraban el viaducto, y la cara, muy seria, se le encendió. El puente ya estaba maltrecho; pedazos de estructura iban cayendo hacia las profundidades insondables. El hueco que quedaba entre ellos y las escaleras vacías de las Cygni había crecido demasiado para sortearlo de un salto.

Keiro se dio la vuelta.

La malla se estremeció; una vibración provocó una enorme fractura que se extendió por las vigas cuarteadas. Con un sonido que recordó un disparo, los remaches y los tornillos salieron despedidos.

—No hay salida.

—Sólo hacia abajo. —Attia asomó la cabeza—. ¿Crees que... si escaláramos...?

—Se derrumbaría antes de que hubiéramos llegado a la mitad. —Keiro se mordió el labio y después chilló mirando hacia lo alto—. ¡Incarceron! ¿Me oyes?

Si lo hizo, no contestó. Bajo los pies de Attia, el metal empezó a separarse.

—¿Ves esto? —Keiro sacó de un tirón el guante de piel de dragón—. Si lo quieres, procura mantenerlo a salvo. Tendrás que atraparlo. ¡Y a nosotros primero!

El viaducto se partió por la mitad. Attia se resbaló e intentó recuperar el equilibrio separando los pies. La escarcha caía en cascada desde las vigas; un tremendo aullido roto y tenso recorrió la estructura. Los puntales de metal cedieron.

Keiro la agarró por el brazo.

—Hay que arriesgarse —le susurró al oído.

Y antes de que Attia pudiera gritar de terror, Keiro se había tirado por el borde arrastrándola a ella.

Claudia estudió las distintas máscaras. La primera era un antifaz colombino con centelleantes zafiros azules, adornado con una pluma azul. La segunda era una máscara de gato en seda blanca, con elegantes ojos rasgados y bigotes de alambre plateado. Tenía un ribete de pieles. Después cogió una careta de diablo rojo que había encima de la cama, pero había que sujetarla con un palo, así que no le servía. Esa noche tenía que ocultarse lo mejor posible.

Así pues, eligió el gato.

Se sentó con las piernas cruzadas apoyándose en el cabezal de la cama y le dijo a Alys:

—¿Has empaquetado todo lo que necesito?

Su ama de llaves, que estaba doblando ropa, frunció el entrecejo.

—Claudia, ¿estáis segura de que la idea es sensata?

—Sensata o no, nos vamos.

—Pero si el Consejo determina que Finn es el príncipe...

Claudia levantó la mirada.

—No lo harán. Y lo sabes.

Por debajo de ellas, en los salones y las cámaras del palacio, los músicos ensayaban para la fiesta. Leves chirridos, acordes y escalas de notas se propagaban por los pasillos.

Alys suspiró.

—Mi pobre y querido Finn... Le he cogido cariño, Claudia. A pesar de que su ánimo es tan voluble como el vuestro.

—Yo no soy voluble, soy práctica. Finn todavía está atrapado en su pasado.

—Echa de menos a ese chico, Keiro. Un día me contó todas

sus aventuras. Por sus palabras, la Cárcel parecía un sitio horrible y aun así... Bueno, creí verlo triste al recordar lo vivido. Nostálgico. Como si allí...

—¿Fuera más feliz?

—No. No exactamente. Como si allí su vida fuera más real.

Claudia resopló.

—Lo más probable es que te contara un montón de mentiras. Nunca repite la misma historia dos veces. Jared dice que aprendió a comportarse así para poder sobrevivir.

La mención de Jared las silenció a ambas. Al final, Alys preguntó con cautela:

—¿Habéis sabido algo del Maestro Jared?

—Supongo que está demasiado ocupado para contestar a mi carta.

Sonó a la defensiva, incluso ante sus propios oídos.

Alys abrochó las correas que cerraban la bolsa de piel y se apartó un pelo de la cara.

—Confío en que se cuide mucho. Seguro que en la Academia hay unas corrientes de aire tremendas.

—Te preocupas por él —le recriminó Claudia.

—Por supuesto. Todos deberíamos preocuparnos.

Claudia se puso de pie. No quería angustiarse por eso ahora, ni quería tener que enfrentarse a la pérdida de Jared. Y las palabras que había dicho Medlicote la abrasaban por dentro. Nadie podía comprar a Jared. Tenía que convencerse.

—Abandonaremos el baile a medianoche. Asegúrate de que Simon nos esté esperando con los caballos. Alejado de todo el alboroto que se montará cerca del arroyo, pasado el Gran Prado.

—Lo haré. Pero ¿y si lo ven?

—Que diga que está entrenando a los caballos.

—¿A medianoche? Claudia...

La chica frunció el entrecejo.

—Bueno, pues si hace falta, que se esconda en el Bosque y punto. —Cuando vio la alarma en los ojos de Alys, levantó una mano—. ¡Y no se hable más!

Si quería lucir la máscara de gato, tenía que ponerse el vestido de seda blanco, que era farragosamente pesado. Pero por lo menos, debajo de la falda podría llevar los pantalones de montar oscuros, y si tenía calor, ya se aguantaría. Las botas y la casaca estaban en la bolsa. Mientras Alys se quejaba de los innumerables corchetes del vestido, Claudia pensó en su padre. Su máscara habría sido muy sencilla: un antifaz de terciopelo negro, que habría llevado con un leve aire de sorna en sus ojos grises. No bailaba nunca, pero se habría quedado de pie junto a la chimenea, con suma elegancia, y habría charlado, saludado a los invitados y observado cómo Claudia bailaba el minué y la gavota. Hizo un mohín. ¿Lo echaba de menos? Sería ridículo.

Sin embargo, había algo que provocaba que el Guardián se introdujera en sus pensamientos, y mientras Alys ataba el último lazo de raso del vestido con una fuerte lazada, Claudia cayó en la cuenta de que era su retrato, que la miraba desde la pared.

*¿Su retrato?*

—Uf. —Alys dio un paso atrás, sofocada—. Ya no puedo hacerlo mejor. Ay, qué guapa estáis, Claudia. El blanco os favorece...

Alguien llamó a la puerta.

—Adelante —dijo Claudia.

Y apareció Finn. Ambos se miraron a los ojos.

Por un instante ni siquiera estaba segura de si era él. Iba vestido con un traje de terciopelo negro con ojales plateados, y llevaba una máscara negra y el pelo recogido con un lazo oscuro. Sí, por un instante habría podido ser el Impostor, hasta que abrió la boca:

—Estoy ridículo.

—Estás bien.

Se dejó caer en una silla.

—A Keiro le encantaría este lugar. Aquí estaría en su salsa, los cortesanos lo adorarían. Siempre decía que sería un gran príncipe.

—Nos llevaría a la guerra en menos de un año. —Claudia miró a la criada—. Por favor, déjanos solos, Alys.

Alys se aproximó a la puerta.

—Buena suerte a los dos —dijo con aprecio—. Nos vemos en el feudo del Guardián.

Una vez que se hubo marchado, ambos prestaron atención a los instrumentos a medio afinar. Al final, fue Finn quien dijo:

—¿Se marcha ya?

—Ahora mismo, con el carruaje. Un señuelo.

—Claudia...

—Espera.

Sorprendido, vio que la chica se había acercado a un retrato pequeño que había colgado en la pared, un hombre con jubón oscuro.

—¿Es tu padre?

—Sí. Y ayer no estaba aquí.

Finn se puso de pie y cruzó la habitación para colocarse detrás de ella.

—¿Estás segura?

—Convencida.

El Guardián los miraba fijamente. Sus ojos tenían esa seguridad fría y apacible que Finn recordaba, el aire ligeramente socarrón que Claudia también presentaba a menudo.

—Eres igual que él —dijo Finn.

—¡Cómo voy a ser igual que él! —Su acritud lo sobresaltó—. No es mi verdadero padre, ¿es que se te ha olvidado?

—No me refería a eso... —Sin embargo, pensó que era mejor no decir nada más sobre el tema—. ¿Cómo ha llegado aquí?

—No lo sé.

Claudia alargó los brazos y descolgó el cuadro. Parecía óleo sobre lienzo, y el marco daba la impresión de estar carcomido por las termitas, pero cuando le dio la vuelta, la chica descubrió que en realidad era de plastiglas y que el cuadro era una hábil reproducción.

Y pegada al reverso del cuadro había una nota.

La puerta de la habitación de Jared se abrió sin hacer ruido y el hombretón entró. Se había quedado sin aliento después de subir tantas escaleras, y la afilada espada que sujetaba era un lastre, aunque estaba bastante seguro de que no le haría falta.

El Sapient ni siquiera se había dado cuenta de su presencia. Por un instante, el asesino casi sintió pena por él. Tan joven para ser un Sapient, tan amable. Pero acababa de volver la cabeza y se había puesto de pie, rápido, como si reconociera el peligro.

—¿Sí? ¿Habéis llamado a la puerta?

—La muerte no llama antes de entrar, Maestro. La muerte se cuela por donde quiere.

Jared asintió lentamente con la cabeza. Deslizó un disco dentro del bolsillo.

—Ya entiendo. Entonces, ¿vos seréis quien me ejecute?

—Sí.

—¿Os conozco?

—Sí, Maestro. Esta tarde he tenido el placer de llevaros una carta a la biblioteca.

—Claro, el mensajero. —Jared se alejó de la ventana, de modo que el viejo escritorio quedó entre ambos—. Así que no era el único mensaje de la Corte.

—Sois muy avispado, Maestro. Como todos estos eruditos. —El mensajero se apoyó de forma desenfadada sobre el arma—. Las instrucciones han sido dadas por la reina en persona. Me ha contratado a... título personal. —Miró a su alrededor—. ¿Sabéis por qué? Al parecer, la reina cree que estabais husmeando en cosas que no deberíais haber visto. Os envía esto.

Le mostró una hoja de papel.

Jared alargó la mano y la cogió por encima del escritorio. Era imposible esquivar al hombre si quería llegar a la puerta, y saltar por la ventana habría sido un suicidio. Desdobló la nota.

Estoy muy decepcionada con vos, Maestro Jared. Os ofrecí la posibilidad de hallar una cura, pero no es eso lo que habéis estado investigando, ¿verdad? ¿En serio pensabais que podríais engañarme? En cierto modo, me siento traicionada. Ay, qué triste se pondrá Claudia.

La nota no estaba firmada, pero hacía tiempo que Jared reconocía la letra de la reina. Hizo una bola con el papel.

—Si no os importa, Maestro, tengo que llevármela. Para no dejar pruebas, ya sabéis...

Jared dejó caer el papel en el escritorio.

—Y ese artilugio tan ocurrente también, caballero, si sois tan amable.

El Sapient sacó el disco del bolsillo y lo miró con ojos atribulados, sus delicados dedos se ajustaron al objeto.

—¡Ah, ahora lo entiendo! ¡Las polillas! Pensé que eran demasiado curiosas. Y también pienso que se parecen mucho a mis inventos.

—Sería un insulto dejaros malherido, señor. Estaréis de acuerdo. —El hombre empuñó la espada y la elevó a regañadientes—. Confío en que sepáis que esto no es nada personal, Maestro. Siempre os consideré un caballero muy amable.

—Vaya, ya habláis de mí en pretérito.

—Yo no entiendo de tiempos verbales y esas cosas de los libros, señor. —El hombre hablaba en voz baja, pero aun con todo, dejó traslucir cierto desdén en sus palabras—. Los estudios no se hicieron para el hijo de un mozo de cuadra.

—Mi padre era halconero —dijo Jared con amabilidad.

—Entonces, supongo que supieron ver vuestra inteligencia cuando erais pequeño.

—Supongo que sí. —Jared tocó la mesa con el dedo—. E imagino que tampoco merece la pena que os ofrezca dinero. Que os pida que reflexionéis, que sirváis a la causa del príncipe Giles...

—No, hasta que sepa cuál de los Giles es el auténtico, señor —dijo el hombre con voz firme—. Pero como ya os he dicho, no es nada personal.

Para sorpresa del propio Sapient, Jared sonrió.

—Ya. —Se sentía tranquilo y ligero—. ¿No creéis que una espada es un poco... exagerado?

—Ah, no os preocupéis, señor, no la necesitaré. A menos que me hagáis utilizarla. En vista de vuestra enfermedad..., en fin, la reina pensó que un saltito desde la torre resultaría convincente. Todos los instruidos Sapienti correrían al patio interior para encontrar vuestro cuerpo. Pobre Maestro Jared. Tomó el camino más corto. Sería más que comprensible.

Jared asintió. Dejó el disco encima de la mesa, delante de él, y oyó un diminuto clic metálico. Cuando levantó la cabeza, sus ojos verdes denotaban tristeza.

—Me temo que voy a verme obligado a poneros en la tesitura de pelear. No tengo intención de saltar.

—¡Ay! —suspiró el mensajero—. Bueno, como prefiráis. Cada hombre tiene su orgullo.

—Sí, así es.

Mientras lo decía empezó a moverse, inclinándose hacia un lado. El hombretón se echó a reír.

—No os dejaré pasar, señor.

Jared se colocó delante del escritorio y se quedó mirando cara a cara al mensajero.

—Entonces, acabad cuanto antes.

Empuñando el arma con ambas manos, el hombre levantó la espada y golpeó. Jared se inclinó hacia un lado con toda su agilidad mientras la hoja bajaba, y notó la punta afilada que silbaba junto a su rostro. La hoja arremetió contra la mesa. Pero apenas oyó el grito, el chisporroteo de la carne azul electrificada, porque la descarga pareció haber succionado el aire de la habitación y haberlo empotrado contra la pared.

En cuestión de segundos no quedó nada salvo un olor a chamuscado y un eco que repicó en sus oídos como si estuviera sordo.

Jared se apoyó en la pared de piedra y se incorporó.

El hombre yacía hecho un ovillo en el suelo; estaba inmóvil, pero respiraba.

Jared bajó la mirada hacia él. Sintió un pálido arrepentimiento, cierta culpabilidad. Y por debajo de eso, una energía salvaje y sorprendente. Soltó una risa histérica. De modo que así se sentía uno cuando estaba a punto de matar a un hombre. Aunque por supuesto, no era nada personal.

Con cuidado, despegó el disco del escritorio metálico, apagó el campo magnético y se lo metió en el bolsillo. Se inclinó sobre el mensajero, le tomó el pulso y lo recostó de lado con mucho tacto. El hombre se hallaba en estado de *shock* y tenía las manos abrasadas, pero era bastante probable que sobreviviera. Jared escondió la espada debajo de la cama, después agarró su macuto y bajó las escaleras a toda prisa. En el pórtico oscuro donde la luz del sol se filtraba por las ventanas de cristales tintados, una esforzada criada arrastraba un cesto de ropa sucia desde el estudio del Sapient Senior. Jared se detuvo.

—Disculpa. Lo siento. He dejado la habitación hecha un desastre, es la número cincuenta y seis, en el último piso. ¿Crees que alguien podría ir a limpiarla?

La mujer lo miró y después asintió con la cabeza.

—Mandaré a alguien enseguida, Maestro.

Saltaba a la vista que el cesto pesaba mucho, y Jared sintió deseos de decirle a la criada que no era urgente, pero el hombre necesitaba ayuda, así que contestó:

—Muchas gracias.

Y se dio la vuelta. Debía tener cuidado. ¿Quién sabía qué otros espías de confianza habría enviado la reina?

En el establo, los caballos estaban adormilados y resoplaban en los morrales. Ensilló su corcel a toda prisa y después, antes de encabalgar, sacó la estrecha jeringuilla de la funda y se inyectó la medicación en el brazo, concentrándose en la respiración, en el alivio del dolor que le ardía en el pecho.

Cerró la funda y se apoyó un momento, aturdido, en el flanco cálido del animal; el caballo acercó el largo hocico y lo acarició.

De algo estaba seguro. Ya no hallaría ninguna cura.

Había tenido una única oportunidad y la había desperdiciado.


—Léelo —dijo Finn.

La chica leyó en voz alta:

—«Mi querida Claudia: Apenas unas palabras...».

En cuanto empezó a hablar, le falló la voz y se quedó callada, porque, igual que si lo hubiera activado, el retrato cobró vida.

La cara de su padre se volvió hacia ella y le habló, con la mirada tan clara como si de verdad la viera.

—*Será mi última oportunidad de contactar contigo, me temo. Incarceron se está volviendo cada vez más insistente en su ambición. Ha agotado casi toda la energía de las Llaves, y sólo le falta el Guante de Sáfico.*

—El Guante —murmuró Finn.

Y ella dijo:

—Padre...

Pero la voz continuó, apacible, divertida y grabada...

—*Lo retiene tu amigo Keiro. Sin duda, será la pieza final del puzzle. Empiezo a creer que ya he cumplido con mi misión, pues Incarceron ha comenzado a darse cuenta de que ya no le hace falta tener un Guardián. Menuda ironía. Igual que los Sapienti de antaño, he creado un monstruo, que no conoce la lealtad.*

Hizo una pausa y entonces la sonrisa desapareció. Parecía agotado cuando añadió:

—*Protege el Portal, Claudia. La terrible crueldad de la Cárcel no debe contagiar al Reino. Si algo intenta interponerse, cualquier persona, cualquier ser, independientemente de quien parezca, debes destruirlo. Incarceron es muy astuto, y he dejado de conocer sus planes.*

Soltó una risita heladora.

—*A fin de cuentas, parece que sí vas a ser mi sucesora.*

El rostro se congeló.

Claudia alzó la mirada hacia Finn.

Bajo sus pies, las violas, las flautas y los violines entonaron con alegría la primera pieza musical del Baile.

## 21

*—La culpa es tuya —le dijo el Encantador—. ¿Cómo podía saber
la Cárcel que existía una forma de Escapar si no era a través de tus
sueños? Lo mejor sería que renunciaras al Guante.*

*Sáfico negó con la cabeza.*

*—Demasiado tarde. Ya forma parte de mí. ¿Cómo podría cantar
mis cánticos sin él?*

SÁFICO Y EL OSCURO ENCANTADOR

Mientras paseaban cogidos del brazo por la terraza, los grupos de
cortesanos los saludaban con reverencias entre cuchicheos. Los
abanicos aleteaban. Los ojos escudriñaban detrás de sus máscaras
de demonios, lobos, sirenas y cigüeñas.

—El Guante de Sáfico —murmuró Finn—. Keiro tiene el
Guante de Sáfico.

Claudia notó la descarga de exaltación que le recorría el brazo. Como si le hubieran inyectado una nueva esperanza.

Al pie de las escaleras, los ribazos formaban caminos de flores
en la penumbra. Más allá de los cuidados jardines, se veían unas

hileras de farolillos encendidos por los prados, que conducían a los recargados pináculos de la Gruta de las Conchas. Claudia y Finn se escondieron a toda prisa detrás de un ánfora gigante de la que manaba una ruidosa cascada de agua.

—¿Cómo se ha hecho con él?

—¿A quién le importa? Si es cierto, ¡sería capaz de cualquier cosa! A menos que se esté echando un farol...

—No. —La chica observó la multitud de cortesanos agrupados debajo de los farolillos—. Attia mencionó un guante. Y luego se calló de repente. Como si Keiro no la dejara continuar.

—¡Porque es el auténtico! —Finn anduvo por el camino y rozó un arbusto de polemonio que liberó su aroma dulce y pegajoso—. ¡Existe de verdad!

Claudia le advirtió:

—Nos están mirando.

—¡Me da igual! A Gildas se le hubieran puesto los pelos de punta. Nunca confió en Keiro.

—Pero tú sí.

—Ya te lo he dicho. Siempre. ¿De dónde lo ha sacado? ¿Qué va a hacer con él?

Claudia miró a los cientos de cortesanos, una masa de vestidos de color azul pavo real, casacas de satén resplandeciente, recargadas pelucas de pelo rubísimo recogido en moños altos. Entraban como un río a los pabellones y a la gruta, con una cháchara escandalosa e interminable.

—A lo mejor el Guante era la fuente de energía que percibió Jared.

—¡Sí!

Finn se inclinó contra el ánfora y se manchó de musgo la chaqueta. Detrás de la máscara, sus ojos brillaban con esperanza. Claudia únicamente sentía inquietud.

—Finn, según ha dicho mi padre, ese Guante completaría el plan de Huida de Incarceron. Sería un desastre. Seguro que Keiro no...

—Nunca se sabe lo que puede hacer Keiro.

—Pero ¿haría algo así? ¿Le daría a la Cárcel el medio para destruir a todos los que habitan dentro de ella sólo a cambio de tener la posibilidad de Escapar él también?

Claudia se había desplazado para colocarse enfrente de Finn; se vio obligado a mirarla a la cara.

—No.

—¿Estás convencido?

—Claro que estoy convencido —dijo en voz baja y furiosa—. Conozco a Keiro.

—Acabas de decir...

—Bueno... pero no lo haría.

Claudia sacudió la cabeza, porque empezaba a perder la paciencia con esa estúpida y ciega fidelidad de Finn.

—No te creo. Me parece que tienes miedo de que lo haga. Estoy segura de que Attia está aterrada. Y ya has oído lo que ha dicho mi padre. Nada «ni nadie» debe entrar por el Portal.

—¡Tu padre! Tiene de padre lo mismo que yo.

—¡Cállate!

—Y además, ¿desde cuándo haces lo que te manda?

Encendidos por la rabia, ambos se plantaron cara, antifaz negro contra máscara felina.

—¡Hago lo que quiero!

—Pero ¿le creerías a él antes que a Keiro?

—Sí —espetó ella—. Claro. Y antes que a ti también.

Una sorpresa herida cruzó por un segundo los ojos de Finn; luego recuperaron la frialdad.

—¿Matarías a Keiro?

—Sólo si la Cárcel lo empleara como instrumento. Si tuviera que hacerlo.

Finn se quedó inmóvil. Luego susurró:

—Creía que eras distinta, Claudia. Pero eres igual de falsa, cruel y boba que todos los demás.

Se perdió entre la multitud, apartó de un manotazo a dos hombres y, haciendo oídos sordos a sus protestas, irrumpió en la gruta.

Claudia lo siguió con la mirada, con todos los músculos de su cuerpo hirviendo de furia. ¡Cómo se atrevía a hablarle así! Si resultaba que no era Giles, entonces no era más que Escoria de la Cárcel, y ella, a pesar de lo ocurrido, era la hija del Guardián.

Juntó las manos e intentó controlar la rabia. Respiró hondo para apaciguar los latidos de su corazón. Quería chillar y romper algún objeto, pero en lugar de eso, debía mantener la sonrisa congelada y esperar allí hasta que llegara la medianoche.

Y entonces ¿qué?

Después de semejante discusión, ¿todavía querría Finn huir con ella?

Una oleada de emoción recorrió a los asistentes, una confusión de reverencias exageradas. Entonces Claudia vio pasar a Sia, con un vestido transparente de fina tela blanca y una peluca con un moño alto como una torre de pelo trenzado que había adornado con una armada de diminutos barquitos dorados volcados y hundidos.

—¿Claudia?

Junto a ella estaba el Impostor.

—Veo que el bruto de vuestro acompañante se ha marchado hecho una furia.

Claudia sacó el abanico de la manga y lo abrió con un movimiento rápido.

—Hemos tenido un simple intercambio de opiniones, nada más.

La máscara de Giles reproducía la cabeza de un águila, muy hermosa y hecha con plumas verdaderas, con el pico encorvado y orgulloso. Como todo lo que hacía Giles, la máscara estaba pensada para reforzar su imagen de príncipe heredero. Le daba un aire de extrañeza, como es habitual en las máscaras. Pero sus ojos sonreían.

—¿Una pelea de enamorados?

—¡Por supuesto que no!

—Entonces, permitidme que os acompañe. —Le ofreció el brazo y, al cabo de un momento, ella lo tomó—. Y no os preocupéis más por Finn, Claudia. Finn es historia.

Juntos, cruzaron el césped y se dirigieron al baile.


Attia cayó.

Cayó igual que había caído Sáfico. Una caída terrible, descontrolada, a plomo. Cayó con los brazos extendidos, sin aliento, ciega, sorda. Cayó en medio de un torbellino rugiente, se introdujo en una boca, en una garganta que la engulló. Su ropa y su pelo, su piel misma, se rasgaron y parecieron despedazarse, hasta que no quedó de ella más que un alma que gritaba, que se precipitaba de cabeza hacia el abismo.

Pero entonces, Attia supo que el mundo era imposible, que era una criatura que se burlaba de ella. Porque el aire se enrareció y un entramado de nubes se formó debajo de su cuerpo —nubes densas y saltarinas que la hacían rebotar de una a otra— y en algún lugar oyó una risa que podría haber sido la de Keiro y podría haber sido la de la Cárcel, como si Attia ya no fuera capaz de distinguirlas.

Parpadeó entre jadeos y vio cómo volvía a tomar forma el mundo; el suelo del pabellón se retorció, se desmembró, se desplegó. Un río emergió bajo el viaducto, un torrente negro que se elevó para alcanzarla tan deprisa que apenas había logrado tomar aliento cuando se vio zambullida en él, en la profundidad más profunda de la oscuridad de esas burbujas de espuma.

Una membrana de agua se tejió alrededor de su boca abierta.

Y entonces logró sacar la cabeza, jadeando, y el torrente se fue calmando, la empujó a la deriva por debajo de columnas oscuras, la adentró en cuevas, en un umbrío submundo. Varios Escarabajos muertos fueron arrastrados por la corriente, que era un conducto de óxido, rojo como la sangre, canalizado entre dos paredes de metal altísimas, cuya superficie grasienta y abultada por los residuos apestaba: los despojos de un mundo. Igual que la aorta de algún ser inmenso, infestado de bacterias, imposible de sanar.

El conducto la hizo caer por una presa y allí la dejó, abandonada, en una orilla arenosa, donde Keiro ya la esperaba a cuatro patas, en la arena negra, controlando las arcadas.

Mojada, fría e increíblemente magullada, Attia intentó sentarse bien, pero no pudo. Y sin embargo, la voz ahogada de Keiro sonó como una áspera expresión de triunfo.

—¡Nos necesita, Attia! Hemos ganado. Lo hemos derrotado.

Ella no contestó.

No podía despegar la mirada del Ojo.

El nombre de la Gruta de las Conchas era muy adecuado.

Una caverna inmensa, cuyas paredes y cuyo techo colgante centelleaban con perlas y cristales; todas las conchas estaban distribuidas para formar figuras de volutas y espirales. Estalactitas falsas, adornadas a mano con un millón de diminutos cristales, pendían del techo.

Era un espectáculo vítreo que encandilaba.

Claudia bailó con Giles, con hombres que llevaban caretas de zorro y cascos de caballero, con bandoleros y arlequines. Sentía una calma gélida e ignoraba dónde estaba Finn, aunque tal vez él sí la hubiera localizado. Confiaba en que así fuera. Charlaba, jugaba con el abanico, buscaba la mirada de todos a través de las ranuras rasgadas de la máscara, y se convenció de que era divertido. Cuando las manecillas del reloj formado por millones de bígaros enanos tocaron las once, empezó a beber té helado en una copa rosada y se deleitó con los pasteles y sorbetes fríos que le ofrecieron unas sirvientas disfrazadas de ninfas.

Y entonces los vio.

Llevaban máscara, pero Claudia sabía que eran los miembros del Consejo Real. Una aparición repentina de hombres bulliciosos con trajes llamativos, algunos con túnicas largas, con voz seca y quebrada por el debate, áspera pero aliviada.

Se aproximó al más cercano, a salvo tras la máscara.

—Señor, ¿ha tomado una decisión el Consejo?

El hombre le guiñó un ojo tras la careta de búho y brindó con ella.

—Por supuesto que sí, mi preciosa gatita. —Se le acercó tanto que Claudia notó su mal aliento—. Esperadme detrás del salón y puede que incluso os desvele cuál es.

Ella hizo una reverencia, se abanicó y se alejó de allí.

Pobres necios de sonrisa tonta. Aunque ¡eso lo cambiaba todo! La reina no esperaría hasta el día siguiente. De pronto, Claudia cayó en la cuenta de que les había tendido una emboscada, de que el anuncio del veredicto tendría lugar allí mismo, esa noche, y el perdedor sería arrestado al instante. Sia los había despistado. ¡Tenía que encontrar a Finn!

Fuera, en los oscuros prados próximos al lago, Finn permanecía de espaldas a la distante Gruta, haciendo caso omiso de aquella voz sedosa. Sin embargo, la voz habló de nuevo y el muchacho la sintió como una daga entre los omoplatos.

—Han tomado una decisión. Los dos sabemos cuál será el veredicto.

La máscara de águila se reflejaba, hinchada hasta el espanto, en la copa que sujetaba en la mano. Finn dijo:

—Pues acabemos con esto cuanto antes. Aquí mismo.

Los prados estaban desiertos, en el lago se mecían las barcas y los farolillos.

Giles soltó una risa grave, divertido.

—Sabéis que acepto.

Finn asintió. Un gran alivio se despertó en él. Arrojó la copa de vino al suelo, se dio la vuelta y desenvainó la espada.

Pero Giles saludaba entonces a un sirviente que había aparecido de las sombras con un maletín de piel.

—No, no —dijo Giles en voz baja—. Al fin y al cabo, vos fuisteis quien me retó. Eso significa que, según las normas del honor, yo elijo las armas.

Abrió la tapa del maletín.

La luz de las estrellas relució en dos pistolas largas con empuñadura de marfil.

Claudia se abrió paso como pudo entre la multitud y rastreó toda la estancia resplandeciente, fue arrastrada a la pista de baile y consiguió escabullirse, metió la cabeza por debajo de las cortinas que escondían parejas acarameladas, esquivó varios grupos de trovadores que se paseaban por la sala. El baile se convirtió en una pesadilla de caras grotescas, pero ¿dónde estaba Finn?

De repente, cerca del arco de entrada, un bufón con sombrero y cascabeles hizo una cabriola delante de ella.

—¡Claudia! ¿Eres tú? Insisto en que bailes conmigo. Casi todas estas mujeres son unos muermos...

—¡Caspar! ¿Habéis visto a Finn?

Los labios pintados del bufón esbozaron una sonrisa. Se acercaron al oído de Claudia y susurraron:

—Sí. Pero no te diré dónde está hasta que bailes conmigo.

—Caspar, no seáis idiota...

—Es la única manera que tienes de encontrarlo.

—No tengo tiempo...

Pero ya la había cogido de las manos y la había arrastrado hacia el baile, un gran cuadrilátero de majestuosas parejas que daban pasos y entrelazaban las manos al ritmo de la música, formando con las máscaras uniones tan extravagantes como un diablo y un gallo, o una diosa y un halcón.

—¡Caspar! —Claudia tiró de él para sacarlo de allí y lo aprisionó contra la pared reluciente—. Decidme ahora mismo dónde está o recibiréis un rodillazo donde más duele. ¡Hablo en serio!

Caspar frunció el entrecejo y sacudió los cascabeles con irritación.

—Qué pesada estás con eso. Olvídate de él. —Entrecerró los ojos—. Porque mi querida mamaíta me lo ha explicado todo. Verás, en cuanto elijan al Impostor, Finn morirá. Y luego, unas semanas más tarde, denunciaremos que el otro también es falso y yo me quedaré con el trono.

—Entonces ¿«sí» que es un impostor?

—Pues claro.

Claudia lo miró con tal dureza que Caspar preguntó:

—¿Por qué me miras con esa cara? No me digas que no lo sabías...

—¿Y vos no sabéis que cuando Finn muera, yo también moriré?

Se quedó callado. Y luego dijo:

—Mi madre no haría algo así. Yo no se lo permitiría.

—Se os comería vivo, Caspar. Venga, ¡¿dónde está Finn?!

La cara de bufón había perdido el alborozo.

—Está con el otro. Han salido al lago.

Claudia se lo quedó mirando un segundo, inundada por un escalofrío de terror.

Entonces echó a correr.

Finn se quedó plantado en la penumbra y observó el cañón de la pistola mientras se elevaba. Giles la sujetaba con el brazo extendido, a diez pasos de distancia, en el otro extremo del prado oscuro. La empuñaba con mano segura, y el agujero por el que saldría disparada la bala era un círculo perfecto de negrura, el ojo negro de la muerte.

Finn lo miró con fijeza.

No se estremecería.

No se movería.

Todos sus músculos estaban tan tensos que sintió que se iba a quebrar, que se había transformado en un tronco de madera, que el disparo lo fracturaría en mil pedazos.

Pero no se movería, no.

Se sentía tranquilo, como si hubiera llegado el momento de la verdad. Si moría, sería porque nunca había sido Giles. Si estaba escrito que debía vivir, sobreviviría. Qué chorrada, diría Keiro.

Pero le daba fuerzas.

Y cuando el dedo del Impostor desplazó el gatillo, notó la respuesta del arma en lo más profundo de su mente, como si una cascada de imágenes brotara y se desatara.

—¡Giles! ¡NO!

No supo a cuál de los dos gritaba Claudia. Pero ninguno de ellos la miraba cuando Giles disparó.


Era un Ojo enorme y de un color rojo brillante.

Por un segundo, Attia pensó que era el dragón de la leyenda, con la cabeza gacha, mirándola. Pero entonces descubrió que era la boca de una cueva, en cuyo exterior ardía una luz fogosa.

Se recompuso y miró a Keiro.

Tenía un aspecto lamentable, igual que ella seguramente: mojado, magullado, harapiento. Pero el agua había devuelto el color rubio a su pelo. Se lo peinó hacia atrás y dijo:

—Estoy loco. No sé por qué te he traído.

Ella pasó por delante de Keiro cojeando, demasiado agotada para contestar siquiera.

La cueva era una cámara de terciopelo rojo, perfectamente circular, con siete túneles que salían de ella. En el centro de la estancia, cocinando algo en un fuego pequeño pero vivo, había un hombre sentado de espaldas a los dos. Tenía el pelo largo y vestía una túnica oscura. No se dio la vuelta.

La carne crepitó; desprendía un olor fabuloso.

Keiro echó un vistazo a la carpa improvisada, con sus rayas chillonas, vio el carromato con ruedas donde un ciberbuey rumiaba algo verde y pastoso.

—No —dijo—. Imposible.

Dio un paso adelante, pero el hombre contestó:

—¿Aún sigues con tu amigo el guaperas, Attia?

Los ojos de Attia se abrieron como platos por la sorpresa. Preguntó:

—¿Rix?

—¿Quién si no? Y ¿cómo he llegado aquí? Por el Arte de la Magia, bonita. —Entonces se dio la vuelta y le dedicó su sonrisa picarona plagada de agujeros—. ¿De verdad creías que no era más que un hechicero de poca monta?

Guiñó un ojo, se inclinó hacia delante y echó unos polvos oscuros a las llamas.

Keiro se sentó.

—No me lo puedo creer.

—Pues créetelo. —Rix se puso de pie—. Porque soy el Oscuro Encantador, y ahora os hechizaré para que caigáis en un sueño mágico.

El humo empezó a desprenderse del fuego, dulce y empalagoso. Keiro dio un salto y se tropezó, cayó al suelo. La oscuridad entró por la nariz, la garganta y los ojos de Attia.

Le dio la mano y la condujo hacia el silencio.


Finn notó la bala rozándole el pecho como el fogonazo de un relámpago.

Inmediatamente alzó su pistola y apuntó justo a la cabeza de Giles. La máscara de águila se inclinó.

En la torre del reloj repicaron las campanadas alegres de la medianoche. Claudia jadeó para intentar tomar aliento; no podía moverse, a pesar de que sabía que la reina estaría anunciando el veredicto en ese preciso momento.

—Finn, por favor —susurró.

—Nunca has creído en mí.

—Sí creo en ti. No le dispares.

El muchacho sonrió, sus ojos oscuros bajo la máscara negra. El dedo devolvió el gatillo a su posición de reposo.

Giles se alejó tambaleándose.

—Quieto —gruñó Finn.

—Mirad. —El Impostor extendió las manos—. Podemos hacer un trato.

—Sia eligió bien. Pero no eres un príncipe.

—Dejadme marchar. Se lo contaré a la Corte. Se lo explicaré todo.

—Ja, no lo creo.

El gatillo tembló.

—Juro...

—Demasiado tarde —dijo Finn, y disparó.

Giles se derrumbó hacia atrás sobre la hierba con tal velocidad que hizo estremecer a Claudia, quien corrió hacia él para arrodillarse junto a su cuerpo. Finn se acercó y bajó la mirada, sin agacharse.

—Tendría que haberlo matado —dijo.

La bala había dado en el brazo del Impostor, que colgaba desmembrado. El impacto lo había dejado sin conocimiento. Claudia se dio la vuelta. Un gran alboroto surgió de la gruta iluminada; los bailarines salían corriendo y se quitaban las máscaras, desenvainaban las espadas.

—Su chaqueta —susurró Claudia.

Finn levantó al chico y entre los dos le quitaron la casaca de seda. Él se sacó la suya a toda prisa y se enfundó la del otro como pudo. Mientras Finn se ajustaba la máscara del águila a la cara, Claudia le puso la chaqueta oscura y el antifaz negro al Impostor.

—Guarda la pistola —murmuró ella justo cuando los soldados llegaban a la carrera.

Finn cogió el arma y la pegó a la espalda de Claudia, mientras ella perjuraba y se retorcía.

El guardia apoyó una rodilla en el suelo.

—Caballero, se ha hecho público el veredicto.

—¿Y cuál es? —jadeó Claudia.

El sirviente hizo oídos sordos.

—Se ha demostrado que sois el príncipe Giles.

Finn se rio con tal crueldad que Claudia lo miró a los ojos.

—Ya sé quién soy. —Su comentario salió con brusquedad por el pico del águila—. Este pedazo de Escoria de la Cárcel está herido. Lleváoslo y encerradlo en alguna celda. ¿Dónde está la reina?

—En el salón de baile...

—Apartaos. —Sin soltar a Claudia, a quien llevaba como si fuera su prisionera, avanzó a grandes zancadas hacia las luces. Cuando los otros ya no podían oírle, murmuró—: ¿Dónde están los caballos?

—En la Colina del Esquilador.

Finn bajó el brazo, tiró la pistola entre los matorrales y contempló por última vez el palacio encantado que acababa de perder. Entonces dijo:

—Vamos.

# ¿Qué Llave abre el corazón?

# 22

*... Bosques tupidos y oscuros senderos. Un Reino de magia y belleza. Una tierra digna de las leyendas.*

DECRETO DEL REY ENDOR

Centelleó un relámpago.

Parpadeó en silencio cruzando el cielo e iluminó la parte inferior de las funestas nubes. Jared obligó al caballo a detenerse, muy nervioso.

Esperó y contó los segundos. Por fin, cuando el peso de la tensión parecía demasiado inmenso para soportarlo más, irrumpió el trueno; atronó por todo el cielo, cubrió el Bosque, como si una ira gigantesca estallara sobre las copas de los árboles.

La noche estaba cerrada, pegajosa por la humedad. Las riendas restallaron en sus manos, la piel suave resbaladiza por el sudor. Se inclinó hacia delante, sobre el pescuezo del caballo. Le costaba respirar, le dolían todos los huesos del cuerpo.

Al principio había cabalgado de forma histérica, temeroso de que lo siguieran, desviándose del camino marcado para adentrarse en los oscuros senderos del bosque, por distintos atajos siempre en dirección oeste, hacia el feudo del Guardián. Sin embargo, al cabo de varias horas, la anchura del camino había ido menguando hasta convertirse en la senda estrecha que era ahora, con los matorrales tan tupidos y altos que rozaban sus rodillas y los flancos del caballo, desprendiendo un desagradable olor a arbustos pisoteados y hojas putrefactas acumuladas durante siglos.

Estaba en la espesura del Bosque, así que le era imposible ver las estrellas, y aunque no se sentía completamente perdido (siempre llevaba encima una pequeña brújula), no había ningún camino por el que continuar. El terreno estaba surcado por riachuelos y baches, la oscuridad era intensa. Y se avecinaba la tormenta.

Jared acarició la crin del caballo. Lo más sensato sería retroceder hasta llegar al arroyo. Pero estaba agotado, y el dolor que habitaba en su interior había logrado aflorar sin saber cómo y se había enroscado sobre él; no podía evitar pensar que cabalgaba hacia el centro de ese dolor; que sus espinas eran las del Bosque. Tenía sed y calor. Regresaría al arroyo y bebería agua.

El caballo relinchó cuando Jared tiró de las riendas; le temblaron las orejas en el momento en que el trueno retumbó de nuevo. Jared dejó que el animal hallara el camino por sí mismo; no se dio cuenta de que había cerrado los ojos hasta que las riendas se le resbalaron de los dedos y el largo cuello del caballo descendió; se oía el pacífico murmullo del agua.

—Buen chico —susurró.

Con cuidado, bajó sujetándose del lateral de la silla. En cuanto sus pies tocaron el suelo le fallaron las rodillas, como si no tuviera fuerzas para mantenerse en pie. Lo único que evitó que se desplomase fue la mano con la que agarraba la montura.

Fantasmales umbelas de cicuta surgían por todas partes, más altas que su cabeza, con un perfume embriagador. Jared respiró profundamente; entonces se dejó caer de rodillas y palpó en la oscuridad hasta que sus dedos tocaron el agua.

Fría como el hielo, fluía entre tallos y piedras.

Recogió un poco de agua entre las manos y bebió. Estaba tan fría que le hizo toser, pero le supo mejor que el vino. Bebió más y se refrescó la cara, el pelo y la nuca con ese impacto helador. A continuación desenvolvió la jeringuilla que guardaba en la funda y se inyectó la dosis habitual.

Tenía que dormir. Su mente estaba sumida en la niebla, un aturdimiento que lo asustaba. Se arropó bien con la túnica de Sapient y se ovilló entre las hojas ásperas y crujientes. Sin embargo, no pudo cerrar los ojos.

No era el Bosque lo que temía. Era el pensar que podía morir allí mismo para no despertar jamás. Que el caballo merodearía suelto por el Bosque y las hojas del otoño lo cubrirían, que quedaría reducido a un esqueleto y nadie lo encontraría. Que Claudia...

Se obligó a dejar de pensar. Pero el dolor se rio de él. Ese dolor que se había convertido en su oscuro gemelo, que dormía con los brazos aferrados a su cuerpo.

Con un escalofrío se incorporó para sentarse. Se retiró la melena mojada de la cara. Se estaba poniendo histérico. Sabía que no iba a morir allí. Por una razón: había descubierto algo que Finn y Claudia necesitaban saber, poseía información sobre la puerta escondida en el corazón de Incarceron, sobre el Guante. Su objetivo era transmitírsela.

Y por otra razón: era improbable que su muerte fuese tan sencilla.

Entonces vio la estrella.

Era roja y pequeña. Lo miraba. Jared intentó dejar de temblar, enfocar la vista, pero era difícil trazar el contorno del resplandor. O la fiebre le estaba provocando alucinaciones o era una burbuja de metano que brillaba por encima de la superficie. Se agarró a una rama y se puso de rodillas.

El Ojo rojo parpadeó.

Jared alargó el brazo, cogió las riendas y arrastró al caballo para que dejara de pastar, dirigiéndolo hacia la luz.

El cuerpo le ardía, la oscuridad lo empujaba hacia atrás, cada paso era un latigazo de dolor, un escalofrío de sudor. Las ortigas se le clavaban en la piel. Se abrió camino entre los matorrales bajos, entre una nube de polillas metálicas, bajo un cielo donde miles de estrellas vagaban y se deslizaban. Se detuvo debajo de un robusto roble, sin resuello. Ante él tenía un claro con un fuego encendido en el centro, y alimentándolo con brío, había un hombre delgado de pelo moreno. La luz de las llamas jugaba con su rostro.

El hombre se dio la vuelta.

—Venid, Maestro Jared —dijo en voz baja—. Acercaos a la hoguera.

Jared se acurrucó y se agarró a una rama del roble, notando el polvillo de la corteza abultada bajo las uñas.

Entonces, sintió los brazos del hombre que lo rodeaban.

—Ya os tengo —dijo la voz—. Ahora ya os tengo.

Cuando Attia quiso despertarse, se dio cuenta de que no podía. El sueño le pesaba sobre los párpados como si fuera una losa. Tenía los brazos detrás del cuerpo y, por un momento, regresó a la diminuta cuna en la celda que en otro tiempo su familia había llamado hogar, un pasillo angosto donde seis familias se habían instalado en unos destartalados refugios hechos con alambre y malla robados.

Aspiró la humedad e intentó darse la vuelta, pero algo la inmovilizaba.

Se dio cuenta de que estaba sentada con la espalda recta y tenía una serpiente enroscada sobre las muñecas.

Al instante, sus ojos se abrieron como platos.

Rix estaba de cuclillas junto al fuego. Doblaba un paquetito de *ket*, y medio borroso, Attia distinguió que se metía una porción de la droga en la mejilla y empezaba a masticar.

La chica se sacudió. No había serpiente alguna; tenía las manos atadas detrás del cuerpo y estaba apoyada contra algo cálido y desplomado. Entonces vio que era Keiro. Rix los había atado espalda contra espalda.

—Bueno, bueno, Attia —dijo Rix con voz fría—. Parece que estás algo incómoda.

Las cuerdas le raspaban las manos y los tobillos. Notaba el peso del cuerpo de Keiro sobre los hombros. Pero se limitó a sonreír.

—¿Cómo has llegado aquí, Rix? ¿Cómo demonios nos has encontrado?

Él extendió sus dedos de mago.

—Nada es imposible para el Oscuro Encantador. La magia del Guante me guió, a través de miles de pasillos y galerías desiertas.

Mascó el *ket* con los dientes manchados de rojo.

Attia asintió. Parecía más flaco y desgarbado, y tenía la cara llena de marcas, costras y suciedad, el pelo lacio y grasiento. La mirada de loco había vuelto a sus ojos.

«Seguro que ya tiene el Guante.»

Keiro se retorcía detrás de ella, como si sus voces lo hubieran despertado. Mientras él se removía, Attia echó un vistazo a su alrededor, vio los túneles oscuros que salían de la cueva, todos ellos estrechos como ranuras. Era imposible que el carromato cupiera en ellos. Rix esbozó su sonrisa desdentada.

—No te preocupes, Attia. He hecho planes. He pensado en todo.

Su voz se ensombreció cuando se acercó a los dos rehenes y dio una patada a Keiro.

—Bueno, bandolero. Esta vez no te ha salido tan bien lo de robar, ¿eh?

Keiro maldijo para sus adentros. Attia notó que se sacudía de nuevo, pues tiró de ella hasta hacerle daño con el fin de girar el cuerpo lo suficiente para ver mejor a Rix. Reflejados de forma grotesca en la sartén de cobre del carromato, Attia vio sus ojos azules, una mancha de sangre en la frente. Pero como era habitual en Keiro, su voz sonó fría y despreocupada.

—No creía que fueras a tenerme rencor por tan poca cosa, Rix.

—No hay nada más mísero que el rencor. —Rix le devolvió una mirada gélida entornando los ojos—. Esto es la venganza. Se sirve fría. Lo juré, y lo haré.

La mano de Keiro estaba caliente y sudorosa. Se aferró a los dedos de Attia mientras decía:

—Seguro que podemos hacer un trato.

—¿Para qué? —Rix se inclinó hacia delante y sacó algo oscuro y brillante de la capa—: ¿Para darme esto?

Attia percibió la absoluta parálisis de Keiro. Su consternación.

Rix extendió los dedos de piel de dragón, alisó las garras quebradas y antiguas.

—Me guiaba. Me llamaba. A través de los pasadizos, a través del murmullo del aire, oía su llamada. Mira cómo su energía estática vibra sobre mi piel.

Se le levantó el vello de los brazos.

Rozó el guante de piel de dragón con la mejilla y sus delicadas escamas crepitaron.

—Esto es mío. Mi toque mágico, mis sentidos. Mi arte. —Los contempló con malicia por encima de la piel de dragón—. Ningún artista pierde su toque mágico. Me ha llamado con insistencia hasta que lo he recuperado.

Attia apretó los dedos de Keiro, que se deslizaban por la cuerda para tocar los nudos. «Está loco», quería decirle. «Es imprevisible. Ten cuidado.» Pero la respuesta de Keiro resultó tranquila y burlona.

—Me alegro por ti. Pero Incarceron y yo tenemos un trato. No te atreverás a...

—Hace mucho tiempo —dijo Rix—, la Cárcel y yo también hicimos un trato. Una apuesta. Una competición de acertijos.

—Pensaba que había sido con Sáfico.

Rix sonrió.

—Y yo gané. Pero Incarceron hace trampas, ¿sabes? Me dio su Guante y me prometió que Escaparía, pero ¿qué Escapatoria existe para quienes estamos atrapados en los laberintos de nuestra mente, bandolero? ¿Qué compuertas secretas hay allí, qué túneles conducen al Exterior? Porque yo he visto el Exterior, lo he visto, y es más grande de lo que podrías imaginar.

Attia se moría de miedo.

Rix le sonrió.

—Attia cree que estoy loco.

—No... —mintió la chica.

—Sí, sí, bonita. Y tal vez tengas razón. —Irguió su cuerpo escuálido y suspiró—. Y ahora, vosotros dos estáis a mi merced, como los recién nacidos del bosque en un cuento que leí una vez.

Attia se echó a reír. Estaba dispuesta a hacer lo que fuera por lograr que continuara hablando.

—Otro cuento no, por favor.

—Su malvada madrastra los dejó en el bosque tenebroso. Pero encontraron una casa hecha de galletas de jengibre y la bruja que vivía en ella los convirtió en cisnes. Se marcharon volando, unidos por una cadena de oro.

Miraba los diminutos cisnes que había prendidos del Guante.

—Muy bien —dijo Keiro con sequedad—. ¿Y luego?

338

—Llegaron a una gran torre donde vivía un hechicero.

Rix apartó el Guante con delicadeza y empezó a rebuscar en el carromato.

Attia sintió que las cuerdas le abrasaban las muñecas cuando Keiro las sacudió furiosamente.

—¿Y los liberó?

—Me temo que no. —Rix se dio la vuelta. Empuñaba la larga espada que utilizaba en el número del espectáculo, con la hoja bien afilada—. Me temo que este cuento no tiene un final feliz, Attia. Es que, ya sabes, lo habían traicionado y le habían robado. Estaba furioso. Así que tuvo que matarlos.


A tres leguas de la Corte, Attia tiró de las riendas para que el caballo, sin resuello, se detuviera. Miró atrás. La gran amalgama de torres estaba iluminada por cientos de luces; el Palacio de Cristal resplandecía con esplendor. El caballo de Finn frenó en seco junto a ella, con un tintineo del arnés. Finn la miró en silencio.

—¿Sabrá Jared que nos hemos marchado?

—Le mandé un mensaje.

La voz de Attia sonó tensa. Finn la miró a los ojos.

—Entonces, ¿qué ocurre?

La muchacha tardó unos minutos en contestar.

—Medlicote me dijo que la reina había sobornado a Jared.

—Ni hablar. Es imposible que Jared...

—Piensa en su enfermedad. La reina podría haberla empleado en su contra.

Finn frunció el entrecejo. Bajo las estrellas perfectas, la Corte brillaba, tan fría y cruel como un montón de diamantes desperdigados.

—¿Esa enfermedad acabará por matarlo?

—Creo que sí. Él le quita importancia. Pero creo que sí.

Finn sintió un escalofrío al notar la desolación en la voz de Attia, pero ella se sentó erguida y, cuando el viento le despejó la cara, echándole la melena hacia atrás, Finn vio que no había lágrimas en sus ojos.

A lo lejos, retumbó un trueno.

Finn deseaba decir algo que la animase, pero el caballo estaba inquieto, daba coces para denotar su impaciencia, y en la Cárcel, la muerte había sido algo tan cotidiano que no podía permitirse sentirse incómodo ahora sólo por eso. Controló el caballo y lo obligó a avanzar para quedar frente a Claudia.

—Jared es un hacha, Claudia. Le sobra inteligencia, así que es imposible que la reina, o cualquier otra persona, logren manipularlo. No te preocupes. Confía en él.

—Le dije que confiaba en él.

Sin embargo, no se movió. Finn alargó la mano y la cogió del brazo.

—Vamos. Tenemos que darnos prisa.

Attia volvió la cara y lo miró fijamente.

—Podrías haber matado a Giles.

—Debería haberlo hecho. Keiro se habría subido por las paredes si me hubiera visto. Pero ese chico no es Giles. Giles soy yo. —La miró a los ojos—. Mientras estaba allí plantado, apuntándome con la pistola, lo supe. Lo «recordé», Claudia. Lo recordé.

Claudia no podía apartar la mirada de él, anonadada.

Entonces el caballo relinchó y ambos vieron las luces de la Corte, sus cientos de velas, farolillos y ventanas, parpadear y apagarse. Durante un minuto entero, el palacio se convirtió en un agujero negro bajo las estrellas. Claudia contuvo la respiración. Si no volvía la luz... Si eso era el final...

En ese momento, el palacio resplandeció de nuevo.

Finn alargó la mano.

—Creo que deberías darme a Incarceron.

Attia dudó. Luego sacó el reloj de bolsillo de su padre y se lo tendió. Él sopesó el cubo de plata y lo hizo girar en la cadena.

—Cuidadlo bien, señor príncipe.

—La Cárcel está robando la energía de sus propios sistemas.

Finn desvió la mirada hacia el palacio, donde un clamor de campanas y gritos había empezado a extenderse.

—Y de los nuestros —susurró Claudia.


—No puedes. Rix, no puedes. —La voz de Attia sonó seria y grave. Intentaba por todos los medios que él mantuviera la calma—. Es ridículo. Trabajé para ti. Nos enfrentamos los dos juntos contra esa banda de salteadores, y contra la muchedumbre del pueblo apestado. Te caía bien. Congeniábamos. No puedes hacerme daño.

—Sabes demasiados secretos, Attia.

—¡Trucos baratos! Trampas. Cualquiera puede saberlos...

Era la espada de verdad, no la retráctil. Se lamió el sudor que le caía por el labio.

—A lo mejor sí. —Rix fingió recapacitar, y luego sonrió—: Pero, ¿sabes una cosa? Está el Guante. Robármelo fue imperdonable. El Guante me dice que lo haga. Por eso he decidido que primero iré a por ti, y así tu amigo podrá mirar. Será rápido, Attia. Soy un hombre compasivo.

Keiro permanecía callado, como si dejara la situación en manos de ella. Había renunciado a intentar desatar los nudos. Era imposible deshacerlos a tiempo.

Attia dijo:

—Estás cansado, Rix. Estás loco. Y lo sabes.

—He recorrido algunas Alas salvajes. —Blandió la espada con habilidad—. He reptado por algunos pasadizos de locura.

—Y ahora que lo dices —intervino Keiro de repente—, ¿dónde está esa panda de monstruos de feria con la que viajabas?

—Descansando. —Rix se puso más nervioso—. Tenía que moverme rápido.

Volvió a hacer florituras con el arma. En sus ojos brillaba una luz malévola que aterrorizaba a Attia. El *ket* hacía que arrastrase las palabras.

—¡Mirad! —murmuró—. Buscabais a un Sapient que os mostrara el camino al Exterior. ¡Yo soy ese hombre!

Era la cantinela del espectáculo. Attia se removió, pataleó y se retorció pegada a Keiro.

—¡Va a hacerlo! ¡Ha perdido la cabeza!

Rix se dirigió a una multitud imaginaria.

—El camino que Sáfico tomó atraviesa la Puerta de la Muerte. ¡Yo conduciré allí a la muchacha y la devolveré a este lugar!

El fuego crepitó. Rix hizo una reverencia ante los aplausos imaginarios, hacia las filas de gente emocionada, elevó la espada con una mano.

—La Muerte. Le tenemos miedo. Haríamos cualquier cosa por evitarla. Ahora veréis con vuestros propios ojos cómo reviven los muertos.

—¡No! —jadeó Attia—. Keiro...

Keiro permanecía quieto.

—Imposible. Nos ha atrapado.

El rostro de Rix se encendió con una luz rojiza; sus ojos brillaban como si estuvieran febriles.

—La liberaré. ¡Y la haré regresar!

Con un latigazo metálico que hizo que Attia contuviera la respiración, levantó la espada, y justo entonces, la voz de Keiro, cargada de sorna y deliberadamente pausada, surgió de la oscuridad junto a su espalda.

—Entonces dinos, Rix, ya que te crees Sáfico... ¿Cuál es la respuesta del acertijo que el dragón no supo adivinar? ¿Cuál es la Llave que abre el corazón?

# 23

*Trabajó sin descanso día y noche. Fabricó una túnica que iba a transformarlo; sería algo más que un hombre; una criatura alada, bella como la luz. Todas las aves le ofrecieron plumas. Incluso el águila. Incluso el cisne.*

LEYENDAS DE SÁFICO

Jared estaba convencido de que todavía deliraba. Porque se vio tumbado en un establo en ruinas en cuyo centro había una hoguera, que crepitaba con estruendo en la noche silenciosa.

Los maderos del techo formaban un entramado lleno de agujeros sobre su cabeza, y por una rendija vio a una lechuza que miraba hacia abajo, con los ojos muy abiertos y asombrados. Por algún lugar goteaba el agua. Las salpicaduras caían rítmicamente junto a su cara, como si acabase de descargar una fuerte tormenta. Se había formado un charco, que mojaba la paja. Una mano se hallaba extendida fuera de las mantas; intentó moverla sin mucha confianza y los dedos largos, agarrotados, se estiraron. Así supo que era suya.

Se sentía desorientado, levemente curioso por identificar su entorno, como si hubiera realizado un viaje largo y agotador fuera de su cuerpo. O como si acabara de regresar a su hogar para encontrarlo frío e incómodo.

Su garganta, cuando recordó que la tenía, estaba seca. Le picaban los ojos. Y cuando desentumeció el cuerpo, notó dolor.

Debía de estar delirando, porque no había estrellas. En lugar de ellas, por las rendijas del techo desvencijado del establo se colaba un único Ojo rojo que pendía del cielo, como la luna durante un eclipse lívido.

Jared estudió el Ojo. Le aguantó la mirada, aunque el Ojo no lo miraba a él. Miraba al hombre.

El hombre estaba atareado. Sobre las rodillas tenía una capa vieja (o tal vez una túnica de Sapient) y a cada lado de su cuerpo se amontonaban sendas montañas de plumas. Algunas eran azules, como la que había enviado Jared a través del Portal. Otras eran largas y negras, como de cisne, y otras marrones, el plumaje de un águila.

—Las azules son muy útiles —dijo el hombre sin darse la vuelta—. Muchas gracias.

—No hay por qué darlas —murmuró Jared. Cada una de sus palabras sonó como un graznido.

Por el establo colgaban unos farolillos dorados, como los que empleaban en la Corte. O a lo mejor eran las estrellas, que habían bajado y se habían quedado suspendidas aquí y allá, sujetas con alambres. Las manos del hombre se movían con agilidad. Cosía las plumas en las calvas de la túnica, después de aglutinarlas con bolas de resina pegajosa que desprendía un olor a agujas de pino cuando goteaba sobre la paja. Azul, negra, marrón. Un traje de plumas, con las mangas anchas a modo de alas.

Jared logró sentarse después de muchos esfuerzos y se apoyó en la pared, algo mareado. Se notaba débil y tembloroso.

El hombre apartó la prenda y se acercó a él.

—Tomaos vuestro tiempo. Aquí tenéis agua.

Cogió una jarra y un vaso y lo llenó de agua. Mientras le tendía el vaso, Jared vio que le faltaba el dedo índice de la mano derecha; una suave cicatriz sellaba el muñón.

—Bebed poco a poco, Maestro. Está muy fría.

Jared apenas notó el contraste del agua en la garganta. Mientras bebía, observó al hombre de pelo moreno y éste lo miró a la cara, con una sonrisa triste y compungida.

—Gracias.

—Hay un pozo muy cerca. La mejor agua del Reino.

—¿Cuánto tiempo llevo aquí?

—Aquí no existe el tiempo, ¿no os acordáis? Al parecer, el tiempo está prohibido en el Reino.

El hombre se apoyó en la pared y unas cuantas plumas se le quedaron pegadas al cuerpo. Tenía los ojos penetrantes y obsesivos, como los de un halcón.

—Sois Sáfico —dijo Jared con voz pausada.

—Adopté ese nombre en la Cárcel.

—¿Allí es donde estamos?

Sáfico se apartó unos plumones del pelo.

—Esto es una cárcel, Maestro. Si está en el Interior o en el Exterior es lo de menos. Ya he asimilado que no importa. Y temo que ambas cosas sean la misma.

Jared se esforzó por ordenar sus pensamientos. Había cabalgado por el Bosque. Allí había muchos proscritos, marginados y locos. Allí se refugiaban quienes no podían soportar el estancamiento de la Era, y deambulaban como vagabundos. ¿Sería ese hombre uno de ellos?

Sáfico se recostó y extendió las piernas hacia delante. Iluminado por la luz de la hoguera tenía un aspecto joven y pálido, con el pelo lacio por la humedad del bosque.

—Pero Escapasteis —dijo Jared—. Finn me ha contado algunas historias que corren sobre vos dentro de Incarceron.

Se frotó la cara y la notó rugosa, ligeramente marcada. ¿Cuánto tiempo llevaba allí metido?

—Nunca faltan historias.

—¿No son ciertas?

Sáfico sonrió.

—Sois un estudioso, Jared. Sabéis que la «verdad» es un cristal, igual que la Llave. Parece transparente, pero tiene muchas caras. Distintos brillos, rojos, dorados y azules, relucen en sus profundidades. Y aun así, abre la puerta.

—La puerta... Hallasteis una puerta secreta, según cuentan.

Sáfico sirvió un poco más de agua.

—¡Cuánto la busqué! Me pasé vidas enteras buscándola. Me olvidé de mi familia, de mi hogar; derramé sangre, lágrimas, sacrifiqué un dedo. Me fabriqué unas alas y volé tan alto que el cielo me empujó hacia abajo. Caí en medio de una oscuridad tan espesa que parecía que el abismo fuese interminable. Pero por fin, la encontré: allí estaba, una puertecilla humilde en el corazón de la Cárcel. La salida de emergencia. Precisamente allí había estado todo el tiempo.

Jared dio un sorbo de agua. Tenía que ser una visión, como las que experimentaba Finn durante los ataques.

—Sáfico... Debo preguntaros...

—Preguntad, amigo mío.

—La puerta... ¿Todos los Presos pueden salir por ella? ¿Es posible?

Sin embargo, Sáfico había cogido la túnica de plumas y estaba estudiando los parches.

—Cada hombre tiene que encontrarse a sí mismo, igual que hice yo.

Jared se inclinó hacia la pared. Se abrigó con la manta, cansado y tiritando de frío. En la lengua de los Sapienti preguntó en voz baja:

—Decidme, Maestro, ¿sabíais que Incarceron era minúscula?

—¿Lo es? —respondió Sáfico en la misma lengua, y cuando alzó la mirada, sus ojos verdes se encendieron con unos profundos puntos incandescentes—. Tal vez para vos lo sea. Para sus Presos, no. Cada cárcel es un universo para sus internos. Y pensadlo un momento, Jared Sapiens. ¿Qué os impide plantearos que el Reino también sea minúsculo, un artilugio que cuelgue de la cadena del reloj de un ser que habita un mundo todavía más inmenso? Escapar no basta; no responde a las preguntas. No implica la Libertad. Por eso, arreglaré mis alas y volaré hacia las estrellas. ¿Las veis?

Señaló hacia el techo y Jared suspiró con admiración, porque allí estaban, rodeándolo por completo, las galaxias y nebulosas, las miles de constelaciones que tantas veces había observado a través del poderoso telescopio de su torre, el fulgor titilante del universo.

—¿Oís su canción? —murmuró Sáfico.

Pero sólo le embargó el silencio del Bosque, y Sáfico suspiró:

—Están demasiado lejos. Pero sí cantan, y yo oiré esa melodía.

Jared negó con la cabeza. La fatiga se estaba apoderando de él, eso y el miedo habitual.

—A lo mejor la Muerte es nuestra forma de Escapar.

—La Muerte es una puerta, no cabe duda. —Sáfico dejó de dar puntadas sobre una pluma azul y lo miró a la cara—. ¿Teméis la Muerte, Jared?

—Temo el camino que me llevará a ella.

El rostro enjuto parecía un cúmulo de ángulos a la luz del fuego. Sáfico dijo:

—No permitáis que la Cárcel se ponga mi Guante, ni use mis manos, ni hable con mi rostro. Haced lo que sea necesario, pero no lo permitáis.

Había tantas preguntas que Jared quería hacerle... Pero se le escabullían como si fueran ratas colándose por los agujeros, así que cerró los ojos y se acostó. Igual que su propia sombra, Sáfico se recostó a su lado.

—Incarceron nunca duerme. Sueña, y sus sueños son terribles. Pero nunca duerme.

Jared apenas oyó las palabras. Empezó a caer por el tubo de un telescopio, a través de sus lentes convexas, y se introdujo en un universo de galaxias.

Rix parpadeó.

Se detuvo, poco más de un segundo.

Entonces dejó caer la espada. Attia se estremeció y gritó, pero el arma silbó por detrás de ella y cortó las cuerdas que la unían a Keiro. Le raspó la muñeca, que empezó a sangrar.

—¿Se puede saber qué haces? —jadeó Attia, mientras se apartaba.

El mago ni siquiera la miró. Señaló con el filo tembloroso a Keiro.

—¡¿Qué has dicho?!

Si Keiro estaba sorprendido, no lo demostró. Le aguantó la mirada y habló con voz fría y medida.

—Te he preguntado qué llave abre el corazón. ¿Qué pasa, Rix? ¿No eres capaz de resolver tu propio acertijo?

Rix se quedó pálido. Se dio la vuelta y anduvo en círculo a toda prisa antes de acercarse de nuevo.

—Eso es. Eres tú. ¡Eres tú!

—¿Qué soy yo?

—¿Cómo puedes ser tú? ¡No quiero que seas tú! Hubo un tiempo en el que pensé que podía ser ella. —Apuntó con el filo hacia Attia—. Pero nunca lo dijo, ¡ni siquiera por equivocación!

Trazó otro círculo dando pasos frenéticos.

Keiro había sacado la navaja. Mientras cortaba las cuerdas de las muñecas, murmuró:

—Delira.

—No, espera. —Attia observó a Rix con los ojos como platos—. Te refieres a la contraseña, ¿verdad? La pregunta que, según me contaste, sólo tu Aprendiz podría formularte. ¿Es eso? ¿La ha dicho «Keiro»?

—Sí. —Rix era incapaz de controlarse. Temblaba y sus dedos largos apretaban y soltaban la empuñadura de la espada—. Es él. Eres tú. —Arrojó el arma al suelo y se abrazó el cuerpo—. Un ladrón de la Escoria es mi Aprendiz.

—Todos somos escoria —dijo Keiro—. Si crees...

Attia lo hizo callar con la mirada. Tenían que andar con pies de plomo.

Keiro acabó de deshacer los nudos de la cuerda y estiró los pies con una mueca. Después se inclinó hacia atrás y Attia se dio cuenta de que lo había entendido. Esbozó su sonrisa más encantadora.

—Rix, por favor. Siéntate.

El desgarbado mago se desplomó y se acurrucó en un ovillo, igual que una araña asustada. Su absoluto desconsuelo hizo que a Attia casi le entraran ganas de reír a carcajadas, aunque al mismo tiempo, sentía pena por él. El sueño que había marcado el rumbo de sus pasos durante años se había hecho realidad, y Rix estaba destrozado por la desilusión.

—Eso lo cambia todo.

—Yo habría dicho lo mismo. —Keiro le lanzó la navaja a Attia—. Entonces, soy el aprendiz de un hechicero, ¿no? Bueno, a lo mejor termina siendo útil.

Attia lo miró con el ceño fruncido. No era el momento de hacer bromas. Tenían que jugar bien sus cartas.

—¿Qué significa?

Keiro se inclinó hacia delante, y su sombra creció como un gigante en la pared de la cueva.

—Significa que no voy a vengarme. —Rix miró con ojos vacuos hacia las llamas—. El Arte de la Magia tiene sus normas. Significa que tengo que enseñarte todos mis trucos. Todas las sustituciones, las réplicas, las ilusiones. Cómo leer la mente y la palma de la mano y las hojas de los árboles. Cómo desaparecer y reaparecer.

—¿Y cómo cortar a una persona por la mitad?

—Eso también.

—Genial.

—Y las escrituras secretas, las artes ocultas, la alquimia, los nombres de los Grandes Poderes. Cómo despertar a los muertos, cómo vivir eternamente. Cómo hacer manar oro de la oreja de un burro.

Contemplaron su rostro sombrío y embelesado. Keiro enarcó una ceja hacia Attia. Ambos sabían lo peligrosa que era la situación. Rix estaba tan desequilibrado que era capaz de matarlos; sus vidas dependían de su capricho. Y además, tenía el Guante.

En voz baja la chica dijo:

—Entonces volvemos a ser todos amigos...

—¡Tú! —La miró fijamente—. ¡Tú no!

—Vamos, vamos, Rix. —Keiro le plantó cara—. Attia es mi esclava. Hará lo que yo mande.

Attia se tragó su rabia y desvió la mirada. Keiro disfrutaba con la situación. Le tomaba el pelo a Rix hasta los límites de la cordura, después sonreía y apartaba el peligro con sus encantos. Ahora Attia se hallaba atrapada entre los dos y no tenía más remedio que quedarse, y todo por el Guante. Porque tenía que hacerse con él antes que Keiro.

Rix pareció sumirse en un letargo. Y luego, al cabo de un segundo, asintió con la cabeza, murmuró algo para sus adentros y se acercó al carromato. Empezó a sacar cosas y más cosas.

—¿Comida? —preguntó Keiro esperanzado.

Attia susurró:

—No tientes a la suerte...

—Por lo menos, yo tengo suerte. Soy el Aprendiz, puedo hacerlo bailar sobre un dedo si me apetece. Doblarlo como un alambre flexible.

Sin embargo, cuando Rix regresó con pan y queso, Keiro comió con la misma gratitud que Attia, mientras Rix los observaba y mascaba *ket*, a la vez que parecía recuperar su buen humor y su sonrisa desdentada.

—Así que los robos no dan para mucho últimamente.

Keiro se encogió de hombros.

—Y las joyas. Los sacos con el botín. —Rix soltó una risita divertida—. La ropa elegante...

Keiro lo atravesó con sus ojos fríos.

—Bueno, y ¿por cuál de los túneles tenemos que seguir?

Rix miró los siete pasadizos.

—Ahí están. Siete arcos estrechos. Siete puertas hacia la oscuridad. Una de ellas conduce al corazón de la Cárcel. Pero ahora, durmamos. Cuando llegue Lucencendida, os guiaré hacia lo desconocido.

Keiro se chupó los dedos.

—Lo que tú digas, jefe.

Finn y Claudia cabalgaron toda la noche. Galoparon por las oscuras llanuras del Reino, repicaron con los cascos sobre puentes y atravesaron pantanos en los que asustaron a varios patos soñolientos que aletearon entre los juncos. Irrumpieron en aldeas embarradas llenas de perros que les ladraron, donde sólo el ojo de un niño presenció cómo se alejaban los jinetes a través de la ranura de un postigo entreabierto.

Se habían convertido en fantasmas, pensó Claudia, o en sombras. Vestidos de negro como los proscritos, habían huido de la Corte, y tras ellos se levantaría un revuelo: la reina se pondría furiosa, el Impostor querría vengarse, los sirvientes se aterrorizarían y el ejército se desplegaría por todo el Reino.

Aquello era una rebelión, y ahora nada volvería a ser igual.

Habían desafiado el Protocolo. Claudia vestía unos pantalones bombachos oscuros y una chaqueta, mientras que Finn había arrojado a unos matorrales las elegantes prendas del Impostor. Cuando despuntó el alba, llegaron a lo alto de un promontorio y desde allí contemplaron un paisaje dorado, en el que los gallos cacareaban en las hermosas granjas, entre pintorescas casitas brillantes por la nueva luz del sol.

—Otro día perfecto —murmuró Finn.

—A lo mejor no dura mucho. No, si Incarceron se sale con la suya.

Entristecida, Claudia emprendió el descenso de la colina.

A mediodía estaban demasiado cansados para continuar cabalgando y los caballos se arrastraban desfallecidos. En un establo aislado, a la sombra de unos olmos, encontraron paja amontonada en un granero sombrío surcado por algunos rayos de sol, en el que revoloteaban unas moscas perezosas y varias palomas arrullaban desde el techo.

No había nada que comer.

Claudia se acurrucó y se quedó dormida al instante. Si hablaron antes, no lo recordaba.

Cuando se despertó, lo hizo saliendo de un sueño en el que alguien llamaba con insistencia a su puerta, y en el que Alys le decía:

—Claudia, ha venido vuestro padre. ¡Vestíos, Claudia!

Y luego, como un susurro al oído, le llegó la voz sedosa de Jared:

—¿Confiáis en mí, Claudia?

Sobresaltada, se incorporó de repente y suspiró.

La luz empezaba a menguar. Las palomas se habían marchado y el granero estaba en silencio, salvo por un leve susurro en un rincón alejado, que podría haber sido una camada de ratones.

Se inclinó hacia atrás, lentamente, sobre un codo.

Finn se hallaba de espaldas a ella; dormía con el cuerpo enroscado sobre la paja y la espada al alcance de la mano.

Lo observó durante un rato hasta que su respiración cambió y, a pesar de que no se movió, Claudia supo que estaba despierto. Le preguntó:

—¿Hasta qué punto recuerdas?

—Todo.

—¿Por ejemplo?

—A mi padre. Cómo murió. A Bartlett. Mi compromiso contigo. Mi vida entera en la Corte antes de la Cárcel. Aparece... en una neblina, pero está ahí. Lo único que no sé es qué ocurrió entre la emboscada que me tendieron y el día en que me desperté dentro de la celda de Incarceron. Tal vez no lo sepa nunca.

Claudia dobló las rodillas y se sacudió la paja que se le había pegado a los pantalones. ¿Era cierto lo que decía? ¿O le resultaba tan imprescindible recordar que él mismo se había convencido de que lo hacía?

Quizá su silencio revelara sus dudas. Finn se dio la vuelta.

—El vestido que llevabas ese día era plateado. Eras tan pequeña... Y llevabas un collar de perlas. Y me dieron un ramo de rosas blancas para que te lo presentara. Me regalaste tu retrato en un marco de plata.

¿Era un marco de plata? Claudia habría dicho que era dorado.

—Me dabas miedo.

—¿Por qué?

—Me dijeron que tenía que casarme contigo. Pero eras tan perfecta, y tan radiante, tenías una voz tan alegre... Lo único que yo quería era marcharme a jugar con mi mascota nueva.

Claudia lo miró fijamente. Y entonces dijo:

—Vamos. Apenas les llevamos unas horas de ventaja.

Lo habitual era tardar tres días en viajar desde el palacio hasta el feudo del Guardián, pero eso era parándose en alguna posada y desplazándose en carruaje. Ellos habían optado por un galope incesante, fatigoso y exigente, y se habían detenido únicamente para comprar pan duro y cerveza a una chica que había salido corriendo de una cabaña destartalada. Habían dejado atrás molinos de agua e iglesias, anchas colinas donde pacía el ganado, habían sorteado matorrales y zarzas con lana enganchada, habían saltado zanjas y amplias cicatrices en las que crecía la hierba, vestigios de las antiguas guerras. Finn dejó que Claudia fuese la primera. Él ya no sabía dónde estaban, y todos los huesos de su cuerpo le dolían a causa del inusitado esfuerzo de cabalgar tantas horas seguidas. Sin embargo, tenía la mente despejada, más despejada y más tranquila que en cualquier otro momento que recordase. Veía el paisaje con nitidez y brillo; percibía los olores de la hierba pisoteada, el canto de los pájaros, las suaves neblinas que se elevaban desde la tierra, como si fuese la primera vez. No se atrevía a albergar la esperanza de que los ataques de ansiedad hubieran terminado. Aunque tal vez su recuerdo hubiera hecho aflorar cierta fortaleza del pasado, cierta seguridad.

El paisaje fue cambiando poco a poco. Las pendientes ganaron terreno y los campos se hicieron más pequeños, los matorrales más espesos, unidos a unas extensiones descontroladas de robles, abedules y acebos. Cabalgaron durante toda la noche para atravesar los bosques, patearon senderos, caminos de herradura y atajos secretos, mientras Claudia se convencía cada vez más de que sabía dónde estaba.

Y entonces, cuando Finn se había quedado casi dormido sobre la montura, su caballo se detuvo en seco y el muchacho abrió los ojos y miró hacia abajo, para ver una antigua casa solariega, un feudo, pálido por el resplandor de la luna destrozada, con un foso de brillo plateado, con sus ventanas iluminadas por velas, con el perfume de unas rosas fantasmales que endulzaban la noche.

Claudia sonrió aliviada.

—Bienvenido al feudo del Guardián. —Entonces sonrió con descaro—. Me marché en un carruaje cargado de ropa de gala para celebrar mi boda. Menuda forma de volver...

Finn asintió.

—Sí, pero por lo menos has vuelto con el príncipe —dijo.

# 24

*Todos te amarán si les hablas de tus miedos.*

EL ESPEJO DE LOS SUEÑOS A SÁFICO

—¿Y bien?

Rix sonrió. Con una reverencia propia de un comediante, señaló el tercer túnel de la izquierda.

Keiro caminó hasta él y asomó la cabeza. Parecía tan oscuro y maloliente como los demás.

—¿Cómo lo sabes?

—Oigo los latidos de la Cárcel.

Había un pequeño Ojo rojo al principio de cada uno de los túneles. Todos ellos observaban a Keiro.

—Si tú lo dices...

—¿No me crees?

Keiro se dio la vuelta.

—Como he dicho antes: tú mandas. Lo que me recuerda otra cosa: ¿cuándo empieza mi formación?

—Ahora mismo. —Rix parecía haberse recuperado de la decepción. Tenía el mismo aire arrogante que al principio; sacó una moneda de la nada ante los ojos de Keiro, la hizo girar y se la mostró—. Practica para aprender a moverla entre los dedos de esta forma. Mira, así. ¿Lo ves?

La moneda se deslizó entre los nudillos huesudos.

Keiro la cogió.

—Seguro que puedo hacerlo.

—Tienes los dedos rápidos de tanto robar bolsos, ¿no?

Keiro sonrió. Tapó la moneda con la palma y luego la hizo reaparecer. Después se la pasó con agilidad entre unos dedos y otros, no con tanta gracia como Rix, pero mucho mejor que Attia, si lo hubiera intentado.

—Aún queda mucho por pulir —dijo Rix con altanería—. Pero está claro que mi Aprendiz es de buena pasta.

Se dio la vuelta, haciendo caso omiso de la chica, y entró en el túnel dando zancadas.

Attia lo siguió. Se sentía decaída y un poco celosa. Detrás de ella, la moneda tintineó al resbalarse de los dedos de Keiro, quien soltó un juramento.

El túnel era alto, con unas paredes lisas que describían un arco perfecto. Estaba iluminado únicamente por los Ojos, colocados a intervalos regulares en el techo, de modo que el brillo rojizo de uno de ellos se distanciaba antes de que el siguiente proyectara sus sombras en el suelo.

«¿Por qué nos vigilas con tanta atención?», quería preguntar Attia. Percibía la presencia de Incarceron, su curiosidad, su anhelo, respirando junto a su oído, como un cuarto caminante entre las sombras.

Rix, que iba el primero, les sacaba una buena ventaja. Además de la espada, llevaba una bolsa al hombro, y en algún lugar, escondido cerca de su cuerpo, el Guante. Attia no tenía armas ni nada que transportar. Se sentía ligera, porque todo lo que sabía o poseía había sido abandonado, desterrado en algún punto pretérito que se desvanecía de su mente. Salvo Finn. Aún palpaba las palabras de Finn como un tesoro entre las manos. «No os he abandonado.»

Keiro iba el último. Su chaqueta de color rojo intenso estaba gastada y algo harapienta, pero llevaba un cinturón pasado por las trabillas con dos cuchillos que había sacado del carromato. Además, se había aseado las manos y la cara y se había peinado. Mientras caminaba, jugueteaba con la moneda entre los dedos, la lanzaba al aire y la recogía; pero en todo momento, mantenía los ojos fijos en la espalda de Rix. Attia sabía por qué. Todavía intentaba urdir un plan para recuperar el Guante. Tal vez Rix ya no quisiera vengarse, pero estaba segura de que Keiro sí.

Al cabo de varias horas, Attia se percató de que el túnel se iba estrechando. Las paredes se hallaban visiblemente más próximas, e iban cambiando de color para volverse de un tono granate. En un momento dado, Attia se resbaló y, al mirar hacia abajo, vio que el suelo metálico estaba mojado con un curioso líquido oxidado, que discurría por la penumbra que tenían ante ellos.

Justo después de ese incidente, se toparon con el primer cuerpo.

Era de un hombre. Yacía empotrado contra la pared del túnel, como si se hubiera visto impelido por una corriente repentina, con el torso arrugado y convertido en poco más que un esqueleto cubierto de jirones.

Rix se quedó quieto ante él y suspiró:

—Pobre despojo humano. Llegó más lejos que la mayoría.

Attia preguntó:

—¿Por qué continúa aquí? ¿Por qué no lo han reciclado?

—Porque la Cárcel está atareada con su Gran Obra. Los sistemas se están colapsando.

Parecía haberse olvidado de que había decidido no hablar con ella.

En cuanto Keiro llegó hasta Attia, murmuró:

—¿Estás conmigo o no?

Ella hizo un mohín.

—Ya sabes lo que opino del Guante.

—Eso es un «no», supongo.

Attia se encogió de hombros.

—Como quieras. Parece que has vuelto a tu papel de perro-esclavo. Eso es lo que nos diferencia a ti y a mí.

La adelantó y Attia clavó la mirada en su espalda.

—Lo que nos diferencia —dijo la chica— es que tú eres una Escoria arrogante y yo no.

Keiro se echó a reír y lanzó la moneda al aire.

En pocos minutos, los desperdicios empezaron a abarrotar el camino. Huesos, carcasas de animales, Libélulas destrozadas, amalgamas amorfas de alambres y componentes aplastados. El agua oxidada fluía sobre los desechos, cada vez con mayor profundidad, y los Ojos de Incarceron lo veían todo. Los viajeros continuaron avanzando a duras penas, con el agua a la altura de las rodillas, y subiendo.

—¿No te importan? —preguntó Rix de repente, como si sus pensamientos hubieran surgido por sí mismos de su cuerpo.

Había fijado la mirada en lo que podría haber sido un medio hombre, con la cara metálica sonriendo bajo una capa de agua.

—¿No sientes nada por las criaturas que reptan por tus venas?

Keiro se había llevado la mano a la espada, pero las palabras no iban dirigidas a él. La respuesta llegó como una risotada; un rugido profundo que hizo que el suelo se sacudiera y las luces parpadearan.

Rix palideció.

—¡No lo decía en serio! No te ofendas.

Keiro corrió hasta él y lo agarró.

—¡Loco! ¡¿Quieres que inunde el túnel y la corriente nos arrastre a todos?!

—No lo hará. —La voz de Rix sonó temblorosa pero desafiante—. Tengo su deseo más anhelado.

—Sí, y si estás muerto cuando se lo entregues, ¿qué más le dará a Incarceron? ¡Cierra el pico!

Rix lo miró a la cara.

—El maestro soy yo. No tú.

Keiro se adelantó y continuó caminando por el agua.

—No por mucho tiempo.

Rix miró a Attia. Pero antes de que la chica pudiera decir algo, el mago continuó avanzando.

Durante todo el día, el túnel siguió estrechándose. Al cabo de unas tres horas, el techo era tan bajo que Rix podía tocarlo con la mano si estiraba el brazo. La corriente de agua se había transformado en un río, que barría y arrastraba objetos: Escarabajos pequeños y marañas de metal. Keiro propuso que encendieran una antorcha, y Rix la encendió a regañadientes; a la luz de su humo acre vieron que las paredes del túnel estaban cubiertas de suciedad, una espuma lechosa que ocultaba inscripciones olvidadas, que parecían llevar siglos allí: nombres, fechas, insultos, oraciones. Y también había un sonido, un susurro que se prolongó en voz baja durante horas antes de que Attia se percatara de que lo oía; un retemblor profundo y palpitante, la vibración que había percibido dentro del sueño en el Nido del Cisne.

Se acercó a Keiro, que se había quedado quieto, escuchando. Ante ellos, el túnel se estrechaba aún más en la oscuridad.

—El latido de la Cárcel.

—Chist...

—Seguro que lo oyes...

—Eso no. Algo más.

Attia, callada, prestó atención, pero sólo oyó los chapoteos de Rix en medio de la corriente, agravados por el peso de la bolsa. Y entonces Keiro soltó un juramento y ella también lo oyó. Con un chillido propio de otro mundo, una bandada de unos pájaros de color rojo sangre salió como una bala de la boca del túnel, disgregándose por el pánico, de modo que Rix tuvo que bajar la cabeza para esquivarlos.

Detrás de los pájaros se acercaba otra cosa. Todavía no veían qué era, pero sí lo oían; daba tumbos y se chocaba raspando los laterales, como si fuera de metal, un inmenso ovillo deforme, una masa arrastrada por la corriente. Keiro sacudió la antorcha, de la que salieron unas chispas; estudió el techo y las paredes.

—¡Atrás! ¡Nos aplastará!

Rix parecía desquiciado.

—¿Dónde quieres que nos metamos?

Attia contestó:

—No hay ningún refugio. Tenemos que continuar avanzando.

No era fácil tomar una decisión. Y sin embargo, Keiro no lo dudó ni un instante. Se echó a correr hacia la oscuridad, chapoteando en el agua profunda, con la antorcha en alto, que desprendía brasas encendidas como estrellas que caían en el torrente. El bramido del objeto que se aproximaba llenó todo el túnel; ante ellos, en la negrura, Attia empezó a distinguirla por fin: una enorme bola de alambres enredados, cuyas aristas reflejaban la luz rojiza, rodaba hacia ellos.

Agarró a Rix y lo obligó a continuar, en medio de la trayectoria de esa cosa, a sabiendas de que era la muerte, con una inmensa oleada de presión formándose en sus oídos y su garganta.

Keiro gritó.

Y luego desapareció.

Fue tan imprevisto como un truco de magia. Rix gruñó de rabia y Attia estuvo a punto de tropezarse, pero entonces ella también se vio impelida hacia ese punto, y el rugido de la increíble bola de alambres se cernió sobre ella, la cubrió, la envolvió...

Apareció una mano.

Tiró de ella hacia un lado hasta que la chica cayó, hundida en el agua, y Rix aterrizó encima de su cuerpo. Entonces, unos brazos le rodearon la cintura y la apartaron, y los tres viajeros notaron el calor abrasador cuando el objeto pasó arrastrándose junto a ellos, con los filos de metal rascando y haciendo saltar chispas de las paredes. Y Attia vio que en la superficie había rostros ahogados; remaches y cascos y espirales de alambre y mechas de vela. Era una esfera compacta de mineral de hierro y cemento, que dejaba a su paso miles de retales de colores, millones de virutas de acero que dibujaban su estela.

Cuando pasó junto a los tres viajeros, Attia notó la fricción, el aire condensado que implosionaba en sus tímpanos. La bola llenó el túnel por completo; siguió erosionándose y rasgándose con un millón de chirridos en su avance. La oscuridad apestaba a chamuscado.

Y después continuó rodando hasta perderse en la oscuridad, obturando el mundo. A Attia le dolían las rodillas y Keiro se recompuso mientras soltaba una retahíla de insultos, porque tenía la chaqueta hecha unos zorros.

Attia se puso de pie lentamente.

Se había quedado sorda y aturdida; Rix parecía mareado.

Se les había apagado la antorcha, que flotaba en el agua, ahora ya a la altura de la cadera. Y allí no había ningún Ojo. Aunque poco a poco, Attia logró distinguir la forma sombría de ese recoveco en el túnel gracias al cual se habían salvado.

Ante ellos tenían un brillo rojizo.

Keiro se retiró la melena de la cara.

Alzó la mirada hacia la superficie enmarañada y compacta de la esfera, que retemblaba, pues la fuerza del agua la iba empujando contra las paredes que la constreñían.

Ahora sí que no había vuelta atrás. Por encima del estruendo, Keiro gritó algo y, aunque Attia no pudo oírlo, supo qué quería decir. Kciro señaló hacia delante y comenzó a avanzar por el agua.

La chica volvió la cabeza y vio que Rix alargaba el brazo para tocar algo que resplandecía entre el metal. Distinguió que se trataba de una boca; las fauces abiertas de un lobo muy grande, como si la corriente hubiese barrido alguna estatua y la hubiese arrastrado hasta allí dentro, una estatua que se esforzaba por salir a flote.

Attia le tiró del brazo. A regañadientes, Rix se dio la vuelta.

—¡Quiero que suban el puente levadizo! —Claudia corría por el pasillo mientras se quitaba la casaca y los guantes—. Y arqueros en la torre de entrada, en todos los tejados, en la torre del Sapient.

—Los experimentos del Maestro Jared... —murmuró el anciano.

—Que embalen los objetos delicados y los bajen a las bodegas. Ralph, éste es F... el príncipe Giles. Éste es mi supervisor, Ralph...

El anciano hizo una marcada reverencia, con los brazos ocupados por las distintas prendas de las que había ido desprendiéndose Claudia.

—Señor. Me siento muy honrado de daros la bienvenida al feudo del Guardián. Deseo que...

—No tenemos tiempo —le cortó Claudia dándose la vuelta—. ¿Dónde está Alys?

—Arriba, señora. Llegó ayer, con vuestros recados. Lo hemos hecho todo. Las tropas del Guardián están listas. Tenemos doscientos hombres alojados en el edificio de las caballerizas, y otros tantos llegarán sin tardanza.

Claudia asintió. Abrió de par en par las puertas de una estancia enorme forrada de madera. Finn aspiró el dulzor de las rosas que decoraban las ventanas abiertas en cuanto entró corriendo tras ella.

—Bien. ¿Y las armas?

—Tendréis que preguntarle al capitán Soames, mi lady. Creo que está en las cocinas.

—Pues que venga. Y otra cosa, Ralph —lo miró—, quiero que todos los sirvientes se reúnan en el salón de la planta baja dentro de veinte minutos.

El hombre asintió con la peluca ligeramente ladeada.

—Me encargaré de que así sea.

Al llegar a la puerta, justo antes de despedirse con una reverencia, dijo:

—Bienvenida a casa, mi lady. Os echábamos de menos.

Claudia sonrió, sorprendida.

—Gracias.

Una vez que se hubieron cerrado las puertas, Finn se abalanzó sobre los platos de carne fría y fruta que había dispuestos en la mesa.

—No estará tan encantado cuando el ejército de la Reina aparezca por el horizonte.

Ella asintió y se dejó caer en la butaca. Estaba rendida.

—Pásame un poco de pollo.

Comieron en silencio durante un rato. Finn curioseó por la habitación: el techo de escayola blanca decorado con volutas y filigranas, la enorme chimenea con los emblemas del cisne negro... La casa estaba tranquila, una quietud adormilada que favorecía el zumbido de las abejas y el aroma dulzón de las rosas.

—Así que esto es el feudo del Guardián.

—Sí. —Claudia sirvió unas copas de vino—. Es mío, y seguirá siendo mío.

—Es muy bonito. —Finn dejó el plato en la mesa—. Pero no habrá forma de defenderlo.

Claudia arrugó la frente.

—Tiene un foso y un puente levadizo. Gobierna las tierras que lo rodean. Contamos con doscientos hombres.

—La reina tiene cañones. —Finn se puso de pie y se acercó a la ventana. La abrió—. Mi abuelo no eligió bien la Era en la que nos plantó. Algo un poco más primitivo habría mantenido mejor la igualdad. —Se dio la vuelta a toda prisa—. Porque emplearán las armas de esta época, ¿verdad? ¿O crees que pueden tener cosas que desconocemos... reliquias de la Guerra?

La pregunta la dejó helada. Los Años de la Ira habían supuesto un cataclismo que había destruido la civilización; su onda expansiva había detenido las mareas y agujereado la Luna.

—Confiemos en que nos consideren un objetivo sin importancia.

Claudia dedicó unos segundos a desmenuzar un trozo de queso en el plato. Luego dijo:

—Vamos.

El salón de los sirvientes era un hervidero de ansiedad. Cuando entró en él acompañando a Claudia, Finn percibió que el ruido iba apagándose, aunque lo hizo de un modo algo más lento de lo esperado. Los mozos y las criadas se volvieron hacia ellos; los lacayos empolvados esperaban con sus recargadas libreas.

En el centro del salón había una larga mesa de madera; Claudia se subió a un banco y de ahí subió a la mesa.

—Amigos.

Ahora sí estaban todos en silencio, salvo las palomas que arrullaban en el exterior.

—Me alegro mucho de haber vuelto a casa. —Sonrió, a pesar de que Finn sabía que estaba tensa—. Pero las cosas han cambiado. Ya os habréis enterado de todas las noticias de la Corte: seguro que sabéis lo de los dos aspirantes al trono. Bueno, pues la situación ha llegado a un punto en el que nosotros... yo... me he visto obligada a decidir a cuál de ellos dos dar mi apoyo.

Extendió la mano para que Finn subiera a la mesa y se colocase a su lado.

—Éste es el príncipe Giles. Nuestro futuro rey. Mi prometido.

La última aseveración sorprendió a Finn, pero intentó que no se le notara. Asintió mirando a los congregados con seriedad, y todos ellos levantaron la mirada hacia el muchacho, con los ojos fijos en cada uno de los detalles de su vestimenta, sucia y gastada por el viaje, y atentos a su cara. Sin saber cómo, se irguió cuan alto era, obligándose con voluntad férrea a no vacilar ante aquel escrutinio.

Tenía que decir algo. Logró pronunciar:

—Os doy las gracias a todos por vuestro apoyo.

Sin embargo, no arrancó ni un solo aplauso. Alys estaba junto a la puerta, con las manos entrelazadas. Ralph, próximo a la mesa, se atrevió a exclamar:

—¡Dios os bendiga, señor!

Claudia no dejó tiempo para una respuesta.

—La reina ha declarado que apoya al Impostor. En resumidas cuentas, eso implica una guerra civil. Siento exponerlo de manera tan abrupta, pero es importante que todos vosotros entendáis lo que está ocurriendo aquí. Muchos habéis vivido en el feudo del Guardián desde hace generaciones. Erais los sirvientes de mi padre. El Guardián ya no está entre nosotros, pero he hablado con él...

Eso provocó un murmullo.

—¿El Guardián también está a favor de este príncipe? —preguntó alguien.

—Sí. Pero él habría querido que os tratáramos a todos con respeto. Por eso, os diré lo siguiente. —Cruzó los brazos y paseó la mirada entre los sirvientes—. Quiero que las mujeres jóvenes y todos los niños se marchen inmediatamente. Os proporcionaré escolta armada hasta la aldea, aunque no será necesaria. En cuanto a los hombres y los sirvientes ya ancianos, la elección es vuestra. A nadie se le impedirá marcharse si lo desea. Aquí ya no rige el Protocolo... Os digo esto de igual a igual. Cada uno de vosotros debe decidir por sí mismo. —Hizo una pausa, pero en la sala reinaba el silencio, de modo que continuó—: Reuníos en el patio cuando den las campanadas del mediodía, y los hombres del capitán Soames se ocuparán de desalojaros. Os deseo lo mejor.

—Pero mi lady —intervino un sirviente—, ¿qué haréis vos?

Era un muchacho que se hallaba al fondo.

Claudia le sonrió.

—Hola, Job. Nos quedaremos. Finn y yo emplearemos la... maquinaria del estudio de mi padre para intentar contactar con él dentro de Incarceron. Puede ser lento, pero...

—¿Y el Maestro Jared, señora? —preguntó una de las criadas con nerviosismo—. ¿Dónde está? Él sabría qué hay que hacer.

Unos aplausos le dieron la razón. Claudia desvió la mirada hacia Finn. Se limitó a contestar:

—Jared está de camino. Pero nosotros ya sabemos qué hay que hacer. El verdadero rey ha sido hallado, y no podemos dejar que quienes en otro tiempo intentaron destruirlo vuelvan a salirse con la suya.

Había tomado las riendas de la situación, pero todavía no se los había ganado. Finn se había dado cuenta. El descontento general se hacía patente en el silencio, que era una duda implícita. La conocían demasiado bien, desde que era una niña. Y a pesar de que era una señorita con carácter, lo más probable era que nunca la hubiesen amado de verdad. No apelaba a su corazón.

Así pues, en ese momento Finn alargó el brazo y la cogió de la mano.

—Amigos, Claudia hace bien en dejaros elegir. Yo se lo debo todo a ella. Sin Claudia, ahora mismo estaría muerto, o peor, habría sido arrojado de nuevo al infierno de Incarceron. Ojalá supiera transmitiros lo que significa para mí el apoyo de la hija del Guardián. Pero para hacerlo, tendría que explicaros cómo es la Cárcel, cosa que no haré, porque no me atrevo a hablar de ella. Me duele el mero hecho de pensarlo...

Se quedaron embelesados; la palabra Incarceron era como un encantamiento. Finn puso voz temblorosa.

—Yo era un niño. Me arrebataron de un mundo de belleza y paz y me arrojaron a un tormento de dolor y hambre, un infierno en el que los hombres se matan unos a otros sin inmutarse, en el que las mujeres y los niños se venden para poder sobrevivir. Sé lo que es la muerte. He sufrido las miserias de los pobres. Sé lo que es la soledad, lo desdichado que se siente quien está solo y aterrado en un laberinto de salas vacías que hacen eco, sé lo que es temer la oscuridad absoluta. Eso es lo que Incarceron me enseñó. Y cuando sea rey, ésa será la experiencia que emplearé. Se acabará el Protocolo, se acabará el miedo. Se acabará el encierro. Haré todo lo que esté en mi mano, os lo juro, todo lo que pueda, para convertir este Reino en un verdadero paraíso, en un mundo libre para todos sus habitantes. Y haré lo mismo con Incarceron. Eso es todo lo que puedo deciros. Todo lo que puedo prometeros. Ah, una cosa más: si perdemos, me quitaré la vida antes que volver a entrar allí.

El silencio se había transformado. Se les había atragantado en la garganta. Y cuando un soldado rugió: «¡Contad conmigo, mi lord!», otro respondió al instante, y otro más, y de repente, toda la sala se convirtió en un alboroto de voces, hasta que el aflautado «¡Dios salve al príncipe Giles!» de Ralph logró que todos bramaran su adhesión a la causa.

Finn sonrió, lánguido.

Claudia lo miró a la cara y, cuando sus ojos se encontraron, vislumbró el triunfo en su interior, tímido pero orgulloso.

«Keiro tenía razón», pensó. Finn sabía cómo conmover a la multitud con sus palabras.

Entonces Claudia se dio la vuelta. Un lacayo se había abierto paso hasta ella, con el rostro pálido y los ojos muy abiertos. La chica se agachó y la voz del criado, fina y aterrada, silenció el tumulto.

—Están aquí, mi lady. El ejército de la reina ha llegado.

# 25

*Hay quien dice que un enorme péndulo oscila en el corazón de la Cárcel, o que tiene una cámara incandescente de energía, blanca como el corazón de las estrellas. En mi opinión, si es cierto que Incarceron tiene corazón, será un témpano de hielo y nada podrá sobrevivir allí.*

Diario de lord Calliston

El túnel se volvió aún más angosto. En un abrir y cerrar de ojos, Keiro tuvo que ponerse a gatear en el agua, ahora menos profunda, haciendo verdaderos esfuerzos por mantener encendida la nueva antorcha. Tras él, Attia oyó que Rix jadeaba mientras se agachaba, con la bolsa colgándole de la barriga y el techo arañándole la espalda. Y ¿era cosa de su imaginación o el aire se había vuelto más cálido?

Attia preguntó:

—¿Y si llega un momento en que no cabemos?

—Qué pregunta tan tonta —murmuró Keiro—. Pues moriremos. No hay vuelta atrás.

Sí que hacía más calor. Y el aire sofocante estaba cargado de polvo. Attia lo notó en los labios y en la piel. Gatear era una tortura; le dolían las rodillas y las palmas de las manos, que tenía llenas de cortes. El túnel había encogido y ahora era un tubo, con un calor rojo y palpitante por el que tenían que abrirse camino a la fuerza.

De repente, Rix se paró en seco.

—Un volcán.

Keiro se volvió a toda prisa.

—¡¿Qué?!

—Imaginaos. Si el corazón de la Cárcel es en realidad una gran cámara de magma, sellada por la terrible compresión en el centro mismo de su ser...

—Venga, por el amor de dios...

—Y si llegamos a él, si lo perforamos aunque sea con un agujero del tamaño de un alfiler...

—¡Rix! —le gritó Attia con autoridad—. Eso no nos ayuda.

Oyó la respiración fatigada del hombre.

—Pero podría ser cierto. ¿Qué sabemos nosotros? Aunque al mismo tiempo, podríamos saberlo... Podríamos lograr entender todas las cosas en un instante.

Attia se retorció para mirarlo. Estaba tumbado en el agua cuan largo era. Y tenía el Guante en la mano.

—¡*No!* —susurró Attia.

Rix alzó la cabeza y su rostro se había iluminado con esa pícara emoción que Attia había aprendido a temer. Y entonces se puso a gritar; su voz los ensordeció en aquel asfixiante espacio.

—¡VOY A PONERME EL GUANTE! ¡CONOCERÉ TODOS LOS SECRETOS!

Keiro estaba junto a Attia, con el cuchillo en la mano.

—Esta vez me lo cargo. Te juro que me lo cargo.

—¡COMO EL HOMBRE DEL JARDÍN!...

—¿Qué jardín, Rix? —preguntó Attia intentando mantener la calma—. ¿Qué jardín?

—El que había en algún rincón de la Cárcel. Ya sabes.

—No lo sé. —Attia había rodeado con la mano la muñeca de Keiro para obligarlo a permanecer quieto—. Cuéntamelo.

Rix acarició el Guante.

—Había un jardín en el que crecía un árbol de manzanas doradas, y quien comiera una, lo sabría todo. Así que Sáfico trepó por la verja y mató al monstruo de muchas cabezas y cogió la manzana, porque quería saberlo todo, ¿no lo ves, Attia? Quería saber cómo Escapar.

—Muy bien. —Attia había retrocedido con el cuerpo contorsionado. Estaba muy cerca del rostro marcado de Rix.

—Y una serpiente salió de la hierba y dijo: «Vamos, a ver si te atreves a comer esa manzana». Y entonces Sáfico se detuvo en pleno mordisco, porque supo que la serpiente era Incarceron.

Keiro gruñó:

—Deja que...

—Aparta el Guante, Rix. O dámelo.

Sus dedos acariciaron las duras escamas.

—Y porque si comía la manzana, sabría lo pequeño que era. Comprendería que era insignificante. Se veía como una mota de polvo en la inmensidad de la Cárcel.

—Entonces, ¿no se la comió?

Rix miró a Attia fijamente.

—¿Qué?

—En la historia del libro... No se la comió.

Se produjo un silencio. Algo pareció cruzar la expresión de Rix. Luego, frunció el ceño mirando a Attia y se escondió el Guante en el interior de la capa.

—No sé de qué me hablas, Attia. ¿Qué libro? ¿Por qué no avanzamos?

Attia lo observó un instante y después azuzó a Keiro con un pie. A regañadientes, Keiro reanudó la marcha. El arrebato había terminado, pero la chica había olido el peligro. Fuera como fuese, pero sin tardanza, Attia tenía que quitarle el Guante a Rix, antes de que el mago fuera demasiado lejos.

Sin embargo, cuando Attia se agarró de la mugre embarrada y se recompuso, dispuesta a seguir a Keiro, tocó sus botas delante de ella: Keiro no se movía.

Levantó la mirada y vio la antorcha que brillaba al final del túnel.

Habían llegado a una bóveda redonda salpicada de piedras en forma de ménsula, con una única gárgola que los observaba con lascivia, sacando la lengua sin ningún pudor. El agua salía a chorro por su boca, un líquido viscoso y verde que bajaba por las paredes.

—¿Qué es esto? ¿El final? —Attia estuvo tentada de dejar caer la frente en el agua—. ¡Ni siquiera podemos darnos la vuelta!

—El final del túnel. Pero no el final del camino. —Keiro había contorsionado la espalda y miraba hacia arriba. Unas gotas le chorreaban por el pelo—. Mira.

En el techo, justo encima de él, había un agujero, como el

tiro de una chimenea. Era circular y estaba rodeado por letras, extraños signos en un idioma que Attia no comprendía.

—Son letras en lengua Sapient. —Keiro se agachó al notar que las chispas de la antorcha caían sobre su cara—. Gildas se pasaba el día escribiéndolas. Y mira eso.

Un águila. A Attia le dio un vuelco el corazón cuando vio la misma marca que Finn llevaba en la muñeca, con las alas extendidas y una corona alrededor del cuello.

Directamente por el centro del agujero, descendía una escalera de mano hecha con cadenas, cuyos últimos eslabones colgaban a pocos centímetros de la mano de Keiro. Mientras la observaban, osciló ligeramente por las vibraciones que procedían de arriba.

La voz de Rix sonó tranquila en la oscuridad que se cernía tras ellos.

—Bueno, trepa de una vez, Aprendiz.

No había ningún establo.

Jared estaba en el centro del claro del bosque y miraba a su alrededor aturdido.

Ni establo ni plumas. Lo único que había en el suelo era un círculo abrasado, que en otra época podría haber sido el rastro ennegrecido de una hoguera. Caminó alrededor del círculo. Los helechos eran tupidos y se rizaban a la luz del amanecer; las telas de araña, que parecían cunas de lana amalgamadas con rocío, llenaban todas las rendijas que quedaban entre los tallos y las hojas.

Se lamió los labios secos y después se pasó la mano por la frente, por la nuca.

Debía de llevar allí un día, o tal vez dos, acurrucado en la manta, delirante, mientras el caballo olfateaba y rumiaba hojas, deambulando sin rumbo por los alrededores.

Tenía la ropa empapada de humedad y sudor, el pelo lacio, las manos llenas de picaduras de insectos, y además, no paraba de temblar. Sin embargo, se sentía como si dentro de él se hubiese abierto alguna puerta, como si hubiese cruzado algún puente.

Regresó junto al caballo, sacó la bolsita en la que guardaba la medicación y se puso de cuclillas mientras valoraba qué dosis tomar. Entonces se inyectó la fina aguja en la vena, notó el latigazo agudo que siempre le provocaba un rechinar de dientes. La extrajo, la limpió y la guardó. Luego se tomó el pulso, empapó un pañuelo de rocío y se lavó la cara. Sonrió ante el repentino recuerdo de una de las sirvientas del feudo, que le había preguntado una vez si el rocío iba bien para el cutis.

No sabía si el rocío iba bien para el cutis, pero por lo menos estaba frío y limpio.

Cogió las riendas del caballo con una mano y trepó a lomos del animal.

No habría podido sobrevivir a una fiebre tan alta sin calor. Y sin agua. Pensó que debería estar muerto de sed, y no lo estaba. Aunque al mismo tiempo, por allí no había pasado nadie.

Mientras azuzaba al caballo para que galopara, pensó en la poderosa visión; en si Sáfico había sido un producto de su mente o un ser real. Nada era así de sencillo. En la Biblioteca existían estanterías llenas de textos que reflexionaban sobre los poderes de la imaginación visionaria, de la memoria y los sueños.

Jared sonrió lánguidamente a los árboles del bosque.

Para él, había ocurrido. Y eso era lo que importaba.

Cabalgó sin descanso. Al mediodía ya había llegado a las tierras del Guardián, agotado, pero sorprendido por su propia resistencia. Al llegar a una granja, se bajó de la montura algo entumecido y aceptó la leche y el queso que le ofreció el granjero, un hombre robusto que no dejaba de sudar y que parecía nervioso, pues tenía la mirada siempre perdida en el horizonte.

Cuando Jared quiso pagarle, el hombre insistió en que no.

—No, Maestro. Una vez un Sapient curó gratis a mi esposa y nunca he olvidado el gesto. Pero os daré un consejo. Daos prisa en llegar a vuestro destino, sea cual sea. Por aquí las cosas se están poniendo feas.

—¿Feas? —Jared se lo quedó mirando.

—Me he enterado de que lady Claudia está condenada. Y también ese mozo que va con ella, el que dice que es el príncipe.

—Es que es el príncipe.

El granjero hizo una mueca.

—Lo que vos digáis, Maestro. La política no es lo mío. Pero lo que sí sé es esto: la reina ha movilizado un ejército, y puede que a estas horas ya hayan llegado al feudo del Guardián. Ayer sus soldados me quemaron tres graneros aislados y mataron parte de mi ganado. Escoria de ladrones.

Jared lo penetró con un terror gélido en la mirada. Agarró el caballo y dijo:

—Señor, os agradecería que no dijerais que me habéis visto. ¿Me explico?

El granjero asintió.

—En estos tiempos revueltos, Maestro, el silencio es lo más sensato.

Al Sapient le había entrado miedo. Continuó su andadura con más cautela, avanzando siempre que era posible campo a través y por caminos de herradura, o trotando por senderos estrechos protegidos por arbustos altos a ambos lados. Llegado a un punto, mientras cruzaba un camino más ancho, vio huellas de cascos y carromatos; los profundos surcos de las ruedas indicaban que cargaban con material de hierro pesado. Acarició la gruesa melena del caballo.

¿Dónde estaba Claudia? ¿Qué había pasado en la Corte?

A última hora de la tarde llegó a un camino que se adentraba en un bosquecillo de hayas en lo alto de una colina. Los árboles estaban en calma, sus hojas mecidas levemente por la brisa, repletos de las humildes melodías de unos pájaros invisibles.

Jared bajó del caballo y se quedó un momento de pie, para permitir que el dolor de la espalda y las piernas remitiera. Entonces ató el caballo a un tronco y anduvo con precaución por el lecho de hojas de bronce, que le llegaba hasta el tobillo con su crujido susurrante.

Bajo las hayas no crecía ningún arbusto; se desplazó de un árbol a otro, extrañado, pero lo único que salió a su encuentro fue un zorro.

—Maestro Zorro —murmuró Jared.

El zorro se detuvo un segundo. Luego se dio la vuelta y se alejó trotando.

Más tranquilo, Jared se acercó al límite del hayedo y se agazapó junto a un tronco ancho. Con cuidado, miró por detrás del árbol.

Había un ejército acampado en la parte más ancha de la colina. Siguiendo el perímetro de la casa solariega del Guardián, había tiendas y carros y destellos de armaduras. Escuadrones de caballería montaban guardia en un arrogante despliegue de fuerzas; una masa de soldados cavaba una trinchera muy grande en las amplias extensiones de hierba.

Jared suspiró abatido.

Vio más hombres que llegaban por los caminos; soldados con picas encabezados por varios tamborileros y un chico que tocaba el pífano, con su silbido aflautado, que se oía desde la cima de la colina. Las banderas ondeaban por todas partes, y hacia la izquierda, bajo un brillante estandarte con la rosa blanca, un grupo de hombres sudorosos se esforzaban por levantar una carpa imponente.

La tienda de la reina.

Miró en dirección a la casa. Las ventanas estaban cerradas, el puente levadizo totalmente elevado. En el tejado de la torre de entrada resplandecía el metal; pensó que seguramente habría hombres allí, y que tal vez hubieran preparado también el cañón ligero y lo hubieran trasladado a las almenas. En su propia torre había alguien escondido tras el parapeto.

Soltó el aire contenido y se dio la vuelta, para sentarse con las rodillas hacia arriba entre las hojas muertas.

Menudo desastre. Era imposible que el feudo del Guardián resistiera un ataque continuado de esa clase. Tenía muros recios, pero era un caserío fortificado, no un castillo.

Lo más probable era que el propósito de Claudia fuese simplemente ganar tiempo. Seguro que tenía pensado utilizar el Portal.

La imagen lo agitó; se puso de pie y empezó a pasear. ¡Claudia no tenía ni idea de los peligros que comportaba el mecanismo! Jared tenía que entrar en el feudo antes de que la chica intentara hacer alguna locura.

El caballo relinchó.

Jared se quedó petrificado, oyó el roce tras de sí, los pasos que hacían crujir las hojas secas.

Y luego la voz, algo burlona:

—Vaya, Maestro Jared. ¿No se suponía que estabais muerto?


—¿Cuántos? —preguntó Finn.

Claudia tenía un visor que ampliaba las cosas. En ese momento miraba a través de él y contaba.

—Siete. Ocho. No estoy segura de qué es ese artefacto a la izquierda de la tienda de la reina.

—Dejadlo, da igual. —El capitán Soames, un hombre bajo y fornido, parecía taciturno—. Ocho piezas de artillería bastarían para hacernos picadillo.

—¿Qué tenemos nosotros? —preguntó Finn en voz baja.

—Dos cañones, mi lord. Uno auténtico de la Era y el otro, una amalgama de metales... Es muy probable que explote cuando intentemos dispararlo. Ballestas, arcabuces, lanceros, arqueros. Diez hombres con mosquetes. Y unos ocho de caballería.

—He vivido combates más desiguales —dijo Finn mientras pensaba en algunas de las emboscadas que se habían aventurado a hacer los Comitatus.

—No lo dudo —dijo Claudia con amargura—. Y ¿cuántas bajas hubo?

Él se encogió de hombros.

—En la Cárcel no contaba nadie.

A sus pies sonó una trompeta, una vez, dos, tres. Con un estruendoso chirrido de los engranajes, el puente levadizo empezó a descender.

El capitán Soames se dirigió a la escalera de caracol.

—Permaneced aquí. Y preparaos para subir el puente si doy la orden.

Claudia bajó el visor.

—Nos miran. Ninguno de ellos se mueve.

—La reina no ha llegado todavía. Uno de los hombres que entraron anoche dice que el Consejo y la reina han aprovechado para hacer una visita real por sus dominios con el fin de presentar al Impostor; están en Mayfield, y llegarán en cuestión de horas.

El puente levadizo retumbó como un trueno al tocar el suelo. La bandada de cisnes negros que había en el foso se alborotó y nadó hasta la zona arbustiva entre chapoteos.

Claudia se inclinó sobre las almenas.

Las mujeres empezaron a salir despacio con bultos cargados a la espalda. Algunas de ellas llevaban niños en brazos. Las adolescentes caminaban agarrando a sus hermanos más pequeños. Se dieron la vuelta y saludaron con la mano hacia la torre. Tras ellas, en un carro inmenso movido por el caballo de tiro más fuerte del que disponían, iban sentados con porte estoico los sirvientes más ancianos que iban a abandonar el feudo. Se mecían al compás con cada bache del puente de madera.

Finn contó veintidós.

—¿Ralph también se marcha?

Claudia se echó a reír.

—Se lo ordené. Y me dijo: «Sí, mi lady. Y ¿qué deseáis cenar esta noche?». Cree que este edificio se derrumbaría sin su presencia.

—Ralph, igual que todos nosotros, sirve al Guardián —intervino el capitán Soames—. No quisiera faltaros al respeto, mi lady, pero el Guardián es nuestro amo y señor. Durante su ausencia, debemos guardar su casa.

Claudia frunció el entrecejo.

—Mi padre no es merecedor de ninguno de vosotros.

Pero lo dijo en voz tan baja que únicamente Finn lo oyó.

Una vez que Soames se hubo marchado para supervisar cómo levantaban de nuevo el puente, Finn se acercó a Claudia y observó a las chicas y mujeres, que se aproximaban con pasos cansados a la zona donde estaba el campamento de la reina.

—Seguro que las interrogan. Quién está aquí, qué planes tenemos... —comentó Finn.

—Ya lo sé. Pero no seré responsable de sus muertes.

—¿Crees que la cosa llegará tan lejos?

Claudia lo miró a los ojos.

—Tenemos que intentar negociar. Ganar tiempo como sea. Trabajar en el Portal.

Finn asintió. Claudia pasó por delante de él y se dirigió a la escalera. Antes de desaparecer, dijo por encima del hombro:

—Vamos, no deberías quedarte ahí plantado. Una flecha lanzada desde el campamento y se acabó.

Finn la siguió y, cuando llegaba al primer peldaño de la escalera, le preguntó:

—Tú me crees, ¿verdad, Claudia? Necesito saber que crees que lo recuerdo todo.

—Claro que te creo —le dijo ella—. Ahora, vamos.

Sin embargo, cuando contestó estaba de espaldas a él, y no se dio la vuelta.


—Me falta luz. Sube un poco más la antorcha.

La voz de Keiro descendió con impaciencia por el tubo; los ecos hacían que pareciera hueca y extraña. Attia se estiró cuanto pudo, pero seguía sin distinguir el cuerpo del muchacho. Debajo de ella, Rix gritó:

—¿Qué ves?

—No veo nada. Voy a continuar.

Roces metálicos y tintineos. Unos juramentos entre dientes que el tubo recogió y susurró para sus adentros. Preocupada, Attia le recomendó:

—Ten cuidado.

Keiro no se molestó en contestar. La escalera de cadenas se retorcía y doblaba, aunque Attia se esforzaba por mantenerla recta; Rix se acercó y se colgó de ella con todo su peso, de modo que facilitó un poco las cosas a Keiro.

—Escúchame, Rix —le dijo Attia—. Ahora que estamos solos, tienes que escucharme. Keiro acabará por robarte el guante. ¿Por qué no le haces un truco?

Él sonrió con astucia.

—¿Te refieres a que te lo entregue a ti y yo lleve uno falso?

Ay, mi pobre Attia. ¿Ahí termina tu astucia? Un niño lo haría mejor.

Attia lo perforó con la mirada.

—Por lo menos, yo no se lo daré a la Cárcel. Y por lo menos, yo no provocaré la muerte de todos.

Rix guiñó un ojo.

—Incarceron es mi padre, Attia. Nací dentro de sus celdas. No me traicionará.

Disgustada, Attia se agarró de la escalera.

Y se dio cuenta de que no se movía.

—¿Keiro?

Aguardaron mientras oían el pum, pum, pum, pum del corazón de la Cárcel.

—¿Keiro? Contesta.

Entonces la escalera se balanceó con ligereza. No había nadie subido.

—*¡Keiro!*

Les llegaba algún sonido, pero amortiguado y muy lejano. A toda prisa, Attia le puso la antorcha a Rix en las manos.

—Ha encontrado algo. Voy a subir.

Mientras se encaramaba a los primeros peldaños fabricados con cadenas, el mago le dijo:

—Si estás en apuros, di la palabra «problemas». Así lo sabré.

Attia miró fijamente el rostro marcado de costras del mago, su sonrisa desdentada. Entonces se dio impulso y acercó la cara a la del hombre.

—¿Hasta dónde llega tu locura, Rix? ¿Es grande o inexistente? Porque estoy empezando a dudarlo.

Él arqueó una ceja.

—Soy el Oscuro Encantador, Attia. *Es imposible conocerme.*

La escalera se retorcía y serpenteaba bajo sus pies como si estuviera viva. Attia se dio la vuelta y empezó a subir a toda velocidad. No tardó en quedarse sin aliento mientras se esforzaba por impulsar el peso hacia arriba. Las manos se le resbalaban al tocar el barro que habían dejado las botas de Keiro; el calor crecía con la altura, y un turbio hedor a sulfuro le recordó a su pesar la idea que Rix tenía sobre el corazón de magma.

Le dolían los brazos. Cada paso adelante le costaba verdaderos esfuerzos, y la antorcha, muy por debajo de ella, no era más que un tenue resplandor en la oscuridad. Se dio impulso para subir un peldaño más y se quedó colgando de las cadenas, con sensación de vértigo.

Y entonces se dio cuenta de que ante ella no continuaba la pared estrecha del tubo, sino que había un espacio ligeramente iluminado.

Y un par de botas.

Eran negras, bastante gastadas, con una hebilla de plata en una y unas puntadas en el empeine de la otra. Y quien fuera que las calzaba, estaba inclinado hacia abajo, porque su sombra cubría a Attia y le decía:

—Pero, qué alegría volver a verte, Attia.

La figura se agachó todavía más y le agarró la barbilla para obligarla a levantar la cara. Entonces vio su gélida sonrisa.

## 26

*Observad, callad y actuad cuando llegue el momento propicio.*

Los Lobos de Acero

La puerta de remaches estaba igual que siempre. Negro como el ébano, el cisne los miraba con desdén y desafío; su ojo tenía el brillo del diamante.

—Ya la abrimos con esto en otra ocasión.

Claudia esperaba impaciente mientras el disco murmuraba. Detrás de ella, Finn se había quedado de pie en medio del pasillo largo, y contemplaba todos los jarrones y armaduras expuestos.

—Bastante mejor que las bodegas de la Corte —dijo—. Pero ¿estás segura de que será el mismo Portal? ¿Cómo es posible?

El disco hizo un clic.

—No me lo preguntes. —Claudia alargó la mano y lo despegó de la puerta—. Jared tenía la teoría de que era una especie de punto intermedio entre esto y la Cárcel.

—¿Quieres decir que disminuimos de tamaño al entrar ahí?

—No lo sé.

El cerrojo de la puerta se desplazó, Claudia hizo girar el pomo y abrió con facilidad.

Cuando la siguió a través del mareante umbral, Finn miró lo que le rodeaba con los ojos muy abiertos. Luego asintió y dijo:

—Asombroso.

El Portal era igual que la sala del palacio que tan bien conocía después de sus numerosas visitas. Todos los artilugios de Jared y los cables desordenados continuaban colgando de los controles; la pluma gigante estaba rizada en un rincón, y se meció cuando la tocó la brisa. La habitación murmuraba en su silencio inclinado, con el solitario escritorio y la silla tan enigmática como siempre.

Claudia cruzó la estancia y dijo:

—Incarceron.

Un cajoncito se abrió solo. Dentro, Finn vio un cojín negro con el hueco reservado para una llave.

—De aquí es de donde robé la Llave. Parece que haga una eternidad. ¡Cuánto miedo tenía ese día! Bueno, ¿por dónde empezamos?

Él se encogió de hombros.

—Tú eres la que tenía a Jared por tutor.

—Trabajaba tan rápido que no tenía tiempo de explicármelo todo.

—Vaya, pero debe de haber apuntes, diagramas...

—Sí que hay. —Apilados encima del escritorio había páginas y páginas con la letra de trazos finos e inseguros de Jared; un libro ilustrado, listas de ecuaciones. Claudia cogió una hoja y suspiró—. Será mejor que nos pongamos manos a la obra. Podría llevarnos toda la noche.

Finn no contestó, así que Claudia alzó la mirada y le vio la cara. Se puso de pie de inmediato.

—Finn.

Estaba pálido y sus labios se habían convertido en una fina línea azul. Lo agarró y despejó el suelo apartando los circuitos a patadas para que se sentara.

—Tranquilo. Respira poco a poco. ¿Llevas alguna de las pastillas que te preparó Jared?

Finn negó con la cabeza mientras notaba que una agonía punzante le invadía y le oscurecía la vista. Notó cómo la vergüenza y la ira más absoluta lo embargaban.

—Me pondré bien —se oyó balbucir a sí mismo—. Me pondré bien.

Prefería la oscuridad. Se tapó los ojos con las manos y se quedó allí sentado, contra la pared gris, mudo, respirando, contando.

Al cabo de un rato, Claudia se marchó. Finn oyó gritos, pies que corrían. Lo obligaron a coger un cuenco con la mano.

—Agua —dijo Claudia. Y luego—: Ralph se quedará contigo. Yo tengo que irme. Ha llegado la reina.

Finn deseaba levantarse, pero no podía. Deseaba que ella se quedara, pero ya se había marchado.

Ralph le puso la mano en el hombro; la voz trémula en el oído.

—Yo os acompaño, señor.

No tenía que pasar. Ahora que recordaba, se había curado.

*Debería haberse curado.*

Attia subió el último peldaño de la escalera y se irguió con orgullo.

El Guardián dejó caer la mano de la chica.

—Bienvenida al corazón de Incarceron.

Se miraron a los ojos. Él vestía su habitual traje oscuro, pero tenía la piel manchada de polvo de la Cárcel, y el pelo despeinado y canoso. Llevaba un trabuco cruzado en el cinturón.

Detrás de él, en la habitación roja, estaba Keiro, quien parecía esforzarse por controlar su cólera. Tres hombres lo apuntaban con sus armas.

—Resulta que nuestro amigo el ladrón no tiene el Guante. Así que debes de tenerlo tú.

Attia se encogió de hombros.

—Os equivocáis. —Se quitó la chaqueta y la sacudió en el aire—. Buscadlo si queréis.

El Guardián enarcó una ceja. Dio una patada a la chaqueta de Attia, para tirársela a uno de los Presos, que la registró rápidamente.

—Nada, señor.

—Entonces tendré que registrarte a ti, Attia.

El Guardián fue brusco e insistente, cosa que provocó la rabia de la chica, pero cuando un chillido amortiguado subió por el tubo de la chimenea, paró en seco.

—¿Es el charlatán Rix?

Attia se sorprendió de que no lo supiera.

—Sí.

—Pues que suba. Ahora mismo.

Attia se asomó a la boca del tubo y se acuclilló junto al agujero.

—¡Rix! Sube. Estamos a salvo. No hay problemas.

El Guardián apartó a Attia tirándole de la espalda e hizo una señal a uno de sus hombres. Mientras Rix subía resoplando por la escalera de mano, el Preso se arrodilló y apuntó con el trabuco directamente al agujero del tubo. Cuando la cabeza de Rix surgió, se encontró mirando fijamente al cañón del arma.

—Despacio, mago. —El Guardián se acuclilló, con los ojos grises y cenicientos—. Muy despacio, si quieres conservar los sesos.

Attia miró a Keiro. Éste levantó las cejas y ella negó con la cabeza, el más leve de los movimientos. Ambos observaron a Rix.

El mago salió del agujero y mostró las manos abiertas delante del cuerpo.

—¿El Guante? —dijo el Guardián.

—Escondido. En un lugar secreto que únicamente desvelaré al propio Incarceron.

El Guardián suspiró, sacó un pañuelo que todavía se conservaba casi blanco, y se limpió las manos. Fatigado, ordenó:

—Cacheadlo.

Con Rix fueron todavía más brutos. Unos cuantos puñetazos lo mantuvieron callado, hicieron trizas su bolsa, le magullaron el cuerpo.

Encontraron monedas escondidas, pañuelos de colores, dos ratones, una jaula para palomas plegable. Encontraron bolsillos con doble fondo, mangas falsas, forros reversibles. Pero ni rastro del Guante.

El Guardián se sentó a observarlo, mientras Keiro holgazaneaba desafiante en el suelo de baldosas. Attia aprovechó la oportunidad para mirar a su alrededor.

Se hallaban en una amplia estancia embaldosada con cuadros blancos y negros que se prolongaba hasta donde se perdía la vista. De las paredes colgaban franjas de satén rojo, que caían formando anchas bandas. En el extremo más alejado, tan distante que apenas se distinguía, había una mesa larga flanqueada por unos candelabros de pie, como ramas encendidas con unas llamitas diminutas.

Por fin los Presos se dieron por vencidos.

—No lleva nada más encima, señor. Está limpio.

Attia percibió cómo Keiro iba recuperando la compostura poco a poco detrás de ella.

—Ya. —El Guardián esbozó una de sus sonrisas glaciales—. En fin, Rix, me has decepcionado. Pero si deseas hablar con Incarceron, habla. La Cárcel te escucha.

Rix hizo una reverencia. Se abrochó la maltrecha casaca y reunió toda la dignidad que le quedaba.

—Entonces, su majestad la Cárcel oirá mi petición. Suplico hablar con Incarceron cara a cara. Igual que hizo Sáfico.

Se oyeron unas risitas ahogadas.

Provenían de las paredes, del techo y del suelo, de modo que los hombres armados miraron a su alrededor, aterrados.

—¿Qué dices a eso? —preguntó el Guardián.

—*Digo que el Preso es un temerario, y que podría devorarlo ahora mismo y arrancarle los circuitos del cerebro por su insolencia.*

Rix se arrodilló humildemente.

—Toda mi vida he soñado contigo. He protegido tu Guante, y he ansiado que llegara el momento de entregártelo. Permite a tu siervo este privilegio.

Keiro resopló con desdén.

Rix miró a Attia a la cara.

Sus ojos se desviaron a la boca del tubo y después volvieron a fijarse en ella. El movimiento fue tan rápido que Attia casi lo pasó por alto, pero miró adonde indicaba el hechicero y vio el cordel.

Apenas perceptible, era muy delgado y transparente, como el hilo que utilizaba Rix en su actuación cuando hacía levitar objetos. Estaba atado a uno de los peldaños de la escalera y se perdía en el interior del tubo.

Por supuesto. En el conducto no había ningún Ojo.

Attia dio un pasito hacia allí.

La voz de la Cárcel sonó fría y metálica.

—*Me conmueves, Rix. El Guardián te traerá hasta mí y sí, me verás cara a cara. Me contarás dónde está el Guante y luego, como recompensa, te destruiré lentamente y con sumo cuidado, átomo a átomo, durante siglos. Gritarás como los prisioneros de tus libros ilustrados, como Prometeo, devorado eternamente por el águila, como Loki, a quien el veneno le gotea sobre el rostro. Cuando yo haya Escapado y todos los demás hayan muerto, tus convulsiones todavía sacudirán la Cárcel.*

Rix hizo una reverencia con la cara pálida.

—*John Arlex.*

El Guardián preguntó irritado:

—Y ahora ¿qué?

—*Tráemelos a todos.*

Attia se movió. Chilló mirando a Keiro y saltó al centro del tubo, descendió a toda prisa. El hilo de seda osciló; lo agarró y tiró de él hacia arriba. Soltó la cosa escamosa y seca que sujetaba, se la escondió debajo de la camisa.

Entonces unos brazos la atraparon; pataleó y mordió, pero los hombres del Guardián la levantaron en volandas y vio que Keiro estaba desparramado en el suelo, con el Guardián de pie encima de su pecho, arma en mano.

El padre de Claudia la miró a los ojos con falsa consternación:

—¿Escapar, Attia? No hay forma de Escapar. Para ninguno de nosotros.

Taciturna, devolvió la mirada a los ojos sombríos del Guardián. En ese momento, el hombre se marchó como ofendido y se perdió por el largo pasillo.

—Traédmelos.

Keiro se limpió la sangre de la nariz. Miró a Attia fugazmente. Rix también.

Y esta vez, ella asintió.


Jared se dio la vuelta poco a poco.

—Mi lord de Steen —dijo.

Caspar se inclinó contra el tronco de un árbol. El brillo de su armadura de acero era tan fuerte que hacía daño a la vista; sus pantalones de montar y las botas eran de la piel más fina.

—Veo que mi lord se ha vestido para la guerra —murmuró Jared.

—Antes no erais tan sarcástico, Maestro.

—Lo siento. He pasado una mala racha.

Caspar sonrió.

—Mi madre se quedará de piedra cuando se entere de que habéis sobrevivido. Lleva varios días esperando un mensaje de la Academia, pero no le han enviado noticias. —Dio un paso adelante—. Maestro, ¿lo matasteis con alguna poción mágica de Sapient? ¿O poseéis dotes secretas para el combate?

Jared bajó la mirada hacia sus finas manos.

—Digamos que me sorprendí incluso a mí mismo, señor. Pero ¿está aquí la reina?

Caspar señaló con el dedo.

—Sí, sí. No se perdería esto por nada del mundo.

Un caballo blanco, ensillado con unos aparejos de delicadísima piel igual de blanca, y sobre él estaba Sia, montada a mujeriegas. Llevaba un austero vestido de color gris oscuro. También ella llevaba una armadura que le protegía el pecho, y un sombrero con una pluma. A su alrededor y delante de la reina marchaban los lanceros, con las armas inclinadas formando un abanico perfecto.

Jared se acercó al conde.

—¿Qué ocurre?

—Es una negociación. Hablarán hasta morirse de aburrimiento. Mirad, ahí está Claudia.

La respiración de Jared se detuvo cuando la vio. Estaba de pie en el tejado de la torre de entrada, con Soames y Alys a su lado.

—¿Dónde está Finn? —murmuró para sí mismo, pero Caspar lo oyó y se burló.

—Descansando, supongo. —Sonrió con malicia hacia Jared—. Ay, Maestro Sapient, al final nos ha rechazado a los dos. Admito que siempre me atrajo Claudia, aunque lo de casarme con ella... fue idea de mi madre. Habría sido una esposa demasiado difícil y mandona, así que me da igual. Pero debió de ser duro para vos. Estabais siempre tan unidos... Todo el mundo lo dice. Hasta que apareció «él».

Jared sonrió.

—Tenéis una lengua viperina, Caspar.

—Sí, y os he picado, ¿verdad? —Se dio la vuelta con insolencia—. A lo mejor deberíamos bajar a oír lo que dicen. Mi madre se sentirá muy orgullosa cuando me vea aparecer arrastrándoos entre las filas de soldados y os arroje a sus pies. ¡Me encantaría ver la cara que pondría Claudia!

Jared retrocedió un paso.

—No parecéis armado, mi lord.

—No, no llevo armas. —Caspar sonrió con dulzura—. Pero Fax sí.

Un roce de hojas a su izquierda. Jared volvió la cabeza muy lentamente para quedar frente a él, sabedor de que su libertad se había terminado.

Sentado contra el tronco de un árbol, con un hacha sujeta entre las rodillas y el cuerpo robusto enfundado en una susurrante cota de malla, el guardaespaldas del príncipe asintió, sin atisbo de sonrisa.

—No, hasta que regrese mi padre.

Claudia lo dijo con voz clara y fuerte, para que todos pudieran oírla.

La reina suspiró con agotamiento. Había bajado del caballo y se había sentado en una silla de mimbre delante de la torre de entrada, tan próxima que incluso un niño la habría alcanzado con una flecha. Claudia no tuvo más remedio que admirar su absoluta arrogancia.

—Y ¿qué esperáis lograr, Claudia? Tengo hombres y armas suficientes para volar en pedazos el feudo del Guardián. Y las dos sabemos que vuestro padre, alguien que dirigió un complot para intentar matarme, no regresará jamás. Ahora está donde le corresponde: en la Cárcel. Vamos, sed sensata. Entregadme al preso Finn, y entonces vos y yo podremos hablar. A lo mejor me precipité al tomar decisiones. A lo mejor cabe la posibilidad de que el feudo permanezca en vuestras manos. A lo mejor.

Claudia cruzó los brazos.

—Tendré que pensarlo.

—Podríamos haber sido muy buenas amigas, Claudia. —Sia apartó una abeja que le molestaba—. Aquella vez en que os dije que vos y yo nos parecíamos, hablaba en serio. Habríais sido la próxima reina. Quizá todavía estéis a tiempo de serlo.

Claudia sacó pecho.

—Seré la próxima reina. Porque Finn es el príncipe legítimo, el auténtico Giles. Y no ese mentiroso que tenéis al lado.

El Impostor sonrió, se quitó el sombrero e hizo una reverencia. Llevaba el brazo derecho vendado y en cabestrillo, y una pistola cruzada en el fajín, pero por lo demás, parecía tan apuesto y gentilmente arrogante como siempre. Gritó:

—¡No creéis en lo que decís, Claudia! En el fondo, no.

—¿Eso pensáis?

—Sé que no pondríais en peligro las vidas de vuestros vasallos por la palabra de un ladrón de poca monta. Os conozco, Claudia. Vamos, salid a conversar. Entre todos hallaremos una solución.

Claudia lo miró a la cara. Tembló por una ráfaga de aire frío. Unas cuantas gotas de lluvia le mojaron las mejillas. Contestó:

—Os perdonó la vida.

—Porque sabe que soy su príncipe. Igual que vos.

Por un segundo desesperado, Claudia se quedó sin palabras. Y haciendo gala de su instinto para advertir la debilidad, Sia intervino:

—Confío en que no estéis esperando al Maestro Jared, Claudia.

Claudia levantó la cabeza de repente.

—¿Por qué? ¿Dónde está?

Sia se incorporó y encogió sus estrechos hombros.

—En la Academia, tengo entendido. Aunque he oído rumores de que está muy enfermo. —Sonrió con absoluta frialdad—. Muy, muy enfermo.

Claudia se adelantó hasta agarrar las piedras frías de la almena.

—Si le pasa algo a Jared, lo que sea —susurró—, si le tocáis un pelo, os juro que os mataré con mis propias manos antes de que los Lobos de Acero tengan tiempo siquiera de acercarse a vos.

Se oyó una conmoción a su espalda. Soames le tiró de la camisa. Finn estaba en lo alto de la escalera, pálido pero alerta, y Ralph apareció jadeando detrás de él.

—Si aún necesitara pruebas de vuestra traición, esas palabras bastarían para disipar mis dudas. —La reina hizo un gesto para que le acercaran el caballo, como si la mención de los Lobos de Acero la hubiese alarmado—. Si fuerais un poco más sensata, no olvidaríais que la vida de Jared está en juego, además de la vida de todas las personas que se esconden en esa casa. Porque si tengo que quemarla y reducirla a cenizas para zanjar esta cuestión, lo haré. —Levantó un pie y se apoyó en la espalda doblada de un soldado para darse impulso y montar con delicadeza en la silla—. Tenéis exactamente hasta mañana a las siete en punto para entregarme al preso fugado. Si para entonces no está en mis manos, dará comienzo el bombardeo.

Claudia observó cómo se alejaba.

El Impostor miró con sorna a Finn.

—Si de verdad no fuerais una Escoria de la Cárcel, saldríais por propia iniciativa —le provocó—. Y no os esconderíais detrás de una chica.

Jared se limitó a decir:

—Es una lástima haber burlado a un asesino para caer en las garras de otro.

Caspar asintió con la cabeza.

—Ya lo sé. Pero así es la guerra.

Fax se puso de pie.

—¿Señor?

—Primero vamos a atarlo —ordenó Caspar—, y después lo bajaré hasta el campamento. De hecho, Fax, cuando estemos cerca de las tiendas de campaña, será mejor que te esfumes.

—Sonrió a Jared—. Mi madre me adora, pero nunca ha tenido demasiada confianza en mí. Ésta será mi oportunidad de demostrarle qué soy capaz de hacer. Mostrad las manos, Maestro.

Jared suspiró. Levantó las manos y entonces la palidez se apoderó de su rostro; trastabilló y estuvo a punto de caerse.

—Lo siento —susurró.

Caspar sonrió a Fax.

—Buen intento, Maestro...

—No, va en serio. Mi medicación... Está en el zurrón...

Se agachó y se sentó entre las hojas, tembloroso.

Caspar hizo un mohín y después gesticuló con impaciencia para que Fax se acercara al caballo. En cuanto el hombre se movió, Jared se levantó de un salto y echó a correr, se escondió entre los árboles, sorteó las raíces que sobresalían, y aunque le costaba tanto respirar que sentía un dolor continuo, siguió corriendo, pues oía unas pisadas detrás de él, pesadas y próximas. Y luego la risa creciente, cuando se resbaló, rodó y se golpeó contra el tronco de un árbol.

Intentó darse la vuelta. Tenía a Fax encima, haciendo oscilar el hacha. Detrás de él, Caspar sonrió triunfal.

—Bueno, venga, Fax. Acierta a la primera.

El gigante levantó la hoja.

Jared se agarró con fuerza al árbol; notó el tronco suave bajo las manos.

Fax se movió. Se sacudió y la sonrisa se le congeló en el rostro, un rictus fijo que pareció recorrer todo su cuerpo, el brazo, y el hacha, de modo que la soltó y el filo se clavó en la tierra blanda.

Después de un lapso de tiempo detenido, con los ojos como platos, el hombre se desplomó tras el arma.

Jared soltó el aire, incrédulo.

Una flecha, clavada hasta las plumas, sobresalía de la espalda del sirviente.

Caspar soltó un rugido de furia y miedo. Agarró el hacha, pero una voz dijo con calma a su izquierda.

—Soltad el arma, señor conde. Ahora mismo.

—¿Quiénes sois? ¡Cómo os atrevéis...!

Una voz macabra dijo:

—Somos los Lobos de Acero, lord. Como ya sabéis.

# 27

*Una vez que hubo cruzado el puente de sables, llegó a una estancia*
*en la que había un banquete con manjares dispuestos sobre la mesa.*
*Se sentó y cogió un pedazo de pan, pero el poder del Guante lo*
*convirtió en ceniza. Agarró una copa de agua pero el cristal estalló,*
*hecho añicos. Así pues, reemprendió el viaje, porque supo que estaba*
*cerca de la puerta.*

ANDANZAS DE SÁFICO

—Ahora éste es mi reino. —El Guardián señaló la mesa—. Mi
trono para deliberar. Y aquí, mis dependencias privadas.

Abrió las puertas de par en par y entró en la sala. Los tres
Presos empujaron a Rix, Attia y Keiro para que lo siguieran.

Una vez dentro, Attia paseó la mirada por el lugar.

Se hallaban en una habitación pequeña decorada con tapices.
Había ventanas en las paredes, altas vidrieras con imágenes que
eran imposibles de distinguir en aquella penumbra, unas cuantas
manos y caras iluminadas por la luz de las llamas del gran fuego
que ardía en el hogaril.

El calor les dio la bienvenida con su fuerza. El Guardián se volvió.

—Sentaos, por favor.

Había unas cuantas sillas de ébano tallado, con los respaldos en forma de pares de cisnes negros con los cuellos entrelazados. Unos pesados maderos se extendían dibujando cenefas intrincadas en el techo; de los candelabros goteaba cera que caía en el suelo embaldosado. De algún lugar cercano, llegaba el eco de las vibraciones, como un latido.

—Seguro que estáis agotados después de un viaje tan azaroso —dijo el Guardián—. Traedles comida.

Attia se sentó. Se sentía destrozada y sucia; llevaba el pelo aplastado por el lodo del túnel. ¡Y el Guante! Sus garras le arañaban la piel desnuda, pero no se atrevía a moverlo por si el Guardián se daba cuenta de que lo tenía escondido. Sus ojos grises eran astutos y siempre vigilantes.

Cuando por fin llegó la comida, vieron que era una bandeja con pan y agua, que los Presos tiraron al suelo. Keiro hizo caso omiso, pero Rix no tuvo escrúpulos; comió como si estuviera famélico, arrodillándose y engullendo el pan a manos llenas. Attia alargó el brazo hacia el suelo y cogió un trozo de corteza; la masticó con parsimonia, pero estaba seca y dura.

—La ración de la Cárcel —dijo la chica.

—Ahí es donde estamos —contestó el Guardián mientras se sentaba, alisándose los faldones de la americana.

—Bueno, y ¿qué ha sido de vuestra torre? —le preguntó Keiro.

—Tengo muchos refugios en la Cárcel. Utilizo la torre como biblioteca. Esto es mi laboratorio.

—Pues no veo ningún tubo de ensayo.

John Arlex sonrió.

—Ya los verás, y dentro de muy poco. Bueno, eso si quieres participar en el plan demente de este desdichado.

Keiro se encogió de hombros.

—Después de haber llegado tan lejos...

—Ya lo creo. —El Guardián unió las puntas de los dedos—. El tullido, el perro-esclavo y el lunático.

Keiro estuvo a punto de dejar aflorar sus sentimientos.

—Y ¿crees que vas a Escapar? —le preguntó el Guardián.

Cogió la jarra de agua y se sirvió un vaso.

—No.

Keiro miró a su alrededor.

—Qué listo eres. Como bien sabes, precisamente tú no puedes marcharte. Tu cuerpo contiene elementos de Incarceron.

—Sí. Pero también el cuerpo que se ha fabricado la Cárcel está hecho únicamente con esos «elementos». —Keiro se recostó en la silla e imitó la pose del Guardián para burlarse, enfrentando las yemas de los dedos—. Y está más que decidido a Huir con él. Bueno, una vez que tenga el Guante. Así que supongo que ese Guante tiene tanto poder que permite cualquier cosa. Incluso podría permitirme Escapar a mí.

El Guardián lo miró fijamente y Keiro le aguantó la mirada.

Tras ellos, Rix tosió porque intentó comer y beber al mismo tiempo.

—Como aprendiz de mago eres un desastre —dijo el Guardián sin inmutarse—. Tal vez se te diera mejor trabajar para mí.

Keiro se echó a reír.

—Eh, no te lo tomes a broma. Tienes el temperamento que hace falta para ser cruel, Keiro. La Cárcel es tu entorno. El Exterior te decepcionará.

En medio del silencio de su mirada mutua, Attia espetó:

—Debéis de echar mucho de menos a vuestra hija.

Los ojos grises del Guardián se posaron en ella. Attia esperaba una reacción furiosa, pero lo único que dijo fue:

—Sí. La echo de menos.

Al ver la sorpresa de la chica, el Guardián sonrió.

—Qué poco me conocéis vosotros los Presos. Necesitaba un heredero y sí, robé a Claudia de este sitio cuando era una recién nacida. Ahora, ni ella ni yo podremos Escapar jamás el uno del otro. La echo de menos. Y estoy seguro de que ella también se acuerda de mí. —Bebió un sorbo de agua con fastidio—. Nuestro afecto es retorcido. Un afecto que es en parte odio y en parte admiración y en parte miedo. Pero afecto, al fin y al cabo.

Rix eructó. Se limpió la boca con la mano y dijo:

—Ya estoy listo.

—¿Listo?

—Para enfrentarme a... Incarceron.

El Guardián se echó a reír.

—¡Insensato! ¡No sabes nada! ¿Es que no ves que has estado enfrentándote a Incarceron todos los días de tu miserable, roñosa y fraudulenta vida? Respiras a Incarceron, comes y sueñas y vistes a Incarceron. Él es el desdén de todos los ojos que te miran, la palabra de todas las bocas que te hablan. No hay ningún sitio al que puedas ir para Escapar de él.

—A menos que muera —dijo Rix.

—A menos que mueras. Y eso es fácil de conseguir. Pero si albergas la absurda ilusión de que la Cárcel te lleve consigo... —Negó con la cabeza.

—Pero vos sí iréis —murmuró Keiro.

La sonrisa del Guardián fue despiadada.

—Mi hija me necesita.

—No comprendo por qué no habéis vuelto antes. Tenéis las dos Llaves...

La sonrisa desapareció. John Arlex se puso de pie, una presencia alta e imponente.

—Las tenía. Ya lo veréis. Cuando la Cárcel esté preparada, nos llamará. Hasta entonces, quedaos aquí. Mis hombres estarán en la puerta.

Se dirigió a la salida y apartó un plato vacío de una patada. Keiro no se movió ni alzó la mirada, pero su voz sonó cargada de una fría insolencia:

—Estáis tan Preso como cualquiera de nosotros. No hay diferencia.

El Guardián se detuvo en seco, apenas por un segundo. Luego abrió la puerta y salió. Tenía la espalda rígida.

Keiro soltó una risita en voz baja.

Rix asintió para darle la razón.

—Bien dicho, Aprendiz.


—Lo habéis matado. —Jared se incorporó después de observar el cuerpo y miró a Medlicote—. No era necesario...

—Por supuesto que era necesario, Maestro. No habríais sobrevivido a un golpe de esa hacha. Y tenéis unos conocimientos que todos deseamos poseer.

El secretario tenía un aspecto curioso con el trabuco en la mano. Llevaba el abrigo tan polvoriento como siempre y sus gafas de media luna captaban el sol de atardecer. Entonces desvió la mirada hacia los hombres que estaban tapándole los ojos a Caspar.

—Lo siento, pero el príncipe también tendrá que morir. Nos ha visto.

—Sí que os he visto. —Caspar sonaba aterrado y furioso al mismo tiempo—. A vos, Medlicote, y a vos, Grahame, y a vos, Hal Keane. Sois todos unos traidores, y en cuanto la reina sepa...

—Exacto. —La voz de Medlicote sonó autoritaria—. Será mejor que os apartéis, Maestro. No tenéis por qué intervenir.

Jared no se movió. Miró a los ojos a Medlicote entre las sombras del crepúsculo.

—¿De verdad estáis dispuestos a matar a un chico desarmado?

—Ellos mataron al príncipe Giles.

—Finn es Giles.

Medlicote suspiró.

—Maestro, los Lobos sabemos que el verdadero Giles está muerto. El Guardián de Incarceron era nuestro líder. Si hubieran encerrado al príncipe en la Cárcel, nos lo habría dicho.

La revelación pilló desprevenido a Jared, quien intentó recuperar la compostura.

—El Guardián es un hombre de gran complejidad. Tiene sus propios planes. Podría haberos engañado a propósito.

El secretario asintió.

—Lo conozco mejor que vos, Maestro. Pero no es el momento de hablar de eso. Por favor, apartaos.

—¡No lo hagáis, Jared! —suplicó Caspar con voz aguda—. ¡No me abandonéis! ¡Haced algo! ¡No os habría matado jamás, Maestro! ¡Lo juro!

Jared se frotó la cara. Estaba cansado, dolorido y frío. Se moría de preocupación por Claudia. Pero dijo:

—Escuchadme, Medlicote. Nadie gana nada con que el chico muera. Pero como rehén es increíblemente valioso. En cuanto salga la luna y la noche esté lo bastante oscura, tengo intención de utilizar un pasadizo secreto que conozco para entrar en el feudo del Guardián...

—¿Qué pasadizo?

Jared inclinó la cabeza hacia los hombres que lo escuchaban.

—No puedo desvelarlo. Es posible que haya espías entre vuestro Clan. Pero hay un camino. Dejad que me lleve a Caspar. Si la reina ve a su preciado hijo expuesto en las almenas, detendrá el bombardeo al instante. Sin duda, coincidiréis en que mi plan tiene que funcionar.

Medlicote lo miró a través de los cristales de las gafas. Entonces dijo:

—Hablaré con mis hermanos.

Los Lobos se apartaron y formaron un grupito bajo las hayas.

Con los ojos vendados y maniatado, Caspar susurró:

—¿Dónde estáis, Maestro Sapient?

—Sigo aquí.

—Salvadme. Desatadme. Mi madre os dará montones de tesoros. Todo lo que queráis. No me dejéis en manos de estos monstruos, Jared.

Jared se sentó, agotado, sobre el lecho de hojas de haya, y observó a los monstruos. Eran hombres serios y resentidos. Reconoció a algunos de ellos: un caballero de la Cámara de la Corona, un miembro del Consejo Real. ¿Estaba más a salvo él que Caspar ahora que también sabía quiénes eran? Y ¿por qué se había visto tan involucrado en esa red de asesinatos e intrigas cuando lo único que había deseado Jared en toda su vida había sido estudiar las antiguas escrituras y las estrellas?

—Volverán enseguida. Desatadme, Jared. No dejéis que me disparen igual que a Fax.

Se puso de pie.

—Señor, hago todo lo que puedo.

Los hombres se aproximaron con las últimas luces del atardecer. El sol ya se había puesto, y del campamento de la reina les llegaba el sonido de una trompeta. De la tienda real salían risas y unos acordes de viola. Caspar soltó un bufido.

—Hemos tomado una decisión. —Medlicote bajó el trabuco y miró a Jared a los ojos en el titilante anochecer—. Apoyamos vuestro plan.

Caspar suspiró y se dejó caer levemente. Jared asintió.

—Pero... hay condiciones. Sabemos que habéis estado investigando en la Academia. Sabemos que descodificasteis unos archivos y suponemos que os enterasteis de ciertos secretos acerca de la Cárcel. ¿Sabríais encontrar la forma de que el Guardián saliera al Exterior?

—Creo que es posible —dijo Jared con cautela.

—Entonces, debéis jurarnos, Maestro, que haréis todo lo que esté en vuestra mano para devolvérnoslo. Seguro que lo retienen contra su voluntad; si la Cárcel no es el Paraíso que pensábamos, es imposible que nos haya abandonado por iniciativa propia. El Guardián es fiel al Clan.

Estaban desquiciados, pensó Jared. Pero asintió:

—Haré todo lo que pueda.

—Y para asegurarme, entraré en el feudo del Guardián con vos.

—¡No! —Caspar sacudió la cabeza a ciegas—. Me matará, ¡aunque sea allí dentro!

Jared miró a Medlicote.

—No temáis, sir. Claudia nunca permitiría que lo hiciera.

—Claudia. —Caspar asintió aliviado—. Sí, tenéis razón. Claudia y yo siempre hemos sido amigos. Una vez fue mi prometida. Podría volver a serlo.

Los Lobos de Acero lo miraron por encima del hombro en un amargo silencio. Uno de ellos murmuró:

—El heredero de los Havaarna. Menudo futuro nos espera.

—Los derrocaremos a todos. Y también aboliremos el Protocolo.

Medlicote se dirigió a ellos.

—La luna saldrá dentro de pocas horas. Esperemos hasta entonces.

—Bien. —Jared se sentó y se apartó un mechón de pelo mojado de la cara—. En ese caso, mis lores, si tenéis algo que un pobre Sapient pueda comer, os lo agradecería mucho. Y luego dormiré un rato, hasta que me despertéis. —Alzó la mirada al cielo por entre las ramas de los árboles—. Aquí. Bajo las estrellas.

Claudia y Finn se sentaron a la mesa uno enfrente del otro.

Los criados sirvieron el vino; Ralph mandó entrar a tres lacayos que llevaban distintas fuentes tapadas y después repasó los platos, quitó las tapas de los recipientes y colocó varios cubiertos cerca de Claudia.

Claudia se sentó y se inclinó sobre el melón que había en su plato. Al otro lado de los candelabros y del generoso frutero del centro de la mesa, Finn bebía en silencio.

—¿Deseáis algo más, señora?

Claudia levantó la mirada.

—No, Ralph. Gracias. Tiene un aspecto fantástico. Por favor, dales las gracias también a los sirvientes.

El anciano hizo una reverencia, pero Claudia se percató de su mirada de sorpresa y esbozó una sonrisa. A lo mejor había cambiado. A lo mejor ya no era la misma niñita insolente y caprichosa.

Cuando se hubo marchado y Finn y ella se quedaron a solas, ninguno de los dos habló. Finn amontonó la comida en el plato y después empezó a tragar con apatía. Claudia se sentía incomodísima.

—Es extraño. Hace meses que deseaba regresar y estar aquí, en casa, atendida por Ralph. —Repasó con la mirada la habitación forrada de madera oscura que tan bien conocía—. Pero ya no es igual.

—A lo mejor es porque hay un ejército a las puertas.

Claudia lo miró a los ojos y luego dijo:

—Te llegó al alma. Lo que te dijo.

—¿Lo de que me escondía detrás de una chica? —Finn resopló—. He oído cosas peores. En la Cárcel, Jormanric soltaba unos insultos que le habrían congelado la sangre a ese imbécil.

Claudia cogió una uva.

—Ya, pero te llegó al alma.

Finn tiró la cuchara con violencia y se levantó de un brinco. Empezó a dar zancadas por el salón.

—Vale, Claudia, sí, me ofendió. Debería haberlo matado cuando tuve la oportunidad. Fin del Impostor, fin de los problemas. Y tiene razón en una cosa. Si no hemos abierto el Portal antes de las siete de la mañana, seré yo quien salga del feudo por mi propio pie, solo, porque bajo ningún concepto permitiré que alguno de los tuyos muera por mí. Una mujer murió por mi culpa una vez, porque yo no pensaba en nada más que en mi propia Huida. Vi cómo caía entre gritos al negro abismo y fue por mi culpa. No volverá a ocurrir.

Claudia jugueteó con una pepita de uva en el plato.

—Finn, eso es justo lo que Sia quiere que hagas. Que seas noble, que te rindas. Que te maten. —Se dio la vuelta—. ¡Piensa! La reina no sabe que tenemos un Portal aquí: si lo supiera, a estas horas ya habría derrumbado el caserío. Y ahora que recuerdas quién eres... ahora que sabes que eres el auténtico Giles, no puedes sacrificarte sin más. Eres el rey.

Finn dejó de caminar y la miró.

—No me ha gustado cómo lo has dicho.

—¿Cómo he dicho qué?

—«Que recuerdas», «que recuerdas»... No me crees, Claudia.

—Claro que sí...

—Piensas que estoy mintiendo. Tal vez a mí mismo.

—Finn...

Claudia se puso de pie, pero él la desdeñó con la mano.

—Y el último ataque... No ocurrió, pero estuvo a punto. Y no debería. Ya no.

—Seguro que tardan un tiempo en desaparecer. Ya te lo dijo Jared. —Exasperada, lo miró a los ojos—. ¡Deja de pensar en ti mismo un momento, Finn! Jared ha desaparecido, dios sabe dónde estará. Keiro...

—¡¡No me hables de Keiro!!

Se había dado la vuelta y tenía el rostro tan blanco que Claudia se asustó. No contestó, pues sabía que había tocado la fibra sensible del muchacho, un nervio puro, y dejó que su rabia se apaciguara.

Finn la miró a la cara. Luego, más tranquilo, dijo:

—Nunca dejo de pensar en Keiro. Nunca dejo de arrepentirme de haber venido aquí.

Ella se rio con sorna.

—¿Prefieres la Cárcel?

—Lo traicioné. Y a Attia. Si pudiera volver...

Claudia se dio la vuelta, agarró la copa y bebió, los dedos le temblaban en el delicado tallo de cristal. Detrás de ella, el fuego crepitaba sobre los troncos y las brasas de plástico.

—Ten cuidado con lo que deseas, Finn. Podría hacerse realidad.

El chico se inclinó sobre la chimenea y bajó la mirada. Junto a él, unas figuras talladas en cristal lo observaban; el ojo del cisne negro centelleó como un diamante.

Lo único que se movía en el salón caldeado eran las llamas. Provocaban que los robustos muebles resplandecieran, y las caras del cristal tallado lucían como estrellas atentas.

Fuera, varias voces murmuraron algo en el pasillo. Sobre el techo oyeron el ruido de los cañones que estaban cargando de munición. Si Claudia escuchaba atentamente, podía oír el revuelo del campamento de la reina.

De repente sintió que necesitaba aire fresco, así que se acercó a la ventana y abrió ambas hojas.

La noche estaba cerrada, la luna pendía baja en el cielo, próxima al horizonte. Por detrás de los prados, había colinas coronadas con árboles, y se preguntó cuántas piezas de artillería habría traído consigo la reina. Mareada por un miedo repentino, Claudia dijo:

—Tú echas de menos a Keiro y yo echo de menos a mi padre. —Percibió que él volvía la cabeza, así que continuó—. No, no creía que pudiera pasarme, pero así es... A lo mejor me parezco a él más de lo que pensaba.

Finn no dijo nada.

Claudia cerró la ventana de repente y se aproximó a la puerta.

—Intenta comer algo. De lo contrario, Ralph se decepcionará. Vuelvo arriba.

El muchacho no se movió. Habían dejado el estudio hecho un desastre, con miles de papeles y diagramas desperdigados que habían intentado interpretar, pero aun así, nada tenía sentido. Era desquiciante, porque ninguno de los dos sabía qué buscaban. Sin embargo, no podía decirle eso a Finn.

Al llegar a la puerta, Claudia se detuvo.

—Escúchame, Finn. Si no lo logramos y sales de aquí como si fueras un héroe, la reina destruirá el feudo de todas formas. Ahora ya no se conformará con marcharse sin hacer alarde de su fuerza. Hay una salida secreta: un túnel subterráneo en los establos. Hay una trampilla debajo de la cuarta cuadra. El mozo de caballeriza, Job, lo encontró un día por casualidad y nos lo enseñó a Jared y a mí. Si nos atacan, acuérdate del túnel, porque quiero que me prometas que vas a utilizarlo. Eres el rey. Eres el que comprende a Incarceron. Eres demasiado valioso para caer. Los demás no lo somos.

Pasó un buen rato hasta que Finn tuvo ánimos para contestar y, cuando por fin se dio la vuelta, vio que Claudia acababa de salir.

La puerta se cerró lentamente con un clic.

Finn miró con fijeza los tablones de madera.

# 28

*¿Cómo sabremos cuándo se acerca la gran Destrucción? Porque habrá*
*lamentos y angustia y gritos extraños en la noche. El Cisne cantará*
*y la Polilla destrozará al Tigre. Las cadenas se abrirán solas. Las*
*luces se apagarán, una tras otra, como los sueños al romper el alba.*
*En medio de este caos, una cosa es segura.*
*La Cárcel cerrará los ojos ante el sufrimiento de sus hijos.*

DIARIO DE LORD CALLISTON

*Las estrellas.*
Jared durmió a su amparo, incómodo entre las hojas secas.

Desde las almenas, Finn alzó la mirada hacia las estrellas, observó las distancias imposibles entre galaxias y nebulosas, y pensó que no eran ni la mitad de grandes que las distancias entre las personas.

En el estudio, Claudia las advirtió en los resplandores y centelleos de la pantalla.

En la Cárcel, Attia soñó con ellas. Se sentó acurrucada en la silla dura, mientras Rix rellenaba obsesivamente sus bolsillos ocultos con monedas y discos de cristal y pañuelos escondidos.

Un único destello brilló en el corazón de la moneda que Keiro lanzó al aire y recogió al vuelo, lanzó al aire y recogió al vuelo.

Y por todos los rincones de Incarceron, por sus túneles y pasillos, por sus celdas y sus mares, los Ojos empezaron a cerrarse. Uno por uno fueron apagando su murmullo en galerías donde la gente salía de sus refugios para mirar; en ciudades donde sacerdotes de cultos oscuros invocaban a Sáfico; en pabellones remotos donde los nómadas llevan siglos vagando; por encima de un Preso enloquecido que cavaba el túnel de su vida con una pala oxidada. Los Ojos se apagaron en los techos, en las esquinas cubiertas de telarañas de una celda, en la guarida de un Señor del Ala, en los aleros de paja de una cabaña. Incarceron retiró su mirada, y por primera vez desde que había despertado, la Cárcel ignoró a sus Internos, se replegó en sí misma, cerró secciones vacías, reunió su poderosa fuerza.

Attia durmió inquieta hasta que se despertó. Algo había cambiado, la había incomodado, pero no sabía qué era. La sala estaba a oscuras, el fuego casi apagado. Keiro se había acurrucado en la silla, con una pierna colgando del reposabrazos de madera, y dormía profundamente. Rix meditaba, con los ojos fijos en Attia.

Alarmada, se palpó el cuerpo para buscar el Guante y tocó su reconfortante aspereza.

—Qué pena que no fueses tú quien planteó el acertijo, Attia —susurró Rix—. Habría preferido trabajar contigo.

No le preguntó si había puesto el Guante a buen recaudo, pero la chica sabía por qué: la Cárcel podía oírlos.

Se frotó el cuello entumecido y contestó, también en voz baja:

—¿Qué tienes en mente, Rix?

—¿Qué tengo en mente? —Sonrió—. Tengo en mente la mayor ilusión que alguien haya sido capaz de crear. ¡Será una sensación, Attia! La gente hablará de ella durante generaciones.

—Si hay gente... —Keiro había abierto los ojos. Prestó atención, pero no para escuchar a Rix—. ¿Lo habéis oído?

El latido había variado.

Era más rápido, con un doble golpeteo más fuerte. Mientras Attia escuchaba, los cristales de la lámpara de araña que había sobre su cabeza tintinearon al compás; percibió una levísima reverberación en la silla donde estaba sentada.

Entonces, con tanto estruendo que Attia dio un respingo, sonó una campana.

Alto y claro perforó la oscuridad. Attia se llevó las manos a los oídos con una mueca de terror. Una, dos, tres veces repicó. Cuatro. Cinco. Seis.

En cuanto se agotó el último sonido, con su claridad de plata casi hiriente, se abrió la puerta y entró el Guardián. Llevaba la levita oscura ajustada con un cinturón del que colgaban dos trabucos de chispa. También blandía una espada y sus ojos eran grises puntos de invierno.

—Levantaos —dijo.

Keiro se puso de pie.

—¿Y vuestros vasallos?

—Ahora no. Nadie salvo yo entra en el Corazón de Incarceron. Vosotros seréis las primeras (y las últimas) de sus criaturas que verán el auténtico rostro de Incarceron.

Attia notó que Rix le estrujaba la mano.

—No tengo palabras para expresar tal honor —murmuró el mago con una reverencia.

La chica sabía que quería que le diera el Guante de inmediato. Se apartó de Rix, en dirección al Guardián, porque esa decisión la tomaría única y exclusivamente ella.

Keiro se dio cuenta. Le dedicó una sonrisa irónica que la molestó.

Si el Guardián percibió algo, no dio muestras de ello. En lugar de eso, caminó hasta un rincón de la estancia y apartó un tapiz que representaba un bosque con ciervos.

Detrás del tapiz apareció un arco cubierto por la reja de un rastrillo, antiguo y oxidado. John Arlex se inclinó y con ambas manos hizo girar un torno envejecido. Una vez, dos, lo hizo girar, y entre crujidos y chispazos, el rastrillo fue elevándose y detrás de él vieron una puerta de madera pequeña y carcomida. El Guardián la abrió con un empujón. Una ráfaga de aire caliente los barrió. Más allá vieron la oscuridad, cargada de vapor y calor.

John Arlex sacó la espada.

—Aquí está, Rix. Aquí está lo que tanto has soñado.


Cuando Finn entró en el estudio, Claudia levantó la mirada.

Tenía los ojos enrojecidos. Finn se preguntó si habría estado llorando. No cabía duda de que estaba furiosa por la frustración.

—¡Mira! —escupió—. Llevo horas concentrada y sigue siendo un misterio. ¡Un auténtico desastre! ¡Incomprensible!

Los papeles de Jared eran un caos. Finn dejó en la mesa la bandeja con vino que Ralph había insistido en que le llevara a Claudia y miró a su alrededor.

—Deberías tomarte un respiro. Seguro que has averiguado algo.

Claudia se echó a reír con exasperación. Entonces se puso de pie tan rápido que la enorme pluma azul arrinconada en una esquina echó a volar.

—¡No lo sé! El Portal parpadea, cruje, emite sonidos.

—¿Qué sonidos?

—Gritos. Voces. Nada claro.

Apretó un botón y Finn los oyó: los ecos débiles y distantes de la desesperación.

—Parecen asustados. Están en un espacio grande. —Finn la miró a la cara—. Más que asustados: aterrados.

—¿Te resulta familiar?

Él soltó una carcajada amarga.

—Claudia, la Cárcel está llena de gente asustada.

—Entonces, es imposible que sepamos qué parte de la Cárcel es, o...

—¿Qué es eso?

Finn se acercó.

—¿Qué?

—El otro sonido. Por debajo...

Claudia se lo quedó mirando y después se dirigió a los controles y empezó a ajustarlos. De forma gradual, en medio del caos de susurros y energía estática, emergió un retemblor más bajo, más grave, repetido y palpitante.

Finn se quedó quieto para escuchar mejor.

Claudia dijo:

—Es el mismo sonido que oímos cuando mi padre habló con nosotros.

—Ahora es más fuerte.

—¿Se te ocurre...?

Finn negó con la cabeza.

—Durante todo el tiempo que pasé en el Interior, jamás oí algo parecido.

Por un momento, el latido fue lo único que llenó la habitación. Entonces, del bolsillo de Finn surgió un sonido metálico y repentino que los sobresaltó a los dos. Sacó el reloj del padre de Claudia.

Aturdida, la chica le dijo:

—Nunca había hecho ese ruido.

Finn abrió con presteza la tapa dorada. Las manecillas del reloj marcaban las seis en punto; el mecanismo acústico reprodujo el repicar impaciente de unas campanillas. A modo de respuesta, el Portal murmuró algo y se quedó callado.

Claudia se acercó más.

—No sabía que tuviera una alarma. ¿Quién la ha puesto? Y ¿por qué ahora?

Finn no contestó. Se limitó a mirar la hora con aire taciturno. Entonces dijo:

—Tal vez sea para recordarnos que sólo nos queda una hora de margen.

El cubo plateado que era Incarceron giró lentamente en su cadena.


—Tened cuidado los dos al llegar aquí.

Jared se deslizó por la pendiente del tejado. Se dio la vuelta y levantó la linterna para que a Caspar le resultara más fácil.

—¿No deberíamos desatarle las manos?

—No me parece recomendable. —Medlicote empujó al conde con el trabuco—. Vamos, sir.

—¡Puedo romperme la crisma! —Caspar sonaba más irritado que preocupado. Mientras Jared lo ayudaba a subir por un montículo de piedras, se resbaló y soltó un improperio—. Mi madre os decapitará a los dos por esto. ¿Lo sabéis?

—Por supuestísimo.

Jared miró hacia delante. No se acordaba del mal estado en que se hallaba el túnel; incluso cuando Claudia y él lo habían explorado por primera vez, ya estaba a punto de desplomarse, y de eso hacía años. Claudia siempre había tenido el propósito de arreglarlo, pero nunca se había puesto manos a la obra. No había nada artificial en su antigüedad ni en los frecuentes desprendimientos de tierra de sus paredes. Una bóveda de ladrillo cubría sus cabezas, verde por el limo que goteaba, e infestada de mosquitos, que revoloteaban alrededor de la linterna.

—¿Cuánto falta? —preguntó Medlicote. Parecía preocupado.

—Creo que estamos debajo del foso.

En algún punto por delante de ellos, un ominoso goteo les informó de que había una filtración.

—Si el tejado se desploma... —murmuró Medlicote. No terminó la frase. Entonces dijo—: Quizá debiéramos regresar.

—Podéis regresar si lo deseáis, señor. —Jared agachó la cabeza para esquivar las telarañas que colgaban en la oscuridad—. Pero mi intención es encontrar a Claudia. Y será mejor que salgamos de aquí antes de que empiecen a disparar los cañones.

Sin embargo, mientras se abría paso entre la pestilente oscuridad, se preguntó si ya habrían empezado, o si el retumbar de sus oídos era simplemente el latido de su propio corazón.


Attia trastabilló al cruzar el umbral de la puerta, porque el mundo estaba inclinado. Se fue allanando bajo sus pies, o ésa fue la impresión que tuvo ella, y se vio obligada a agarrar a Rix para mantener el equilibrio.

Él, que miraba hacia arriba, ni siquiera se dio cuenta.

—¡Dios mío! —exclamó—. ¡Estamos en el Exterior!

El espacio no tenía techo, ni paredes. Era tan inmenso que no tenía final, nada salvo una neblina vaporosa que les impedía ver.

En ese instante, Attia supo que era un ser diminuto en la faz del universo; se asustó. Se pegó a Rix y el hombre la cogió de la mano, como si él también hubiera sentido ese mareo repentino.

Volutas de vapor se rizaban varios kilómetros por encima de sus cabezas, igual que si fueran nubes. El suelo estaba hecho de un mineral duro, con unos cuadrados enormes. Cuando el Guardián los instó a avanzar, sus pisadas resonaron rotundas sobre la superficie negra y brillante. Contó. Tuvo que dar trece pasos para llegar al siguiente cuadrado blanco.

—Figuras en un tablero de ajedrez. —Keiro verbalizó los pensamientos de Attia.

—Tanto en el Exterior como en el Interior —murmuró el Guardián, divertido.

Y reinaba el silencio. Eso era lo que más la asustaba. El latido había cesado en cuanto habían atravesado el umbral, como si de algún modo hubiesen entrado en las recámaras mismas del órgano vital, y allí, inmerso en sus profundidades, no habitara sonido alguno.

Una sombra parpadeó en las nubes.

Keiro se dio la vuelta a toda velocidad.

—¿Qué ha sido eso?

Una mano. Enorme. Y luego, un rayo de luz que se movía entre plumas, unas plumas inmensas, más altas que un hombre.

Rix alzó la cabeza, embelesado.

—Sáfico —susurró—. ¿Estáis ahí?

Era un espejismo, una visión. Levitó entre las nubes y se elevó como un coloso por el cielo, un gran ser de resplandor blanco y bocanadas de vapor; una nariz, un ojo, el plumaje de las alas tan extendido que era capaz de cubrir el mundo entero.

Incluso Keiro estaba admirado. Attia no podía moverse. Rix murmuró para sus adentros.

Sin embargo, la voz del Guardián, tras ellos, sonó apacible.

—¿Impresionado? Pero si también es una ilusión, Rix. ¿Ni siquiera te das cuenta? —Su profundo desdén no tenía límites—. ¿Por qué te impresiona tanto una cuestión de tamaño? Todo es relativo. Rix, ¿qué me dirías si te contara que todo Incarceron es en realidad más insignificante que un terrón de azúcar en un universo de gigantes?

Rix despegó los ojos de la aparición.

—Diría que el lunático sois vos, Guardián.

—Tal vez sea así. Venid los tres a ver qué provoca vuestro espejismo.

Keiro tiró de Attia para que avanzara. Al principio, la chica era incapaz de dejar de mirar atrás, porque la sombra de las nubes crecía conforme se alejaban de ella, ondeando, desvaneciéndose y reapareciendo. Por el contrario, Rix se apresuró a seguir al Guardián, como si ya hubiese olvidado la maravilla.

—¿Cómo de insignificante?

—Más pequeño de lo que podrías llegar a imaginar —contestó John Arlex, y lo miró a la cara.

—Pero en mi imaginación, ¡soy inmenso! Soy el universo. No existe nada más que yo.

Keiro comentó:

—Vaya, hablas igual que la Cárcel.

Ante sus ojos, la neblina se disipó. Solo, en el centro del suelo de mármol, destacado por un anillo de focos, vieron a un hombre.

Estaba de pie sobre una plataforma elevada por cinco peldaños, y al principio pensaron que tenía alas, de un plumaje negro como el del cisne. Después vieron que vestía una túnica de Sapient de la más oscura iridiscencia, a la que había cosido plumas. Tenía el rostro enjuto y bello, radiante. Sus ojos eran perfectos, sus labios esbozaban una sonrisa compasiva, su pelo era oscuro.

Tenía una mano levantada y la otra colgaba relajadamente. No se movía, ni hablaba, ni respiraba.

Rix anduvo hasta el primer escalón y alzó la mirada.

—Sáfico —murmuró—. El rostro de la Cárcel es Sáfico.

—No es más que una estatua —espetó Keiro.

A su alrededor, tan próximo como una caricia contra las mejillas, surgió el susurro de Incarceron.

—*No es verdad. Es mi cuerpo.*

El Portal dijo algo.

Finn se dio la vuelta y observó. Unas volutas grises, como nubecillas rizadas, se movían en su superficie. El murmullo de la habitación se moduló y cambió. Todas las luces empezaron a parpadear, se encendían y se apagaban.

—Apártate. —Claudia ya estaba en los controles—. Ahí dentro pasa algo.

—Tu padre nos advirtió... de lo que podía salir.

—¡Ya sé lo que dijo! —No se dio la vuelta, sino que jugueteó con los dedos en los controles—. ¿Vas armado?

Finn desenvainó la espada lentamente.

La luz de la habitación se volvió más tenue.

—¿Y si es Keiro? ¡No puedo matar a Keiro!

—Incarceron es lo bastante astuto para parecerse a cualquiera.

—¡No puedo, Claudia! —Se acercó más.

De pronto, sin avisar, la habitación se inclinó. Habló. Y lo que dijo fue:

—*Mi cuerpo...*

Sobresaltado, Finn se inclinó hacia atrás y se golpeó contra el escritorio. La espada se le escapó de las manos mientras intentaba agarrarse a Claudia, pero ella retrocedió soltando un suspiro, perdió pie y, sin querer, aterrizó en la silla: se sentó a plomo.

Y antes de que tuviera tiempo de levantarse, desapareció.

Rix se movió. Arrebató la espada del cinturón del Guardián y la puso contra la garganta de Attia. La amenazó:

—Ya es hora de que me devuelvas el Guante.

—Rix...

A su lado tenía la mano derecha de la estatua. Unos pequeños circuitos rojos sobresalían de las yemas de los dedos.

—*Haz lo que tienes que hacer, hijo mío* —dijo la Cárcel con impaciencia.

Rix asintió.

—Ya os he oído, Maestro.

Tiró de la chaqueta de Attia para abrirla y le arrancó el Guante. Lo enseñó con aire triunfal y, de todas partes, los distintos rayos de luz se redirigieron para concentrarse en el objeto, mostrando unas sombras replicadas y gigantescas, no sólo de la estatua sino de todos ellos, enormes y difusos Keiros y Attias en las nubes.

—Atención —murmuró Rix—. La mayor ilusión que la Cárcel haya visto jamás.

La punta de la espada se separó del cuello de Attia. La chica se movió, pero Keiro fue más rápido que ella. Se dio impulso hacia delante, desplazó el filo de la espada y se la clavó con todas sus fuerzas en el pecho a Rix.

Pero fue Keiro quien chilló. Dio un respingo hacia atrás,

430

totalmente conmocionado, y Rix se echó a reír, mostrando su amplia sonrisa desdentada.

—¡Magia! ¡Qué poderosa es, mi Aprendiz! ¡Y cómo obedece a su amo!

Se volvió hacia la imagen, levantó el Guante y lo acercó a sus dedos centelleantes.

—¡No! —gritó Attia—. ¡No puedes hacerlo! —Se dirigió al Guardián—: ¡Detenedlo!

El Guardián se limitó a decir:

—Nada está en mis manos. Nunca lo ha estado.

Attia agarró a Rix, pero en cuanto lo tocó, la sacudida le abrasó los nervios, un latigazo de chispas eléctricas que chillaron con voz propia. Entonces cayó al suelo y Keiro se acercó a ella:

—¿Estás bien?

Attia se acurrucó sobre los dedos chamuscados.

—Está conectado. Nos ha vencido.

—*Rix.* —La orden de Incarceron era imperiosa—. *Devuélveme mi Guante. Devuélveme mi libertad. Hazlo YA.*

Rix se dio la vuelta y Attia rodó por el suelo. La chica soltó una patada y el mago se tropezó y cayó de bruces en la baldosa blanca. El Guante se le resbaló de las manos y se deslizó por el mármol pulido, Keiro se lanzó a por él y lo agarró con un grito de alegría.

Retrocedió para quedar fuera del alcance de la imagen.

—Vamos a ver, Cárcel, tendrás la libertad. Pero te la daré yo. Y sólo si haces lo que me prometiste. Dime que seré yo quien Escape contigo.

La Cárcel soltó una carcajada espeluznante.

—¿*De verdad crees que cumplo mis promesas?*

Keiro empezó a dar vueltas, levantó la mirada e hizo oídos sordos a los gemidos de rabia de Rix. No dio su brazo a torcer.

—Llévame contigo o me pondré el Guante.

—*No te atreverás.*

—Mira.

—*El Guante te matará.*

—Mejor que vivir en este infierno.

Su tozudez los ponía al mismo nivel, pensó Attia. Keiro describió un último círculo lento. Deslizó la uña de metal hacia la apertura del Guante.

—*Te atormentará.* —La voz de Incarceron se había convertido en un lamento agudo y metálico—. *Hará que supliques la muerte.*

—Keiro, no lo hagas —susurró Attia.

El chico dudó un segundo. Y entonces, por detrás de Attia, la voz fría del Guardián cortó el aire.

—Vamos. Póntelo.

—¿Qué?

—Ponte el Guante. La Cárcel no se atreverá a destruir su único modo de salir al Exterior. Seguro que el resultado te sorprende.

Keiro se lo quedó mirando muy asombrado, y el Guardián le aguantó la mirada. Luego, Keiro introdujo un poco más los dedos.

—*Espera* —atronó la voz de Incarceron. La nube chisporroteó con unos relámpagos invisibles—. *No te lo permito. No. Basta. Por favor.*

—Pues impídemelo —jadeó Keiro.

Se produjo un chispazo entre su uña de metal y el Guante. Keiro soltó un alarido de dolor. Y luego desapareció.

No hubo luces ni destellos brillantes y cegadores. En lugar de eso, mientras Finn seguía con los ojos fijos en Claudia, se percató de que la chica ya no estaba allí. Se había convertido en un vacío de sí misma, una sombra, una imagen negativa. Y con la mirada todavía inmóvil, observó cómo resurgía de la oscuridad, píxel a píxel, átomo a átomo, la reconstrucción de un ser fragmentado, todos sus pensamientos y extremidades y sueños y facciones, pero no era Claudia, era otra persona.

Alargó la mano para recuperar la espada, con los ojos nublados por lo que podrían haber sido lágrimas, levantó el arma temblorosa hacia la cara que contemplaba la suya, esos asombrados ojos azules, ese pelo rubio sucio.

Durante varios segundos, Finn se quedó quieto, ambos lo hicieron, frente a frente, y entonces Keiro alargó la mano, le quitó la espada y bajó la punta hacia el suelo.

La puerta se abrió de repente. Jared echó un vistazo rápido al Portal y se quedó petrificado. El corazón le martilleaba tan fuerte que le faltó el aliento y tuvo que recostarse contra la pared.

Tras él, Medlicote empujó a Caspar para que entrara y los dos miraron la estancia boquiabiertos.

Vieron, enfrente de Finn, a un desconocido con una mugrienta casaca roja, sus ojos azules victoriosos, su mano musculosa aferrada a la empuñadura de una espada afilada. No había nadie más en la sala.

—¿Quién eres? —exigió saber Caspar.

Keiro se dio la vuelta y escudriñó su armadura reluciente y su espléndida ropa.

Alzó la espada hasta dejar la punta a un centímetro de los ojos de Caspar.

—Tu peor pesadilla —contestó.

# EL HOMBRE ALADO

# 29

*¿Escapó? Porque corre un rumor susurrado en la oscuridad, el rumor de que continúa atrapado en la profundidad del corazón de la Cárcel, con el cuerpo convertido en piedra; dicen que los lamentos que oímos son sus lamentos, que sus penurias sacuden el mundo.*

*Pero nosotros sabemos lo que sabemos.*

LOS LOBOS DE ACERO

Jared dio un paso y le arrebató el Guante a Keiro de la mano. Al instante lo arrojó al suelo con una sacudida, como si estuviera vivo.

—¿Has oído sus sueños? —le preguntó—. ¿Te ha controlado?

Keiro se echó a reír.

—¿Qué opináis?

—¡Pero lo llevabas puesto!

—No es verdad.

Keiro estaba demasiado admirado para pensar en el Guante. Volvió el cuello de la casaca de Caspar con la punta de la espada.

—Buen tejido. Y es de mi talla.

Estaba radiante, emocionado. Si la luz blanca de la habitación lo había mareado o confundido, no daba muestras de ello. Lo asimiló todo (a ellos cuatro, el Portal abarrotado, la pluma gigante) barriendo con avidez la estancia con los ojos.

—Vaya, así que esto es el Exterior.

Finn tragó saliva. Notaba la boca seca. Miró a Jared y casi sintió en su piel el abatimiento del Sapient.

Keiro dio unos golpecitos con la espada en el peto de la armadura de Caspar.

—Y esto también lo quiero.

Finn intervino:

—Aquí es distinto. Hay armarios llenos de ropa.

—Quiero la suya.

Caspar estaba aterrorizado.

—¿Es que no sabes quién soy?

Keiro sonrió.

—No.

—¿*Dónde está Claudia?* —la pregunta agónica de Jared cortó la tensión.

Keiro se encogió de hombros.

—¿Cómo voy a saberlo?

—Se han intercambiado. —Finn fijó la mirada en su hermano de sangre—. Claudia se sentó en la silla y se... disolvió sin más. Entonces apareció Keiro. ¿Es eso lo que hace el Guante? ¿Es ése el poder que tiene? ¿Puedo ponérmelo y...?

—Nadie se pondrá el Guante hasta que yo lo diga —dijo Jared sin dejarle terminar.

Se acercó a la silla y se apoyó en el respaldo. Tenía el rostro pálido por la fatiga, y parecía más ansioso que nunca, pensó Finn.

El muchacho se apresuró a decir:

—Maestro Medlicote, servid un poco de vino, por favor.

El aire se llenó del aroma fragante del vino. Keiro lo aspiró.

—¿Qué es eso?

—Es mejor que la bazofia de la Cárcel. —Finn lo miró—. Pruébalo. Vos también, Maestro.

Mientras acababan de servir el vino, Finn observó a su hermano de sangre, que rondaba por la habitación, explorándolo todo. Las cosas iban de mal en peor. Debería estar contento. Debería estar emocionado de tener allí a Keiro. Y sin embargo, en su interior anidaba un miedo atávico, un terror enfermizo que lo hacía temblar, porque no era así como tenía que pasar. Y porque Claudia se había esfumado, y de repente se había abierto un agujero en el mundo.

Finn preguntó:

—¿Con quién estabas?

Keiro dio un sorbo del líquido rojo y elevó las cejas.

—Con Attia, con el Guardián y con Rix.

—¿Quién es Rix? —preguntó Finn.

Pero Jared separó la mirada de la pantalla en ese instante y espetó:

—¿El Guardián estaba contigo?

—Él fue quien me mandó que lo hiciera. Me dijo: «Ponte el Guante». A lo mejor sabía... —Keiro se detuvo en mitad de la frase—. ¡Eso es! Claro que lo sabía. Era la manera que tenía de apartar el Guante del alcance de la Cárcel.

Jared volvió los ojos hacia la pantalla. Colocó los dedos en la superficie lisa y perdió la mirada vacua en su oscuridad.

—Por lo menos ahora Claudia está con su padre.

—Si es que siguen vivos. —Keiro miró las muñecas atadas de Caspar—. Y además, ¿qué se cuece aquí? Pensaba que en este sitio la gente era libre.

Volvió la cabeza y vio que todos lo miraban fijamente. Medlicote susurró:

—¿Qué quiere decir eso de «si es que siguen vivos»?

—Pensad un poco. —Keiro enfundó la espada y caminó hacia la puerta—. La Cárcel se va a poner hecha una fiera por esto. A lo mejor ya se los ha cargado...

Jared se lo quedó mirando.

—Sabías que podía ocurrir y aun así...

—Así son las cosas en Incarceron —contestó Keiro—. Cada uno se vale por sí mismo. Mi hermano puede decíroslo. —Se dio la vuelta y miró a Finn a la cara—. Bueno, ¿qué? ¿Vas a enseñarme nuestro Reino? ¿O es que te avergüenzas de tu hermano el delincuente? Eso, si aún somos hermanos, claro.

Finn contestó en voz baja:

—Aún somos hermanos.

—No pareces muy contento de verme.

Finn se encogió de hombros.

—Es por la sorpresa. Y Claudia... está ahí dentro...

Keiro enarcó una ceja.

—Pues así son las cosas. Bueno, supongo que es rica, y lo bastante zorra para ser una buena reina.

—Eso es lo que más echaba de menos... Tu tacto y cortesía.

—Por no hablar de mi ingenio abrumador y mi belleza irresistible.

Se plantaron cara el uno al otro. Finn dijo:

—Keiro...

Y una explosión repentina retumbó por encima de sus cabezas. La habitación se sacudió, un plato cayó al suelo y se hizo añicos.

Finn se inclinó sobre Jared.

—¡Han abierto el fuego!

—Pues te aconsejo que cojas al querido hijo de la reina y lo subas a las almenas —dijo Jared sin inmutarse—. Yo tengo mucho que hacer aquí.

Intercambiaron una mirada rápida con Finn, quien vio que el Sapient tenía el Guante olvidado en la mano.

—Tened cuidado, Maestro.

—A ver si consigues que dejen de disparar. Y otra cosa, Finn. —Jared se acercó más a él y lo agarró por la muñeca—. Ni se te ocurra, bajo ningún concepto, salir de esta casa. Te necesito aquí. ¿Me entiendes?

Al cabo de un segundo, Finn contestó:

—Os entiendo.

Otro retemblor. Keiro dijo:

—Decidme que eso no son cañonazos.

—Un regimiento entero —contestó Caspar con petulancia.

Finn lo apartó de un empujón y se dirigió a Keiro.

—Mira, estamos sitiados. Ahí fuera hay un ejército, con más armas y más hombres que nosotros. La cosa pinta mal. Me temo que no has entrado en el paraíso. Has entrado en la batalla.

Keiro siempre había sabido encajar las situaciones difíciles.

Asomó la cabeza al suntuoso pasillo con curiosidad y contestó:

—Pues entonces, hermano, soy justo lo que necesitas.


Claudia se sentía como si se hubiera desmembrado y recompuesto luego, descuartizada, pieza a pieza. Como si hubiera pasado a la fuerza por una barrera metálica, una matriz de dimensiones contrapuestas.

Apareció en medio de una enorme habitación vacía, con el suelo de lisas baldosas negras y blancas.

Tenía enfrente a su padre.

Parecía absolutamente desesperado.

—¡No! —suspiró el hombre. Y entonces, casi como un grito de dolor, repitió—: ¡NO!

El suelo se inclinó. Claudia mantuvo el equilibrio abriendo los brazos y después tomó aliento. El hedor de la Cárcel la sobrecogió, la peste de ese aire viciado, eternamente reciclado, y del miedo humano. Jadeó y se llevó ambas manos a la cara.

El Guardián se aproximó a ella. Por un momento creyó que iba a cogerle las manos con sus dedos fríos, que iba a imprimirle en la mejilla su beso gélido. En lugar de eso, le dijo:

—No tendría que haber pasado esto. ¡¿Cómo puede ser?!

—Decídmelo vos.

Claudia miró a su alrededor, vio a Attia con los ojos clavados en ella, y a un hombre alto y demacrado que parecía absolutamente confundido, con las manos entrelazadas y los ojos como dos profundos pozos de asombro.

—Magia —susurró—. El verdadero Arte.

Fue Attia quien dijo:

—Keiro se ha desvanecido. Él se esfumó y apareciste tú. ¿Significa eso que él está en el Exterior?

—¿Cómo voy a saberlo?

—¡Tienes que saberlo! —chilló Attia—. ¡Tiene el Guante!

El suelo se inclinó de nuevo, con un oleaje de baldosas partidas.

—Ahora no hay tiempo para eso. —El Guardián sacó un trabuco y se lo dio a Claudia—. Toma. Protégete de todo lo que nos envíe la Cárcel.

Ella cogió el arma sin fuerzas, pero entonces vio que, tras el grupo, la totalidad del espacio vacío se iba llenando de nubes que giraban, se oscurecían y centelleaban con relámpagos. Un rayo cayó en el suelo, junto al Guardián, quien se dio la vuelta a toda prisa y miró hacia arriba.

—¡Escúchame, Incarceron! ¡Yo no tengo la culpa!

—*¿Ah no? ¿Y quién tiene la culpa?* —La voz de la Cárcel atronó con furia. Sus palabras sonaban ásperas y crudas, se disolvían en crepitante energía estática—. *Fuiste tú quien le mandó que se lo pusiera. Tú me has traicionado.*

El Guardián contestó con frialdad:

—En absoluto. A lo mejor lo ves así, pero tú y yo...

—*¿Por qué no puedo abrasaros a todos y convertiros en ceniza?*

—Porque dañarías tu delicada creación. —El Guardián dio un paso en dirección a la estatua; Claudia levantó la mirada hacia la figura con admiración mientras su padre tiraba de ella para que lo siguiera—. Creo que eres demasiado astuto para hacer algo así. —Sonrió—. Me parece, Incarceron, que las cosas han cambiado entre nosotros dos. Durante años has hecho lo que has querido, has gobernado a tu antojo. Te has controlado a ti mismo. De Guardián yo sólo tenía el nombre. Ahora, la única cosa que quieres, está fuera de tu alcance.

Claudia notó que Attia daba un brinco y se colocaba un paso por detrás de ella.

—Escucha lo que dice —le susurró la chica—. Todo esto tiene que ver con él y su poder.

La Cárcel soltó una risilla siniestra.

—*¿Eso crees?*

John Arlex se encogió de hombros. Miró a Claudia.

—No lo creo, lo sé. El Guante ha sido sacado al Exterior. Sólo te será devuelto si yo lo ordeno.

—*¿Si tú lo ordenas? ¿Con qué poder?*

—Con el poder de ser lord del Clan de los Lobos de Acero.

Era una fanfarronada, pensó Claudia, quien dijo en voz alta:

—¿Te acuerdas de mí, Incarceron?

—*Me acuerdo de ti. Fuiste mía y volverás a ser mía. Pero ahora, a menos que recupere mi Guante, apagaré las luces y eliminaré el aire y el calor. Dejaré que miles de Presos se asfixien en la oscuridad.*

—No lo harás —dijo el Guardián sin perder el temple—. De lo contrario, nunca tendrás el Guante. —Hablaba con la misma autoridad que si se dirigiera a un niño—. En lugar de eso, muéstrame la puerta secreta que utilizó Sáfico.

—*¿Para que tú y tu supuesta hija podáis recuperar la libertad y me dejéis aquí atrapado?* —Su voz fue acompañada de varios chispazos—. *Jamás.*

La Cárcel se sacudió. Claudia trastabilló y se cayó sobre Rix, quien la agarró del brazo con una sonrisa.

—La ira de mi padre —susurró el mago.

—*Voy a destruiros a todos.*

Los cuadrados negros del suelo se hundieron, convertidos en agujeros. De ellos salieron cables con ponzoñosas bocas abiertas. Se retorcían y ondeaban como serpientes de poder, entre crujidos y esputos.

—Subid las escaleras. —El Guardián las subió a toda prisa para quedarse a los pies del hombre alado, con Rix empujando a Claudia tras él. Attia llegó la última y miró a su alrededor.

Vívidos impactos blancos rompían la oscuridad.

—No dañará la estatua —murmuró el Guardián.

Attia echó un vistazo.

—Yo no estaría tan segura...

En lo alto del techo, un gran estruendo la silenció. Las nubes negras presagiaban tormenta. Unos diminutos copos de nieve, duros y compactos, caían sobre ellos. En cuestión de segundos, la temperatura se puso bajo cero y continuó descendiendo. El aliento de Rix se convirtió en vaho cuando exhaló el aire.

—No le hará falta dañarla. Le bastará con congelarnos y dejarnos tiesos de la cabeza a los pies.

Y cada uno de los minúsculos copos de nieve susurraba al caer, el eco de una furia repetida millones de veces.

*Sí.*

*Sí.*

*Sí.*


El primer disparo había sido sólo una advertencia. La bala había sobrevolado con creces el tejado y había impactado en algún lugar de los bosques posteriores. Pero Finn sabía que la siguiente daría en el blanco; mientras subía a la carrera el último peldaño y salía a las almenas, vio a través del humo acre los artilleros de la reina, que ajustaban el ángulo de los cinco imponentes cañones que habían dispuesto en las extensiones de césped.

Detrás de él, Keiro suspiró.

Finn se dio la vuelta. Su hermano de sangre se había quedado paralizado, con la mirada perdida en el pálido cielo del amanecer, salpicado de oro y escarlata. Estaba saliendo el sol. Pendía como un gran globo rojo por encima de los hayedos, y los grajos ascendían en bandadas desde las ramas para salir a su encuentro.

La sombra alargada de la casa se extendía sobre los prados y los jardines, y en el foso, la luz refulgía en las ondas que los cisnes trazaban al despertarse.

Keiro salió a las almenas y se agarró de la barandilla de piedra, como si quisiera asegurarse de que era real. Se deleitó un buen rato en la perfección de la mañana, en los banderines encarnados y dorados que ondeaban sobre las carpas de la reina, observó los ribazos de lavanda, las rosas, las abejas que zumbaban en las flores de madreselva que había bajo sus manos.

—Increíble —susurró—. Absolutamente increíble.

—Y eso no es nada —murmuró Finn—. Cuando el sol llegue a lo alto, te cegará. Y por la noche... —Se detuvo—. Entra. Ralph, dale agua caliente, y las mejores prendas...

Keiro negó con la cabeza.

—Tentador, hermano, pero aún no. Primero acabemos con esa reina enemiga.

Medlicote subió detrás de ellos, casi sin resuello, y tras él

446

aparecieron los soldados que empujaban a Caspar, furioso y con la cara enrojecida.

—Finn, quítame estas cuerdas ya. ¡Insisto!

Finn asintió y el guardia más cercano cortó el nudo hábilmente. Caspar se frotó como muchos aspavientos las muñecas magulladas y miró con altanería uno por uno a todos los presentes salvo a Keiro, cuyos ojos le parecían demasiado aterradores para mirarlos fijamente.

El capitán Soames lo miró incrédulo.

—¿No es...?

—Esto es un milagro —dijo Finn—. Y ahora, ¿podemos llamar su atención antes de que nos rompan en pedazos?

Levantaron la bandera, que aleteó con estruendo. En el campamento de la reina, unos cuantos hombres señalaron hacia ellos; alguien entró corriendo en la carpa más grande. Nadie salió.

Las armas formaban una fila de bocas oscuras.

—Si disparan... —dijo nervioso Medlicote.

Keiro interrumpió:

—Se acerca alguien.

Un cortesano galopaba hacia la casa del Guardián en un caballo gris. Habló con los artilleros al pasar junto a ellos, después galopó con cautela por los prados hasta llegar al borde del foso.

—¿Deseáis entregar al Preso? —chilló.

—Callad y escuchadme. —Finn se asomó—. Decidle a la reina que, si nos dispara, matará a su hijo. ¿Entendido?

Agarró a Caspar y lo empujó hacia las almenas. El cortesano lo miró horrorizado, mientras el caballo hacía cabriolas bajo sus piernas.

—¿El conde? Pero...

Keiro se acercó a Caspar y le puso un brazo por los hombros.

—¡Aquí está! Con las dos orejas, los dos ojos y las dos manos. A menos que quieras llevarle alguna a la reina como prueba...

—¡No! —gimió el hombre.

—Qué pena. —Keiro había acercado una navaja a la mejilla de Caspar con aire descuidado—. Pero te aconsejo que le digas a la reina que ahora está en mis manos, y yo no soy como todos vosotros. A mí no me gusta jugar.

Agarró más fuerte a Caspar, hasta que éste soltó un gemido. Finn dijo:

—No.

Keiro sonrió con la más encantadora de sus sonrisas.

—Y ahora, corre.

El cortesano hizo girar al caballo y galopó hacia el campamento. Los cascos levantaban nubes de polvo. Cuando alcanzó a los hombres que había junto a los cañones, les gritó con apremio. Se retiraron, claramente confundidos.

Keiro se dio la vuelta. Apretó levemente la punta de la navaja contra la piel blanca de Caspar. Un puntito rojo se llenó de sangre.

—Un pequeño recuerdo —le susurró.

—Déjalo. —Finn apartó a Caspar y empujó al conde, a punto de desmayarse, hacia donde estaba el capitán Soames—. Llevadlo a algún lugar seguro y pedid a un hombre que se quede con él. Comida y agua. Todo lo que necesite.

Mientras se llevaban al joven, Finn se dirigió a Keiro muy enfadado.

—¡Esto no es la Cárcel!

—No paras de repetirlo.

—No hace falta que seas tan salvaje.

Keiro se encogió de hombros.

—Demasiado tarde. Así soy yo, Finn. Así es como me ha vuelto la Cárcel. Aquello no se parece a todo esto, qué va. —Hizo un gesto con el que abarcó la casa del feudo—. Este mundo tan precioso, estos soldados de juguete. Yo soy real. Y soy libre. Libre de hacer lo que me venga en gana.

Caminó hacia las escaleras.

—¿Adónde vas?

—A por ese baño, hermano. Y esa ropa.

Finn asintió con la cabeza y le dijo a Ralph:

—Búscale algo.

Al ver la consternación en el rostro del anciano, se dio la vuelta.

Se había olvidado. En tres meses se había olvidado ya de la temeridad de Keiro, de su arrogancia y su caprichosa testarudez. Había olvidado que siempre tenía miedo de lo que podía ser capaz de hacer su hermano.

El grito furioso de una mujer lo obligó a levantar la cabeza. Cortó la mañana como el filo de un cuchillo, procedente de la tienda de la reina.

Bueno, por lo menos ese mensaje había llegado a su destino.

# 30

*Como la Bestia te arranqué el dedo.*
*Como el Dragón te doy la mano.*
*Te has colado reptando en mi corazón.*
*Ya no te veo.*
*¿Sigues ahí?*

ESPEJO DE LOS SUEÑOS A SÁFICO

El aire mismo estaba congelado.

Acurrucada a los pies del Sáfico alado, Attia no podía dejar de tiritar. Con las rodillas levantadas y el cuerpo rodeado por los brazos, sufría la enmudecedora agonía de la congelación. Tenía los hombros blancos, los brazos, la espalda. La nieve había convertido el hatillo miserable que era Rix en un mago albino, con el pelo desgreñado brillante por la escarcha medio derretida.

—Vamos a morir —dijo con voz ronca el hechicero.

—No.

El Guardián no había dejado de caminar. Sus pisadas describían un círculo completo alrededor de la base de la estatua.

—No. Es un farol. La Cárcel está ingeniando una solución. Sé cómo funciona su mente. Está probando todos los planes y opciones que se le ocurren, y mientras tanto, confía en obligarnos a entregarle el Guante.

—¡Pero no podemos! —gruñó Rix.

—¿Acaso crees que no puedo hablar con el Exterior?

Claudia estaba de pie, justo detrás de él, y preguntó:

—¿Podéis? ¿O eso también es un farol? ¿Forma parte del juego al que lleváis toda la vida jugando?

Su padre se detuvo y se volvió hacia ella. Contraída por el frío, su cara tenía una palidez cadavérica contra el alto cuello oscuro.

—Veo que todavía me odias.

—No os odio. Pero no puedo perdonaros.

El Guardián sonrió.

—¿Por qué? ¿Por haberte rescatado de una vida en el infierno? ¿Por haberte dado todo lo que podías desear: dinero, educación y grandes propiedades? ¿Por haberte prometido con un príncipe?

Siempre le hacía lo mismo. La hacía sentir tonta y desagradecida. Pero aun así, contestó:

—Me disteis todo eso, sí. Pero nunca me amasteis de verdad.

—¿Cómo lo sabes? —Había acercado la cara a la de ella.

—Lo habría sabido. Lo habría notado...

—Ya, pero a mí me gusta jugar, ¿te acuerdas? —Tenía los ojos grises y claros—. Con la reina. Con la Cárcel. Eso me ha enseñado a ser cauto con lo que muestro ante el mundo. —Tomó aire lentamente y la nieve se adhirió a su barba estrecha—. A lo mejor te quería más de lo que tú percibías. Pero si vamos a empezar a hacer reproches, Claudia, déjame que te diga una cosa. Tú sólo has amado a Jared.

—¡No metáis a Jared en esto! Queríais que vuestra hija fuera reina. Cualquier hija habría servido. Podría haber sido cualquiera.

El Guardián retrocedió un paso, como si la ira de Claudia fuese una onda expansiva que lo empujara hacia atrás.

Rix chasqueó la lengua.

—Una marioneta —dijo.

—¿Qué?

—Una marioneta. Tallada a la perfección por un hombre solitario a partir de un tronco de madera. Y sin embargo, la marioneta cobra vida y lo atormenta.

John Arlex frunció el entrecejo.

—Reserva tus cuentos para la función, mago de pacotilla.

—*Ésta es mi función, señor.* —Por un momento, la voz cambió; se convirtió en la suave voz de Sáfico, de modo que todos clavaron la mirada en él a través de la nieve que no dejaba de caer. Pero Rix sonrió con esa sonrisa desdentada.

La Cárcel aulló. Les golpeó con la nieve racheada en un grito furioso. Attia alzó la vista y vio que la estatua tenía una capa de hielo y carámbanos. La nieve emblanquecía las grietas de su mano, empapaba el plumaje de su capa. Los ojos de Sáfico destellaban, congelados. Ante la mirada atenta de Attia, por encima de la cara inerte se extendió una escarcha instantánea, estrellas de cristal se agrupaban y se extendían como un virus inhumano. Attia ya no podía soportar más semejante frío. Dio un salto.

—Nos vamos a congelar. Y dios sabe qué estará pasando en otras partes.

Claudia asintió sin fuerzas.

—Plantar a Keiro en medio de un asedio es la receta ideal para el desastre. Si por lo menos supiera dónde está Jared...

—*He tomado una decisión.* —El susurro envenenado de la Cárcel los rodeó por completo.

—Fantástico. —El Guardián levantó la mirada hacia la tormenta de nieve—. Estaba seguro de que entrarías en razón. Muéstrame la Puerta. Me aseguraré de que te devuelven el Guante.

Silencio.

Entonces, con una risilla maliciosa que provocó escalofríos en la columna de Attia, Incarceron dijo:

—*No soy tan tonto, John. Primero el Guante.*

—Suéltanos antes.

—*No confío en ti.*

—Sabia decisión —murmuró Rix.

—*Me fabricaron para que fuese Sabio.*

El Guardián sonrió con frialdad.

—Yo tampoco confío en ti.

—*Entonces no te sorprenderá lo que voy a hacer a continuación. Crees que no puedo acceder al Guante. Pero he dedicado siglos enteros a investigar mi propio poder y mis recursos. He descubierto cosas que me han abrumado. Te aseguro, John, que soy capaz de succionar la vida de tu precioso Reino.*

Claudia intervino:

—¿A qué te refieres? No puedes...

—*Pregúntale a tu padre. Ahora está muy pálido. Os mostraré a todos quién es el verdadero príncipe heredero.*

El Guardián parecía conmovido.

—Dime qué pretendes hacer. ¡Dímelo!

Pero únicamente la nieve continuó cayendo, gélida y constante.

Attia le dijo al Guardián:

—Tenéis miedo. Os ha asustado.

Todos percibieron la consternación del hombre.

—No entiendo qué quiere hacer —susurró.

El desconsuelo azotó a Claudia como una bofetada.

—Pero vos sois el Guardián...

—He perdido el control, Claudia. Ya te lo dije, ahora todos somos Presos.

Fue Attia quien preguntó:

—¿Lo oís?

Un leve ruido sordo. Provenía del otro extremo de la sala y, mientras aguzaban la vista para ver qué era, se dieron cuenta de que había dejado de nevar. Las serpientes eléctricas se cobijaron en silencio debajo de las baldosas negras del suelo, que con un clic se recolocaron y volvieron a convertirse en terreno firme.

—Un martilleo —dijo Rix.

Attia negó con la cabeza.

—Es más que eso.

Golpes contra la puerta, lejos, propagados por la capa de escarcha que había cubierto repentinamente el gran salón. Golpes de hachas y mazos y puños.

—Presos —dijo el Guardián. Y añadió—: Un motín.

Cuando Jared entró en el Gran Salón, Finn se volvió hacia él aliviado:

—¿Algún avance?

—El Portal funciona. Pero en la pantalla sólo se ve nieve.

—¡Nieve!

Jared se sentó y se arropó bien con la túnica de Sapient.

—Al parecer está nevando en la Cárcel. La temperatura es de cinco grados bajo cero y sigue descendiendo.

Finn se levantó de un salto y anduvo con desesperación.

—Es su venganza.

—Eso parece. Por esto. —Jared sacó el Guante y lo colocó con sumo cuidado encima de la mesa. Finn se acercó para acariciar su piel escamosa.

—¿Es el auténtico Guante de Sáfico?

Jared suspiró.

—Le he hecho todos los análisis que conozco. A mi juicio, no es más que lo que parece a simple vista. Piel de reptil. Garras. Gran parte del material es reciclado. —Jared parecía perplejo y ansioso—. No tengo ni idea de cómo funciona, Finn.

Se quedaron en silencio. Alguien había corrido las cortinas y la luz del sol se colaba de soslayo en la habitación. Una avispa murmuraba junto a los cristales de la ventana. Costaba creer que hubiera un ejército sitiándolos acampado fuera.

—¿Han hecho algún movimiento? —preguntó Jared.

—Ninguno. Están en alto el fuego. Pero es posible que ataquen para intentar rescatar a Caspar.

—¿Dónde está?

—Ahí dentro. —Finn señaló con la cabeza hacia la puerta de

la habitación contigua—. Está encerrado con llave, y ésa es la única puerta de entrada.

Se inclinó sobre el hogaril vacío.

—Sin Claudia me siento perdido, Maestro. Ella sabría qué hacer.

—En su lugar tienes a Keiro. Tal como querías.

Finn sonrió con languidez.

—No lo quería «en su lugar». Además, en cuanto a Keiro... estoy empezando a desear que...

—No lo digas. —Los ojos verdes de Jared lo miraron fijamente—. Es tu hermano.

—Sólo cuando le conviene.

Como si esas palabras lo hubieran convocado igual que un conjuro, un soldado abrió la puerta de par en par y Keiro entró en el salón.

Estaba sin aliento y exaltadísimo, y parecía un príncipe de la cabeza a los pies. Llevaba una levita de color azul medianoche muy intenso, el pelo rubio reluciente y limpio. Varios anillos resplandecían en sus dedos. Se dejó caer en el banco y admiró sus ostentosas botas de piel.

—Este sitio es fantástico —dijo—. No puedo creer que sea real.

—No lo es —dijo Jared en voz baja—. Keiro, háblanos de la situación en el Interior.

Keiro soltó una carcajada y sirvió vino.

—Supongo que la Cárcel está furiosa, Maestro Jared. Os aconsejo que destruyáis vuestras máquinas, atranquéis la puerta que conduce allí y os olvidéis del tema. Ahora nadie puede salvar a los Presos.

Jared lo miró sin pestañear.

—Hablas igual que quienes la construyeron —dijo el Sapient.

—Claudia... —añadió Finn.

—Ay, sí. Bueno, lo siento por la princesa. Pero era a mí a quien querías rescatar, ¿no? Y aquí estoy. Así que vamos a ganar esta batallita, hermano, y disfrutemos de nuestro reino perfecto.

Finn se puso de pie y le plantó cara.

—¿Por qué se me ocurrió hacer un pacto de sangre contigo?

—Para sobrevivir. Porque sin mí, no habrías podido. —Keiro se puso de pie lentamente sin dejar de mirar a Finn—. Pero algo ha cambiado en ti, Finn. No me refiero sólo a esto. Algo dentro.

—He recuperado la memoria.

—¡La memoria!

—Sé quién soy —dijo Finn—. He recordado que soy un príncipe, y que me llamo Giles.

Keiro se quedó en silencio durante unos segundos. Sus ojos se desviaron hacia los de Jared y volvieron a fijarse en Finn.

—Vaya. Entonces ¿el príncipe piensa entrar galopando en la Cárcel con todos sus hombres a caballo?

—No. —Finn sacó el reloj del bolsillo y lo colocó encima de la mesa, junto al Guante—. Porque esto es la Cárcel. De aquí es de donde has salido. Éste es el inmenso laberinto que nos ha engañado a todos. —Cogió la mano de Keiro y le depositó encima el reloj, levantando el dado de plata para acercarlo a sus ojos—. Esto es Incarceron.

Jared esperaba ver asombro o admiración. No vio ninguna de las dos cosas. A Keiro le entró un ataque de risa.

—¿Y tú te lo crees? —consiguió preguntar entre risotadas—. ¿Y vos también, Maestro?

Antes de que Jared pudiera contestar, se abrió la puerta y entró Ralph con un guardián a su espalda.

—¿Qué? —ladró Finn.

—Señor. —Ralph estaba pálido y sin resuello—. Señor...

El soldado dio un paso al frente y lo adelantó. Llevaba una espada en una mano y una pistola en la otra.

Dos hombres más se colaron en el salón. Uno de ellos dio un portazo y colocó la espalda contra la puerta.

Jared se puso de pie poco a poco.

Keiro no se movió, pero no perdía detalle.

—Hemos venido a buscar al conde. Uno de vosotros abrirá esa puerta y lo sacará. Si alguien más se mueve, disparo.

Levantó la pistola y apuntó directamente a los ojos de Finn. Ralph suspiró:

—¡Lo siento, señor, lo siento! Me obligaron a decirles...

—No pasa nada, Ralph. —Finn miró con fijeza al acólito de la reina—. ¿Jared?

Jared contestó:

—Yo iré a buscarlo. No disparéis. No hace falta recurrir a la violencia.

El Sapient caminó hacia la puerta y salió del campo de visión de Finn, que se quedó mirando fijamente el arma. Sonrió, abatido.

—Es la segunda vez que me pasa esto.

—Vamos, por favor, hermano. —La voz de Keiro sonó despreocupada y cortante—. Raro era el día dentro de la Cárcel en el que no pasaban cosas de éstas.

458

Una puerta se abrió detrás de ellos. Jared habló con voz baja y pausada. Entonces se oyó una risa de pura satisfacción. Debía de ser la de Caspar.

—¿Cómo habéis entrado aquí? —preguntó Finn.

El soldado no dejó de apuntarle ni titubeó. Pero dijo:

—Capturamos a uno de los Lobos de Acero en el bosque. Lo... convencimos para que hablara. Nos ha mostrado el túnel que utilizó el Sapient.

Sudoroso, Finn continuó preguntando:

—¿Y de verdad pensáis salir de la misma forma?

—No, Preso. Pensamos salir por la puerta principal.

Al instante, uno de los otros hombres desenvainó su arma.

—¡Quieto!

Keiro debía de haberse movido. Finn apenas podía ver su sombra en el suelo.

Se lamió los labios secos.

—No estéis tan seguros...

—No os metáis. ¿Os han hecho daño, sir?

—No se habrían atrevido. —Caspar entró en la habitación y miró a su alrededor—. Bueno, esto ya está mejor, ¿no crees, Finn? Ahora yo estoy al mando. —Cruzó los brazos—. ¿Y si les dijera a estos hombres que cortaran unas cuantas orejas y manos?

Finn oyó la amenaza en la risita grave de Keiro.

—Te faltan agallas, canijo.

Caspar se encendió:

—¿Ah sí? Podría hacerlo yo mismo.

—Señor —dijo Jared—. Os hemos traído aquí para impedir el sitio, no para haceros daño. Y lo sabéis.

—No intentéis embaucarme con palabras, Jared. Estos dos rebanapescuezos me habrían matado de todas formas, y a lo mejor a vos también más adelante. Esto es un nido de rebeldes. No sé dónde se ha escondido Claudia, pero tampoco tendremos piedad de ella.

Entonces se percató del Guante y lo miró con verdadero interés.

—¿Qué es *eso*?

—Por favor, no lo toquéis —dijo Jared, a punto de perder los nervios.

Caspar dio un paso para acercarse a la mesa.

—¿Por qué no?

La sombra de Keiro se había aproximado. Finn se puso en tensión.

—Es un objeto mágico de gran poder. —La cautela de Jared estaba justificada—. Puede dar acceso a la Cárcel.

La avaricia iluminó el rostro de Caspar.

—Estará encantada si le llevo esto.

—Señor —los ojos del guardia temblaron—. No...

Caspar hizo oídos sordos, dio un paso adelante y en ese preciso instante Jared lo agarró, le retorció los brazos detrás del cuerpo y lo inmovilizó sin contemplaciones.

Keiro chilló. Jared dijo:

—Bajad la pistola. Por favor.

—No le hagáis daño al conde, Maestro —dijo el soldado—. Y las órdenes son claras. El Preso debe morir.

Su dedo se deslizó en el gatillo y Finn cayó al suelo de bruces cuando Keiro lo empujó con violencia. El disparo detonó con una explosión que lo lanzó contra el lateral de la mesa y lo dejó aturdido, de manera que los gritos y las tazas rotas que tiraron Ralph y Jared al volcar la mesa y arrastrarlo consigo le parecieron objetos que se movían dentro de su propia cabeza, que se caían y se rompían, el charco de vino era su propia sangre, que se expandía por el suelo.

Y entonces, mientras la puerta se abría de par en par, en medio de los golpetazos y chillidos, supo que la sangre no era suya sino de Keiro, porque su hermano estaba tumbado, quieto y hecho un ovillo junto a él, ajeno a la trifulca.

—¡Finn! ¡Finn! —Las manos de Jared lo levantaron—. ¿Me oyes? ¿Finn?

—Estoy bien —contestó el muchacho.

Pero las palabras salieron espesas y arrastradas. Se liberó de las manos de Jared.

—Nuestros hombres han oído el disparo. Todo ha terminado.

La mano de Finn tocó el brazo de Keiro. El corazón le latía desbocado. Agarró la manga de terciopelo azul.

—¿Keiro?

Por un instante no hubo nada, ni movimiento, ni respuesta, y Finn notó que todo el color se borraba del mundo, que su vida se marchitaba, convertida en un miedo infinito.

Y entonces Keiro se sacudió y rodó por el suelo, y Finn vio que tenía una herida en la mano, una quemadura al rojo vivo que le cruzaba la palma. Se tumbó de espaldas y su cuerpo se sacudió.

—¿Te ríes? —Finn no daba crédito a sus ojos—. ¿Por qué te ríes?

—Porque me duele, hermano. —Keiro se puso de pie dándose impulso y había lágrimas de dolor en sus ojos—. Me duele, y eso significa que es real.

Era la mano derecha, en la que la uña metálica sobresalía desnuda entre la carne reventada.

Finn negó con la cabeza y soltó una risa rota para acompañarlo.

—Estás loco.

—Ya lo creo que sí —dijo Jared.

Pero Keiro lo miró a la cara.

—Merece la pena conocer la verdad, Maestro. Carne y sangre. Bueno, por lo menos, es un punto de partida.

Mientras lo ayudaban a acabar de incorporarse, Finn miró a su alrededor y vio a Caspar rodeado de guardias, y los sirvientes estaban echando a los otros hombres.

—Que sellen el túnel —susurró Finn.

Y Soames asintió:

—Inmediatamente, mi lord.

Pero en cuanto se dio la vuelta, se quedó tieso en el sitio, porque justo en ese momento algo terrible ocurrió en el mundo.

Las abejas dejaron de zumbar.

La mesa se desintegró, convertida en polvo carcomido y destrozado.

Fragmentos de techo empezaron a caer.

El sol desapareció.

# 31

*Mi Reino será eterno.*

Decreto del rey Endor

Finn fue tambaleándose hasta la ventana y miró hacia fuera.

Vio un cielo de tormenta, encapotado por nubes que cegaban la luz diurna. Soplaba un viento fuerte y la temperatura era mucho más fría de lo esperable.

Y el mundo se había transformado.

Vio que los caballos del patio se desplomaban, convertidos en marañas de extremidades cibernéticas, su piel y sus ojos se secaban, se caían a tiras. Vio muros que se desmoronaban y desaparecían por agujeros negros, un foso pestilente en el que no había ningún ser vivo, grandes extensiones de tierra yerma y árida. Las flores se marchitaban ante sus ojos; los cisnes alzaron el vuelo y huyeron aleteando. Toda la gloriosa hermosura de la madreselva y la clemátide se había secado, convertida en una alambrada seca y puntiaguda; los pocos pétalos débiles que quedaban fueron barridos por el viento.

Las puertas se golpeaban con violencia; un guardia bajó corriendo las escaleras, con su elegante levita transformada en un traje gris y apolillado.

Keiro se hizo un hueco junto a Finn dando codazos y miró estupefacto.

—Pero ¿qué está pasando? ¿Seguimos en la Cárcel? ¿Es una de las limpiezas drásticas de Incarceron?

Finn tenía la garganta seca. No podía contestar.

Era como si se rompiera un hechizo. Ante él, el paraíso de Claudia, la casa del Guardián, se desmoronaba, el feudo estaba en ruinas, su esplendor de piedra dorada se apagaba ante su mirada atenta, el color desaparecía de las caballerizas y los corrales, incluso el laberinto se había asilvestrado, convertido en un cúmulo de zarzas y matorrales enrevesados.

Jared murmuró:

—A lo mejor la Cárcel está dentro de nosotros.

Finn se dio la vuelta. La habitación se había quedado en el armazón. Las lujosas cortinas de terciopelo estaban hechas jirones, el techo que antes había sido blanco era ahora un amasijo de grietas sucias. Jared se inclinó hacia los restos de la mesa y rebuscó entre el polvo carcomido.

Se había apagado el fuego; incluso el busto y el retrato presentaban parches y partes desconchadas. Y lo peor: en todas las paredes, apagadas las holoimágenes ilusorias, cientos de cables y circuitos se mostraban en toda su inutilidad, desnuda y fea.

—Mirad en qué ha quedado la Era.

Finn agarró una de las cortinas y se le deshizo entre los dedos.

—Siempre ha sido así. —Jared se incorporó con el Guante en la mano—. Pero nos engañábamos con ilusiones.

—Pero ¿cómo...?

—Se ha acabado la energía. Del todo. —Jared paseó la mirada por la habitación—. Éste es el verdadero reino, Finn. Éste es el reino que has heredado.

—¿Cómo? ¿¡Todo esto es un engaño!? —Keiro dio una patada a un jarrón y observó cómo se partía en pedazos—. ¿Igual que los manidos trucos de magia que hace Rix? ¿Y lo sabíais? ¿Desde el principio?

—Lo sabíamos.

—¿Estáis todos locos?

—A lo mejor sí —contestó Jared—. Cuesta aceptar la realidad, así que inventaron la Era para protegernos del mundo real. Y sí, la mayor parte del tiempo era fácil olvidar. Al fin y al cabo, el mundo es lo que uno ve y oye. Para uno mismo, ésa es la única realidad.

—Pues para eso podía haberme quedado dentro. —La decepción de Keiro era absoluta. Entonces se dio la vuelta, abrumado por la verdad—. ¡Esta destrucción es obra de la Cárcel!

—Claro que sí. —Finn se frotó el hombro dolorido—. ¿Cómo si no...?

—Señor. —El capitán de los soldados irrumpió en la sala sin aliento—. ¡Señor! ¡La reina!

Finn lo apartó de un manotazo y echó a correr por el pasillo, con Keiro pisándole los talones. Jared se paró a esconder el Guante en la túnica y después los siguió a toda prisa. Bajó la escalinata tan rápido como pudo, pisando peldaños podridos y dejando atrás paneles de madera roídos por los ratones, azotado por el viento que se colaba por las ventanas en las que el plastiglas se había desintegrado. No se atrevía a pensar en su Torre... Aunque por lo menos, allí todos los aparatos científicos eran auténticos.

¿O no lo eran?

Hizo un alto y apoyó la mano en la barandilla de madera. Cayó en la cuenta de que no tenía forma de saberlo, de que nada de lo que había dado por hecho era digno de confianza.

Y sin embargo, esa desintegración no lo desmoralizó, como había ocurrido con Finn y su caprichoso hermano. A lo mejor era porque siempre había percibido su propia enfermedad como un diminuto fallo en la perfección del Reino, una grieta que no podía taparse ni disimularse.

Ahora todo estaba igual de estropeado que él.

En el espejo, carente de su marco de plata, atisbó por un momento su cara enjuta y sonrió con amabilidad. Claudia deseaba abolir el Protocolo. Tal vez la Cárcel lo hubiera hecho por ella.

No obstante, la terrible vista que obtuvo al mirar por las almenas le congeló la sonrisa.

El feudo era una tierra yerma. Todos los prados del Guardián estaban llenos de maleza, sus imponentes bosques eran meras ramas desnudas contra el cielo gris del invierno.

El mundo había envejecido en un instante.

Pero fue el campamento enemigo lo que captó la atención de todos ellos. Absolutamente todos los banderines de colores estaban rotos, todas las enclenques tiendas de campaña estaban destrozadas, con las guías partidas en pedazos. Los caballos deambulaban confundidos, las armaduras de los soldados se iban oxidando y se les caían del cuerpo a trozos en medio de la agitación, los mosquetones se volvían de pronto antiguallas inútiles, las espadas eran tan frágiles que se les deshacían en la mano.

—El cañón. —La voz de Finn denotaba una extraña alegría—. Es imposible que se atrevan a disparar el cañón ahora, seguro que tienen miedo de explotar. No pueden tocarnos.

Keiro lo miró a la cara.

—Hermano, no les hace falta un cañonazo para acabar con esta ruina. Un buen mamporro la derrumbaría.

Sonó una trompeta. De la carpa de la reina salió una mujer. Iba cubierta por un velo y caminaba apoyada en el brazo de un chico con una casaca brillante que no podía ser otro que el Impostor. Juntos recorrieron el campamento, pasando casi desapercibidos entre el pánico general.

—¿Va a rendirse? —murmuró Finn.

Keiro se volvió hacia un guardia:

—Trae a Caspar.

El soldado dudó al principio y miró a Finn, quien dijo:

—Haz lo que dice mi hermano.

El hombre corrió. Keiro sonrió.

La reina llegó al borde del foso y alzó la mirada tapada por el velo. Unas joyas relucientes le adornaban la garganta y las orejas. Por lo menos esas alhajas debían de ser auténticas.

—¡Dejadnos entrar! —chilló el Impostor. Parecía abrumado, había perdido la compostura—. ¡Finn! ¡La reina quiere hablar contigo!

No había ceremonia, ni Protocolo, ni heraldos, ni cortesanos. Únicamente una mujer y un chico con aspecto perdido. Finn contestó:

—Que bajen el puente levadizo. Llevadlos al Gran Salón.

Jared miró en dirección al foso.

—Entonces, parece que no soy sólo yo —murmuró.

—¿Maestro? —preguntó Finn mirándolo a la cara. El Sapient contemplaba a la reina cubierta por el velo con una inmensa tristeza en los ojos.

—Será mejor que dejes esto en mis manos, Finn —le dijo en voz baja.


—¡Debe de haber cientos de personas ahí fuera! —exclamó Attia mirando fijamente la puerta que retemblaba.

—Quedaos aquí —espetó el Guardián—. Yo soy el Guardián. Me enfrentaré a ellos.

Bajó los cinco peldaños hasta llegar al suelo nevado y caminó dando grandes zancadas rápidas hacia los martillazos. Claudia lo observaba.

—Si son Presos, están desesperados —dijo Attia—. Las condiciones deben de ser insoportables.

—Pues lo pagarán con el primero que se les cruce en el camino.

Rix tenía la mirada fija y sus ojos desprendían ese brillo demente que tanto temía Attia.

Claudia negó furiosamente con la cabeza.

—Es todo por tu culpa. ¡¿Por qué tuviste que traer ese maldito Guante?! ¿Eh?

—Porque tu querido padre me lo ordenó, bonita. Yo también soy un Lobo de Acero.

Su padre. Se dio la vuelta y corrió escaleras abajo. Se apresuró tras él. Atrapada en un cúmulo de locos y ladrones, su padre era la única presencia que le resultaba familiar. Muy próximo a su espalda, oyó el jadeo de Attia:

—Espérame.

—¿Es que la aprendiz no quiere quedarse con el hechicero? —le soltó Claudia.

—El aprendiz no soy yo. Es Keiro. —Attia la alcanzó. Y entonces le preguntó—: ¿Está Finn a salvo?

Claudia miró detenidamente el rostro fino de Attia y su pelo corto y trasquilado.

—Ha recuperado la memoria.

—¿Ah, sí?

—Eso dice.

—¿Y los ataques?

Claudia se encogió de hombros.

—¿Piensa en... nosotros? —lo preguntó en un susurro.

—Pensaba en Keiro continuamente —dijo Claudia con acritud—. Así que espero que ahora esté contento.

No dijo la otra cosa que estaba pensando: que Finn apenas había mencionado el nombre de Attia.

El Guardián había llegado a la portezuela. Al otro lado, el ruido era espeluznante. Los cuchillos chocaban contra la madera y el metal; con un golpe de fuerza todopoderosa, la punta de un hacha destelló a través del ébano. La puerta se sacudió hasta los cimientos.

—¡Silencio ahí fuera! —gritó el Guardián.

Alguien chilló. Una mujer sollozó. Los aporreos se duplicaron.

—No os oyen —dijo Claudia—. Y si entran...

—No querrán escuchar a nadie. —Attia rodeó a la otra chica y se plantó delante de la cara del Guardián—. Y mucho menos a vos. Os echarán la culpa.

En medio del estruendo, el Guardián le sonrió con su frialdad habitual.

—Ya lo veremos. Todavía soy el Guardián. Aunque tal vez, para empezar, deberíamos tomar algunas precauciones.

Sacó un pequeño disco plateado. En la tapa había un lobo, con las fauces abiertas y amenazantes. Lo tocó y el objeto se iluminó.

—¿Qué hacéis?

Claudia dio un respingo cuando otro golpe en la puerta soltó unas astillas que cayeron en la nieve.

—Ya te lo he dicho. Asegurarme de que la Cárcel no gane.

Lo cogió del brazo.

—¿Y qué pasa con nosotros?

—Somos prescindibles. —El Guardián tenía los ojos grises y claros. A continuación, dijo hablando por el artilugio—: Soy yo. ¿Cómo está la situación ahí fuera?

Mientras escuchaba, su rostro se ensombreció. Attia se apartó de la puerta; se estaba combando, con los goznes a punto de estallar, los remaches crujían.

—Van a entrar.

Pero Claudia había desviado la mirada hacia su padre, que decía con autoridad:

—Entonces ¡hacedlo ya! *Destruid el Guante*. Antes de que sea demasiado tarde.

Medlicote apagó el receptor, se lo metió en el bolsillo y levantó la mirada hacia el pasillo en ruinas. Le llegaba el eco de unas voces desde el Gran Salón; caminó a la carrera hacia la sala, atravesando una multitud de lacayos asustados, y pasó por delante de Ralph, quien lo cogió del brazo y le preguntó:

—¿Qué ocurre? ¿Es el fin del mundo?

El secretario se encogió de hombros.

—Es el final de un mundo, señor, y tal vez el principio de otro. ¿Está ahí dentro el Maestro Jared?

—Sí. ¡Y la reina! ¡La reina en persona!

Medlicote asintió. Las medias lunas de sus gafas estaban vacías, le faltaban los cristales. Abrió la puerta.

En el ruinoso salón, alguien había encontrado una vela de verdad; Keiro había hecho fuego y la había encendido.

Por lo menos la Cárcel les había enseñado supervivencia, pensó Finn. De ahora en adelante a todos les harían falta esos recursos. Se dio la vuelta.

—¿Señora?

Sia estaba de pie junto a la puerta. No había pronunciado ni una palabra desde que había cruzado el puente levadizo, y su silencio lo asustaba.

—¿Supongo que nuestra guerra está en suspenso?

—Pues supones mal —susurró la reina—. Mi guerra ha terminado.

Tenía la voz rota, con un leve temblor. A través del velo, sus ojos, pálidos como el hielo, lo escrutaban. Parecía abatida, incluso rendida.

—¿Ha terminado? —Finn miró al Impostor. El chico que

471

había asegurado ser Giles se hallaba de pie, taciturno, delante del hogaril vacío, con el brazo derecho todavía vendado, y su imponente armadura se oxidaba por momentos ante sus ojos—. ¿Qué queréis decir?

—Quiere decir que está acabada. —Jared se acercó y se colocó delante de la reina. Finn se asombró al ver lo mucho que se había encogido la mujer. La voz de Jared fue amable—. Siento que os haya pasado esto.

—¿De verdad? —preguntó en un susurro Sia—. A lo mejor sí lo sentís, Maestro Jared. A lo mejor sois el único que puede comprender en parte lo que siento. Una vez me burlé de vos recordándoos vuestra muerte. Sería lícito que hicierais lo mismo conmigo.

Jared negó con la cabeza.

—Creía que habías dicho que la reina era joven —le murmuró Keiro a Finn al oído.

—Y lo es.

Pero entonces, los dedos de la reina se agarraron a la manga de Jared, y Finn ahogó un suspiro, porque eran los dedos de una anciana, moteados e inseguros, con la piel arrugada, las uñas secas y quebradizas.

—Al fin y al cabo, de nosotros dos seré yo quien muera la primera. —Apartó la mirada con un resto de su antigua coquetería—. Dejadme que os muestre la muerte, Jared. Pero a estos jovencitos no. Sólo vos, Maestro, veréis cómo es Sia en realidad.

Con las manos temblorosas, se colocó delante de él y se levantó el velo. Por encima del hombro, Finn vio que Jared se debatía entre el horror y la lástima, contemplaba en silencio la belleza perdida de la reina sin bajar la mirada.

La habitación se quedó en silencio. Keiro miró a Medlicote, que se había quedado en el vano de la puerta, en señal de humildad.

Sia bajó el velo y dijo:

—A pesar de todos mis defectos, he sido una reina. Dejadme morir como una reina.

Jared hizo una reverencia. Luego dijo:

—Ralph, enciende la chimenea en el dormitorio rojo. Haz todo lo que puedas por ella.

Inseguro, el sirviente asintió. Tomó a la anciana del brazo y la ayudó a salir.

# 32

*La paloma se elevará sobre la destrucción*
*con una rosa blanca en el pico.*
*Sobre la tormenta,*
*sobre la tempestad.*
*Sobre el tiempo y las edades.*
*Y los pétalos caerán al suelo como la nieve.*

PROFECÍA DE SÁFICO PARA EL FIN DEL MUNDO

En cuanto se cerró la puerta, Keiro dijo:

—No lo entiendo.

—Intentó conservar la juventud. —Jared se sentó como si la situación lo hubiese debilitado—. La llamaban bruja, pero estoy casi seguro de que utilizaba varitas mágicas antiarrugas y algún tipo de avanzados implantes genéticos. Ahora, todos los años robados han vuelto a ella de repente, como un mazazo.

—Parece uno de los cuentos de Rix —Keiro dijo con voz pausada—. Entonces, ¿va a morir?

—Muy pronto.

—Bien. Así ya sólo queda él. —Keiro dirigió su mano herida hacia el Impostor.

Finn levantó la cabeza, y el Impostor y él se miraron a la cara.

—Ya no te pareces tanto a mí —le dijo Finn.

El aspecto del chico también había cambiado, sus labios eran más finos, la nariz más larga, el pelo demasiado oscuro. Todavía guardaba cierto parecido con Finn, pero ya no eran tan inconfundibles como antes. La verosimilitud habría muerto con la Era.

—Mira —dijo el Impostor—. No fue idea mía. Me encontraron. ¡Me ofrecieron un reino! Tú también lo habrías hecho... ¡Cualquiera! Le prometieron a mi familia oro suficiente para alimentar a mis seis hermanos durante años. No me quedó otra opción. —Se irguió—. Y supe hacerlo bien, Finn. Tienes que reconocerlo. Los engañé a todos. Incluso puede que te engañase a ti. —Bajó la mirada hacia la muñeca, en la que el tatuaje del águila también se había esfumado—. Otro detalle del Protocolo —murmuró.

Keiro encontró una silla y se dejó caer en ella.

—Creo que deberíamos encerrarlo en ese cubo que llamas Cárcel.

—No. Que escriba una confesión y admita en público que era un impostor. Que diga que la reina y Caspar habían urdido un complot para colocar a un falso Giles en el trono. Y después, lo dejaremos marchar. —Finn miró a Jared—. Ya no supone una amenaza para nosotros.

Jared asintió con la cabeza.

—Estoy de acuerdo.

Keiro no parecía nada convencido, pero Finn se puso de pie.

—Que se lo lleven.

Sin embargo, cuando el Impostor llegaba a la puerta, Finn dijo en voz baja:

—Claudia nunca creyó en ti.

El Impostor se detuvo y se echó a reír.

—¿Ah no? —susurró desafiante. Volvió la cabeza y miró fijamente a Finn—. Pues yo diría que creía en mí más de lo que creía en ti.

Esas palabras acuchillaron a Finn; un dolor que le cortó la respiración. Desenvainó la espada y avanzó hacia el Impostor: lo único que deseaba era acabar con él, destruir esa imagen irritante y ponzoñosa de todo lo que él no había sido nunca. Pero Jared se interpuso y la mirada verdosa del Sapient lo hizo detenerse.

Sin darse la vuelta, Jared dijo:

—Sacadlo de aquí.

Y los guardias se llevaron al Impostor.

Finn tiró la espada al suelo resquebrajado.

—Entonces hemos ganado. —Keiro la recogió y estudió la hoja afilada—. Tal vez sea un reino en ruinas, pero es todo nuestro. Por fin somos los Señores del Ala, hermano.

—Hay un enemigo más poderoso que la reina. —Finn miró fijamente a Jared, todavía dolido—. Siempre lo ha habido. Tenemos que liberarnos de la Cárcel, a nosotros mismos y a Claudia.

—Y a Attia. —Keiro levantó la mirada—. No te olvides de tu pequeño perro-esclavo.

—¿Me estás diciendo que te preocupas por Attia?

Keiro se encogió de hombros.

—Era una pesada. Pero me acostumbré a ella.

—¿Dónde está el Guante? —preguntó entonces Finn.

Jared se lo sacó de la túnica.

—Pero ya te lo he dicho, Finn. No entiendo...

Finn se acercó para cogerlo.

—Esto no ha cambiado. —Sus dedos arrugaron la piel suave—. Sigue igual, mientras que todo lo demás se convierte en polvo. Condujo a Keiro al Exterior, e Incarceron lo desea más que cualquier otro tesoro del Reino. Es la única esperanza que nos queda.

—Señor.

Finn se dio la vuelta. Se había olvidado de que Medlicote estaba allí. El hombre enjuto había permanecido todo el tiempo en el vano de la puerta, con su postura ligeramente encorvada todavía más evidente ahora que su levita estaba ajada.

—¿Podría apuntar que también es el único peligro?

—¿Qué significa eso?

El secretario se acercó, dubitativo.

—Es evidente que la Cárcel nos destruirá a todos si no puede hacerse con este objeto. Y si se lo entregamos, entonces Incarceron saldrá de su Cárcel y todos los Internos quedarán olvidados, hasta que mueran. El dilema al que os enfrentáis es terrible.

Finn frunció el entrecejo.

Jared preguntó:

—Pero ¿tenéis alguna propuesta?

—Sí. Es radical, pero podría funcionar: *destruir el Guante*.

—No —dijeron al unísono Finn y Keiro.

—Señores, escuchadme. —Parecía asustado, pensó Finn, y no de ellos—. El Maestro Jared ha admitido que este artilugio lo supera. Y ¿no se os ha ocurrido que podría ser la mera presencia del Guante lo que está succionando la energía del Reino? Tenéis la sensación de que es culpa de la maldad de la Cárcel. ¡Pero no lo sabéis a ciencia cierta!

Finn arrugó la frente. Le dio la vuelta al Guante, después miró a Jared.

—¿Creéis que tiene razón, Jared?

—No. Necesitamos el Guante.

—Pero habéis dicho...

—Dame tiempo. —Jared se levantó y se acercó a Finn—. Dame tiempo y lo arreglaré.

—No tenemos tiempo. —Finn miró el rostro frágil del Sapient—. Vos no lo tenéis, y tampoco los que habitan en la Cárcel.

Medlicote dijo:

—Vos sois el rey, señor. Nadie, ni siquiera el Consejo Real, puede dudarlo ya. Destruidlo. Eso es lo que el Guardián querría que hiciésemos.

Jared soltó con brusquedad:

—No lo sabéis.

—Conozco al Guardián. Además, ¿pensáis, señor, que los Lobos de Acero van a quedarse al margen y permitir que exista esta nueva amenaza, ahora que ha terminado el Protocolo?

Mientras la vela se agotaba, Finn preguntó:

—¿Me estáis amenazando?

—¿Cómo iba a hacerlo, señor? —Medlicote no quitaba ojo

de encima a Keiro, pero su voz sonó dócil y nerviosa—. Vos debéis decidir. Destruidlo, y la Cárcel quedará encerrada dentro de sí misma para siempre. Permitid que acceda al poder de Sáfico, y desataréis sus horrores sobre nosotros. ¿Adónde creéis que se dirigirá Incarceron cuando se vea libre? ¿En qué clase de tirano se transformará una vez en el Exterior? ¿Le permitiréis que nos convierta en sus esclavos?

Finn se quedó callado. Miró a Keiro, quien se limitó a devolverle la mirada. Deseó con todas sus fuerzas que Claudia abriera la puerta e irrumpiera en la sala. La chica conocía a su padre. Ella sabría si eso era lo que debían hacer.

En la habitación maltrecha, una ventana rota dio bandazos a causa del viento. Un vendaval azotaba la casa, y la lluvia empezó a repicar con fuerza contra los cristales rotos.

—¿Jared?

—No lo destruyas. Es nuestra última arma.

—Pero si él tiene razón, si...

—Confía en mí, Finn. Tengo una idea.

Retumbó un trueno. Medlicote se encogió de hombros.

—Odio tener que decir esto, señor, pero el Maestro Jared no es la persona más adecuada para pedirle consejo. A lo mejor sus motivaciones son otras.

Finn preguntó:

—¿A qué os referís?

—El Maestro Jared está enfermo. A lo mejor considera que un objeto con tanto poder podría ser su remedio.

Todos lo miraron.

Jared estaba pálido; parecía asombrado y confundido.

—Finn...

Finn levantó una mano.

—No tenéis que justificaros ante mí, Maestro. —Se abalanzó hacia Medlicote, como si su rabia hubiera encontrado una vía de escape—. Nunca jamás habría pensado que pudierais estar dispuesto a anteponer vuestra vida a la seguridad de millones de personas.

Medlicote sabía que se había excedido. Retrocedió.

—La vida de un hombre lo es todo para él.

Una gran explosión se hizo eco en la casa, como si se hubiese derrumbado parte de la estructura.

—Salgamos de aquí. —Keiro se puso de pie muy inquieto—. Este sitio es una ratonera.

Jared no había dejado de mirar a Finn.

—Tenemos que encontrar a Claudia. El Guante nos ayudará. Si lo destruyes, la Cárcel no tendrá motivos para mantenerla con vida.

—Si es que aún están vivos.

Jared miró a Medlicote.

—Aseguraría que el Guardián sí lo está.

Finn tardó un momento en comprender lo implícito. Entonces, con una rapidez que dejó perplejo a Keiro, empujó a Medlicote contra la pared, poniéndole un brazo firme sobre la garganta.

—Habéis hablado con él, ¿a que sí?

—Señor...

—¡¿A que sí?!

El secretario jadeó para tomar aire. Entonces asintió.

Claudia preguntó:

—¿Con quién hablabais?

—Con Medlicote. —Su padre se volvió para quedar frente a la puerta—. Uno de los Lobos de Acero. Un buen hombre. Él se encargará del Guante. Ahora vamos a ver quién manda aquí.

Sin embargo, el rugido de los airados Presos casi ahogó sus palabras. Claudia lo miró con atención, enfurecida por su orgullo y su tozudez. Entonces dijo:

—Os van a pisotear. Pero hay otra cosa que podemos hacer para detener a Incarceron. Podemos quemar la estatua.

Su padre la miró a los ojos.

—No nos lo permitirá.

—Tiene otras preocupaciones. Vos acabáis de decirlo —contestó Claudia. Se dirigió a Attia—: ¡Vamos!

Las dos corrieron por el suelo nevado de la sala. En las paredes, los pliegues de las cortinas se habían quedado congelados. Claudia agarró la más cercana y tiró de la tela. El polvo y los copos de nieve se precipitaron a su alrededor.

—¡Rix! ¡Ayúdanos!

El mago estaba sentado en el pedestal: sólo se le veían rodillas y codos. Jugueteaba con unas monedas que se pasaba de una mano a otra, murmurando para sus adentros.

—Cara, nos mata. Cruz, Escapamos.

—Olvídate de él. —Attia dio un salto y consiguió descolgar la gruesa cortina—. Está loco. Los dos están locos.

Juntas descolgaron todos los tapices y cortinas. Vistos de cerca, todos ellos tenían agujeros y jirones bajo la capa de hielo, y Attia fue reconociendo los motivos de las antiguas leyendas de Sáfico:

cuando se arrastró para cruzar el puente de sables, cuando le ofreció su dedo a la Bestia, cuando robó los niños, cuando conversó con el Rey de los Cisnes. Con un estruendo de aros metálicos, las escenas tejidas en los tapices fueron arrugándose, convertidas en nubes de fibras y moho congelado. Claudia y ella arrastraron las telas hasta la estatua y las apilaron bajo sus pies, mientras la bella mirada del hombre se perdía en la muchedumbre que aullaba al otro lado de la puerta.

El Guardián las observaba. Ante él, golpe a golpe, los últimos tablones se astillaron. Un gozne se reventó; la puerta cedió.

—¡Rix! —chilló Attia—. ¡Necesitamos una llama!

Claudia volvió a cruzar corriendo la habitación y agarró la mano del Guardián.

—¡Padre, apartaos! ¡Rápido!

El Guardián miraba embobado la puerta rota, los brazos que se colaban por el agujero, como si fuera a detenerlos únicamente con su autoridad.

—Soy el Guardián, Claudia. Estoy al mando.

—¡NO!

Tiró de él hacia atrás y lo apartó justo en el momento en que la puerta se desplomaba.

Vieron una masa de Presos, los primeros eran aplastados y pisoteados por los que iban detrás. Aporreaban con los puños y sacudían cadenas. Sus armas eran esposas y barras de hierro. Aullaban con los gemidos de los millones de desesperados de Incarceron, los descendientes olvidados de los primeros Presos, la Escoria y los Cívicos y los Ardenti y las Urracas, y todos los miles de bandas y tribus, de pueblos del Ala y de descastados.

Mientras irrumpían en el salón, Claudia se dio la vuelta y echó a correr, con su padre pisándole los talones. Ambos huyeron por el sucio campo de batalla nevado en que se había convertido el suelo, y para burlarse, la Cárcel los confundió mediante unos intensos focos que cruzaban y recruzaban la estancia desde su techo invisible.

—Aquí está.

Keiro sacó el receptor del bolsillo de Medlicote y se lo lanzó a Finn, quien dejó libre al hombre y abrió la tapa del artilugio.

—¿Cómo funciona?

Medlicote se acurrucó en el suelo, medio asfixiado.

—Tocad el dial. Luego hablad.

Finn miró a Jared. Entonces hundió el dedo pulgar en el pequeño disco que había en un lateral.

—Guardián —dijo—. ¿Me oís?

Rix se puso de pie.

Attia agarró un trozo de madera rota a modo de arma y la sopesó. Pero sabía que, ante la rabia infinita de esa muchedumbre, nada sería lo bastante fuerte.

En mitad de los escalones, el Guardián se dio la vuelta.

Un leve pitido sonó dentro de su casaca; alargó la mano para coger el disco pero, en cuanto lo sacó del bolsillo, Claudia se lo arrebató, con los ojos como platos al contemplar cómo se colaban los Presos en manada, una masa atropellada, pestilente y exaltada.

Una voz dijo:

—¿*Me oís?*

—¿Finn?

—¡Claudia! —El alivio quedó patente en su voz—. ¿Qué ocurre?

—Estamos en apuros. Hay un motín. Vamos a quemar la estatua, Finn, o por lo menos, vamos a intentarlo. —Por el rabillo del ojo, la muchacha vio el resplandor de la llama en la mano de Rix—. Así Incarceron no tendrá modo de salir.

—¿Han destruido el Guante? —susurró el Guardián.

Un murmullo. Una nebulosa de energía estática. Y entonces, al oído, la voz de Jared.

—¿Claudia?

Únicamente sintió un aguijonazo de alegría.

—Claudia, soy yo. Escúchame, por favor. Quiero que me prometas una cosa.

—Maestro...

—Quiero que me prometas que no quemaréis la estatua, Claudia.

Claudia parpadeó. Attia la miraba fijamente.

—Pero... tenemos que hacerlo. Incarceron...

—Sé lo que piensas. Pero estoy empezando a comprender qué pasa aquí. He hablado con Sáfico. Prométemelo, Claudia. *Dime que confías en mí.*

Se dio la vuelta. Vio que la muchedumbre alcanzaba el primero de los cinco peldaños y la avanzadilla empezaba a subir por el segundo.

—Confío en vos, Jared —susurró—. Siempre lo he hecho. Os quiero, Maestro.

El sonido se elevó hasta convertirse en un chillido que obligó a Jared a apartarse; el disco se cayó y rodó por el suelo.

Keiro se abalanzó sobre él y gritó:

—¡Claudia!

Pero la única respuesta fue un siseo y un crepitar que podría haber sido el ruido de una multitud o el caos de la energía estática interestelar.

Finn se dirigió a Jared.

—¿Estáis loco? ¡Claudia tiene razón! Sin su cuerpo...

—Lo sé. —Jared estaba pálido. Se inclinó contra el hogaril, con el Guante bien apretado entre los dedos—. Y te pregunto lo que le he preguntado a ella. Tengo un plan, Finn. Puede que sea una locura, puede que sea imposible. Pero podría salvarnos a todos.

Finn lo miró a la cara. Fuera caía una fuerte tormenta que batió las ventanas y apagó de un soplido el último brillo de la vela. El muchacho tenía frío y temblaba, sus manos eran témpanos de hielo. El miedo de la voz de Claudia se le había contagiado como un sabor de la Cárcel, y por un momento, se vio de nuevo en esa celda blanca en la que había nacido, y no era un príncipe, sino un Preso, sin memoria ni esperanza.

La casa retembló a su alrededor cuando un relámpago la fustigó.

—¿Qué necesitáis? —preguntó Finn.


Fue Incarceron quien los detuvo. Cuando los Presos llegaron al segundo escalón, su voz atronó con toda su potencia por el amplio salón.

—*Mataré a todo aquel que se acerque un paso más.*

El escalón se iluminó con una repentina luz parpadeante. Corrientes de energía se propagaron por él y emitieron ondas azules. La muchedumbre se sacudió. Algunos empujaron hacia delante, otros se detuvieron, otros retrocedieron. La masa se convirtió en un torbellino de movimiento, y los focos empezaron a describir círculos perezosos sobre ella, penetrándola para dejar al descubierto un ojo aterrado, una mano caída.

Attia le arrebató la astilla encendida a Rix.

Se dispuso a arrojarla a las fibras podridas amontonadas, pero Claudia la agarró por la mano.

—Espera.

—¿Por qué?

Se dio la vuelta, pero Claudia le retorció la muñeca con furia y se le cayó la diminuta ascua, que relució en el aire. Aterrizó en los tapices, pero antes de que el latigazo de las llamas los abrasara, Claudia los apagó con el pie.

—¿Estás loca? ¡Estamos perdidos! —Attia estaba furiosa—. ¡Y por tu culpa!

—Jared...

—¡Jared se equivoca!

—*Qué placer poder contar con todos vosotros para esta ejecución.* —El sarcasmo de la Cárcel se hizo eco en el aire gélido; copos de nieve minúsculos caían de las alturas—. *Ahora veréis mi justicia y entenderéis que no tengo favoritismos. Pero esperad, el hombre será el primero. John Arlex, vuestro Guardián.*

El Guardián estaba abatido y sucio, pero se recompuso. Su chaqueta oscura brilló por la nieve.

—¡Escuchadme! —chilló—. ¡La Cárcel intenta abandonarnos! ¡Pretende dejar que su propio pueblo muera de hambre!

Sólo los que estaban más próximos lo oyeron, y lo abuchearon para que se callara. Mientras se acurrucaba junto a su padre, Claudia supo que únicamente la amenaza de la Cárcel mantenía a raya a la horda, y que Incarceron estaba jugando con ellos.

—*John Arlex, quien os odia y os detesta. Mirad cómo se cobija bajo esta imagen de Sáfico. ¿Acaso cree que le protegerá de mi ira?*

No habría hecho falta que se molestaran en acumular las cortinas y los tapices. Claudia supuso que Incarceron iba a quemar su propio cuerpo, que su rabia por la pérdida del Guante, por haber visto truncados todos sus planes, sería también el final de todos ellos. La misma pira los consumiría por completo.

Y entonces, junto a ella, una voz afilada dijo:

—Oh, padre mío. Escúchame.

La muchedumbre cuchicheó.

Se apaciguaron, como si la voz perteneciese a una persona conocida, una persona a quien habían oído antes, de modo que guardaron silencio para volver a escucharla.

Y Claudia percibió en sus huesos y en sus nervios cómo Incarceron se acercaba zigzagueando, se colaba entre la masa, y le susurraba al oído, contra la mejilla, una pregunta comedida y vacilante, una duda secreta:

—*¿Eres tú, Rix?*

Rix se echó a reír. Sus ojos se habían estrechado, le apestaba el aliento a *ket*. Abrió los brazos en cruz.

—Deja que te muestre qué soy capaz de hacer. La magia más extraordinaria realizada jamás. Deja que te muestre, padre mío, cómo voy a darle vida a tu cuerpo.

# 33

*Levantó las manos. Vieron que tenía la túnica cubierta de plumas,*
*como las alas del Cisne cuando está a punto de morir, cuando canta*
*su canción secreta.*

   *Y abrió la puerta que ninguno de ellos había visto hasta entonces.*

Leyendas de Sáfico

Cuando Finn salió corriendo al pasillo, vio que Keiro tenía razón. La antigüedad de la casa se había vuelto en su contra; toda su auténtica decadencia, igual que la de la reina, había llegado a sus cimientos de repente.

—¡Ralph!

Ralph subió entre jadeos, pisando por el camino montículos de escayola desprendida.

—Señor.

—Hay que evacuar. Que se marche todo el mundo.

—Pero ¿adónde vamos, señor?

Finn frunció el entrecejo.

—¡No lo sé! El campamento de la reina ha quedado igual de

destrozado. Buscad refugio en los establos, o en las cabañas anexas. Aquí sólo nos quedaremos nosotros ¿Dónde está Caspar?

Ralph se quitó de un tirón la deteriorada peluca. Debajo, llevaba el pelo muy corto. Iba mal afeitado y con la cara sucia. Parecía abatido y confuso.

—Con su madre. El pobre muchacho está desquiciado. Creo que ni siquiera él conocía la verdad sobre la reina.

Finn miró a su alrededor. Keiro tenía a Medlicote inmovilizado con una llave. Jared, esbelto con su túnica de Sapient, llevaba el Guante en la mano.

—¿Necesitamos a esta escoria? —murmuró Keiro.

—No. Deja que se vaya con los demás.

Keiro retorció el brazo del secretario por última vez hasta hacerle daño y lo apartó de un empujón.

—Marchaos —le dijo Finn—. Buscad un lugar seguro. Encontrad al resto de vuestra gente.

—No hay ningún lugar seguro. —Medlicote agachó la cabeza cuando una armadura que había junto a él se desplomó de repente, convertida en polvo—. No lo habrá mientras exista el Guante.

Finn se encogió de hombros. Se volvió hacia Jared.

—Vamos.

Los tres pasaron corriendo junto al secretario y se adentraron en los pasillos de la casa. Se desplazaban por una pesadilla de belleza perdida, de cortinas fragmentadas y de cuadros ocultos bajo capas de mugre y moho. Aquí y allá vieron en el suelo candelabros de velas blancas volcados; las gotitas cristalinas caían como lágrimas de cera derretida. Keiro se puso a la cabeza y fue apartando los desperdicios; Finn se mantuvo cerca de Jared, pues no confiaba demasiado en las fuerzas que le quedaban al Sapient. Se abrieron paso hasta el pie de la gran escalinata, pero cuando Finn miró hacia arriba, se sintió abrumado por la destrucción sufrida en las plantas superiores. El parpadeo silencioso de un relámpago le desveló una inmensa grieta que recorría todo el muro exterior. Restos de cerámica y de plastiglas crujían bajo sus pies; las hojas de popurrí y las esporas y el polvo de siglos nublaban el ambiente, como si nevase.

Las escaleras daban pena. Keiro subió dos peldaños, con la espalda apoyada contra la pared, pero en el tercero, el pie se le coló por un agujero de la tabla, y tuvo que sacarlo dando un tirón y soltando improperios.

—Es imposible subir por aquí.

—Tenemos que llegar al estudio para acceder al Portal.

Jared levantó la mirada con ansiedad. Se sentía absolutamente abatido, notaba la cabeza embotada y dispersa. ¿Cuándo se había tomado la última dosis de medicación? Se apoyó en la pared y sacó la bolsita con la jeringuilla. La miró desesperado.

La frágil jeringuilla se había hecho añicos, como si el cristal hubiera envejecido en un segundo hasta quebrarse. El suero se había congelado y presentaba una corteza amarilla.

Finn le preguntó:

—¿Qué vais a hacer?

Jared esbozó una sonrisa. Volvió a meter los fragmentos en la funda y la arrojó al pasillo oscuro, y Finn vio que tenía los ojos remotamente perdidos y negros.

—No era más que un recurso provisional, Finn. Como todos los demás, ahora debo vivir sin mis pequeñas comodidades.

«Si muere —pensó Finn—, si dejo que muera, Claudia nunca me lo perdonará.» Levantó la mirada hacia su hermano de sangre.

—Tenemos que subir como sea. Tú eres el experto, Keiro. ¡Haz algo!

Keiro frunció el entrecejo. Entonces se quitó la chaqueta de terciopelo y se recogió el pelo con un retal de cinta. Rasgó en tiras las cortinas y se las ató a toda prisa alrededor de las manos, perjurando cuando tocó sin querer la palma abrasada por el disparo.

—Cuerda. Necesito cuerda.

Finn arrancó los gruesos cordones de pasamanería que sujetaban las cortinas y los ató entre sí con nudos muy resistentes: eran extraños cables de color dorado y escarlata. Keiro se los enroscó por los hombros. A continuación, se aventuró escaleras arriba.

El mundo se había invertido, pensó Jared mientras observaba los progresos milimétricos, porque esa escalera que había subido a diario durante años era ahora un obstáculo traicionero, una trampa mortal. Así era como el tiempo transformaba las cosas, como el propio cuerpo te traicionaba. Eso era lo que el Reino había tratado de olvidar, con su deliberada y elegante amnesia.

Keiro tuvo que subir la escalera como un montañero que escala una cumbre empinada. Toda la parte central de los peldaños había desaparecido, y cada vez que se agarraba a los escalones superiores, los bordes se le deshacían en las manos, convertidos en polvo.

Finn y Jared lo observaban muy ansiosos. Encima de la casa retumbó un trueno; a lo lejos, en los establos, oyeron los gritos de los guardias, que azuzaban a todos para que salieran, los relinchos de los caballos, el chillido de un halcón.

Por fin, junto al codo de Finn, una voz sin aliento dijo:

—Hemos bajado el puente levadizo, señor, y todos han cruzado ya.

—Entonces, vete tú también.

Finn no volvió la cabeza, pues no quería perder de vista a Keiro, que mantenía un equilibrio precario entre la barandilla y un panel de madera desprendido.

—La reina, señor. —Ralph se limpió la cara mugrienta con un harapo sucio que en otra época debía de haber sido un pañuelo—. La reina ha muerto.

La conmoción fue una puñalada tan distante que Finn apenas la percibió. Y entonces asimiló la noticia y se dio cuenta de que Jared también la había oído. El Sapient inclinó la cabeza con tristeza.

—Entonces sois el rey, señor.

«¿Así de sencillo?», se preguntó Finn. Pero lo único que dijo fue:

—Ralph, márchate ya.

El anciano sirviente no se movió.

—Me gustaría quedarme a echar una mano. Para rescatar a lady Claudia y a mi amo.

—No estoy seguro de que siga habiendo amos.

Jared suspiró. Keiro se tambaleó hacia un lado; había apoyado todo el peso en la barandilla curva, que se estaba combando: la madera cedía, seca y podrida.

—¡Ten cuidado!

La respuesta de Keiro fue inaudible. Entonces se incorporó, subió a toda prisa dos peldaños que crujieron bajo su peso y se lanzó al rellano.

Se agarró al suelo con ambas manos pero, justo entonces, la escalera entera se derrumbó detrás de él, con un estruendo increíble de polvo y madera carcomida. Se formó una montaña de astillas en el recibidor de la planta baja y el acceso quedó bloqueado.

Keiro se balanceó y se dio impulso para no caerse al vacío, estirando todos los músculos de los brazos, cegado por el polvo. Por fin logró apoyar una rodilla en el rellano superior y se arrastró hasta acabar de subir con un frío alivio.

Tosió hasta que las lágrimas formaron surcos en su cara manchada. Entonces se acercó a gatas hasta el borde y miró hacia abajo. Ante él tenía un torbellino de polvo y desperdicios.

—¿Finn? —preguntó. Se puso de pie, aunque le dolían las piernas—. ¿Finn? ¿Jared?

O estaba completamente loco o iba hasta las cejas de *ket*, pensó Attia.

Rix se puso de pie delante de su público con una confianza absoluta, y la gente alzó la mirada hacia él, admirada, exaltada, sedienta de verdad. Pero en esta ocasión, la Cárcel se hallaba entre el público.

—¿*Estás loco, Preso?* —preguntó.

—Sin lugar a dudas, padre —contestó Rix—. Pero si lo logro, ¿me llevarás contigo?

Incarceron estalló en carcajadas.

—*Si lo logras, serás el verdadero Oscuro Encantador. Pero no eres más que un impostor, Rix. Un mentiroso, un charlatán, un embaucador. ¿Pretendes engañarme a mí?*

—Ni en sueños. —Rix miró a Attia—. Necesito a mi antigua ayudante.

Le hizo un guiño y, antes de que Attia pudiera tartamudear una respuesta, el mago se había dado la vuelta otra vez hacia la multitud y había avanzado hasta el borde del pedestal.

—Amigos —empezó—. ¡Bienvenidos a la mejor de mis maravillas! Creéis que vais a ver ilusiones ópticas. Creéis que voy a engañaros con espejos y cartas falsas, con artilugios ocultos. Pero yo no soy como los demás magos. Yo soy el Oscuro Encantador, y os mostraré la auténtica magia. ¡La magia de las estrellas!

La muchedumbre suspiró. Attia también.

Rix levantó la mano y ¡llevaba puesto un Guante! Era de piel, negro como la medianoche, y emitía unos destellos de luz.

Detrás de Attia, Claudia dijo:

—Pensaba... No me digas que el que tiene Keiro no es el auténtico.

—Claro que no. Esto es una imitación. Nada más que eso.

Pero la duda se había colado también dentro de Attia, como la hoja fría de un cuchillo, porque, con Rix, ¿cómo iba a saber uno lo que era auténtico y lo que no?

El hechicero trazó un arco exagerado con la mano y dejó de nevar. El aire se volvió más cálido, del alto techo surgieron luces de todos los colores, como un arco iris. ¿Era él quien provocaba todo eso? ¿O era Incarceron, que se divertía a su costa?

Fuera cual fuese la verdad, el caso es que la gente se transformó. Miraron hacia el techo entre gritos de admiración. Algunos se postraron de rodillas. Otros retrocedieron, asustados.

Rix había crecido. Sin saber cómo, había otorgado nobleza a su rostro curtido y había convertido la locura de sus ojos en un brillo sagrado.

—Percibo tanto dolor aquí —dijo—. Tanto miedo.

Era el discurso que empleaba en los números de magia. Pero al mismo tiempo, estaba fragmentado, modificado. Como si el caleidoscopio de su mente hubiera empezado a formar dibujos nuevos. Entonces anunció en voz baja:

—Necesito un voluntario. Alguien que desee que se desvelen sus temores más profundos. Que desee desnudar su alma ante mi mirada.

Miró hacia arriba.

La Cárcel creó un halo de luces blancas alrededor de su estatua. Entonces dijo:

—*Yo me presto voluntaria.*


Al principio, lo único que oyó Keiro fue su propio corazón palpitando desbocado, y los ecos de la madera al desprenderse. Después, Finn dijo:

—Estamos bien.

Salió de una alcoba que había hundida en la pared y, entre las sombras, tras él, Ralph preguntó con desesperación:

—¿Cómo vamos a subir ahora? No hay modo...

—Claro que sí.

La voz de Keiro no admitía réplicas. De la oscuridad bajó una borla roja y dorada, que golpeó a Finn en el hombro.

—¿Es seguro?

—He atado el cordón a la columna más cercana. No puedo hacer más. Vamos.

Finn miró a Jared. Ambos sabían que, si la columna cedía o la cuerda se rompía, el escalador moriría por la caída. Jared se apresuró a decir:

—Tengo que subir yo. Con todos los respetos, Finn, el Portal es un misterio para ti.

Era cierto, pero Finn sacudió la cabeza.

—Pero ¿lo lograréis...?

Jared se irguió.

—No soy tan débil.

—Claro que no, nada débil. —Finn perdió la mirada en la oscuridad. Entonces agarró la cuerda y la ató con furia alrededor de la cintura de Jared y se la pasó por debajo de los brazos—. Utilizadla para daros estabilidad. Id metiendo los pies por todos los agujeros que veáis y procurad no apoyar todo el peso en la cuerda. Nosotros...

—Finn. —Jared se llevó una mano al pecho—. No te preocupes. —Se agarró de la cuerda y entonces volvió la cabeza—. ¿Lo has oído?

—¿El qué?

—Un trueno —dijo Ralph vacilante.

Prestaron atención y oyeron que una tormenta terrible azotaba el Reino, la climatología se había liberado del control continuo.

Keiro gritó:

—¡Rápido!

Y Jared notó que la cuerda lo catapultaba hasta los primeros peldaños huecos.

El ascenso fue una pesadilla. Al cabo de poco la cuerda le quemaba en las manos, y el esfuerzo de trepar y darse impulso hacia arriba lo dejó sin aliento. El dolor habitual le ardía en el pecho, y los pinchazos en la espalda y el cuello cada vez que saltaba de un peldaño roto hacia el panel de la pared, agarrándose de las cornisas cubiertas de telarañas y de los remates de la madera, lo dejaban exhausto.

Sobre él, el rostro de Keiro era un óvalo pálido entre las sombras.

—¡Vamos, Maestro! Podéis hacerlo.

Jared jadeó. Tenía que detenerse, sólo para tomar aire, pero en cuanto lo hizo, el diminuto saliente en el que había clavado la bota cedió, y con un estruendo y un grito cayó al vacío. La cuerda lo paró en seco en mitad de la caída, en una agonía de músculos luxados y huesos crujidos.

Por un instante, dejó de ver las cosas.

El mundo había desaparecido y se vio colgando, volátil, en un cielo negro, y a su alrededor, en silencio, las galaxias y las nebulosas giraban, gélidas. Las estrellas tenían voces; lo llamaban por su nombre, pero él siguió dando vueltas, lentamente, hasta que la estrella que era Sáfico quedó próxima a él y susurró:

—Os estoy esperando, Maestro. Y Claudia también os espera.

Abrió los ojos. El dolor regresó como una ola brava, llenó sus venas, su boca, sus nervios.

Keiro gritó:

—¡Jared, trepad! ¡Trepad!

Obedeció. Como un niño, sin pensar, se dio impulso, mano sobre mano. Trepó a través del dolor, a través del fuego oscuro de su respiración, mientras abajo, Finn y Ralph eran dos centelleos en el recibidor negro.

—Más. Un poco más.

Algo lo agarró desde arriba. Sus manos, empapadas en sudor, se resbalaban por la cuerda, tenía la piel en carne viva, las rodillas y los tobillos eran nudos magullados. Alguien lo asió con vigor. Una mano se coló por debajo de su codo.

—Ya os tengo. Ya os tengo.

Y entonces, una fuerza que parecía milagrosa lo impulsó hacia arriba y aterrizó a cuatro patas más allá del sufrimiento, entre toses y arcadas.

—¡Está a salvo! —el grito de Keiro sonó tranquilizador—. Rápido, Finn.

Finn se volvió hacia Ralph.

—Ralph, no puedes subir con la cuerda. Haz una cosa por mí. Sal a buscar al Consejo Real. Ellos son quienes tienen que gobernar ahora. Diles que yo... —Hizo una pausa y tragó saliva—. Que el rey lo ha ordenado. Comida y techo para todos.

—Pero vos...

—Volveré. Con Claudia.

—Pero señor, ¿pensáis entrar de nuevo en la Cárcel?

Finn se envolvió las manos con la cuerda y se dio impulso hacia arriba.

—No, si puedo evitarlo. Pero si tengo que hacerlo, lo haré.

Trepó a toda prisa y con ímpetu, impulsándose con gritos energéticos. Rechazó la mano que le tendía Keiro y rodó por el borde del rellano con suma habilidad. El pasillo estaba oscuro. Seguramente, una parte del tejado había sido arrancada por el vendaval, porque al fondo, a lo lejos, distinguió el cielo entre unas vigas y media chimenea partida.

—Puede que el Portal esté dañado —murmuró Keiro.

—No. El Portal ni siquiera está en esta casa. —Finn se dio la vuelta—. ¿Maestro?

El rellano estaba vacío.

—¿Jared?

Entonces lo vieron. Estaba al otro lado del pasillo, junto a la puerta del estudio.

—Lo siento, Finn —dijo con amabilidad—. Éste es mi plan. Tengo que hacerlo yo solo.

Algo hizo un clic.

Finn echó a correr, con Keiro un paso por detrás, y cuando llegó a la puerta, se abalanzó contra el panel. El cisne negro se arqueaba desafiante sobre él.

Pero estaba cerrada con llave.

# 34

*En otro tiempo la Cárcel era un ser hermoso. Su propósito era amar. Pero tal vez resultaba muy difícil amarnos. Tal vez le exigimos demasiado. Tal vez la volvimos loca.*

DIARIO DE LORD CALLISTON

Rix alargó la mano cubierta por el Guante y desde lo alto, un haz de luz diminuto, fino como un lápiz, bajó hasta tocarla. Se onduló con suavidad sobre su palma y, al cabo de un rato, el mago asintió.

—Veo cosas extrañas en tu mente, padre mío. Veo que te hicieron a su imagen y semejanza, y que despertaste en la oscuridad. Veo las personas que te habitan, veo todos los pasillos y las celdas y mazmorras polvorientas en las que viven.

—¡Rix! —exclamó Attia con voz autoritaria—. Basta.

Rix sonrió, pero no la miró.

—Veo lo solo que te sientes, y lo desquiciado que estás. Te has alimentado de tu propia alma, mi amo. Has devorado tu propia humanidad. Has mancillado tu propio Edén. Y ahora quieres Escapar.

—*Ves un rayo de luz en la mano, Preso.*

—Lo que tú digas. Un rayo de luz.

Sin embargo, la sonrisa desapareció cuando Rix levantó el Guante, de tal modo que la luz captó un brillo de polvo plateado que caía de sus dedos extendidos.

La multitud suspiró.

El polvo caía y caía sin parar. Era interminable. Se convirtió en una cascada de centelleos diminutos en un cielo negro.

—Veo las estrellas —dijo Rix con voz scria—. Bajo ellas hay un palacio en ruinas, con las ventanas rotas y oscuras. Espío a través del ojo de una cerradura, en una portezuela minúscula. Una tormenta ruge alrededor. Es el Exterior.

Claudia agarró a Attia por la muñeca.

—¿Está...?

—Creo que es una visión. Ya le ha pasado antes.

—¡El Exterior! —exclamó Claudia. Se dirigió al Guardián—: ¿Se refiere al Reino?

Sus ojos grises denotaban severidad.

—Me temo que sí.

—Pero Finn...

—Chist, Claudia. Si hablas, me pierdo.

Furiosa, se quedó mirando a Rix. El mago temblaba, con los ojos convertidos en finas líneas de color blanco.

—Hay una forma de Escapar —susurró, en un arrebato—. ¡Sáfico la encontró!

—¿Sáfico? —La voz de Incarceron era un murmullo que se expandía por el salón. Y entonces añadió con un tono que denotaba un miedo repentino, además de asombro—: *¿Cómo lo haces, Rix? ¿Cómo lo haces?*

Rix parpadeó. Por un momento pareció sobrecogido. Todos guardaron silencio.

Entonces movió los dedos, y la lluvia plateada se convirtió en oro.

—El Arte de la Magia —susurró.


Jared se apartó de la puerta. Si Finn la estaba aporreando, como sospechaba el Sapient, el sonido no se apreciaba al otro lado.

Se dio la vuelta.

Tal vez el Reino se hubiera desmoronado, pero dentro de esa habitación no había cambiado nada. Mientras el Portal se allanaba, notó que el murmullo tranquilo de su misterio le resultaba apaciguador, las paredes grises y el escritorio solitario se enfocaron en su vista. Levantó una mano temblorosa hasta la boca y se lamió la sangre de la piel arañada.

De pronto, lo abatió la fatiga. Lo único que le apetecía era dormir, así que se desplomó en la silla metálica, delante de la pantalla cubierta de nieve, y combatió el deseo de apoyar la cabeza en el escritorio y cerrar los ojos para olvidarse de todo.

Sin embargo, la nieve cautivó su mirada. Detrás de ese misterio estaba atrapada Claudia, y la Cárcel y el Reino se hallaban inmersos en la destrucción.

Se obligó a sentarse con la espalda erguida, se frotó la cara con una manga mugrienta, se apartó el pelo de los ojos. Sacó el guante y lo colocó sobre la superficie de metal gris. Entonces hizo unos cuantos ajustes en los controles y habló.

Empleó la lengua de los Sapienti cuando dijo:

—¡Incarceron!

La nieve continuó cayendo, pero su frecuencia cambió, convertida en un remolino de asombro. Le respondió una voz maravillada:

—*¿Cómo lo haces, Rix? ¿Cómo lo haces?*

—No soy Rix. —Jared extendió las manos enjutas sobre el escritorio y las observó—. Hablaste conmigo en otra ocasión. Ya sabes quién soy.

—*Oí una voz como ésa, hace mucho tiempo.* —El murmullo de la Cárcel quedó suspendido en el aire inmóvil de la habitación.

—Hace mucho tiempo —susurró Jared—. Cuando aún no eras viejo, ni malvado. Cuando los Sapienti te crearon. Y otras muchas veces desde entonces, durante mi viaje interminable.

—*Eres Sáfico.*

Jared sonrió, fatigado.

—Ahora sí. Y tú y yo, Incarceron, tenemos el mismo problema. Ambos estamos atrapados dentro de nuestro cuerpo. A lo mejor podríamos ayudarnos el uno al otro. —Tomó el Guante y acarició con un dedo sus suaves escamas—. A lo mejor ha llegado la hora de la que hablan todas las profecías. La hora en la que el mundo termina, y Sáfico regresa.


Claudia dijo:

—Tienen tanto miedo que se están volviendo locos. Van a abalanzarse en cualquier momento para matarlo.

La muchedumbre empezaba a revolucionarse. Claudia percibía su pánico, notaba la urgencia en el modo en que empujaban hacia delante, alargaban el cuello para ver, desprendiendo ese hedor caliente y sudoroso que ascendía hacia ella. Sabían que, si

Incarceron Escapaba, sería el fin de todos ellos. Si empezaban a creer que Rix era capaz de algo así, no tendrían nada que perder si se arriesgaban a avanzar.

Attia agarró el cuchillo de Rix. Claudia levantó el trabuco de chispa y miró a su padre. El Guardián no se movió, con los ojos fascinados y fijos en el mago.

Claudia lo adelantó y Attia fue con ella, y juntas se abrieron paso para colocarse en los peldaños que quedaban entre Rix y la multitud, a pesar de que era algo inútil, un mero amago de defensa.

—*Oí una voz como ésa, hace mucho tiempo* —murmuró la Cárcel.

Rix se echó a reír con severidad. Las palabras de su actuación habían cambiado, eran como una profecía.

—Hay una forma de Escapar. ¡Sáfico la encontró! La puerta es diminuta, más pequeña incluso que un átomo. Y el águila y el cisne extienden sus alas para protegerla.

—*Eres Sáfico.*

—Sáfico ha vuelto. ¿Alguna vez me has amado, Incarceron?

La Cárcel murmuró con voz ronca:

—*Me acuerdo de ti. De entre todos ellos, tú eras mi hermano y mi hijo. Tuvimos el mismo sueño.*

Rix se inclinó hacia la estatua. Alzó la mirada hacia su rostro pacífico, hacia sus ojos inertes.

—No te muevas ni un centímetro —susurró con ansiedad, como si quisiera que sólo la Cárcel lo oyera—. O el peligro que correrás será extremo.

Se dirigió a la multitud:

—Ha llegado el momento, amigos míos. Lo liberaré. ¡Y lo devolveré a este lugar!

—¡Otra vez!

Finn y Keiro se abalanzaron juntos contra la puerta, pero ni siquiera vibró. No se oía ningún sonido en el interior. Sin aliento, Keiro le dio la espalda al cisne de ébano y dijo:

—Podríamos coger uno de esos tablones y... —Se detuvo—. ¿Lo has oído?

Voces. El clamor de hombres dentro de la casa, hombres que subían como un enjambre por la cuerda de la escalera, siluetas sombrías que se arracimaban en el pasillo maltrecho.

Finn dio un paso adelante.

—¿Quién anda ahí?

Pero supo quiénes eran antes de que el resplandor de un relámpago los hiciera visibles. Los Lobos de Acero habían llegado en una manada de hocicos de plata, con los ojos brillantes detrás de las máscaras de asesinos y homicidas.

La voz de Medlicote dijo:

—Lo siento, Finn. No puedo dejar que esto termine así. Nadie se sorprenderá de que tu amigo y tú perezcáis en las ruinas del feudo del Guardián. Así empezará un nuevo mundo, sin reyes, sin tiranos.

—Jared está ahí dentro —soltó Finn—. Y vuestro Guardián...

—El Guardián nos ha dado órdenes.

Levantaron las pistolas.

A su lado, Finn notó el desafío arrogante de Keiro, esa extraña forma que tenía de volverse más alto, con todos los músculos en tensión.

—Nuestra última función, hermano —dijo Finn con amargura.

—Habla por ti —contestó Keiro.

Los Lobos de Acero avanzaron, una fila vacilante que llenaba el pasillo.

Finn se tensó, pero Keiro parecía casi lánguido.

—Vamos, amigos míos. Un poco más cerca, por favor.

Se detuvieron, como si sus palabras los hubieran puesto nerviosos. Entonces, tal como Finn sabía que haría, Keiro atacó.

Jared sujetaba el Guante con ambas manos. Sus escamas eran curiosamente flexibles, como si los siglos las hubieran amoldado con el uso. Como si sólo el Tiempo hubiera llevado el Guante.

—*¿No estás asustado?* —preguntó Incarceron con curiosidad.

—Claro que estoy asustado. Creo que llevo mucho tiempo asustado. —Tocó las garras duras y curvadas—. Pero ¿cómo sabes tú lo que es el miedo?

—*Los Sapienti me enseñaron a sentir.*

—¿El placer? ¿La crueldad?

—*La soledad. La desesperación.*

Jared negó con la cabeza.

—También querían que amases... a tus Presos. Que cuidases de ellos.

La voz sonó como una bocanada de nostalgia, un crepitar:

—*Sabes que tú eres el único a quien he amado, Sáfico. El único a*

506

*quien he cuidado. Tú eras la grieta insignificante de mi armadura. Tú eras la puerta.*

—¿Fue por eso por lo que me dejaste Escapar?

—*Los hijos siempre escapan de sus padres, tarde o temprano.* —Un murmullo se coló en el Portal, como un suspiro a través de un pasillo largo y vacío—. *Yo también estoy asustado.*

—Entonces, debemos compartir el miedo.

Jared deslizó los dedos dentro del Guante. Tiró de él, con firmeza, y mientras lo hacía oyó, muy lejos, un martilleo, tal vez una puerta, tal vez su corazón, tal vez miles de pasos que se aproximaban. Cerró los ojos. Cuando el Guante le arropó los dedos, se le enfrió la mano, que se fundió con la piel de dragón en una sola materia. Le ardían las neuronas. Las garras se hendieron cuando las dobló. Su cuerpo se volvió gélido, e inmenso, poblado por un millón de terrores. Y entonces, todo su ser se desmoronó, se marchitó, replegándose hacia dentro, hacia un interminable torbellino de luz. Inclinó la cabeza y lloró a mares.

—*Yo también estoy asustado.*

El murmullo de la Cárcel se propagó por todos sus pabellones y bosques, por encima de sus mares. En las profundidades del Ala de Hielo, su miedo fragmentó las estalactitas, asustó a bandadas enteras de pájaros que aletearon sobre bosques metálicos que ningún Preso había pisado jamás.

Rix cerró los ojos. Su cara se había convertido en puro éxtasis. Extendió los brazos y exclamó:

—Ninguno de nosotros tiene por qué asustarse. ¡Mirad!

Claudia oyó el suspiro de Attia. La horda de gente rugió al unísono y se abalanzó hacia delante y, cuando la muchacha saltó hacia atrás, volvió la cabeza y vio a su padre, mirando fijamente la imagen de Sáfico. En la mano derecha llevaba puesto el Guante.

Anonadada, Claudia intentó preguntar:

—¿Cómo...?

Pero el susurro se perdió en el tumulto.

Los dedos de la estatua eran de piel de dragón, sus uñas eran garras. ¡Y se movían!

La mano derecha se flexionó; se abrió y se alargó hacia delante, como si se aferrara a la oscuridad, o como si buscara algo que palpar.

Todos los asistentes se quedaron mudos. Algunos cayeron de rodillas, otros se dieron la vuelta y echaron a correr para escapar de la muchedumbre hacinada.

Claudia y Attia permanecieron quietas. Attia sintió como si el asombro fuese a irrumpir en ella, como si la maravilla de lo que veía, de lo que eso significaba, fuese a hacerla gritar a pleno pulmón de miedo y gozo.

El Guardián era el único que observaba con atención. Claudia se dio cuenta de que él sabía lo que estaba ocurriendo.

—Explícamelo —le susurró la chica.

Su padre miró la imagen de Sáfico y un macabro agradecimiento cubrió sus ojos grises.

—¿Por qué, mi querida Claudia? —le preguntó él a su vez con aspereza—. Es un gran milagro. Tenemos el inmenso privilegio de estar aquí. —Y luego, en voz más baja—: Y parece que he vuelto a subestimar al Maestro Jared una vez más.

El proyectil de un trabuco impactó contra el techo. Uno de los hombres había caído ya, ovillado entre gemidos. Espalda contra espalda, Finn y Keiro describían círculos.

El pasillo en ruinas era una maraña intermitente de luz, surcada por haces de oscuridad. Alguien disparó un mosquetón y la bala hizo saltar unas astillas que cayeron en el codo de Finn. Se defendió, apartó el arma de un manotazo y se deshizo del hombre enmascarado a golpes.

Tras él, Keiro empezó a luchar con un florete hurtado hasta que se le rompió, y a partir de entonces, contraatacó con las manos desnudas. Se movía con agilidad, furia y precisión, y para Finn, que estaba a su lado, ya no existía el Reino ni Incarceron, sólo la abrasadora violencia de los puñetazos y el dolor, una puñalada en el pecho esquivada con desesperación, un cuerpo arrojado contra los paneles de madera.

Chilló, con sudor en las pestañas, cuando Medlicote arremetió contra él, y la espada del secretario se dobló al clavarse en la pared. Al instante, ambos intentaron asir el arma, y Finn agarró el hombre con fuerza por el pecho para inmovilizarlo, obligándole a tirarse al suelo. Resplandeció otro relámpago, que mostró la sonrisa de Keiro, el destello de acero de un hocico de lobo. El trueno rugió, con un retumbar grave y distante.

Una llamarada de fuego. Creció en un instante y, con su luz, Finn vio que los Lobos se hundían, jadeantes y ensangrentados por las llamas que los azotaban.

—Bajad las armas —la voz de Keiro sonó feroz y sin aliento. Volvió a disparar y todos se encogieron cuando la escayola del techo caía convertida en nieve blanca—. ¡Bajadlas ya!

Unos cuantos ruidos sordos.

—Ahora, al suelo. Al que se quede de pie, me lo cargo.

Poco a poco, los Lobos de Acero fueron obedeciéndole. Finn le arrancó la máscara a Medlicote y la arrojó al pasillo. Una furia repentina ardía en él. Les amenazó:

—Ahora yo soy el rey, Maestro Medlicote. ¿Queda claro? —Su voz era rabia en estado puro—. ¡El viejo mundo ha terminado y a partir de ahora ya no habrá más complots ni mentiras! —Levantó al hombre como si fuera un trapo viejo y lo empotró contra la pared—. *Yo soy Giles*. ¡Se acabó el Protocolo!

—Finn. —Keiro se acercó y le quitó la espada de la mano—. Déjalo. Es igual. Ya está medio muerto.

Lentamente, Finn soltó al hombre, que se derrumbó aliviado. Finn se volvió hacia su hermano de sangre y fue enfocándolo de forma paulatina, como si la furia hubiese sido un velo que enturbiaba el ambiente.

—Tranquilo, hermano. —Keiro escudriñó a sus cautivos—. Como siempre te enseñé...

—Estoy tranquilo.

—Bien. Por lo menos, no te has vuelto tan blandengue como todos los demás aquí fuera.

Keiro se dio la vuelta con una pirueta y levantó el arma. Disparó, una vez, dos, contra la puerta del despacho, debajo del cisne enfadado, y la puerta se sacudió antes de derrumbarse hacia dentro.

Finn se adelantó y entró en la sala dando zancadas a través del humo. Se tambaleó cuando el Portal se onduló para darle la bienvenida.

Pero la habitación estaba vacía.

*Eso era la muerte.*

*Era cálida y pegajosa, y llegaba a Jared en oleadas, que lo barrían como ráfagas de dolor. No había aire que respirar, ni palabras que pronunciar. Era algo que se le atragantaba en la garganta.*

*Y luego surgió un resplandor gris, y en él estaba Claudia, junto con su padre y Attia. Alargó la mano hacia ella e intentó pronunciar su nombre, pero tenía los labios fríos y mudos como el mármol, y la lengua tan entumecida que no podía moverla.*

*—¿Estoy muerto? —preguntó a la Cárcel, pero la pregunta reverberó por colinas y pasillos, y recorrió galerías centenarias cubiertas de telarañas. Entonces se dio cuenta de que él era la Cárcel, de que compartían los sueños.*

*Se había convertido en un mundo entero, y al mismo tiempo, era una criatura diminuta. Ahora podía respirar, su corazón latía con fuerza, tenía la vista clara. Sintió como si le hubieran quitado una grandísima preocupación de encima, un gran peso de los hombros. Y tal vez hubiera sido así, tal vez se tratara de la liberación de su vieja vida. Y dentro de sí mismo, había bosques y océanos, altos puentes sobre profundas grietas, escaleras en espiral que bajaban a las celdas blancas y vacías en las que había nacido su enfermedad. Había viajado a través de ella, había explorado todos sus secretos, se había zambullido en su oscuridad.*

*Sólo él conocía la respuesta al acertijo, y la puerta que conducía al Exterior.*

Claudia lo oyó. En medio del silencio, la estatua se meció y pronunció su nombre.

Sin dejar de mirar la imagen fijamente, Claudia se tambaleó hacia atrás, pero su padre la agarró por el brazo.

—Te he enseñado a no tener miedo jamás —le dijo en voz baja—. Y además, ya sabes quién es.

Cobró vida ante su atenta mirada. Los ojos de la estatua se abrieron y eran verdes, esos ojos curiosos e inteligentes que tan bien conocía Claudia. El rostro delicado había perdido el tono marfil y se había sonrosado con el aliento vital. El pelo largo se le había oscurecido y ondulado, y la túnica de Sapient relucía con tonos grises iridiscentes. Extendió los brazos y las plumas brillaron como si fueran alas.

Se bajó del pedestal y se colocó ante ella.

—Claudia... —dijo. Y repitió—: Claudia.

Las palabras se le atascaron en la garganta.

Mientras tanto, Rix saltaba ante la abrumadora adulación de la multitud; cogió a Attia de la mano y la obligó a hacer una reverencia con él en medio de la tormenta de aplausos que no tenían fin, los vítores de alegría, los gritos extasiados que recibían a Sáfico, ahora que había regresado para salvar a su pueblo.

# 35

*Cantó su última canción. Y las palabras que pronunció no fueron plasmadas jamás en papel. Pero fue una canción dulce y de gran belleza, y quienes la oyeron cambiaron por completo.*

*Hay quien dice que fue la canción que dio movimiento a las estrellas.*

LA ÚLTIMA CANCIÓN DE SÁFICO

Finn caminó lentamente hacia la pantalla y clavó los ojos en ella. Había dejado de nevar, y ahora la imagen se veía nítida y brillante. Vio a una chica que lo miraba a la cara.

—¡Claudia! —exclamó.

No parecía que lo hubiera oído. Entonces se dio cuenta de que la estaba mirando a través de los ojos de otra persona, unos ojos que estaban ligeramente nublados, como si la mirada de la Cárcel estuviera borrosa por las lágrimas.

Keiro se le acercó por la espalda.

—¿Qué demonios pasa ahí dentro?

Igual que si sus palabras hubieran accionado una palanca, el sonido irrumpió, una explosión de bramidos y aplausos y vítores de alegría que los estremecieron.


Claudia alargó el brazo y tomó la mano enguantada.

—Maestro —dijo—. ¿Cómo habéis entrado? ¿Qué habéis hecho?

Él le dedicó su cálida sonrisa.

—Creo que he realizado un experimento nuevo, Claudia. Mi proyecto de investigación más ambicioso hasta el momento.

—No os burléis de mí.

Apretó el puño sobre los dedos de escamas.

—Jamás os he traicionado —dijo Jared—. La reina me ofreció los conocimientos prohibidos. Pero no creo que se refiriera a esto.

—Ni una sola vez pensé que pudierais traicionarme. —Claudia miró fijamente el Guante—. Esta gente cree que sois Sáfico. Decidles que no es verdad.

—Soy Sáfico. —El rugido que recibió sus palabras fue tremendo, pero Jared no despegó la mirada de Claudia—. Es a él a quien esperan, Claudia. E Incarceron y yo les daremos seguridad. —Los dedos del dragón se doblaron sobre los de la chica—. *Me siento muy raro, Claudia.* Es como si estuvierais dentro de mí, como si hubiera mudado la piel y debajo de ella habitara un nuevo ser, y veo tantas cosas y oigo tantos sonidos y accedo a tantas mentes... Sueño los sueños de la Cárcel, y son tan tristes...

—Pero ¿podéis regresar? ¿O tendréis que quedaros aquí para siempre? —Su desesperación denotaba debilidad, pero no le importó, ni siquiera le importó que su egoísmo se interpusiera en el futuro de los Presos de Incarceron—. No puedo hacerlo sin vos, Jared. Os necesito.

Él negó con la cabeza.

—Vais a ser reina, y las reinas no tienen tutores. —Extendió los brazos y la rodeó. Le dio un beso en la frente—. Además, no me marcharé a ninguna parte. Me llevaréis en la cadena del reloj. —Miró por detrás de la chica, hacia el Guardián—. Y de ahora en adelante, todos nosotros tendremos libertad.

La sonrisa del Guardián era una línea fina.

—Vaya, viejo amigo, parece que al final os habéis procurado un cuerpo.

—*A pesar de todo vuestro empeño, John Arlex.*

—Pero no habéis Escapado.

Jared se encogió de hombros con un movimiento curioso, ligeramente extraño en él.

—*Claro que sí. He Escapado de mí mismo, pero no me marcharé de aquí. Ésa es la paradoja que encarna Sáfico.*

Hizo un gesto con la mano y todo el público suspiró. Detrás de ellos, y a su alrededor, las paredes se iluminaron y vieron la habitación gris que albergaba el Portal, con la puerta abarrotada de observadores, y Finn y Keiro retrocedieron muy sobresaltados. Jared se dio la vuelta.

—Ahora estamos todos juntos. El Interior y el Exterior.

—¿Significa eso que los Presos pueden Escapar? —intervino Keiro, y Claudia cayó en la cuenta de que lo habían oído todo.

Jared sonrió.

—¿Escapar adónde? ¿A las ruinas del Reino? Harán de esto su paraíso, Keiro, tal como se suponía que debía ser, tal como los

Sapienti lo idearon. Nadie tendrá necesidad de Escapar; lo prometo. Pero la puerta estará abierta, para quienes deseen entrar y salir.

Claudia retrocedió un paso. Conocía al Sapient tan bien como la palma de la mano, y al mismo tiempo, lo notaba diferente. Como si su personalidad se hubiera entremezclado con otra, dos voces distintas que se fragmentaban en una, como las baldosas blancas y negras del suelo del salón, que formaban un dibujo nuevo, y ese dibujo era la silueta de Sáfico. La chica miró a su alrededor, vio a Rix maravillado, inclinándose hacia el Sapient, y a Attia quieta y pálida, mirando fijamente a Finn.

La muchedumbre murmuraba, repetía sus palabras, las transmitía de unos a otros. Oyó que la promesa reverberaba por los paisajes de la Cárcel. Sin embargo, Claudia se sentía desconsolada y aturdida, porque en otro tiempo había sido la hija del Guardián, y ahora iba a ser la reina, y sin Jared, su nueva vida sería otro papel que debería representar, otra parte del juego.

Jared pasó rozándola y se dirigió hacia la multitud. La gente extendía las manos y lo tocaba, agarraba el guante de piel de dragón, se postraba a sus pies. Una mujer empezó a sollozar y él la tocó con delicadeza, puso sus manos alrededor de las de ella.

—No te preocupes —dijo el Guardián en voz baja al oído de Claudia.

—No puedo evitarlo. Jared no es fuerte.

—Uf, creo que es más fuerte que todos nosotros.

—La Cárcel lo corromperá.

Fue Attia quien lo dijo, y Claudia se volvió hacia ella muy enfadada.

—¡No!

—Sí. Incarceron es cruel, y tu tutor es demasiado considera-
do para dominarlo. Las cosas se torcerán, igual que la vez anterior. —Attia hablaba con frialdad. Sabía que sus palabras eran
hirientes, pero aun así las dijo, y un amargo desconsuelo la llevó
a añadir—: Y Finn y tú tampoco tendréis un gran reino, tal
como están las cosas.

Attia alzó los ojos hacia Finn, quien le sostuvo la mirada.

—Salid al Exterior —les dijo Finn—. Las dos.

Detrás de Attia, Rix preguntó:

—¿Quieres que abra una puerta mágica, Attia? A lo mejor así
recupero a mi Aprendiz.

—Ni hablar. —Keiro dedicó una fugaz mirada azul a Finn—.
Aquí pagan mejor.

En el último escalón, Jared se dio la vuelta.

—Bueno, Rix. ¿Vamos a ver alguna otra muestra del Arte de
la Magia? Haznos una puerta, Rix.

El hechicero soltó una carcajada. Sacó una tiza del bolsillo y
la mostró ante el público. La multitud la miró embobada. Entonces Rix se inclinó hasta tocar el suelo y acercó la tiza a la superficie de mármol en la que antes descansaba la estatua. Con cuidado, dibujó la puerta de una mazmorra, de madera antigua, con
una ventana embarrada y un gran ojo de cerradura, y con cadenas
cruzadas alrededor. Encima de la puerta escribió: «SÁFICO».

—Todos creen que sois Sáfico —le dijo Rix a Jared mientras
se ponía de pie—. Pero está claro que no lo sois. Aunque no voy
a desmentirlo, podéis confiar en mí. —Se acercó a Attia y le
guiñó un ojo—. Es todo una ilusión. Uno de mis libros habla de
eso mismo. Un hombre roba el fuego de los dioses y salva a la

humanidad con su calor. Los dioses lo castigan inmovilizándolo eternamente con una gruesa cadena. Pero el hombre forcejea y se retuerce, y el día del fin del mundo regresará. En un barco hecho con uñas. —Entonces sonrió a la chica con tristeza—. Te echaré de menos, Attia.

Jared alargó la mano y tocó la puerta de tiza con la punta de una garra de dragón. Al instante se volvió real y se abrió. La puerta se dobló hacia dentro con gran estruendo, dejando un rectángulo de oscuridad en el suelo.

Finn dio un paso atrás, admirado. A sus pies, el suelo también se había hundido. Había un agujero negro y vacío.

Jared condujo a Claudia con amabilidad hasta el borde.

—Vamos, Claudia. Vos estaréis allí y yo aquí. Trabajaremos juntos, igual que hemos hecho siempre.

La chica asintió y miró a su padre. El Guardián dijo:

—Maestro Jared, ¿me permitís hablar un momento con mi hija?

Jared hizo una reverencia y se apartó.

—Haz lo que te dice —le aconsejó el Guardián a Claudia.

—¿Y qué pasará con vos?

Su padre esbozó su gélida sonrisa.

—Mi propósito era que tú fueses reina, Claudia. A eso me he dedicado en cuerpo y alma. A lo mejor ya va siendo hora de que me dedique a cuidar de esto, mi propio reino. El nuevo régimen también necesitará un Guardián. Jared es demasiado permisivo, e Incarceron demasiado severo.

Claudia le dio la razón y luego dijo:

—Decidme la verdad. ¿Qué ocurrió con el príncipe Giles?

El Guardián se quedó callado durante varios segundos. Se acarició la perilla con el pulgar.

—Claudia...

—Decídmelo.

—¿Qué importa eso? —Miró a Finn—. El reino tiene su rey.

—Pero ¿es él?

Sus ojos grises le aguantaron la mirada.

—Si eres mi hija, no me lo preguntes.

Entonces fue ella quien se quedó callada. Durante un momento interminable, se miraron el uno al otro. Luego, manteniendo las formas, el Guardián la tomó de la mano y le dio un beso, y ella hizo una ligera reverencia.

—Adiós, padre —susurró.

—Reconstruye el Reino —dijo él—. Y yo volveré a casa cada cierto tiempo, como solía hacer. A lo mejor a partir de ahora no temes tanto mi regreso.

—Por supuesto que no lo temeré, en absoluto. —Claudia anduvo hasta el borde de la trampilla y le dedicó una última mirada a su padre—. Debéis venir para la Coronación de Finn.

—Y la tuya.

Ella se encogió de hombros. Entonces, miró por última vez a Jared y bajó las escaleras de oscuridad que había al otro lado de la puerta. Pero vieron cómo después subía y entraba en la habitación del Portal, donde Finn la cogió de la mano y la ayudó a salir al Exterior.

—Vamos, muchacha —le dijo Rix a Attia.

—No. —Miraba fijamente la pantalla—. No puedes perder a tus dos Aprendices, Rix.

—Bah, mis poderes se han multiplicado. Ahora puedo hechizar a un ser alado y darle la vida, Attia. Puedo hacer volver a un hombre desde las estrellas. ¡Menudo espectáculo daré por los pueblos! Seré el mejor, siempre. Aunque es cierto que nunca está de más un ayudante...

—Podría quedarme...

Keiro le preguntó:

—¿Qué pasa? ¿Tienes miedo?

—¿Miedo? —Attia levantó la mirada hacia él—. ¿De qué?

—De ver el Exterior.

—¿Y qué más te da?

Él se encogió de hombros, con los ojos azules y fríos.

—Me da igual.

—Vale.

—Pero todos tenemos que arrimar el hombro para ayudar a Finn. Si supieras ser agradecida...

—¿Por qué? Fui yo quien encontró el Guante. Quien te salvó la vida.

Finn intervino:

—Vamos, Attia. Por favor. Quiero que veas las estrellas. A Gildas le habría encantado que lo hicieras.

Attia lo miró a la cara, en silencio y sin mover ni un dedo, y fuera lo que fuese que pensaba, no dejó que se manifestara en la expresión de su rostro. Pero Jared, con los ojos de Incarceron, debió de ver algo, porque se acercó y la cogió de la mano, y ella se dio la vuelta y bajó las escaleras de oscuridad, para entrar en un extraño escalofrío espacial que se retorció de forma que, de repente, los peldaños subían, y cuando la mano de Jared soltó la suya, otra mano bajó para ayudarla a subir, una mano musculosa y llena de cicatrices, con la palma abrasada y una uña de acero.

Keiro dijo:

—No era tan difícil, ¿no?

Attia miró a su alrededor. La habitación era gris y transmitía tranquilidad, emitía un murmullo de débil energía. Al otro lado de la puerta, en un pasillo destrozado, unos cuantos hombres magullados observaban la escena, sentados como podían contra la pared. La miraban como si fuese un fantasma.

En la pantalla del escritorio empezaba a desvanecerse la cara del Guardián.

—No sólo iré a la Coronación, Claudia —dijo—. Sino que espero una invitación para la boda.

Y entonces la pantalla se oscureció, y susurró con la voz de Jared:

—*Y yo también.*

No había forma de bajar a la planta inferior, así que treparon por los restos de las escaleras hasta el tejado.

Finn sacó el reloj; contempló el cubo durante un buen rato y después se lo dio a Claudia.

—Guárdalo tú.

Claudia abrió la palma para recibir el objeto.

—¿De verdad están aquí dentro? ¿O nunca hemos sabido dónde se encuentra Incarceron?

Pero Finn no tenía la respuesta, así que, mientras agarraba con firmeza el reloj, lo único que podía hacer Claudia era seguir escalando detrás de él.

Los daños provocados en la casa la horrorizaron; rozó con los dedos las cortinas, que se caían a pedazos, y tocó los agujeros de las paredes y ventanas, sin alcanzar a comprenderlo.

—Es imposible. ¿Cómo vamos a lograr recomponer todo esto algún día?

—No podremos —dijo Keiro sin piedad. Se iba abriendo camino por los peldaños de piedra y su voz se hizo eco hacia atrás—. Si Incarceron es cruel, tú eres igual de cruel, Finn. Me enseñas un segundo el paraíso y luego se esfuma.

Finn miró a Attia.

—Lo siento —le dijo en voz baja—. Os pido disculpas a los dos.

Ella se encogió de hombros.

—Espero que las estrellas no se hayan esfumado...

Finn le cedió el paso en el último escalón.

—No —contestó—. Siguen aquí.

Attia salió a las almenas de piedra y se detuvo. Y Finn vio la expresión que iluminó su cara: la sorpresa y la maravilla que recordaba haber sentido él mismo. Attia suspiró cuando clavó la mirada en el cielo.

La tormenta había cesado y el cielo estaba despejado. Brillantes e incandescentes, las estrellas flotaban en todo su esplendor, con sus estructuras secretas, sus distantes nebulosas, y a Attia se le congeló la respiración mientras las contemplaba. Detrás de ella, Keiro abrió los ojos como platos; se quedó inmóvil, conmocionado por la magia.

—Existen. ¡Existen de verdad!

El reino estaba a oscuras. El ejército distante de refugiados se arracimaba junto a unas hogueras, destellos de llamas. Más lejos, el terreno se elevaba en tenues colinas y llegaba a los negros lindes del bosque, un reino sin electricidad, expuesto a la noche, con una elegancia tan marchita y maltrecha como la bandera de raso con el cisne negro que ondeaba, hecha jirones, sobre sus cabezas.

—No sobreviviremos —dijo Claudia negando con la cabeza—. Ya no sabemos cómo sobrevivir.

—Sí sabemos —contestó Attia.

Keiro señaló con el dedo.

—Igual que ellos.

Y Claudia vio, tenues y lejanos, los puntos de luz de las velas encendidas en las cabañas de los pobres, las casuchas que la ira y la rabia de la Cárcel no habían modificado en absoluto.

—Eso también son estrellas —dijo Finn en voz baja.

CATHERINE FISHER

# INCARCERON